I0603051

UN PROTECTEUR POUR WREN

FORCES TRÈS SPÉCIALES : ALLIANCE
TOME 2

SUSAN STOKER

DU MÊME AUTEUR

<u>Autres livres de Susan Stoker</u>

<u>**Forces Très Spéciales : Alliance**</u>

Un protecteur pour Remi

Un protecteur pour Wren

Un protecteur pour Josie (4 Mar)

Un protecteur pour Maggie (1 Avril)

Un protecteur pour Addison

Un protecteur pour Kelli

Un protecteur pour Bree

<u>***Le Fruit du Hasard***</u>

Le Protecteur

L'Aristocrate

Le Héros

Le Bûcheron (1 Décembre)

<u>***Hawaï : Soldats d'élite***</u>

Un paradis pour Élodie

Un paradis pour Lexie

Un paradis pour Kenna

Un paradis pour Monica

Un paradis pour Carly

Un paradis pour Ashlyn

Un paradis pour Jodelle

Sauvetage à Eagle Point

Un sauveteur pour Lilly

Un sauveteur pour Elsie

Un sauveteur pour Bristol

Un sauveteur pour Caryn

Un sauveteur pour Finley

Un sauveteur pour Heather

Un sauveteur pour Khloe

Le Refuge

Un soutien pour Alaska

Un soutien pour Henley

Un soutien pour Reese

Un soutien pour Cora

Un soutien pour Lara

Un soutien pour Maisy

Un soutien pour Ryleigh (7 Jan)

Silverstone

Pour la confiance de Skylar

Pour la confiance de Taylor

Pour la confiance de Molly

Pour la confiance de Cassidy

Delta Force Deux

Un refuge pour Gillian

Un refuge pour Kinley

Un refuge pour Aspen

Un refuge pour Jayme

Un refuge pour Riley

Un refuge pour Devyn

Un refuge pour Ember

Un refuge pour Sierra

Forces Très Spéciales : L'Héritage

Un Sanctuaire pour Caite

Un Sanctuaire pour Brenae

Un Sanctuaire pour Sidney

Un Sanctuaire pour Piper

Un Sanctuaire pour Zoey

Un Sanctuaire pour Avery

Un Sanctuaire pour Kalee

Un Sanctuaire pour Jane

Mercenaires Rebelles

Un Défenseur pour Allye

Un Défenseur pour Chloé

Un Défenseur pour Morgan

Un Défenseur pour Harlow

Un Défenseur pour Everly

Un Défenseur pour Zara

Un Défenseur pour Raven

Ace Sécurité

Au Secours de Grace

Au Secours d'Alexis

Au Secours de Bailey

Au Secours de Felicity

Au Secours de Sarah

<u>Forces Très Spéciales Series</u>

Un Protecteur Pour Caroline

Un Protecteur Pour Alabama

Un Protecteur Pour Fiona

Un Mari Pour Caroline

Un Protecteur Pour Summer

Un Protecteur Pour Cheyenne

Un Protecteur Pour Jessyka

Un Protecteur Pour Julie

Un Protecteur Pour Melody

Un Protecteur pour l'avenir

Un Protecteur Pour Les Enfants de Alabama

Un Protecteur Pour Kiera

Un Protecteur Pour Dakota

<u>Delta Force Heroes Series</u>

Un héros pour Rayne

Un héros pour Emily

Un héros pour Harley

Un mari pour Emily

Un héros pour Kassie

Un héros pour Bryn

Un héros pour Casey

Un héros pour Wendy

Un héros pour Mary

Un héros pour Macie

Un héros pour Sadie

Un héros pour Annie

Autre

Un moment suspendu : Recueil de nouvelles

AUDIO

Un paradis pour Élodie

1

Wren Defranco se réveilla brutalement. Profondément endormie, elle s'éveilla dans l'instant. Elle avait toujours fait ainsi. Un trait rendu nécessaire par son enfance. Et, comme quand elle était petite, elle n'ouvrit pas tout de suite les yeux ni ne s'assit. Non ; elle évalua sa situation actuellement à l'aide de tous ses autres sens.

Rien n'allait dans ce qu'elle entendait.

Son appartement était silencieux. Elle l'avait choisi exprès, car il était éloigné des rues animées dans un secteur plutôt sûr de la ville. Elle avait besoin d'un endroit où se sentir en sécurité. Où elle pouvait baisser sa garde. Pendant la majeure partie de sa vie, elle s'était sentie en danger, sur les nerfs. Elle avait voulu un lieu où elle pouvait se détendre totalement lorsqu'elle rentrait chez elle à la fin de la journée.

Les sons qu'elle entendait à présent n'étaient certainement pas ceux dont elle avait l'habitude à son réveil. Dehors, des rires... d'enfants ? Un cliquetis rythmique. De la musique.

Lorsqu'elle prit une profonde inspiration, toujours sans ouvrir les yeux, Wren sentit... du café. Du café, vraiment bon.

Pas le jus de chaussette qu'elle achetait en général à l'épicerie en allant travailler.

Elle entrouvrit un tout petit peu les paupières ; elle ne voulait pas signaler à un éventuel observateur qu'elle était éveillée. Encore une fois, une chose apprise lorsqu'elle était enfant.

La pièce était éclairée par les rayons du soleil qui filtrait à travers le store pâle tiré sur la fenêtre sur le mur opposé. La matinée était déjà bien avancée, ce qui était surprenant, car elle se levait en général avant l'aube. Non seulement ça, mais la chambre lui était totalement étrangère.

Tout en s'asseyant lentement, Wren jeta un œil autour d'elle et découvrit qu'elle était seule. Elle était allongée dans un lit double et couverte de ce qui ressemblait à une couverture faite main. Un motif végétal était cousu dessus et elle était faite de couleurs lumineuses et gaies. Il y avait deux tables de nuit, une de chaque côté du lit, un tapis bleu sur le sol, une petite commode contre le mur en face d'elle ainsi qu'une photographie d'un paysage montagneux sur celui à sa gauche. Simple, mais... accueillant.

Mais Wren ne se détendit pas. Pas du tout. Les apparences pouvaient être trompeuses. Elle le savait mieux que la plupart des gens.

La pièce ne disposait que d'une seule

porte, ce qui signifiait qu'il n'y avait pas de salle de bain attenante. Il n'y avait nulle part où se cacher. La fenêtre représentait l'unique issue. Wren ignorait à quelle hauteur elle pouvait se trouver, mais si elle devait échapper à un ravisseur, elle sortirait par-là, peu importe l'étage.

Wren avala sa salive avec difficulté et fit de son mieux pour comprendre ce qui s'était passé et comment elle avait atterri dans ce qui ressemblait à la chambre à coucher d'une petite mamie. Comme si on avait appuyé sur un interrupteur, les souvenirs se mirent à affluer dans son cerveau.

L'*Aces Bar et Grill*. Son rencard énervant. Le gars qui lui apporte un verre. L'impression d'être vaseuse. Et puis…

Le vide.

Putain de merde ! Il l'avait droguée !

Inquiète, Wren rejeta la couverture et le soulagement l'envahit lorsqu'elle s'aperçut qu'elle portait toujours son pantalon ainsi que le joli tee-shirt au décolleté rond qu'elle avait trouvé pour son rendez-vous galant. Pliant les jambes pour serrer ses genoux contre sa poitrine, elle se sentit encore plus soulagée de ne ressentir aucune douleur entre les cuisses.

Elle se sentit de plus en plus confuse. Si l'individu qu'elle avait rencontré l'avait droguée et ramenée chez lui, pourquoi l'avait-il simplement mise au lit ? Attendait-il qu'elle se réveille pour abuser d'elle ? La souffrance et la peur d'une victime excitaient certains hommes. Peut-être était-ce le cas pour lui ?

Puis quelque chose d'autre attira son attention. Sur le chevet le plus proche d'elle était posée une bouteille d'eau. Scellée. Il y avait également un mot.

Regardant autour d'elle en se demandant si elle était observée, Wren tendit lentement la main vers le morceau de papier.

Elle s'attendait à ce qu'à tout moment la porte s'ouvre à la volée et que quelqu'un entre en trombe pour lui faire du mal. Les souvenirs menacèrent de la submerger, mais Wren les repoussa. Elle n'était plus une gamine. Elle n'était pas sans défense.

Elle inspira puis lut le mot.

Vous êtes en sécurité. Vous m'avez demandé de l'aide, donc je vous ai ramenée chez moi. Si vous souhaitez partir, tournez à gauche en sortant de la chambre. La porte au fond du couloir mène au garage. Il y a un arrêt de bus plus bas dans la rue. J'ai laissé de l'argent sous votre téléphone.

Le regard de Wren se braqua une fois de plus sur la table de nuit à côté du lit. Son portable se trouvait derrière la bouteille d'eau et, comme promis, un billet de vingt dollars était glissé dessous. Elle ne s'en était pas aperçue avant. Reportant son attention sur le papier, elle résuma sa lecture.

Sinon, si vous prenez à droite dans le couloir, il y a une salle de bain à côté de votre chambre. Et j'aimerais vous préparer un petit-déjeuner, pour m'assurer que vous allez bien. Je peux vous ramener à l'Aces ou chez vous, ou n'importe où vous souhaiteriez vous rendre. Je suis désolé que vous ayez subi ce qui est arrivé la nuit dernière, mais je vous donne ma parole que vous êtes en sécurité ici.
    Bo

Wren avait l'impression d'avoir le cerveau embrumé. Elle n'avait pas fait l'expérience de cette sensation liée à la prise de drogues depuis des années et, pourtant, elle s'en souvenait comme si la dernière remontait à la veille.

Mais pas une fois, elle ne s'était réveillée avec ce sentiment de... sécurité.

L'homme qui avait écrit ce matin avait utilisé à deux reprises ce mot. *Sécurité.*

Pour une femme qui avait vécu toute son enfance sans jamais avoir cette impression, ne se fiant à personne, se demandant quelles étaient les motivations de chacun, elle se sentait sur le moment terriblement détachée.

Elle attrapa la bouteille sur la table de chevet à côté d'elle, l'ouvrit et la porta à ses lèvres. Elle en but d'un trait au moins la moitié sans s'arrêter pour reprendre son souffle. L'eau pouvait quand même être contaminée ; il y avait des moyens d'y glisser des stupéfiants en douce sans desceller le bouchon, mais si celui qui l'avait aidée la nuit dernière avait voulu lui faire du mal, il en aurait largement eu le temps.

Wren revit vaguement dans un flash l'*Aces* rempli de beaux Navy SEALs. L'un d'entre eux avait-il vu son rencard trafiquer son verre et décidé d'intervenir ? Elle ignorait ce qui s'était passé après que Matt, l'homme qu'elle avait sérieusement sous-estimé et prit pour un geek, avait mis à son insu de la drogue dans sa limonade. Mais, de façon étrange, elle ne paniquait pas.

Elle devrait faire exactement ce que son sauveur lui avait conseillé. Sortir par la porte et aller jusqu'à l'arrêt de bus. Mais alors même qu'elle balançait ses jambes hors du lit et tendait la main vers son téléphone pour le ranger dans sa poche, Wren sut qu'elle n'en ferait rien.

Laissant l'argent sur la table de nuit, elle se dirigea vers la porte. Elle chancelait toujours un peu, mais était déterminée à découvrir ce qui s'était produit la veille. Après l'avoir ouverte, Wren regarda à gauche. Le couloir n'avait rien de spécial : du parquet, d'autres photos de paysages sur les murs. Il y avait une porte sur la gauche, tout au bout, comme l'avait affirmé celui qui avait écrit le message.

Prenant une grande inspiration, Wren s'avança dans le couloir... et tourna à droite.

Elle allait peut-être le regretter, mais elle ne pouvait pas partir sans, premièrement, savoir ce qui s'était passé la nuit précédente et, deuxièmement, découvrir qui était ce Bo et pourquoi il l'avait aidée.

2

Bo Cyders, dit Safe, s'appuya contre le plan de travail de la cuisine, le regard dans le vide. Il était dix heures du matin et il se sentait aussi nerveux et tendu qu'avant une mission. Il n'avait pas dormi plus d'une heure ou deux en tout, mais il n'était pas le moins du monde fatigué. La soirée de la veille avait été... intense. Et il avait douté de lui chaque minute depuis qu'il avait quitté le *Aces Bar et Grill* avec la jolie jeune femme qui avait requis son aide.

D'un point de vue intellectuel, il était conscient qu'elle ne s'était adressée *à lui* que parce qu'il s'était trouvé dans ce couloir en même temps qu'elle. Mais le désespoir et la peur dans ses yeux le hantaient. Et s'il *n'avait pas* été là ? Et si quelqu'un de moins scrupuleux avait croisé le chemin de cette femme ? Et si le connard qui l'accompagnait l'avait suivie et fait sortir par la porte arrière ?

C'était horrible d'imaginer ces possibilités. En particulier après avoir constaté combien la jeune femme avait été vulnérable.

Safe l'avait ramenée chez lui, l'avait allongée dans le lit de sa chambre d'amis, s'était servi de son entraînement médical

6

pour s'assurer qu'elle allait bien… et elle n'avait pas remué d'un pouce.

Il était également passé la voir pendant la nuit. Toutes les trente minutes environ, il s'était rendu auprès d'elle pour vérifier qu'elle respirait toujours. Elle n'avait pas bougé. L'idée que quelqu'un fasse du mal à cette femme alors qu'elle était inconsciente lui donnait la chair de poule.

La dernière fois que Safe était allé jeter un œil, son inquiétude était montée d'un cran. Il avait été sur le point d'appeler une ambulance, puisqu'elle n'avait *littéralement* pas changé de position depuis dix heures, quand il avait enfin aperçu des signes d'éveil. Il avait aussitôt quitté la chambre, car il n'avait pas eu envie qu'elle se réveille avec un homme qu'elle ne connaissait pas près d'elle, puis était allé dans la cuisine en attendant de voir ce qu'elle allait faire.

Il voulait lui parler. S'assurer qu'elle allait bien. Mais si elle souhaitait partir, il ne l'en empêcherait pas. Elle devait être perturbée. Effrayée. Et Safe ignorait ce qu'elle se souvenait de la soirée, si elle s'en souvenait. Tout ce qu'il pouvait faire, c'était veiller à ce qu'elle ait de l'eau, son téléphone, un peu d'argent, et la laisser prendre ses propres décisions.

Tout en sirotant le café gourmet auquel il était accro, Safe continua d'attendre.

Il entendit le grincement de la porte de la chambre d'amis et retint son souffle tandis qu'il fixait le couloir du regard, comme pour la faire apparaître. Pour qu'elle ne s'éclipse pas comme une voleuse dans la nuit… enfin, matinée. Le quartier où était située sa maison n'était pas le meilleur qui soit, mais ses voisins étaient tous d'honnêtes gens. Ils luttaient dans cette économie, mais ils ne feraient pas de mal à cette femme s'ils l'apercevaient marchant sur le trottoir.

Sa voisine d'à côté, Abigail, était partie quelques heures auparavant rejoindre son poste à l'épicerie en bas de la rue. C'était une mère célibataire en difficulté et sa propre mère,

Carleigh, gardait ses trois enfants : Albert, qui avait quatre ans ; Adam, trois ans ; et Adley, le bébé, deux ans. Une chance que leur grand-mère pût s'occuper d'eux pendant que leur mère travaillait. Les gamins n'étaient pas du genre silencieux : ils étaient à cet instant précis dans leur jardin, à jouer sur le portique de balançoires que Safe avait aidé à installer, tout en poussant des cris perçants et en riant.

Le son le fit sourire. Entendre des enfants heureux était bien mieux que les hurlements terrifiés des gosses qu'il rencontrait souvent à l'étranger pendant ses missions.

Il pouvait aussi distinguer de la musique en provenance de la maison d'en face. Les bruits d'un quartier actif qui résonnaient tout autour de lui étaient devenus pour lui comme une seconde nature. Mais, à cet instant, il ne put que se concentrer sur les pas de la jeune femme qui avait tant occupé ses pensées pendant les douze dernières heures.

À son grand soulagement, ceux-ci allaient dans sa direction et non dans le sens opposé.

Tout en se forçant à paraître aussi détendu que possible, Safe scruta le couloir. Il eut besoin de faire appel à toute sa discipline pour ne pas faire un pas vers la femme lorsqu'elle apparut. Pour rester où il était, avachi sur le plan de travail, comme si rien ne lui importait.

Elle était pâle, ses cheveux noirs et courts étaient ébouriffés et elle avait des cernes marqués sous ses yeux marron. Ses vêtements étaient froissés et ses mains s'agitaient nerveusement là où elle se tenait, à l'entrée du salon.

— Bonjour, l'accueillit-il doucement.

— Où suis-je ? l'interrogea-t-elle sans tourner autour du pot.

Ce que Safe approuva.

— À environ cinq kilomètres du *Aces*. Dans ma maison. Je vous ai amenée ici après que vous m'avez demandé mon aide au bar. Vous vous êtes évanouie juste après.

— Il m'a droguée, répondit la femme.

Elle n'avait pas bougé du couloir, mais ce n'était pas grand chez lui. Il n'eut aucun problème à l'entendre malgré la distance.

Alors Safe resta lui aussi où il était. Elle était nerveuse, à raison. Il ne voulait pas faire quoi que ce soit qui l'inquièterait davantage.

— Oui, confirma-t-il.

— Et ensuite ?

— Je vous ai emmenée ici. Je vous ai mise dans ma chambre d'amis, je suis venu régulièrement vous voir pendant la nuit pour m'assurer que vous respiriez toujours... et nous voilà.

Elle pencha la tête tout en le dévisageant, comme si elle le jugeait de loin.

— Je m'appelle Bo. Bo Cyders. Mes amis m'appellent Safe.

— Safe ? l'interrogea-t-elle, perplexe.

Ses lèvres tressaillirent.

— Oui. Les aléas d'être dans l'armée. Tout le monde a un surnom.

— Et qu'est-ce qu'il signifie ?

Elle posait des questions brèves qui allaient droit au but. Ce que Safe trouvait... adorable. Non, ce n'était pas ça. Elle avait peur et s'inquiétait pour sa sécurité. Elle n'essayait pas de flirter ou d'être mignonne. Elle tentait seulement d'obtenir des informations.

Non. Il pensait que c'était brave et courageux.

— On m'a en fait surnommé Cyborg au camp d'entraîne-ment, à cause de mon nom de famille. Un de mes instructeurs se trouvait drôle de m'appeler comme ça. Puis, quand j'ai rejoint une équipe de SEAL, on jouait au softball pour s'en-traîner et j'ai fait un home run. Le receveur a hurlé « Safe ! Il est safe !* » alors que je glissais sur le marbre. Une énorme dispute

------

* Littéralement *en sécurité*, pour avertir que le joueur est bien arrivé à la base

a éclaté : mon équipe insistant pour dire que j'étais sur la base et l'autre persuadée du contraire. L'arbitre a sifflé très fort dans ses doigts et a crié « Il est safe ! Vous m'entendez ? *Safe !* » Et depuis ce jour... c'est resté.

Lorsqu'un léger sourire passa sur les lèvres de la jeune femme, Safe eut le sentiment d'avoir franchi un immense obstacle.

— Je m'appelle Wren. Wren Defranco.

— Ravi de vous rencontrer, Wren Defranco, lui répondit-il.

— Tout le plaisir est pour moi, Bo Cyders.

Pendant un instant, aucun des deux ne fit un geste. Puis Safe se redressa et désigna sa machine à café de la tête.

— Vous en voulez ?

Pour la première fois, le regard de Wren se détourna de lui. Comme il s'y était attendu, elle écarquilla les yeux de surprise.

— Je sais, je sais, déclara-t-il avant qu'elle ne puisse poser la question. C'est un peu exagéré. Mais j'adore ça. En mission, on doit souvent boire une fange absolument infâme qui essaie de se faire passer pour du café. C'est ignoble, mais si je veux de la caféine, je n'ai pas le choix. Alors, quand je suis à la maison, je me fais plaisir en me préparant le meilleur possible.

— Waouh, répondit-elle d'un air vraiment impressionné.

Safe s'esclaffa.

— Il y avait un salon de thé qui a fermé. Je leur ai racheté cette beauté. Elle fait des expressos, des cappucinos et toutes les boissons sophistiquées auxquelles on peut penser. Mais je change. Parfois, je prends un café noir. D'accord, c'est un mensonge. Ce n'en est pas un. Aujourd'hui, c'est double chocolat. Demain, je choisirais peut-être cerise du Michigan. J'aime bien mélanger.

Tandis qu'il parlait, Safe avait saisi une tasse. Et pas n'importe laquelle. Il préférait les mugs géants. Tout en se disant

---

suivante ou sur le marbre.

que s'il y avait bien quelqu'un qui avait besoin d'un grand café ce matin, c'était bien Wren, il le remplit presque à ras bord et le fit glisser sur le plan de travail dans sa direction. Puis il recula d'un pas, pour lui donner de l'espace.

La jeune femme traversa lentement le salon en direction de la cuisine comme si elle était un animal sauvage, se méfiant de son sauveur qui lui lançait des friandises à la limite de sa portée. Sa main se referma sur l'anse du mug et sembla minuscule en comparaison. Puis Wren fit quelques pas en arrière alors qu'elle portait la boisson à ses lèvres.

Elle hésita une seconde, relevant les yeux pour croiser ceux de Safe. Il y lut de nouveau de la méfiance, ce qui lui déplut.

— Il n'y a que du café, l'informa-t-il d'une voix douce. C'est un safe space ici. Je bois le même que vous.

— Un safe space ?

— Oui.

— Je croyais que c'était vous qui étiez *safe*.

Il lui fallut un moment pour comprendre qu'elle le charriait. Son admiration pour elle monta encore d'un cran.

Il ne connaissait pas cette femme. N'avait pas réellement eu de conversation avec elle jusqu'à ce matin... et pourtant, face à sa taquinerie, son regard direct, il sentit quelque chose d'étrange s'animer en lui. Le désir de quelque chose qui avait toujours été hors d'atteinte.

Celui d'un lien extrêmement profond avec un autre être humain.

Chassant ce sentiment soudain, Safe se força à s'avachir de nouveau sur le plan de travail.

Wren prit enfin une gorgée ; le militaire l'observa avec satisfaction fermer les paupières et laisser échapper un petit soupir.

— La vache, murmura-t-elle en ouvrant les yeux pour le regarder.

— Il est bon ?

— Non, répondit-elle en secouant légèrement la tête. Il est

incroyable. Je suis fichue, à cause de vous. Je ne pourrais plus jamais revoir ce pauvre Pablo à l'épicerie parce que son café est pourri, même si c'est un honnête gars qui s'efforce vraiment de le rendre savoureux.

Safe rit de bon cœur.

— J'avoue, je suis très snob quand il s'agit de café, admit-il sans une once de remords.

Wren lui sourit un moment, puis ce sourire s'estompa.

— Est-ce que je peux vous demander quelque chose ?

— Vous pouvez me demander ce que vous voulez, lui répondit-il en prenant un ton sérieux.

— Avez-vous appelé la police ? Pourquoi m'avoir amenée ici ? Est-ce que vous avez affronté l'homme avec qui j'étais ? Avez-vous mon sac à main ?

Bien sûr qu'elle avait des questions.

— Je vais tout vous raconter... pendant le petit-déjeuner. Vous avez besoin de nutriments et de vous remplir l'estomac pour chasser le brouillard lié à ce que cet enfoiré vous a filé. J'ai de l'omelette garnie, ou je peux faire des pancakes. Il se pourrait même que j'aie du pain qui ne soit pas moisi. Peut-être.

— Est-ce que vous avez des céréales ? demanda-t-elle.

Safe fut interloqué.

— Des céréales ?

— Oui. Je sais, c'est stupide. Mais c'est ce que je mange en général le matin.

— Ce n'est pas stupide, répliqua-t-il. Vous me surprenez, c'est tout. Et oui, j'en ai, mais je ne suis pas sûre d'avoir ce que vous aimez.

— Sans doute pas, marmonna-t-elle dans sa barbe avant d'ajouter à voix haute : Peu importe ce que vous avez, ça ira.

Sentant ses joues s'empourprer, Safe se tourna vers son garde-manger pour masquer son embarras. Il n'avait pas honte de ses vices, comme sa machine à café, mais il ne doutait pas que ses choix en matière de céréales ne collaient pas franchement avec son image de Navy SEAL dur à cuire.

— J'ai des Golden Grahams, des Miel Pops, des Frosties et des Rice Krispies, énuméra-t-il à l'attention de Wren tout en souhaitant avoir au moins une boîte de quelque chose d'un tant soit peu nutritif.

Si une de muesli ou de All-Bran avait bien voulu apparaître par magie dans son placard, il en aurait éprouvé beaucoup de gratitude.

— Sérieusement ?

Safe se retourna avec réticence vers son invitée imprévue et haussa les épaules.

— Oui. Je ne m'attendais pas à recevoir du monde, sinon j'aurais pris quelque chose de plus approprié. Je prépare en général quelque chose de plus adulte quand quelqu'un reste dormir, ce qui n'arrive pas souvent. J'aurais aimé pouvoir rejeter la faute sur les enfants de ma voisine en ce qui concerne mes choix de petit-déjeuner, parce que je les invite parfois pour soulager leur mère lorsque leur mamie ne peut pas les garder, mais que voulez-vous ? J'adore les cochonneries sucrées.

Safe parlait à tort et à travers, mais il ne semblait pas pouvoir s'en empêcher. Cela le gênait de n'avoir à offrir que des céréales pour enfants à cette femme qui venait de vivre quelque chose d'affreux.

— Mes préférées, ce sont les Chocapic, mais les Miel Pops sont en deuxième position. Le meilleur, c'est quand on boit le lait après avoir tout mangé. Ce n'est que du sucre, mais tellement bon.

Safe la dévisagea un instant en pensant qu'elle se moquait de lui. Mais lorsqu'elle haussa légèrement les épaules et lui adressa un modeste sourire, il se rendit compte qu'elle était sérieuse.

Cette drôle de sensation dans son ventre recommença. Quelles étaient les probabilités que la femme qu'il avait sauvée d'un sort potentiellement horrible appréciât non seulement son café aromatisé, mais aimât elle aussi les céréales ultra-sucrées ?

Ignorant la petite voix dans sa tête qui lui disait de s'accrocher à cette femme et de ne jamais la laisser partir, le militaire attrapa les boîtes de Golden Grahams et de Miel Pops. Il les posa sur la table de l'espace salle à manger réduit à côté de la cuisine, puis se dirigea vers le réfrigérateur pour prendre le lait. Une fois le couvert mis avec deux bols, évidemment surdimensionnés, ainsi que des cuillères, il tira une chaise pour Wren et s'assit en face d'elle.

Elle s'avança lentement vers la table et prit place. Tout en lui adressant un autre petit sourire, elle posa son café et tendit la main vers les Miel Pops. On n'entendait que le craquement des céréales qu'ils mangeaient en silence.

Une fois qu'ils eurent tous les deux aspiré bruyamment le reste du lait au fond des bols, Safe se leva.

La façon dont Wren tressaillit devant ce mouvement brusque ne lui échappa pas. Se maudissant de l'avoir effrayé, il se figea.

— Je vais déposer nos couverts dans l'évier. Si vous voulez aller vous asseoir dans le canapé et vous mettre à l'aise, j'arrive tout de suite et je vous raconte ce qui s'est passé la nuit dernière.

— D'accord, répondit-elle en s'écartant de la table.

Elle se leva rapidement et fit un pas en arrière. Safe saisit les bols et les cuillères et retourna dans la cuisine. Du coin de l'œil, il vit la jeune femme s'avancer dans le salon. Elle choisit de s'installer dans son fauteuil inclinable et il ne put s'empêcher de penser qu'elle avait l'air minuscule dans ce siège surdimensionné. Avec son mètre quatre-vingt-cinq, Safe n'était pas un géant, mais il n'était pas non plus petit. Wren semblait de taille moyenne pour une femme, aux alentours d'un mètre soixante-cinq, mais elle était menue et paraissait presque frêle.

Lorsqu'elle replia ses jambes sous elle, Safe sourit. Elle n'avait pas hésité à se mettre à l'aise et le fait qu'elle ne se soit pas perchée au bord du siège, prête à se sauver, lui indiquait qu'elle devait se fier à lui. Du moins, un petit peu.

Et ce fut cette petite marque de confiance qui lui fit jurer mentalement de faire ce qu'il faudrait pour s'assurer qu'elle se sente en sécurité. Avec lui *et* après les évènements de la soirée précédente. Il ne savait pas qui était l'homme avec lequel elle était sortie, mais il le retrouverait et, avec l'aide de son équipe, il lui apprendrait ce qui se passe lorsqu'on s'en prend à des femmes innocentes.

C'était une pensée un peu sanguinaire, d'autant plus qu'il venait juste de rencontrer Wren, mais Safe ne pouvait s'en empêcher. Après l'avoir veillée toute la nuit, après qu'elle lui avait demandé son assistance au bar, il était soucieux de la protéger.

Après avoir fait la vaisselle du petit-déjeuner, il apporta la verseuse vers la jeune femme.

— Je vous ressers ? proposa-t-il d'une voix douce.

— Oui, merci, répondit-elle en tendant son mug.

Safe le remplit, ainsi que le sien, se sentant ridicule d'être heureux qu'elle apprécie son café, puis s'assit sur le canapé, de l'autre côté de la pièce par rapport à son fauteuil. Il n'hésita pas à lui raconter ce qu'elle voulait savoir.

— Je vous ai vu au *Aces* avec ce type avec lequel vous étiez. Sa tête ne me revenait pas. Non, ce n'est pas vrai : je n'aimais pas comment il *vous* dévisageait quand vous regardiez ailleurs.

— Et comment me regardait-il ? l'interrogea Wren.

— Comme un lion qui observe sa proie.

Elle grimaça.

— Il semblait inoffensif. Je l'ai rencontré en ligne. On a discuté dans un chat à plusieurs reprises. Il m'a dit qu'il était comptable. Qu'il aimait jouer aux échecs pendant son temps libre. Je suis tellement bête, ajouta-t-elle avec un soupir.

— Non, ce n'est pas vrai, insista Safe.

— Qu'est-ce qui s'est passé ensuite ?

Cela lui déplaisait qu'elle pense cela d'elle-même. C'était dur de rencontrer des personnes avec qui sortir. Internet avait facilité les choses d'un côté, mais les avait rendus plus difficiles de l'autre. N'importe qui pouvait dissimuler sa véritable nature jusqu'à ce qu'il soit trop tard.

— Bo ?

Entendre son nom franchir les lèvres de la jeune femme fit remonter cette drôle de sensation en lui, mais, une fois de plus, Safe la refoula.

— Pardon. Donc, je vous ai vue à une table avec cet enfoiré, mais puisque ça ne me regardait pas que deux étrangers prennent un verre, je vous ai ignorés. Un peu plus tard, je venais d'aller aux toilettes et je retournais au bar quand vous êtes apparue dans le couloir. Vous n'aviez pas bonne mine. Vous chanceliez et bredouilliez. Vous m'avez demandé mon aide, puis vous vous êtes évanouie.

« La première chose que j'ai pensée, c'était à vous sortir de là. J'aurais sans doute dû vous amener dans le bureau de Jessyka, la propriétaire du bar, mais à la place, j'ai suivi mon instinct. Je suis sorti par la porte de derrière et suis allé tout droit vers ma voiture. Je nous ai conduits ici, je me suis assuré que vous alliez bien d'un point de vue médical – j'ai un peu d'entraînement, vu que je suis un SEAL – puis j'ai joint Jessyka.

— Et pas la police ? voulut savoir Wren.

Le militaire fit la grimace.

— Oui, j'aurais dû l'appeler, admit-il.

— Non ! Enfin, peut-être, nuança-t-elle. Mais je ne suis pas fan d'eux.

Il eut aussitôt envie de lui demander pourquoi. Tout connaître de cette femme. Mais lorsqu'elle ne partagea pas cette information, il poursuivit :

— Comme je vous l'ai dit, j'ai téléphoné au *Aces* et j'ai parlé avec la propriétaire. Je lui ai raconté ce qui était arrivé. Que vous étiez en sécurité avec moi, mais que je voulais m'assurer qu'elle sache que l'homme avec qui vous étiez était mauvais et pour lui demander que les gars le retiennent.

Wren se redressa.

— Et ils l'ont fait ?

— Malheureusement, non. Il était parti. Mais j'ai pensé que vous aimeriez voir par vous-même ce qui s'est passé après que Jessyka a appris ce que vous aviez subi.

Safe sortit son téléphone et afficha la vidéo que cette dernière lui avait envoyée quelques heures plus tôt. Il se leva, franchit les quelques pas jusqu'au fauteuil et le tendit à Wren.

— Appuyez sur lecture quand vous êtes prête. J'ai déjà monté le son.

Il n'y avait rien de drôle dans ce qui était arrivé à Wren... mais Safe adorait ce qui s'était produit après leur départ.

Il écouta pendant qu'elle regardait la vidéo, sachant ce qu'elle voyait. Jessyka avait allumé à fond toutes les lumières du bar chichement éclairé et coupé la musique. Puis elle était montée sur le comptoir pour faire une annonce. Safe pouvait entendre son discours dans le haut-parleur du téléphone tandis que Wren scrutait l'écran.

— *Votre attention s'il vous plaît ! J'ai été avertie que quelqu'un qui était là plus tôt dans la soirée a trafiqué le verre d'une femme. Je demande donc à toutes les femmes de poser le leur sur-le-champ. N'en prenez pas une autre gorgée ! Je vais remplacer gratuitement vos boissons. La jeune femme qui a été droguée a été emmenée en lieu sûr, littéralement, mais si vous vous sentez malade ou faible, je vous invite à nous en informer, moi ou mon équipe.*

Wren mit en pause la vidéo et releva la tête vers Safe.

— Mais si le type avec qui j'étais était parti, pourquoi est-ce qu'elle a fait ça ? Ça a dû lui coûter beaucoup d'argent.

— Jessyka prend son rôle de patronne de bar très au sérieux. Il n'est pas question qu'elle reste assise les bras croisés après avoir entendu ce qui vous était arrivé. Elle prend la sécurité de ses clients encore *plus* au sérieux. Et ça l'a agacée que vous ayez été droguée juste sous son nez, dans *son* établissement. De ce que j'ai compris, les lumières sont restées allumées pendant plus d'une heure et sans musique. Personne ne s'est plaint.

— Waouh.

— Mais ça la contrarie beaucoup qu'ils n'aient pas attrapé le gars. Elle a une tonne de caméras dans tout le bar ainsi que dans le parking. Elle les a étudiées et a trouvé celle montrant votre rencard qui met la drogue dans votre verre au comptoir, juste après que le barman a tourné le dos, et celle de moi qui vous fait sortir par la porte de derrière. Une autre caméra m'a vu vous porter jusqu'à ma voiture. Et elle a également le type qui se lève et s'en va lorsque vous n'êtes pas revenue à la table. Mais il n'était pas garé dans le parking du *Aces*. Il est parti à pied aussi nonchalamment que s'il allait faire une petite balade nocturne.

— Donc pas de plaque d'immatriculation à signaler, en conclut Wren.

— Exactement.

— Il m'a dit qu'il s'appelait Matt. Matt Smith.

Safe retroussa les lèvres en une grimace. Wren hocha la tête.

— Oui. Sans doute inventé. Mais on devrait être capable de le retrouver grâce à l'application, non ? l'interrogea-t-elle en se penchant et en tirant son téléphone de sa poche.

— Peut-être, répondit Safe. Je connais un gars qui faisait partie des SEAL et il peut faire à peu près n'importe quoi avec de l'électronique.

— Oh non ! s'exclama Wren qui fronçait les sourcils en regardant son écran.

— Quoi ? Qu'est-ce qui ne va pas ? la questionna Safe.

— Il les a effacés.

— Effacé quoi ?

— Nos messages ! On communiquait via l'appli, parce que je ne voulais pas lui donner mon numéro de téléphone. On s'en est envoyé plusieurs centaines en apprenant à nous connaître et ils ont disparu.

— Est-ce que son profil est toujours actif ?

Wren soupira et laissa retomber sur ses genoux la main qui tenait le portable.

— Non. Il va s'en tirer. On ne sait pas à combien de femmes il a déjà fait ça... à combien il *va* le faire.

— Ne négligez pas tout de suite mon ami. Il est très... minutieux.

Safe avait failli dire sournois, mais il avait décidé que ce n'était sans doute pas le meilleur adjectif pour rassurer Wren.

— Ça n'a pas d'importance. Je m'en suis sortie, grâce à vous, dit-elle en regardant sa montre. Et je vous ai pris assez de votre temps. Je suis sûre que vous avez des choses plus importantes à faire ce matin que de jouer les baby-sitters. J'apprécie votre aide. Si vous voulez bien me donner mon sac à main, je peux vous rembourser pour les tracas que je vous ai causés. Puis je pourrais vous laisser tranquille et rentrer chez moi.

Safe la regarda, perplexe.

— Votre sac à main ?

Wren le dévisagea à son tour.

— Oh. Oui. J'imagine que je ne l'avais pas avec moi quand je vous ai vu dans le couloir ? Il est certainement toujours au bar alors.

Safe avait un mauvais pressentiment. Et, en tant que SEAL, il n'avait jamais ignoré son instinct. Il se leva et demanda :

— Est-ce que je peux récupérer mon portable ?

— Oh ! Oui, pardon, s'exclama-t-elle avec un léger sourire en le lui tendant.

Sans un mot, Safe le reprit et composa le numéro de Jessyka. La nuit avait été longue pour elle, comme pour lui, mais il était sûr qu'elle serait debout. Il mit le téléphone sur haut-parleur pour que Wren puisse entendre sa conversation.

— *Safe. Est-ce qu'elle va bien ?*

— Wren va bien, la rassura-t-il.

— *Wren ! C'est un joli prénom.*

C'était ce qu'il pensait également, mais il avait des choses plus importantes en tête.

— Est-ce que tu as trouvé son sac à main au *Aces* hier soir ? À la table où elle était ?

— *Son sac ? Non, je ne crois pas qu'il restait quoi que ce soit à la table dans le coin... Oh, merde... est-ce que cet enfoiré l'a pris ?*

Safe croisa le regard de Wren et il put voir qu'elle était tout aussi inquiète que lui de ce fait nouveau.

— Apparemment, répondit-il en soupirant.

— *Mais quel connard !* cracha Jessyka. *Je vais tout de suite aller au bar voir s'il a été rapporté. Je t'appellerai dès que je sais. Mais... Safe, s'il a son sac, il sait où elle habite... et il a même certainement les clés de chez elle, à moins qu'elle les eût sur elle ?*

La patronne du *Aces* ne disait rien auquel il ait déjà pensé. Mais à en juger par l'expression de Wren, celle-ci commençait simplement à se rendre compte de la réelle gravité de la situation.

— Je sais. Tiens-moi au courant si on retrouve le sac, lui dit-il. Je dois y aller.

— *D'accord. Mais, s'il te plaît, dis à Wren qu'on est tous contents qu'elle aille bien. Et que ce genre de merde n'arrive généralement pas dans mon établissement. On va tous essayer de mieux garder un œil sur les femmes là-bas. Je pensais à créer une section spéciale pour les premiers rendez-vous, pour qu'elles se sentent plus en sécurité. Quelques tables plus proches du bar et rendre obligatoire que les bois-sons y soient apportées directement par un barman. Et on ajoutera quelques caméras. Bien sûr, ça ne veut pas dire que les gens doivent s'y asseoir s'ils n'en ont pas envie, mais au moins ils auront ce choix. On va en faire la pub et s'assurer que tout le monde sache que s'ils souhaitent rencontrer quelqu'un pour la première fois au Aces, ce sera le plus possible en toute sécurité.*

— Je suis sûr que les gens apprécieront. À plus tard.

— *OK. Safe ?*

— Oui, Jess ?

— *Elle a véritablement eu de la chance que tu aies été là précisément au bon moment.*

Safe savait de quoi elle parlait. Il lui était arrivé tout un tas d'ennuis à ses amies et elle, mais elles avaient toutes eu assez de chance pour avoir un Navy SEAL à leur disposition quand les choses tournaient au vinaigre.

— C'est vrai, acquiesça-t-il au bon d'un moment.

— *Benny a déjà contacté Tex pour voir s'il peut trouver où cet enfoiré est allé après avoir quitté l'Aces. Le pister via des caméras de rue pour découvrir où il s'est garé et voir si on peut identifier sa plaque d'immatriculation. Si quelqu'un peut le retrouver, c'est bien Tex.*

— Je ne vais pas te contredire sur ce point. Il faut vraiment que j'y aille, Jess. Passe-le bonjour de ma part à Benny et à plus tard.

— *OK. À plus tard, Safe.*

Ce dernier raccrocha et ouvrit la bouche pour dire quelque chose de rassurant à Wren, mais dès l'instant où il reposa le téléphone, elle se leva de son fauteuil et commença à faire les cent pas dans son salon.

— Merde ! Il a les clés de ma voiture, de mon appartement. Mes papiers d'identité, mon adresse. Il sait où j'habite !

Safe ne supportait pas de voir cette femme si paniquée. Il se mit en travers de son chemin et posa ses mains sur ses épaules pour l'arrêter.

— On respire, Wren.

— Je ne peux pas ! s'exclama-t-elle en faisant néanmoins ce

qu'il lui avait ordonné. Je me souviens maintenant d'avoir laissé mon sac à main à la table. Il fallait que je m'éloigne de lui ! Je savais qu'il m'avait droguée et je ne voulais pas m'évanouir à la table.

— Je sais.

Wren ferma les yeux et prit une autre grande inspiration. Puis elle se redressa et leva la tête vers lui.

— J'apprécie tout ce que vous faites. Un tas de gens ne l'aurait pas fait. Merci pour le petit-déjeuner. Je vais appeler quelqu'un pour me ramener avec mon téléphone.

— Attendez... quoi ? demanda Safe, le front barré d'un pli soucieux.

— Vous avez sans aucun doute des choses à faire. Vous êtes un SEAL, pas vrai ? Vous devez sans doute aller travailler. Sauver le monde, des trucs du genre.

— Je l'ai fait la semaine dernière. Cette semaine, je suis de repos, lança-t-il malicieusement, ne plaisantant qu'à moitié.

Ils revenaient juste de mission et avaient quelques jours de permission, ce qui expliquait qu'ils se soient tous trouvés au bar la veille.

Wren lâcha un petit rire.

— Évidemment. Bref, encore merci.

— Wren, *attendez !* s'écria Safe en resserrant sa poigne sur ses épaules.

Il ne voulait pas l'effrayer, mais il n'avait aucune envie qu'elle s'en aille. Il n'en savait vraiment pas assez sur cette femme. Et même s'il n'allait pas la retenir en otage, il ne pensait franchement pas que retourner chez elle soit ce qu'il y avait de plus intelligent à faire. Pas avec Matt, ou quel que soit son nom, disposant de toutes ses informations.

— Ce n'est pas prudent de rentrer chez vous. Il a votre adresse et vos *clés*, Wren. Laissez la magie de Tex opérer. Laissez-le faire ce qu'il peut pour débusquer cet enfoiré afin que vous puissiez porter plainte. Jessyka a la vidéo où on le voit trafiquer votre verre. En attendant, on a juste besoin de s'assurer que vous pouvez regagner votre appartement sans problèmes. Et puis, on peut changer vos serrures pour qu'il ne puisse pas entrer et mettre en place un système d'escortes afin que vous puissiez aller et venir sans qu'il vous harcèle.

Wren le dévisageait d'un air étrange.

— Quoi ? demanda-t-il.

Il avait peur qu'elle se contente de le remercier et de tenter de s'en aller. Le militaire éprouvait ce sentiment bizarre que si elle le faisait, il perdrait la meilleure chose qui lui soit jamais arrivée. C'était d'une nullité sans nom et complètement fou… mais c'était ce que son instinct lui soufflait et il ne l'avait jamais ignoré jusqu'à présent. Il n'allait pas commencer là.

— Je n'ai nulle part où aller, sans même savoir pour combien de temps, lui expliqua-t-elle, les yeux écarquillés.

— Vous pouvez rester ici, laissa-t-il échapper.

Il n'avait pas eu l'intention de lui proposer d'habiter avec lui, mais, à présent que c'était fait, il ne pouvait pas dire que l'idée le contrariait.

— *Pardon ?*

— Vous pouvez me faire confiance. Vous pouvez rester dans la même chambre que celle où vous avez dormi la nuit dernière. Vous avez ma parole que je ne tenterais rien de louche. Je pourrais même acheter des Chocapic pour que vous ayez ce que vous aimez au petit-déjeuner.

— Je n'ai aucun de mes vêtements ni rien, répondit-elle, incrédule.

Heureux qu'elle ne refuse pas ni ne le traite en hurlant de psychopathe ou même ne s'écarte de lui, Safe insista un peu plus.

— On peut aller chez vous et prendre ce dont vous avez besoin pour quelques jours.

— Je croyais que vous aviez dit que ce n'était pas une bonne idée de rentrer chez moi ?

— Eh bien, je pense que je peux me servir de certains de mes talents de SEAL pour entrer et sortir de chez vous sans me faire remarquer, la taquina-t-il.

— Vous n'allez pas fouiller dans mes affaires et préparer mes bagages à ma place !

Elle plissa légèrement le front.

— Attendez, qu'est-ce que je dis, là ? s'interrogea-t-elle, s'adressant plus à elle-même qu'à lui. Est-ce que je suis réellement en train d'y songer ?

— Oui, répondit Safe pour elle. Vous serez protégée ici. De moi *et* des connards qui veulent vous faire du mal. Je peux vous donner les numéros de téléphone de mes amis, qui se porteront garants de moi.

— *Bien sûr* qu'ils ne vont dire que du bien de vous, répliqua-t-elle en levant les yeux au ciel.

— Très bien. Alors je vais vous donner ceux des amies de *Jessyka*. Qui sont des épouses de militaires. Elles vivent toutes avec d'anciens SEALs et je vous promets qu'elles ne vont pas tourner autour du pot en ce qui me concerne. Elles vont être très franches. Euh, attendez... d'un autre côté, je n'ai peut-être pas envie que vous échangiez avec elles des ragots à mon sujet.

À sa grande surprise, cela fit sourire Wren. Puis elle redevint rapidement sérieuse.

— Je ne voudrais vraiment pas vous déranger.

— Ce ne sera pas le cas. Ça ne l'est pas.

— Bo, j'ai passé trop d'années à dormir sur des canapés en ayant l'impression de profiter des gens. J'ai juré de ne plus jamais le faire.

Safe n'aimait pas ça. Du tout. L'idée que cette femme n'ait pas son propre foyer et compte sur la générosité des autres pour avoir un endroit où dormir le mettait... mal à l'aise. Et il brûlait de connaître son histoire. Dans les moindres détails.

— Vous ne profitez pas de moi si c'est moi qui propose, rétorqua-t-il après une brève pause. Et, pour info, je ne m'attends pas à ce que vous fassiez quoi que ce soit. Pas de cuisine, pas de ménage. Rien. Vous êtes une invitée ici. Vous n'avez pas à me rembourser en pensant qu'il faut que vous soyez ma bonne ou quoi que ce soit.

— Ce qui est très bien, parce que je ne suis pas une bonne ménagère, le prévint-elle. Je viens juste de décrocher un nouveau boulot et je ne serais pas souvent là de toute façon.

On aurait dit qu'elle penchait pour rester chez lui. Ce qui était dingue, c'est qu'il venait de la rencontrer et pourtant il voulait qu'elle reste plus que tout autre chose depuis très longtemps.

— Donc c'est un oui ?

— Juste pour quelques jours. Jusqu'à ce que mes serrures soient changées et qu'on sache que Matt ne traînera pas dans le coin.

Ça lui allait.

— D'accord.

— D'accord, répéta-t-elle.

Ils demeurèrent immobiles à se regarder un moment avant qu'elle ne soupire.

— Bon... on va la planifier, cette mission pour récupérer mes affaires, ou bien ?

S'il y avait bien une chose pour laquelle Safe était doué, c'était bien ça.

— Affirmatif, madame, répondit-il avec un sourire.

3

Wren se demanda pour la centième fois ce qu'elle faisait. Elle allait rester ? Chez un inconnu ? C'était dingue. Ridicule. Stupide.

Et pourtant, elle ne pouvait pas nier que là, dans la petite maison de Bo, elle se sentait... en sécurité.

Ce qui la fit presque ricaner. C'était logique puisque c'était ce que voulait dire le surnom de cet homme et c'était exactement ce qu'elle éprouvait en sa présence. Mais c'était vrai. Après la panique initiale, lorsqu'elle s'était réveillée et rendue compte qu'elle ignorait où elle se trouvait, elle s'était calmée en lisant le message qu'il lui avait laissé. Il lui avait offert un choix et c'était ce dont elle avait beaucoup manqué dans sa vie en grandissant.

Puis l'histoire des céréales l'avait davantage détendue. N'importe quel homme ayant un cellier rempli de ces trucs sucrés, et qui prenait véritablement plaisir à les manger, était quelqu'un qu'elle voulait apprendre à connaître.

L'attrait physique était évident. Il était grand, plus d'un mètre quatre-vingt, avait des cheveux châtain clair et épais qui restaient tout ébouriffés lorsqu'il passait les doigts dedans, une barbe ainsi qu'une moustache minutieusement entretenues, des yeux marron clair qui brillaient avec intensité quand ils étaient braqués sur elle. Et un tatouage. Wren n'en était pas particulièrement fan, mais elle ne pouvait pas nier que l'image de serpent sur son bras était sexy.

Oui, on pouvait assurer sans se leurrer qu'elle était attirée par Bo. Mais les apparences pouvaient être trompeuses. Elle l'avait appris à ses dépens. Sa propre mère présentait bien, était grande, mince, belle… tout en étant une garce déloyale, affabulatrice et dépravée. Et les hommes qu'elle ramenait chez elle étaient tout aussi mauvais.

Wren savait donc qu'il ne valait mieux pas juger quelqu'un sur son aspect. Elle voulait apprendre tout ce qu'elle pouvait sur Bo Cyders. Comment avait été son enfance. Ce qu'il faisait pendant son temps libre. Comment il interagissait avec ses amis. Tout cela lui révèlerait beaucoup d'informations sur sa personnalité.

Elle croyait avoir bien jaugé Matt Smith, mais elle s'était trompée. *Énormément*. De ce fait, les choses qu'elle pensait devoir connaître au sujet de quelqu'un n'étaient peut-être pas de bons indicateurs après tout.

— Pourquoi cet air perplexe ? lui demanda Bo.

Ils étaient revenus s'installer à la table de la salle à manger pour planifier la « mission » vers l'appartement de la jeune femme. Wren avait trouvé ça mignon que Bo sorte quelques feuilles et se mette à dessiner les rues autour de sa résidence tout en expliquant comment ils s'approcheraient du bâtiment.

— Pour rien.

— Ne faites pas ça, dit-il en posant le style pour tourner ses yeux marron aux reflets dorés vers elle. Si vous pensez que ce que je suggère ne va pas marcher, dites-le.

— Ce n'est pas ça. C'est juste que… j'étais en train de me faire la réflexion que je croyais bien savoir cerner les gens, mais que ce n'est apparemment pas le cas.

En entendant ça, Bo saisit son téléphone et composa un numéro. Il le mit encore une fois sur haut-parleur et le posa sur la table. Wren était sur le point de lui demander ce qu'il faisait lorsque quelqu'un décrocha.

— *Hé, Safe ! Ça va ? Tu as besoin de quelque chose ?*

— Salut Preacher. J'ai besoin d'aide.

— *Tout ce que tu veux.*

Wren eut les larmes aux yeux à ces quelques mots. C'était idiot, mais le fait d'entendre une preuve si simple et immédiate de l'amitié entre Bo et l'homme à l'autre bout du fil, qui ferait manifestement *tout ce qu'il voulait*, sans même savoir ce qu'on pourrait lui demander, n'était pas quelque chose dont elle avait fait l'expérience. Et ça lui faisait mal.

— D'abord, j'ai besoin que tu parles à Wren. Que tu lui racontes toutes les saloperies que tu connais sur moi.

— *Wren ?*

— La femme du bar d'hier soir.

— *Ah. Elle va bien ?*

— Oui. Mais elle n'est pas sûre de pouvoir me faire confiance.

— Ce n'est pas... tenta d'intervenir Wren, pour dire à Bo que ce n'était pas ce que signifiait son précédent commentaire, mais l'homme au téléphone lui coupa la parole.

— *Il s'est passé quelque chose ?*

— Non. Je lui ai dit qu'elle pouvait rester chez moi tant qu'elle en avait besoin, car nous sommes quasi certains que l'enfoiré qui a trafiqué son verre la nuit dernière a son sac à main. Mais après ce qui est arrivé, Wren ne pense plus avoir un très bon radar à connards.

— *Ah, je comprends. Et c'est la merde. Il sait où elle habite et peut entrer chez elle.*

— Exactement.

— *D'accord. Je serais ravi de lui raconter tous les ragots que je connais à propos de toi.*

— Ceux qui sont pertinents, l'avertit Bo.

L'homme à l'autre bout du fil s'esclaffa.

Safe se tourna vers Wren et déclara :

— Vous pouvez poser vos questions à Preacher. Je serai dehors.

Sur ce, il se leva et s'avança vers la baie vitrée qui menait au jardin sans prononcer un mot de plus.

— Attendez, Bo...

Mais ce dernier refermait déjà la porte derrière lui.

— *Wren ?* appela Preacher.

Celle-ci se retourna vers le téléphone posé sur la table.

— Euh... oui. Salut.

— *Est-ce que vous allez vraiment bien ? Pas d'effets secondaires à cause de ce que cet enfoiré a mis dans votre verre ?*

— Non. Je vais bien. Un petit mal de tête, mais je suis sûre que ça disparaîtra dans quelques heures.

— *Je suis désolé qu'on n'ait pas attrapé le gars,* regretta Preacher.

C'était un moment tellement irréel, d'échanger avec quelqu'un qu'elle ne connaissait pas de quelque chose d'horrible qui s'était produit. Wren était si habituée à cacher ce genre de trucs sous le tapis et à ne plus jamais en parler.

— Ce n'est pas grave.

— *Bien sûr que si. Safe était en pétard hier soir. Après avoir discuté avec Jessyka pour lui raconter ce qui s'était passé, il a appelé Kevlar pour lui demander des conseils.*

— Qui ?

— *Kevlar. C'est notre chef d'équipe, celui qu'on va voir quand on a besoin de recommandations.*

— Oh. Et à quel sujet ? l'interrogea Wren.

— *Du vôtre. Il était en train de douter de lui, de sa décision de vous ramener chez lui. Il voulait l'avis de Kevlar, à cause de ce qui est arrivé à Remi et tout.*

— Remi ?

— *Putain. Safe ne vous a rien raconté ?*

Wren n'apprécia pas les remontrances de Preacher.

— Je me suis réveillée il y a environ une heure. On a pris notre petit-déjeuner, parlé de ce qui s'est passé hier soir après que je me suis évanouie puis on a commencé à faire des plans pour se faufiler dans mon appartement à l'aide de techniques de SEAL super secrètes, donc pardon que Safe n'ait pas eu le temps de me faire le récap complet de sa vie.

Elle regretta immédiatement son ton désobligeant, mais, à sa grande surprise, Preacher éclata de rire.

— *D'accord. Désolé. Bon... vous savez que Safe fait partie des Navy SEALs ?*

— Oui. Il vient de revenir d'une mission où il a sauvé le monde et a quelques jours de repos.

— *Ouaip. Je suis un de ses équipiers. On est six... pardon, sept. Je vous ai parlé de Kevlar. Il y a aussi MacGyver, Flash, Smiley et Blink. C'est notre nouvelle recrue. Bref, Kevlar était en vacances à Hawaï et a été oublié dans l'océan pendant une excursion de plongée. Lui et la femme avec qui il a été abandonné, Remi Stephenson, ont été sauvés, sont revenus en Californie, se sont mis ensemble puis, c'est vraiment parti en vrille.*

Wren se pencha en avant sur sa chaise.

— Qu'est-ce qui s'est passé ?

— *On avait un gars dans notre équipe, Howler. Il a suivi l'entraînement avec Kevlar. C'étaient les meilleurs amis du monde, ils ont été dans la même équipe pendant des années. En fait, il était jaloux comme pas permis de Kevlar et c'est lui qui s'est arrangé pour l'oublier dans l'océan.*

Wren en eut un hoquet de surprise.

— Sérieux ?

— *Oui. Mais ce n'est pas le pire. Howler a kidnappé Remi. Il l'a emmenée dans les collines, où il avait déjà creusé une tombe. Il avait l'intention de l'enterrer vivante, puis « d'aider » les équipes de recherche à trouver son corps.*

— Mais pourquoi ? Pourquoi ferait-il ça à la petite amie de son meilleur ami ? demanda la jeune femme, complètement fascinée par l'histoire.

— *Par jalousie. Il voulait le poste de chef d'équipe. Au lieu de se comporter en homme à ce sujet et d'aller voir notre commandant pour discuter de la possibilité de diriger une autre équipe, Howler a tenté de tuer Remi en sachant que ça détruirait émotionnellement Kevlar. Il s'est dit qu'il pourrait reprendre notre mission au Tchad une fois Kevlar sur la touche.*

— Putain de merde, répondit Wren dans un souffle.

— *Ouais.*

— Je suppose que son plan a échoué, puisque vous me racontez cette histoire.

— *Exact. Blink, notre nouveau membre, a pu convaincre Howler qu'il était de son côté et, quand l'occasion s'est présentée, l'a mis hors d'état de nuire et a sauvé Remi.*

Wren se figura qu'elle comprenait ce que cela signifiait, mais cela la choquait tout de même.

— *Donc, vous pensez ne pas bien savoir cerner les gens ? Croyez-moi quand je dis ça, n'importe qui peut dissimuler sa vraie nature aux yeux du monde. Aux yeux de ceux qui le connaissent le mieux. Vous imaginez que Kevlar ne s'en est pas voulu à mort de ne pas avoir vu que son meilleur ami était vert de jalousie pendant toutes ces années ? Qu'on n'est pas tous furax de ne pas avoir remarqué la folie d'Howler, un homme avec qui on a passé des milliers d'heures ? De ne pas avoir compris que c'était lui qui s'était arrangé pour que Kevlar meure dans l'océan ? Qu'il était capable de kidnapper sa petite amie et de la tuer ?*

« *Vous en étiez au premier rendez-vous. On ne peut pas vous juger pour ne pas avoir vu à travers l'écran de fumée de ce connard et ne pas vous être rendue compte qu'il avait l'intention de vous droguer. En revanche, ça indique que lui est un prédateur.*

La tête de Wren lui tournait.

— Vous marquez un point, lâcha-t-elle.

L'homme dans le téléphone s'esclaffa.

— *Ravi que vous le pensiez.*

— Comment va Remi ? demanda-t-elle. Ça n'a pas dû être une expérience amusante.

Preacher resta silencieux un long moment et la jeune femme devint nerveuse.

— Désolée, je n'étais pas censée poser cette question ?

— *Non. Je songeais juste à quel point vous êtes parfaite. La plupart des gens paniqueraient au sujet de la tentative de meurtre et du fait qu'un membre de notre équipe ait essayé de tuer. Par deux fois. Mais au lieu de ça, vous vous inquiétez pour Remi.*

— Je ne suis pas parfaite. Loin de là, répliqua Wren. Et on ne m'effraie pas facilement.

— *J'imagine qu'il y a une raison à ça.*

— Oui.

Elle n'entra pas dans les détails. Preacher n'eut pas l'air de s'attendre à ce qu'elle le fasse et poursuivit :

— *Bon, donc... Safe. Il vous a raconté comment il a reçu ce surnom ?*

— Oui.

— *Eh bien, il ne plaisantait pas à propos de cette histoire, mais ça lui va comme un gant. C'est le gars qui s'inquiète pour nous quand on est en mission. Je ne dis pas par là qu'on ne fait pas attention les uns aux autres, mais Safe est tout le temps en train de faire en sorte qu'on soit tous en sûreté. Même les civils qu'on croise. Il veut qu'on réussisse notre mission, mais il veut que tout le monde le fasse en sécurité. Alors quand vous lui avez demandé de l'aide hier soir, vous avez choisi pile la bonne personne.*

— Je ne l'ai pas vraiment choisi. C'est juste qu'il se trouvait dans ce couloir.

— *Vous êtes en train de me dire que vous n'avez croisé personne d'autre en chemin ?*

— Je ne m'en souviens pas, répondit Wren avec honnêteté.

— *Eh bien, si, répliqua l'équipier de Bo. J'ai vu l'enregistre-*

ment. Vous avez croisé trois autres hommes qui vous auraient aidée. Mais vous avez attendu d'être avec Safe.

Wren voulut continuer à en débattre. Dire quelque chose à propos du fait qu'elle avait sans doute attendu de sortir du champ de vision de Matt avant de demander de l'aide, mais elle n'en eut pas l'occasion, parce que Preacher reprit :

— *Safe m'a demandé de vous raconter toutes les saloperies que je connais sur lui, pour que vous sachiez dans quoi vous vous embarquiez. Alors, voyons...*

— Non, l'interrompit Wren. Je ne veux rien entendre.

— *Mais vous vous inquiétez de ne pas être capable de bien juger les gens...*

Le militaire laissa sa phrase en suspens.

Wren rit.

— Vous avez tout planifié, c'est ça ? l'interrogea-t-elle.

Preacher eut l'air plus grave que jamais lorsqu'il répondit :

— *Non. Absolument pas. Écoutez, Safe n'est pas un saint, aucun de nous ne l'est, même moi, avec un surnom tel que Preacher*[*]. *Mais, sérieusement, vous n'auriez pas pu choisir un meilleur homme pour vous défendre. Laissez-le vous aider, Wren. Laissez-nous vous aider tous. Il n'y a rien qui nous met plus en colère qu'un homme qui fait du mal à une femme. Et cet enfoiré de la nuit dernière ? Il est en haut de notre liste en ce moment. On va le retrouver et s'assurer qu'il obtient ce qu'il mérite.*

— Vous n'allez pas le tuer, hein ? murmura Wren.

Preacher éclata d'un rire sonore. Lorsqu'il reprit le contrôle de lui-même, il répondit :

— *Non. Bon... c'est quoi cette histoire d'infiltration dans votre appartement en vous servant de techniques de SEAL super secrètes ?*

Wren se rendit compte qu'il s'était souvenu mot pour mot de ce qu'elle avait dit précédemment. Elle expliqua brièvement le plan de Bo pour rentrer chez elle et récupérer ses affaires.

---

[*] *Pasteur* en français.

— *Dites-lui que j'en suis. Comme le reste des gars. Ça va être drôle.*

— Drôle ?

— *Oh, oui. Aucun de nous ne gère très bien les temps morts.*

— Euh... OK.

— *Désolé. Je suis parfois un peu trop enthousiaste. Mais, sérieusement, dites-lui que s'il a besoin d'aide, chacun d'entre nous sera prêt à surveiller vos arrières pendant que vous entrez.*

— Je lui ferai savoir.

— *Bien. Et, Wren ?*

— Oui ?

— *Je suis content que vous alliez bien. Aucune femme ne devrait s'inquiéter de ce genre de choses quand elles rencontrent quelqu'un pour la première fois.*

— Merci. Je suis d'accord.

— *Je sais que Jessyka veut probablement se racheter auprès de vous. Ne laissez pas cet incident vous empêcher de retourner au Aces.*

— Elle a annoncé à Bo qu'elle souhaitait créer des tables spéciales pour les premiers rendez-vous... où les femmes pourraient être assurées d'être en sécurité.

— *Ça lui ressemble bien. Laissez Safe s'occuper de vous quelques jours. Vous ne le regretterez pas.*

Wren avait envie de dire à Preacher qu'elle n'était pas le genre de femme qui avait besoin qu'on prenne soin d'elle. Qu'elle le faisait elle-même depuis l'âge de six ans. Mais elle n'en eut pas l'occasion, car il mit fin à la communication.

Elle resta assise à la table une minute ou deux, se repassant mentalement tout ce qu'elle venait d'apprendre avant de repousser sa chaise et de se diriger vers la baie vitrée coulissante.

En regardant dehors, elle vit Bo, les mains dans les poches, qui se tenait près de la clôture et observait deux écureuils qui mangeaient des noix sur le sol.

Alors qu'elle ouvrait la baie, il se retourna, mais n'avança pas vers elle.

— Ça va ? lui demanda-t-il.

La jeune femme hocha la tête. Elle se sentit gênée tout d'un coup.

Bo marcha vers elle. Wren recula donc aussitôt d'un pas et il s'immobilisa immédiatement.

— Si vous voulez partir, je comprendrais. Je peux vous emmener où vous le souhaitez, mais je ne vous recommande toujours pas de revenir dans votre appartement tant que mes amis et moi n'aurons pas changé les serrures.

— Est-ce que vous le ferez quand même si je m'en vais ?

— Oui.

— Vous devriez savoir que Preacher ne m'a rien dit. Enfin, si, mais rien sur vous.

Bo eut l'air un peu agacé.

— Il est censé vous raconter des trucs moches sur moi pour que vous vous fiiez à moi.

Wren ne put s'empêcher. Elle éclata de rire.

— Et en quoi est-ce censé me donner confiance en vous ?

Bo fit la grimace.

— Euh… je ne sais pas. Ça m'a juste semblé une bonne idée sur le moment.

— Eh bien, il n'a rien dit et je me fie tout de même à vous. J'étais inconsciente, vous auriez pu faire ce que vous vouliez de moi… et ça n'a pas été le cas. J'aurais pu simplement être une autre histoire triste de femme assassinée dont le corps s'échoue sur le rivage. Mais au lieu de ça, je me suis réveillée en vie et en sécurité, j'ai pris un petit-déjeuner parfait et j'envisage bien mieux les prochains jours que lorsque j'ai émergé il y a deux heures, tout en sachant que Matt a probablement les clés de chez moi. Oh, et Preacher m'a demandé de vous dire que si vous avez besoin d'aide pour votre mission super secrète de

SEAL pour vous infiltrer dans mon appartement, il est disponible.

— Vous lui avez raconté ça ?

— Oui.

— Très bien. Vous voulez rentrer et continuer nos plans ?

Wren le dévisagea.

— C'est bizarre.

— Carrément, approuva-t-il.

La jeune femme prit une décision spontanée. Ce qu'elle n'avait jamais fait dans sa vie. Elle était une planificatrice et n'aimait pas prendre de résolutions sans penser à tout ce qui pouvait mal tourner.

— Si l'offre tient toujours, j'aimerais rester. Ici. Avec vous. Au moins jusqu'à ce qu'on découvre qui est Matt et s'il va causer des problèmes.

— Bien.

— Je suis de repos aujourd'hui, puisqu'on est dimanche, mais je dois aller travailler demain.

— Est-ce que je peux vous demander où vous travaillez ?

Wren se rendit soudain compte que, si elle ne connaissait pas cet homme, l'inverse était également vrai. Mais elle se sentait plus à l'aise avec lui qu'avec n'importe qui d'autre depuis un long moment.

— Vous pouvez. Dès qu'on aura planifié cette mission d'infiltration de mon appartement.

Bo lui sourit.

— Marché conclu, dit-il en faisant un geste en direction de la porte. Après vous.

Alors que Wren revenait vers la table, son esprit se mit à tourbillonner à cause de ce qui s'était produit durant les seize dernières heures. Elle avait eu un premier rendez-vous, avait été droguée, s'était évanouie, s'était réveillée dans la maison d'un inconnu, découvert qu'elle et l'homme qui l'avait sauvée de ce qui aurait pu être une horrible expérience partageaient un certain amour pour les céréales pour enfants, avait discuté avec un ami à lui qui lui avait vendu la mèche à propos de détails assez intimes au sujet de Bo (et du reste de leur équipe) et à présent, ils étaient en train de réfléchir à la manière de pénétrer dans son appartement sans que personne ne le sache.

Lorsqu'elle avait accepté ce nouveau job à Riverton, en Californie, Wren n'aurait jamais, au grand jamais, imaginé que son existence serait aussi riche en évènements. Mais le plus amusant était que... cela ne la contrariait pas. Sa vie d'adulte avait été parsemée d'ornières. Elle avait vécu, mais n'avait pas été *vivante*.

Rencontrer Bo s'était révélé excitant. Elle n'aimait pas les circonstances de leur rencontre, mais elle devait admettre que passer du temps avec lui était l'une des meilleures choses qui lui soient arrivées jusque-là.

4

— Je ne suis pas trop sûre de ce plan, dit Wren à Bo, le front légèrement barré d'un pli soucieux.

Il était aux alentours de quinze heures et Safe était assis sur le canapé tandis que Wren avait repris sa place dans le fauteuil inclinable. Ils avaient eu des nouvelles de Jessyka quelques heures plus tôt, laquelle leur avait confirmés que le sac à main de la jeune femme avait *bien* été retrouvé au bar, mais que ses clés avaient disparu. Ainsi que son permis de conduire. Ce qui était très inquiétant. Safe pouvait s'imaginer le type fouillant dans le sac à la recherche de ces deux objets en particulier. Cela donnait un tour menaçant à ses actions et collait la chair de poule au militaire.

Wren lui avait fourni autant de détails que possible à propos de la résidence où elle vivait puis il l'avait cherchée sur un programme de cartes par satellite qu'il utilisait dans la Navy. Il avait étudié les rues environnantes et trouvé la meilleure façon de s'approcher de son appartement sans avoir à arriver par la rue principale. Il ne savait pas si Matt épiait la jeune femme en vue de son retour, mais il n'allait pas prendre de risques.

Oui, le faire sortir de sa cachette leur permettrait plus facilement de l'identifier, mais Safe ne se servirait jamais de Wren comme appât. Il était confiant : Tex découvrirait son vrai nom et communiquerait ces informations à la police pour que Wren puisse porter plainte. Il ne souhaitait pas qu'elle ait à affronter ce connard ce jour-là, alors que tout ce qui s'était produit était encore si frais.

À présent, ils se détendaient, ou du moins tentaient de le faire, et attendaient que la nuit tombe pour aller chez elle. Kevlar avait apparemment parlé à Preacher, parce qu'il avait téléphoné à Safe et l'avait averti qu'*il* allait venir avec eux. Safe était ravi d'avoir des renforts. Il n'avait pas besoin de l'équipe au grand complet, cela attirerait trop l'attention, mais il pourrait avoir besoin de l'aide de son chef.

— De quoi n'êtes-vous pas sûre ? demanda-t-il à Wren.

— Euh… de tout ? Bo, vous vous comportez comme si de méchants Matt allaient se trouver à chaque coin de rue et derrière chaque buisson. Vous voulez sérieusement grimper jusqu'à mon appartement au premier étage et entrer par effraction par la porte de mon patio ? C'est… de la folie !

— Si ce Matt traîne dans le coin, la dernière chose dont j'ai envie c'est qu'il vous aperçoive, répondit-il calmement.

— Mais si vous êtes avec moi, il n'y a pas moyen qu'il fasse quoi que ce soit.

— Me voir avec vous pourrait bien provoquer une réaction chez lui. Son grand plan ne s'est pas déroulé comme il le voulait hier soir. Je n'ai juste pas envie qu'il fasse quoi que ce soit d'impulsif.

— Comme escalader mon balcon et forcer l'entrée ? marmonna Wren.

Safe avait eu l'impression qu'elle plaisantait, mais il pouvait désormais constater qu'elle était honnêtement inquiète. Il se pencha en avant.

— Je peux être un brin excessif, lui dit-il avec sérieux. Je peux parfois m'enthousiasmer un peu trop à propos de certaines choses. Vous devriez me voir pendant les fêtes avec les enfants de ma sœur. J'en fais des tonnes chaque année. J'achète trop de cadeaux, je vais chez eux à minuit et piétine leur jardin avec mes bottes... bon sang, j'ai même commandé de la crotte de renne sur Internet que j'ai éparpillé un peu partout dans leur jardin et sur leur toit.

Un sourire se dessina sur les lèvres de la jeune femme.

— Laissez-moi deviner. Votre entraînement de SEAL vous a aidé à ne jamais vous faire prendre ?

— Évidemment, répondit-il. Et même si ça peut sembler légèrement excessif...

Elle arqua un sourcil et il haussa les épaules.

— D'accord, ça l'est sans doute. Ce Matt a pu voler des choses dans votre sac à main simplement pour vous terrifier. Pour vous obliger à déraciner votre vie et déménager de votre appartement, ou même de la ville, alors qu'il est en fait parti depuis longtemps. Mais... si ce n'était pas le cas ?

L'expression de Wren se départit de toute trace d'amusement.

— Je veux juste que vous soyez en sécurité. Je ne supporte pas l'idée que vous rentriez chez vous et que ce connard pose ses mains sur vous.

— Pourquoi ? Vous ne me connaissez pas, affirma doucement Wren.

— Honnêtement ?

— Toujours.

— Vous avez raison, je ne vous connais pas. Mais il y a quelque chose chez vous. Et je sais que ça ressemble à une technique de drague, mais ce n'est pas le cas. Ça vient en partie du fait que vous êtes venue *me* demander de l'aide, parce que *j'étais* le seul dans ce couloir quand vous en aviez besoin. Mais ça va plus loin que ça. Je suis sorti avec un certain nombre de femmes. Et vous savez combien d'entre elles ont trouvé que mon choix de céréales pour le petit-déjeuner était approprié ?

Il ne lui donna pas l'occasion de répondre.

— Aucune, acheva-t-il.

— Je ne suis pas sûre que partager un amour pour les céréales sucrées soit une raison pour que vous vous pliiez en quatre pour moi comme vous le faites, rétorqua-t-elle en secouant la tête.

— Il n'y a pas que ça. C'est le fait que vous discutiez pendant vingt bonnes minutes avec mon équipier et que vous ne trouviez pas ça bizarre. Que j'en fasse trop avec cette histoire d'infiltration de votre appartement et que vous ne preniez pas immédiatement la porte. Que vous ne paniquiez pas en vous réveillant dans la maison d'un inconnu ce matin et que vous me donniez le bénéfice du doute. C'est le simple de fait de vous parler, Wren. Votre franche honnêteté et votre manière d'aller droit au but. Vous êtes... intéressante. C'est nul comme adjectif, mais ça ira pour l'instant.

« Il n'y a pas eu une seconde aujourd'hui où je n'ai pas douté de ce que je faisais. Où je n'ai pas souhaité revenir sur mon invitation à rester ici un moment. J'ai le sentiment de vous connaître depuis des années et pourtant, j'ai des papillons dans le ventre chaque fois que vous me souriez. J'ai l'impression d'être un écolier avec son premier crush, mais... eh bien... vous me *plaisez*, Wren.

Safe eut envie de se donner des gifles. Il en avait dit trop, trop tôt. Il avait l'air d'un psychopathe. Mais il n'allait pas mentir à cette femme. Il y avait quelque chose chez elle qui avait attiré son attention dès le départ. Et passer du temps avec elle ce jour-là n'avait pas douché son intérêt le moins du monde. Il n'avait fait que croître.

Et il ne savait toujours rien d'elle.

Était-ce normal ? Non.

En avait-il quelque chose à faire ? Non plus.

— Je ne suis pas normale, l'informa Wren, le visage totalement impassible.

Safe ne put s'en empêcher : il éclata de rire. Qu'elle se soit servie de ce mot en particulier ne faisait que lui montrer qu'ils étaient sur la même longueur d'onde.

En voyant l'expression blessée qu'elle tentait rapidement de dissimuler, il expliqua :

— Je ne me moque pas de vous. Sincèrement. C'est juste que... je ne suis certainement pas normal moi non plus. J'ai passé des heures aujourd'hui à planifier une mission d'infiltration dans votre appartement comme si c'était une situation de vie ou de mort au cœur d'un territoire ennemi... et ça m'a amusé. Je ne veux pas de *normalité*, Wren, je veux... de l'amitié. M'amuser. Quelqu'un qui me permet de laisser libre cours à ma personnalité bizarre, mais qui sait aussi me dire quand en faire moins. Je veux de la loyauté, du soutien et une femme fière que je sois son homme. Aussi fière que moi je le suis de l'avoir.

OK, cette conversation était devenue bien trop profonde et à présent Safe avait l'impression d'être un idiot. C'était trop tôt. Bien trop tôt.

— C'est juste que... je n'ai pas eu une super enfance, admit Wren. Mon adolescence n'a pas été beaucoup mieux. J'ai presque trente ans, et je n'ai jamais rencontré une seule personne à qui me fier de façon absolue. À cause de ça, je cherche toujours les travers des gens avant leurs bons côtés et pourtant je suis assez bête pour ne pas apprendre de mes leçons et ne pas y revenir même quand je me fais avoir. Je ne suis pas un pari sûr, Bo. Et vous me semblez le genre de gars honnête qui mérite une femme qui n'est pas... brisée.

Safe avait plus que tout envie de la prendre dans ses bras. Mais il ne voulait pas non plus lui faire peur.

— Ma sœur, Susie, a été droguée à la fac et violée en réunion par trois hommes.

Le militaire ferma les paupières et inspira à fond. Super. Pour ce qui est de ne pas l'effrayer, on repassera.

Quand il ouvrit les yeux et croisa son regard, il ne fut pas surpris du choc et de l'inquiétude qu'il y lut.

— Elle était anéantie. J'étais fou de rage. Plus que ça, même. Il lui a fallu beaucoup de temps pour se remettre de ce qui était arrivé. Elle a porté plainte et les hommes ont été déclarés coupables... grâce à une vidéo que l'un d'entre eux a faite de tout cet incident. Elle était sur son téléphone. Il l'avait supprimée, mais elle était toujours sur le cloud. Regarder cette vidéo au tribunal a été la chose la plus dure que j'ai jamais faite dans ma vie. Et ça inclut toutes les missions auxquelles j'ai participé. Voir ces connards violer ma sœur pendant qu'elle était inconsciente m'a donné envie de les tuer, *tous*. Sérieusement. J'ai failli m'en prendre à eux pendant le procès. Mais je ne l'ai pas fait... parce que ça aurait encore plus blessé Susie si son grand frère était allé en prison.

« Aujourd'hui, elle est mariée et ils ont deux enfants les plus adorables de la planète. Ce que je veux dire par là, c'est que ça n'a pas été facile pour elle. Elle n'arrivait pas non plus à faire confiance. Elle recherchait toujours le mauvais côté des hommes après ça. Et pourtant... maintenant, elle est mariée, heureuse, avec une famille. Ce n'est toujours pas simple à certains moments. Elle n'aime pas sortir quand il fait nuit. Elle ne peut pas et ne veut pas aller de maison en maison pour Halloween avec ses enfants, parce qu'il faut être dehors de nuit et que les adultes qui portent des masques lui filent la chair de poule. Ça reste compliqué pour elle de rencontrer de nouvelles personnes, en particulier la gente masculine. Et elle ne sort plus dans les bars. Elle ne supporte tout simplement pas d'être entourée d'autant d'hommes quand ils boivent. Et pourtant, c'est une des personnes les plus fortes que je connaisse.

« Nos expériences nous façonnent. Elles font de nous qui nous sommes aujourd'hui. Wren, vous ne seriez pas la femme que j'ai envie de connaître davantage si vous n'aviez pas vécu ce que vous avez vécu. Je ne sais pas ce qui vous est arrivé, mais j'espère gagner suffisamment votre confiance pour que vous me le racontiez un jour. Que ce soit ou non le cas, je ne doute pas que ça a fait de vous la femme forte que je vois à présent devant moi. Malgré vos réticences à vous fier aux autres, vous n'étiez pas seule chez vous à vous morfondre sur votre sort. Vous tentiez de rencontrer de nouvelles personnes, de trouver quelqu'un qui soit votre partenaire de vie, comme nous le faisons tous. Et vous n'êtes pas restée assise à cette table au *Aces* en acceptant votre destin lorsque ce rendez-vous a mal tourné. Vous avez lutté pour qu'on vous porte secours.

Je ne suis pas en train de vous demander de m'épouser, Wren. Je vous demande juste de me laisser vous aider. D'apprendre à vous connaître. Il est bien plus probable que vous ayez envie de vous débarrasser de *moi* bien avant que je ne veuille me débarrasser de vous. Pour le moment, on peut n'être que des amis, si ça vous convient. Si vous pouvez supporter mes excentricités, je vous offrirais un endroit sûr où loger pendant que mes amis recherchent cet enfoiré de Matt. Puis vous pourrez rentrer chez vous et on pourra, je l'espère, rester en contact et aviser à ce moment-là. D'accord ?

Safe savait qu'il en avait trop dit. Qu'il ne s'était pas arrêté de parler. Mais c'était important. Il le ressentait au plus profond de son être.

— Comment s'appellent-ils ? Les enfants de votre sœur ?

Il cligna des yeux. Après toute cette diarrhée verbale, c'était *ça*, sa question ?

— Anders, qui a cinq ans, et Inez, qui en a trois.

— Oh, ce sont des prénoms uniques, constata Wren.

— Bizarres, vous voulez dire, répondit-il avec un petit sourire. Et ne vous inquiétez pas, Susie est d'accord avec moi.

Mais elle souhaitait que ses enfants aient des prénoms originaux qui sortent du lot. Ce sont des gamins géniaux. Heureux, en bonne santé et curieux comme tout.

— Ils vivent ici en Californie du Sud ?

— En Ohio, en fait. J'aimerais qu'ils soient plus proches, mais je profite à fond du temps que je passe avec eux quand je peux.

Wren s'humecta les lèvres puis hocha la tête.

— D'accord.

— D'accord ? répéta Safe.

— J'aimerais qu'on soit amis. Habiter ici un moment... et voir ce qui arrive.

Le visage de Safe s'illumina.

— Fantastique !

— Et, Bo ?

— Oui.

— Je vous ai peut-être critiqué à propos d'en avoir fait trop dans la planification de cette mission vers mon appartement, mais je dois avouer que... ça a l'air assez amusant. Est-ce qu'on va devoir porter des vêtements sombres et se passer un genre de boue noire sur la figure pour se fondre dans les ombres ?

Safe se mit à rire.

— Des vêtements noirs, oui. L'autre truc, non. Ça en met partout.

— Elles disent toutes ça, marmonna Wren dans sa barbe.

Pendant un moment, le militaire se demanda s'il l'avait correctement entendue puis, lorsqu'elle commença à rougir en levant les yeux vers lui, il se rendit compte que oui. Il ne put retenir son éclat de rire.

Cette femme... il ignorait ce par quoi elle était passée dans sa vie, et ne doutait pas que ça n'avait pas été joyeux, mais elle n'était pas brisée. Elle était coriace, tout comme Susie. Et rien de ce qu'elle aurait pu dire ou faire à cet instant n'aurait plus la rendre plus attirante. Il voulait une femme forte. Quelqu'un qui ne volerait pas en éclat devant la moindre adversité.

— Désolée, ce n'était pas très convenable.

— C'était hilarant, répliqua Safe. Vous entendrez pire de la part de mes amis. Ils essaient de bien se comporter, mais on est des militaires qui traînent avec d'autres militaires et qui font face à des trucs vraiment moches. On a tendance à dire ce qui nous passe par la tête, ce qui n'est pas toujours convenable. Allez, il faut que je vous trouve quelque chose d'autre à porter que votre jolie tenue.

Wren lui adressa un petit sourire et ses joues rosirent de nouveau. Safe pensa soudain qu'elle n'avait pas assez reçu de compliments, si ses paroles suffisaient à la gêner. Il prit mentalement note de rectifier cela.

Il se leva, s'avança vers le fauteuil inclinable et tendit une main. Wren sourit de plus belle en la saisissant, puis il l'aida à se relever. Tenir la main de la jeune femme dans la sienne semblait si... naturel. Mais puisqu'il ne voulait pas la mettre mal à l'aise, il la lâcha dès qu'elle fut debout.

Ils demeurèrent là un instant, les yeux fixés l'un sur l'autre. Safe dut faire appel à tout son contrôle pour ne pas se pencher et l'embrasser, mais ils venaient juste de s'accorder sur le fait d'être amis. Il ne pouvait pas tout ficher en l'air dès le début.

Tout en se retournant, il déclara :

— Allez, suivez-moi, je vais vous trouver un de mes tee-shirts. Il sera trop grand, mais vous pourrez le nouer à la taille ou quelque chose du genre. Ça va être plus problématique de dénicher un pantalon, mais Susie a peut-être laissé quelque chose ici qui vous ira. Elle oublie constamment des vêtements dans la chambre d'amis quand elle vient me rendre visite.

— Bo ?

— Oui ?

— Si j'oublie de vous le dire plus tard, merci. Pour tout.

— Vous n'avez pas à me remercier de faire ce qui est juste.

— En fait, si. Parce que la plupart des gens ne se plieraient pas autant en quatre pour aider une inconnue.

— On n'est plus des inconnus, vous vous rappelez ? remarqua Safe.

— C'est vrai. Des amis.

— C'est ça, approuva-t-il.

Même s'il souhaitait plus, il se contenterait de cela avec elle... pour le moment.

5

Wren ne pouvait s'empêcher de sourire. Bo était... mignon. Il était à fond sur cette mission. Elle n'était toujours pas sûre de comprendre pourquoi ils ne pouvaient tout simplement pas passer par sa porte d'entrée, mais voir le militaire et son ami, Kevlar, en mode SEAL valait bien la discrétion exagérée.

Kevlar était un chouïa plus petit que Bo, mais n'en était pas moins intimidant... ni moins attirant. Même si elle préférait la silhouette plus mince de son sauveur aux muscles du chef de ce dernier. Ils avaient pris la voiture jusqu'à un centre commercial pas loin de sa résidence et s'étaient arrêtés à côté d'une Subaru Crosstrek. Lorsqu'un homme en était sorti, Wren s'était raidie, mais Bo l'avait salué chaleureusement et elle s'était rendu compte qu'il s'agissait de son ami.

Elle eut droit à un signe du menton, un geste masculin et grave qui la fit sourire, et les deux militaires se mirent à discuter du plan.

Bo et elle iraient se faufiler à travers les arbres et les buissons à l'arrière de son appartement tandis que Kevlar ferait le tour par l'avant et étudierait le parking pour s'assurer de l'absence de Matt. Bien entendu, puisqu'aucun d'entre eux ne

48

savait quelle voiture il conduisait, cette partie du plan était risquée.

Alors que l'équipier de Bo monterait la garde devant, ce dernier escaladerait le balcon, aiderait Wren à grimper (elle ne comprenait pas tout à fait comment cela allait se passer, mais elle suivrait le mouvement) puis le militaire forcerait sa serrure et ils entreraient pour prendre ce dont elle avait besoin pour survivre quelques jours chez lui. Cela paraissait assez simple, mais Bo l'avait avertie que bien souvent, les meilleurs plans avaient tendance à mal tourner.

Elle se demanda combien de fois ça lui était arrivé en mission, mais elle n'eut pas l'occasion de lui poser la question. Plus elle passait de temps avec cet homme, plus elle voulait en savoir sur lui. Ce qui pour elle représentait un changement. En règle générale, plus elle apprenait à connaître quelqu'un et plus elle était déçue. Elle découvrait que la personne n'aimait pas les animaux, ou que les gens âgés l'effrayaient, ou qu'elle claquait des lèvres en mangeant. La façon dont Wren était devenue prompte à juger était ridicule, mais elle savait que c'était un moyen de tenir les autres à distance. Elle travaillait là-dessus, ce qui expliquait pourquoi elle avait décidé d'accepter un rendez-vous avec Matt.

Elle ricana. Il fallait voir comment ça avait tourné.

— Ça va ? Vous pouvez rester ici, l'informa Bo qui avait manifestement entendu.

— Non, ça ira. Vous ne sauriez pas quoi emporter de toute façon. Vous ne reviendriez sans doute qu'avec des tee-shirts et aucun pantalon ou quelque chose du genre, le taquina-t-elle.

— Tu as ton oreillette ? demanda Kevlar à Bo.

Il acquiesça et se tapota l'oreille. Wren les avait vus un peu plus tôt tester les petites radios auriculaires.

— OK, je te tiendrais au courant si je vois quoi que ce soit de louche, déclara Kevlar.

— Bien reçu. Dix minutes. C'est l'objectif. Pas plus, lui dit Bo.

— On se retrouve à la voiture dans quinze minutes. Donne-m'en cinq pour étudier l'avant, puis je te ferai signe d'avancer.

Bo hocha de nouveau la tête puis son ami disparut, comme s'il s'était évaporé. Wren en fut impressionnée. Pour la première fois, elle se sentit un peu nerveuse. Cela avait été excessif et amusant avant, mais alors qu'ils étaient sur le point de se déplacer furtivement dans le noir et d'entrer par effraction dans son appartement, cela devenait plus réel.

— Respirez, Wren, lui dit Bo.

Il se tenait juste à côté d'elle. Sans la toucher, mais assez proche pour qu'elle perçoive la chaleur qui émanait de son corps. En relevant la tête vers lui, elle eut du mal à déglutir. Il portait un tee-shirt et un treillis noirs, ainsi que des rangers de la même couleur. La seule chose qui ne l'était pas, c'étaient ses cheveux.

Elle ressentit une attirance pour lui au plus profond d'elle-même. Il était *sexy*. Elle n'avait jamais été le genre de femmes à être séduites par un uniforme, mais elle en comprenait désormais le charme.

— Wren ? demanda-t-il d'une voix où on entendait facilement l'inquiétude.

— Ça va, se dépêcha-t-elle de répondre.

— Sûre ?

— Oui. C'est juste que... je pense que c'est la nuit qui me rend nerveuse.

— Je ne vous quitterai pas d'une semelle. Enfin, sauf quand j'escaladerai votre balcon, mais j'aurais les yeux sur vous en permanence.

La jeune femme acquiesça et essuya ses paumes soudain moites sur ses cuisses. Le tee-shirt noir que Bo lui avait trouvé était trop large pour sa silhouette gracile. Elle avait fait un nœud sur le côté avec le tissu, pour qu'il lui colle à la peau. Le militaire avait également déniché un legging qui appartenait à sa sœur dans la commode de la chambre d'amis. Cette dernière était de toute évidence plus grande que Wren, mais, bien que le legging soit lâche au niveau des chevilles, il lui allait assez bien. Les chaussures avaient posé un plus gros problème, puisqu'elle ne pouvait pas emprunter celles de Bo et devait donc porter les sandales noires qu'elle avait lors de son rendez-vous avec Matt. Dès qu'ils entreraient dans son appartement, elle les troquerait pour des baskets.

Ils s'avancèrent au bout du parking et Bo se tourna vers elle avant qu'ils ne traversent les arbres.

— Prête ?

La jeune femme hocha la tête, la bouche trop sèche pour répondre. Allait-elle vraiment faire cela ? Jouer les commandos ? Et si sa voisine qui fourrait son nez partout les voyait et appelait la police ? Et si elle fichait tout en l'air ? Et si Bo tombait en grimpant à son balcon ? S'il ne pouvait pas crocheter sa serrure ? Toutes les éventualités dont ils avaient déjà discuté déferlèrent dans son esprit. Tout ce qui pouvait mal tourner.

— Arrêtez de vous triturer les méninges, la réprimanda-t-il. Tout va bien se passer.

Puis il tendit le bras et prit sa main dans la sienne.

— Tout va bien se passer, répéta-t-il en lui serrant les doigts.

De façon incroyable, ce contact le réconforta. Lui permit d'inspirer longuement et de lui adresser un signe de tête.

Il la salua en retour puis s'avança à travers les arbres. Fort heureusement, il ne lui lâcha pas la main. Elle se sentait bien mieux en ayant ce lien avec lui et en percevant son assurance.

Une minute plus tard, ils se tenaient sous le balcon de la jeune femme et regardaient en l'air.

— Kevlar nous a donné le feu vert, l'informa-t-il. Allons-y.

Vous connaissez le plan. Je vais me hisser, puis je vous aiderai à monter.

Wren hocha la tête. Il s'agissait de la partie qu'elle redoutait, n'étant pas franchement du genre athlétique.

Bo lui serra une nouvelle fois la main avant de la lâcher et prendre la corde lovée sur son flanc. Il passa les bras autour de Wren, qui inspira profondément. Son odeur était incroyable. Musquée, terreuse, masculine. Bo lui noua la corde autour de la taille puis lui adressa un petit sourire d'excuses avant de la passer entre ses jambes et autour de ses cuisses.

Wren assura son équilibre en posant une main sur l'épaule du militaire tandis que celui-ci s'agenouillait et attachait le baudrier de fortune autour d'elle. Le contact de ses doigts sur son corps lui déclencha des frissons... de façon positive. Cela faisait des années qu'elle n'avait pas été touchée avec autant de délicatesse.

Il se redressa avant qu'elle ne soit prête. Il tenait dans sa paume une extrémité de la corde tandis que l'autre était nouée autour d'elle en un harnais habile.

— Donnez-moi deux minutes et je commence à vous aider à monter.

Puis il tendit le bras vers un poteau du balcon et se hissa comme s'il faisait cela pour gagner sa vie... ce qu'elle supposait être sans doute vrai.

Après s'être glissé au-dessus de la rambarde, il regarda en bas.

— Prête ? murmura-t-il.

Wren hocha la tête et se rapprocha du pilier qu'il venait juste de grimper. Elle tâcha de passer les mains autour tandis qu'elle sentait la corde autour de sa taille se resserrer.

En vérité, la jeune femme ne fut d'aucune assistance pour monter les trois mètres cinquante jusqu'à son balcon. Ce fut l'œuvre de Bo. Elle essaya, vraiment, mais après quelques tentatives maladroites pour déplacer ses bras et ses jambes autour du poteau, elle laissa tout simplement Bo la hisser.

Avant de s'en rendre compte, elle avait passé la rambarde et Bo la serrait contre lui.

Elle lui retourna fermement son étreinte. Elle n'était pas effrayée, pas exactement, mais être suspendue dans les airs n'était pas la sensation la plus confortable au monde.

— On va vous laisser le baudrier, de cette façon, je pourrais vous faire descendre quand on aura fini, l'informa-t-elle tout en lovant la corde et en l'attachant à un côté du harnais sur la taille de la jeune femme.

— Vous êtes sûrs qu'on ne peut pas tout simplement sortir par la porte d'entrée ? l'interrogea-t-elle d'une petite voix.

— Ce serait sans doute mieux de repartir par là où on est arrivés. Juste au cas où. Mais si vous ne le voulez vraiment pas, je peux voir avec Kevlar ce qu'il en pense.

— Non, ça va aller. C'est juste que... ça va aller, lui répondit-elle.

Bo la dévisagea un moment, puis hocha la tête avant de reculer d'un pas et de fouiller dans l'une des poches de son treillis. Il en sortit ce qu'il avait appelé ses outils pour crocheter les serrures puis se pencha devant la porte.

Cela n'aurait pas dû étonner Wren qu'il entre aussi facilement, mais tout de même.

— Après vous, l'enjoignit-il en affichant un sourire satisfait.

La jeune femme s'avança dans son appartement et, sans réfléchir, tendit la main vers un interrupteur. Mais Bo lui saisit le poignet pour l'en empêcher.

— Pas de lumière, l'avertit-il.

— C'est vrai, désolée. J'ai oublié.

À sa grande surprise, il ne la lâcha pas. Ni ne fit un geste. Il se contenta de rester immobile devant la baie vitrée coulissante.

— Bo ?

— Je suppose que vous n'avez pas quitté votre appartement dans cet état ?

— Je ne vois rien, admit-elle. Qu'est-ce qui ne va pas ?

Il ne dit pas un mot, mais alluma à la place la lampe torche qu'il avait apportée, dont le faisceau était rouge au lieu de blanc, et s'en servit pour balayer la pièce.

Wren en eut un hoquet de surprise.

Le salon était sens dessus dessous. Les coussins de son canapé avaient été lacérés et le rembourrage éparpillé dans tous les coins. Les quelques bibelots qu'elle possédait avaient été brisés et écrasés par terre. Son réfrigérateur avait été vidé et les aliments jetés partout. Les morceaux des verres et des assiettes provenant de ses placards jonchaient le sol et étaient incrustés dans la moquette. Même l'écran de télévision avait été renversé.

Pendant une seconde, la jeune femme eut la respiration coupée.

— Qui... quand...

Sa voix se perdit sous l'effet du choc.

— Je pense qu'on sait qui et pour ce qui est de quand, sans doute la nuit dernière, répondit Bo.

Heureuse qu'il ne lui ait pas lâché la main, Wren s'y raccrocha comme si c'était la seule chose qui l'empêchait de s'écrouler. Ce qui était certainement le cas.

— Je ne le connais même pas... pourquoi ferait-il ça ?

— Parce que c'est un connard. Parce qu'il était furax de ne pas avoir eu ce qu'il voulait.

La jeune femme ferma les yeux, submergée par le désespoir. Elle avait tout juste fini d'agencer son appartement après y avoir emménagé. Elle avait dépensé le peu d'argent qu'elle avait en plus pour tâcher de le rendre accueillant et agréable. Et maintenant... tout était gâché. Elle ne disposait pas d'assez d'économies pour remplacer toutes ses affaires. Et, bêtement, elle n'avait pas non plus d'assurance.

Sans un mot, Bo la ramena dans son étreinte. Wren se laissa volontiers faire, enfouissant son nez dans le torse du militaire et enfonçant ses ongles dans son dos tandis qu'elle s'agrippait à lui et tentait de ne pas s'effondrer. Ce n'était rien de plus qu'un autre évènement merdique dans sa vie merdique.

— Chut, je suis là, murmura Bo.

Wren haletait et elle dut faire appel à toute sa volonté pour ne pas éclater en sanglots. Il lui fallut quelques minutes, mais elle finit par reprendre le contrôle de ses émotions. Elle fit mine de s'écarter de Bo, mais il ne la lâcha pas.

— Regardez-moi, lui intima-t-il.

Elle n'en avait pas envie, mais elle leva le menton pour croiser son regard. La jeune femme pouvait à peine distinguer ses traits dans la pièce plongée dans le noir, mais elle pouvait tout de même voir l'émotion qui tourbillonnait dans ses yeux. Sentir la tension dans ses bras qui l'entouraient. Elle avait l'impression que, s'il ne la tenait pas, elle s'écroulerait sur le sol sans jamais pouvoir se relever.

— Vous êtes en sécurité. Vous pouvez rester avec moi aussi longtemps que vous en avez besoin. Compris ?

Elle ne méritait pas cet homme. Mais elle n'était pas assez forte pour le contredire. Pour lui dire qu'elle pouvait aller à l'hôtel. Qu'elle irait bien. À cet instant précis, elle avait le sentiment qu'elle n'irait plus jamais bien. Donc elle fit la chose dont elle était capable : elle hocha la tête.

Bo la dévisagea un moment puis acquiesça.

— OK, prenons vos affaires et sortons vite d'ici. On appellera la police et on fera une déposition demain. D'accord ?

— D'accord, répéta-t-elle d'une petite voix.

Bo la fit tourner, mais conserva un bras autour de sa taille tandis qu'il la guidait avec précaution vers sa chambre. Il connaissait la disposition de l'appartement parce qu'elle le lui avait dessiné pendant qu'ils planifiaient cette petite mission.

Bien entendu, elle avait trouvé qu'il exagérait, mais à présent...
il semblait qu'il avait parfaitement su ce qu'il faisait.

Ils s'avancèrent dans la chambre de la jeune femme qui
paraissait en pire état que la pièce à vivre. Les portes de son
armoire étaient ouvertes et, pour autant que Wren puisse en
juger, chaque vêtement pendu avait été retiré. Lacéré et ruiné.
De même que ceux de sa commode.

Excepté ses sous-vêtements. Elle en vit une pile posée au
milieu de son lit. Le matelas avait été tailladé, mais le tas avait
de toute évidence été positionné avec soin.

Wren aurait été gênée de ne pas avoir de lingerie sexy (elle
était du genre à privilégier le confort du coton), mais elle était
trop inquiète de ce qu'elle voyait étalé sur la petite pile.

— Est-ce que c'est ce que je pense ? chuchota-t-elle, mal à
l'aise.

— Avec un peu de chance.

Elle tourna brusquement la tête en entendant ces mots et
fixa Bo du regard.

— Quoi ? Vous *voulez* que ce soit du sperme ? l'interrogea-t-
elle, horrifiée.

— ADN, répondit-il succinctement.

Wren soupira. Il avait raison. Le fait que Matt se soit
masturbé sur ses sous-vêtements était dégoûtant et tordu, mais
c'était excellent pour sa plainte.

— Restez ici, lui ordonna Bo.

— Non, je...

— S'il vous plaît, l'interrompit-il.

Wren réfléchit une fraction de seconde à sa requête. Avait-
elle envie de s'approcher de ce qui était sans doute la chose la
plus répugnante qu'elle ait vue de sa vie ? Non. Certainement
pas. Elle hocha donc la tête.

— Merci. Ne bougez pas.

Elle n'avait pas l'intention de s'écarter de l'encadrement de
la porte. La jeune femme observa Bo s'approcher de son lit. Il

se pencha en avant, examina la pile de sous-vêtements puis se redressa. Il regarda autour de lui dans la pièce et s'avança dans la petite salle de bain attenante. La lumière rouge de la torche disparut un instant et, bizarrement, Wren se sentit soudain extrêmement seule.

Mais le militaire revint à peine quelques secondes plus tard vers elle d'un pas anormalement rapide.

— Qu'est-ce que…

— Sous le lit. Tout de suite, lui ordonna Bo.

Il lui prit le bras et la conduisit vers la literie détruite. Il se mit à genoux et tira sur sa main pour l'encourager à faire de même.

— Bo ?

— J'ai eu des nouvelles de Kevlar. Il a aperçu quelqu'un correspondant à la description de Matt se diriger vers les escaliers. On sait qu'il a une clé, donc j'ai besoin que vous restiez hors de vue pendant que je vais l'intercepter lorsqu'il ouvrira la porte.

Wren se figea de terreur à ces mots.

— Je ne peux pas, murmura-t-elle.

— Vous le devez, répliqua-t-il en tirant plus fort sur sa main, l'autre à présent posée sur son dos pour tenter de la faire aller sur le sol.

— Non, vous ne comprenez pas ! Je ne peux pas ! répéta-t-elle. Quand j'étais petite, je devais me cacher sous mon lit pour échapper aux hommes que ma mère ramenait à la maison et qui ne pensaient pas qu'il y avait quelque chose de mal à coucher avec une fillette de huit ans ! J'étais terrifiée à l'idée qu'ils me retrouvent et me fassent du mal. Je ne peux pas aller là-dessous ! Les souvenirs…

Alors même qu'elle laissait sa phrase en suspens, Bo se mit en mouvement. Il se releva et passa ses bras autour de sa taille tandis qu'il étudiait la pièce, manifestement à la recherche d'un endroit où se cacher.

La respiration de Wren était bien trop saccadée. Elle avait la tête qui tournait. Ça avait été censé être *amusant*. Elle s'était prêtée au jeu de Bo. Même si elle savait que l'homme avec lequel elle était sortie avait ses papiers d'identité ainsi que ses clés, elle ne s'était pas du tout imaginé qu'il viendrait *réellement* chez elle. Mais il n'y avait plus rien d'amusant là-dedans. Elle était terrorisée.

La jeune femme agrippa le tee-shirt de Bo et leva la tête vers lui, sans se soucier du fait que sa terreur prenait le pas sur le bon sens.

— Je vous en prie ! Ne me laissez pas seule ici !

Bo marqua brièvement une pause... puis ils entendirent le bruit d'une clé dans la serrure de la porte d'entrée.

Le militaire tourna sur lui-même, l'embarquant avec lui, et se positionna rapidement derrière la porte de la chambre. Il éteignit la lampe torche dans sa main et attira la jeune femme contre lui, passant un bras autour d'elle et la serrant si fort qu'elle pouvait à peine respirer.

Mais elle s'en moquait et s'efforça de se blottir encore plus contre lui. Leur cachette était nulle. Si la personne qui entrait dans son appartement, à coup sûr Matt, allumait, elle les verrait immédiatement. Néanmoins, Wren ne doutait pas que l'homme qui la serrait contre lui ne laisserait personne lui faire du mal. Cette pensée était à la fois terrifiante et réconfortante.

En vingt-neuf ans, jamais personne ne s'était mis entre elle et le danger. Certainement pas sa mère, ni le père qu'elle n'avait jamais connu, ni les professeurs, ni les nombreuses familles d'accueil avec lesquelles elle avait vécu.

Mais c'était exactement ce que faisait cet homme, qu'elle avait rencontré moins de vingt-quatre heures plus tôt.

Wren comprit enfin pourquoi les gens réalisaient des folies au nom de l'amour. Elle n'aimait pas Bo, mais se voyait bien en tomber amoureuse.

Ils entendirent la porte d'entrée s'ouvrir en grinçant et

chacun des muscles de Bo se tendit. Comme s'il se préparait à affronter la personne qui arrivait.

Mais avant qu'il ne puisse faire un geste, ils perçurent des voix. Puis des cris. Et enfin, des pas martelant les escaliers tout en s'éloignant de l'appartement.

— *Putain de bordel de merde !*

Wren décolla la tête du torse de Bo. C'était Kevlar.

— Quelque chose ne va pas, s'exclama-t-elle. Il faut que vous alliez le voir !

Elle le poussa, le pressant à obéir. Maintenant que Matt s'était manifestement enfui, elle trouvait la force qui lui avait fait défaut quelques secondes plus tôt.

— Du calme, Wren. Ça va.

— Ça n'en a pas l'air, insista-t-elle. Pendant ce temps, l'autre militaire continuait à jurer.

— Cet enfoiré lui a balancé de la lacrymo. Ça fait mal, mais ça va aller. Restez juste ici un peu plus longtemps jusqu'à ce qu'il s'assure qu'on est en sécurité.

Wren demeura un instant perdue, puis compris que Bo avait dû entendre ce qui s'était produit dans son oreillette.

Il ne se passa très certainement que trente secondes avant que Bo bouge, mais qui lui parurent une éternité. À la surprise de Wren, au lieu d'insister pour qu'elle reste là où elle était, il lui saisit la main et la tira derrière lui tandis qu'il quittait la chambre et avançait dans le petit couloir.

Kevlar se tenait dans la cuisine, la tête penchée au-dessus de l'évier. Il avait allumé les réglettes sous meuble qui n'éclairaient pas grand-chose et se servait de la douchette pour se rincer le visage.

— Ce connard s'est enfui, raconta-t-il alors qu'il faisait de son mieux pour se débarrasser de la lacrymo. J'allais me lancer à sa poursuite, mais je ne voulais pas prendre de risque au cas où il aurait eu un pote qui pouvait s'en prendre à Wren.

Cette dernière se figea. Ça faisait deux hommes en moins

de cinq minutes qui s'étaient surpassés pour la protéger. Et *celui-là*, elle ne l'avait rencontré que dix minutes plus tôt. C'était totalement troublant. L'expérience lui avait appris qu'elle ne valait pas la peine qu'on la soutienne, mais ces hommes faisaient voler en éclat ce qu'elle pensait d'elle.

— J'imagine qu'on passe au plan B, déclara Bo avec un rire qui n'avait rien de joyeux.

— À en juger par ces sirènes, je dirais que oui.

Pour la première fois, Wren les entendit.

— Est-ce qu'on devrait partir ? Qu'est-ce qu'on va faire ? Qu'est-ce qu'on va leur dire ?

— Arrêtez de paniquer, lui ordonna Bo. On allait appeler la police demain, de toute façon. Le processus est juste un peu accéléré. On n'a rien fait de mal.

— Bo ! On est entrés par effraction ! On a escaladé le balcon.

— Ce n'en est pas une si c'est votre propre appartement. Respirez, Wren. Ça va bien se passer.

— Si vous avez des ennuis, je ne me le pardonnerais jamais.

— On ne va pas en avoir, affirma Kevlar.

— Est-ce que je ne devrais pas enlever ce truc en corde ?

— Wren, regardez-moi, lui intima Bo au lieu de répondre à sa question.

Elle obéit.

— Tout va bien. Vous êtes la victime dans cette histoire. *Respirez.*

— Je n'aime pas la police. Les choses ne se passent pas bien pour moi quand je leur parle.

Bo posa ses mains de chaque côté du visage de la jeune femme et lui releva la tête pour qu'elle n'ait pas d'autre choix que de le regarder. Elle appuya les siennes sur le torse du militaire tout en faisant de son mieux pour s'empêcher de céder à la panique.

— Les choses sont différentes à présent, affirma-t-il d'une voix ferme. On est là, Kevlar et moi. Tout va bien.

Wren s'efforça de se calmer. Réellement. Mais il ne comprenait pas. Ignorait combien de fois elle avait fait confiance à des figures d'autorité afin qu'elles la soutiennent, tout ça pour qu'elles la laissent tomber.

— Venez par ici, murmura-t-il avant de l'attirer de nouveau contre lui.

Elle obtempéra avec empressement. Elle se sentait en sécurité avec ses bras autour d'elle, en humant son odeur. Elle trembla tout en s'accrochant à lui.

— La situation est pareille dans la chambre que là ? les interrogea Kevlar.

— Ouais. Cet enfoiré a empilé ses sous-vêtements sur le lit après avoir saccagé la pièce. Puis, il a étalé de l'après-shampoing dessus pour que ça ressemble à… tu sais quoi.

— De l'après-shampoing ? Vous êtes sûr ? Pourquoi est-ce qu'il aurait fait ça ? demanda Wren contre sa poitrine, sans relever la tête.

— Parce que c'est un connard, répondit Kevlar.

Curieusement, cela fit sourire Wren. Elle leva les yeux et tourna la tête vers l'autre homme. Il avait coupé le robinet, mais était trempé du torse jusqu'aux orteils. Ses yeux étaient injectés de sang et il semblait extrêmement fâché. Mais Wren n'avait pas peur. Pas de lui. Il était évident que sa colère n'était pas dirigée contre elle.

— Je vais allumer d'autres lumières, les avertit-il.

Wren sentit la main de Bo dans sa nuque, l'encourageant à reposer sa tête contre sa poitrine. Ce qu'elle fit volontiers, en fermant les yeux. Elle entendit Kevlar retenir son souffle face à ce qu'il vit une fois les plafonniers allumés. Sentit comment le corps de Bo se serrait de nouveau contre elle.

Elle ne voulait pas regarder. Mais elle le devait. Il s'agissait de sa vie. De ses affaires.

Les sirènes étaient désormais plus fortes, comme si les policiers étaient arrivés dans le parking. Ce n'était qu'une question de temps avant qu'ils ne rejoignent sa porte. Elle aurait parié que c'était sa voisine trop curieuse qui les avait appelés lorsque Kevlar s'était fait attaquer au gaz lacrymogène. Pour la première fois, elle n'était pas fâchée contre la vieille femme. Elle se disait que ce n'était pas une mauvaise chose d'avoir quelqu'un de si... investi dans l'existence des gens qui vivaient autour d'elle.

Wren regarda autour d'elle dans la cuisine et tressaillit. Dans le noir, les dégâts n'avaient pas eu l'air si terribles, mais c'était bien pire dans la lumière. Il n'y avait pas un plat ni une tasse qui n'avait pas été brisé. Pas un centimètre carré de moquette qui n'était pas couvert de nourriture ou de débris. De ce que pouvait voir la jeune femme, il n'y avait rien de récupérable.

Elle allait devoir recommencer à zéro. Encore une fois.

Elle sentit les bras de Bo la serrer de façon rassurante.

La différence était que, cette fois-ci, elle n'était pas seule. Elle ne doutait pas que cet homme et ses amis seraient là pour l'aider.

Elle se raidit. Si Matt, ou quel que soit son nom, pensait la briser avec ce qu'il avait fait, il se trompait. Toute sa vie, il lui était arrivé de mauvaises choses. Elle survivrait à cela, tout comme elle avait résisté à tout le reste. *Qu'il aille se faire foutre.* Sérieusement.

Elle prit une profonde inspiration et s'écarta de Bo. Aussi agréable que ce soit, elle devait affronter la police par elle-même. Matt n'allait pas s'en tirer. D'avoir détruit ses affaires, d'avoir fait du mal à Kevlar. Elle donnerait sa déposition et espérerait qu'il serait retrouvé et qu'il paierait pour s'être comporté comme un connard. Elle aimait ce terme et fit la promesse de s'en servir plus souvent.

— Wren ? l'interrogea Bo.

— Je vais bien, lui répondit-elle, tout en ayant étonnamment cette impression.

— On va tout nettoyer. Remplacer vos affaires, lui affirma-t-il.

— Ça va. Ce ne sont que des objets. Les ressourceries ont toujours des choses sympas. Ça va bien, Bo. *Je* vais bien. Promis. Je suis simplement furieuse, en réalité. Je pensais que toute cette opération ce soir était un peu exagérée. Je n'avais vraiment pas imaginé que Matt fasse quoi que ce soit. Mais j'avais tort. Ça... qu'il fasse tout ça... Il faut qu'il soit arrêté.

— Oui, clairement, approuva Bo.

— Est-ce que ce n'est pas Julie, la femme du Commandant Hurt, qui a une boutique d'occasion ? lui demanda Kevlar.

— Si. Je crois que ça s'appelle *La Penderie de ma Sœur*. Caroline et les autres épouses adorent y aller. Je parie qu'ils auront un tas de choses abordables, dit Bo.

— Je suis sûre que Remi serait ravie de vous y accompagner, ajouta son chef.

— Sans parler de Caroline, d'Alabama, de Fiona et des autres. En particulier lorsque Jessyka leur racontera ce qui s'est passé au *Aces*, approuva Bo.

— Commençons par le commencement, protesta Wren. On doit se mettre d'accord sur ce qu'on va dire aux flics qui seront là dans moins d'une minute. Pas s'inquiéter de shopping.

— Vous leur racontez la vérité, lui conseilla calmement Kevlar.

— Qu'on s'est glissé par la porte de mon balcon ? lui demanda la jeune femme, incrédule.

Elle ne savait toujours pas si c'était la meilleure idée qui soit.

— Oui. Car, lorsque vous leur expliquerez pourquoi vous avez pensé que c'était nécessaire, que vous aviez peur que l'homme qui vous a drogué et à votre adresse ainsi que vos clés, soit présent, ils ne vont pas y trouver à redire, lui affirma Bo.

— Si vous le dites.

— Oui. Rappelez-vous, nous sommes là. Personne ne va vous créer d'ennuis, Wren. *Personne.*

Les paroles de Bo résonnèrent dans ses oreilles lorsque la jeune femme se tourna vers la porte d'entrée en entendant une voix dure et puissante hurler :

— Les mains en l'air, qu'on puisse les voir !

6

Safe était épuisé. Il n'avait pas beaucoup dormi la nuit précédente et celle à venir ne s'annonçait pas mieux. Mais il était aussi remonté à bloc. La soirée ne s'était pas passée comme il l'avait anticipé. Certes, il avait planifié l'excursion jusqu'à l'appartement de Wren comme si c'était une mission de SEAL, mais il avait appris à ses dépens qu'on ne pouvait pas faire confiance aux gens pour faire ce qui était juste. Et, malheureusement, les évènements lui avaient donné raison.

L'homme que Wren connaissait sous le nom de Matt avait non seulement déjà pénétré dans son logement et l'avait de toute évidence saccagé, mais il était revenu pour attendre à l'intérieur qu'elle rentre chez elle.

Les policiers avaient pris la déposition de la jeune femme, lui conseillant de rester loin de chez elle jusqu'à ce qu'ils puissent découvrir qui était Matt et, avec un peu de chance, le retrouver. Ni Safe ni Kevlar n'avaient mentionné qu'ils avaient déjà quelqu'un qui le cherchait et qui avait de meilleures perspectives de résoudre l'énigme avant eux. Tex pourrait l'identifier, puis informer les forces de police.

Et Safe ne doutait pas un instant que lorsque son équipier trouverait le type, il se servirait de ses talents en informatique pour s'assurer que sa vie parte en vrille. C'était incroyable de voir à quel point le quotidien de tout le monde était lié aux ordinateurs, de nos jours, même quand on essayait activement de passer sous les radars. Et Matt l'apprendrait à ses dépens. Il allait être détruit, dès que Tex mettrait la main sur ses empreintes numériques.

Aussi en colère qu'il soit après Matt, le SEAL était pour le moment plus inquiet au sujet de la femme installée sur son canapé. Et il ne pouvait s'empêcher de garder en tête certaines des choses qu'elle avait dites ce soir-là. Lorsqu'il lui avait demandé de se glisser sous le lit pour se cacher, elle avait été réellement apeurée. C'était le genre de terreur qui allait jusqu'aux tréfonds de l'être. Sa respiration s'était accélérée, ses pupilles s'étaient dilatées et ses membres s'étaient figés.

Les paroles de la jeune femme résonnaient dans son esprit.

Quand j'étais petite, je devais me cacher sous mon lit pour échapper aux hommes que ma mère ramenait à la maison et qui ne pensaient pas qu'il y avait quelque chose de mal à coucher avec une fillette de huit ans ! J'étais terrifiée à l'idée qu'ils me retrouvent et me fassent du mal.

Le fait qu'un enfant doive se dissimuler sous son lit pour se soustraire à des monstres bien réels plutôt qu'à ceux issus de l'imagination l'enrageait. Il n'était pas naïf ; il savait mieux que la plupart des gens qu'il existait toutes sortes de maux dans le monde. Mais à la pensée que Wren souffre... cela provoquait chez lui une certaine douleur, qu'il n'aurait su expliquer.

Puis il y avait eu son malaise évident avec les forces de l'ordre. Certes, les choses avaient été tendues quand les policiers étaient arrivés., lorsqu'ils ignoraient si Kevlar, Wren et Safe étaient les gentils ou les méchants. Même après que l'histoire avait été tirée au clair, la jeune femme était restée gênée.

Elle s'était comportée de la même façon avec lui lorsqu'elle s'était réveillée dans sa maison. Nerveuse et méfiante, ce qui était parfaitement normal étant donné les circonstances. Mais elle s'était plutôt rapidement détendue. Cela n'avait pas été le cas avec la police. Il avait été surpris de découvrir qu'elle ne s'était même pas un peu décrispée avec les officiers. Il était bien conscient qu'il y avait de mauvais flics, des hommes et des femmes qui nuisaient à la réputation de leur uniforme, mais la plupart des gens étaient soulagés de les voir après une effraction.

Pas Wren.

Il se souvint de son commentaire sur la façon dont les choses ne s'arrangeaient pas pour elle lorsqu'elle parlait à la police. Ajouté à d'autres qu'elle avait pu faire, cela lui laissait supposer que pas une personne n'était intervenue pour l'aider à échapper à sa vie de toute évidence pourrie. Ce qui craignait.

Safe était assis dans son fauteuil inclinable, l'esprit fusant à cent à l'heure, tandis que Wren dormait sur le canapé. Elle n'avait pas voulu être seule lorsqu'ils étaient rentrés chez lui et il lui avait donc proposé de s'y installer. Elle n'avait pas accepté tant qu'il ne lui avait pas assuré qu'il serait également là, dans le fauteuil.

Il la contempla pendant son sommeil. Ses cheveux noirs et courts étaient ébouriffés, ce qui lui donnait envie de passer sa main dedans pour les lisser. Elle ne portait pas de maquillage, mais avait de longs cils et ses lèvres semblaient naturellement charnues. Roulée en position fœtale sur le côté, elle paraissait plus vulnérable que d'habitude.

Qu'y avait-il chez cette femme ? Pourquoi lui l'avait-il si vite dans la peau ? Était-ce parce qu'elle avait besoin qu'il joue le rôle de preux chevalier ? Il ne le pensait pas. Certes, Wren avait peut-être eu besoin d'aide au *Aces*, mais il avait le sentiment qu'elle n'était pas du genre à beaucoup se reposer sur les autres. Elle s'était même montrée très terre à terre au sujet de toutes ses possessions détruites.

Non, ce n'était pas ça. C'était tout simplement... *elle*.

Wren l'intriguait. Il voulait tout connaître de la jeune femme qui avait apparemment eu une enfance terrifiante et qui était tout de même assez courageuse pour tenter de rencontrer de nouvelles personnes. Il voulait savoir comment elle avait survécu en grandissant dans un foyer où il lui arrivait souvent de se cacher sous son lit.

Bon sang, il ne savait même pas d'où elle avait déménagé pour venir ici ou ce qu'elle faisait dans la vie. Tout ce qu'il savait, c'était qu'elle devait aller travailler le lendemain matin. Le fait d'ignorer même le plus élémentaire à son sujet lui donnait envie de la réveiller pour discuter. Mais elle n'avait pas besoin de ça.

Alors il s'adossa de nouveau à son fauteuil et conserva le regard fixé sur la femme qui l'intriguait sans même le vouloir.

Il finit par s'endormir, mais pas avant de jurer de bien agir envers elle. Il souhaitait lui montrer que tout le monde n'était pas là pour lui faire du mal.

* * *

Wren s'éveilla et, pendant une fraction de seconde, se demanda où elle était. Puis elle se souvint. Du rendez-vous au *Aces* avec Matt, d'avoir été droguée, du petit-déjeuner avec Bo, de leur visite à son appartement la veille, de la police...

Cela faisait beaucoup. Même pour elle.

Elle était habituée à ce que la vie lui fasse des coups vaches, mais les deux derniers jours étaient un peu excessifs. En tournant la tête, elle aperçut Bo endormi dans le fauteuil inclinable. Une jambe sortait de dessous la couverture qui ne recouvrait pas non plus son torse. Il était vêtu d'un jogging et d'un tee-shirt et Wren songea soudain qu'elle aurait aimé qu'il ne porte rien afin de pouvoir admirer au mieux son corps musclé.

Cette pensée la choqua. Elle n'était ni prude ni vierge, mais c'était la première fois de sa vie qu'elle était attirée par quelqu'un comme elle l'était par Bo. Ce n'était pas que son corps, même s'il n'avait clairement rien de rédhibitoire. Il était juste tellement... *bon*.

C'était un peu triste qu'elle ne soit attirée par un homme qu'à cause de sa bonté, mais c'était la vérité. En raison de son enfance, elle avait appris à distinguer chez les autres la fausse gentillesse de la préoccupation sincère et de la générosité. Et Bo était quelqu'un de bien, de la tête aux pieds. Kevlar était pareil. Elle partait du principe que tous les autres membres de leur équipe de SEALs l'étaient aussi.

Malheureusement, la jeune femme savait à quel point cela était rare. Elle avait appris à ses dépens que les gens étaient en général égoïstes. Qu'ils effectuaient certaines choses pour bien se faire voir aux yeux des autres, pas parce que c'était juste. Et s'il y avait de l'argent en jeu, ils faisaient ce qu'il fallait pour mettre la main dessus ou en faisaient le moins possible afin d'éviter de le dépenser.

C'était une façon horrible d'envisager la vie, mais c'était celle que Wren connaissait.

Alors qu'elle contemplait Bo, ce dernier commença à remuer. Ses yeux s'ouvrirent et la première chose qu'il fit fut de braquer son regard vers elle.

— Bonjour, la salua-t-il d'un ton rauque.

Wren sentit les poils sur ses bras se dresser en entendant ce son. La voix de Bo était plus grave que d'habitude et il lui vint immédiatement à l'esprit que c'était très intime de le voir quelques secondes après son réveil.

— Salut, répondit-elle, soudain timide.

— Quelle heure est-il ? demanda-t-il.

— Aucune idée.

— À quelle heure devez-vous être au travail ?

Au travail ? Merde ! Wren avait totalement oublié ! Si elle ne venait pas tout juste de commencer à un nouveau poste, elle aurait carrément posé un jour de congé maladie. Mais elle ne pouvait pas. Ils étaient en train de planifier un important voyage à l'étranger dont elle faisait partie et elle ne pouvait donc pas manquer une journée.

— À huit heures.

Bo s'assit, tendit la main vers une petite table à côté de son fauteuil et saisit son téléphone.

— Six heures quarante-cinq. À quelle heure devez-vous partir pour être à l'heure ?

— Euh... probablement sept heures trente.

— Merde. Vous devriez sans doute commencer à vous préparer. Vous voulez des céréales ce matin ? Ou est-ce que vous préférez que je vous cuisine autre chose ?

Wren cligna des yeux.

— J'ai largement le temps de me préparer, lui indiqua-t-elle.

Bo reporta son attention sur elle.

— Ah bon ?

— Je suis sûre que ça ne vous aura pas échappé, mais j'ai les cheveux courts. Il ne me faut pas longtemps pour me doucher et passer un coup de brosse dedans. Ce ne sont pas des heures dont j'ai besoin pour me préparer. Mais de quinze minutes, maximum.

Elle ne put interpréter l'expression du militaire. Puis elle comprit... et sourit.

— Vous étiez en train de me stéréotyper, c'est ça ? Vous vous êtes dit que puisque je suis une femme, il allait me falloir au moins une heure pour me laver et me préparer pour la journée.

Il prit un air penaud.

— Oui, j'imagine. Pardon.

En voilà une nouveauté. Un homme qui s'excusait quand il avait tort.

Intérieurement, Wren soupira et secoua la tête. Ce n'était pas juste. Et maintenant, c'était *elle* qui stéréotypait les gens. Elle le savait, mais c'était dur de changer son mode de pensée lorsqu'elle avait été tant de fois déçue par les hommes. Et puis... par des femmes, en réalité.

— Ce n'est pas grave. On le fait tous à l'occasion. Et les céréales me conviennent. C'est ce que je mange en général tous les matins.

— Est-ce que je peux vous poser une question ?

C'était assez agréable. De rester sous des couvertures chaudes, de ne pas devoir sauter du lit et se préparer en vitesse. Que Bo et elle se réveillent ensemble et parlent doucement.

— Bien sûr.

— Ce n'est pas grave si vous ne voulez pas répondre, mais je me demandais où vous travaillez. Ce que vous faites.

— Oh ! C'est bizarre. J'ai l'impression qu'on se connaît depuis longtemps, mais j'imagine qu'on ne sait même pas les choses les plus basiques l'un sur l'autre, pas vrai ?

— Il y a de ça.

— Ce n'est pas un secret. J'ai déménagé de New York le mois dernier. Je travaille chez BT Energy. Ça fait partie du secteur des pipelines. Leur spécialité, ce sont les gazoducs. Je suis leur responsable des relations publiques. Est-ce que vous avez vu *Esprits Criminels* ? Je suis un peu comme J.J., la fille qui fait le lien entre le DSC et les médias.

Bo s'assit, abaissa le repose-pied du fauteuil et se pencha en avant.

— Vraiment ?

— Oui.

— C'est... cool. Enfin, c'est un rôle important. Je sais que l'on compte sur des gens comme vous quand on a des missions de premier plan et qu'on doit informer le grand public, mais qu'on doit quand même garder certaines choses secrètes.

— Oui. Je suis encore en train de me familiariser avec les rouages de l'entreprise, mais jusque-là, j'aime bien. Nous sommes en fait en plein milieu de l'installation d'un nouveau gazoduc en Afrique et, croyez-moi, ça a suscité beaucoup d'intérêt et nous avons un tas d'informations à communiquer.

— En Afrique ? répondit Bo en fronçant les sourcils.

— Oui. Ça va donner un gros coup de pouce à l'économie locale et ça devrait apporter aussi pas mal de travail, ce dont ils ont besoin.

— Et où, en Afrique ?

Wren plissa le front. La voix de Bo avait perdu son côté ensommeillé et avait été remplacée par son ton sérieux et autoritaire caractéristique.

— Au Soudan du Sud.

— Au Soudan, répéta-t-il.

— Au Soudan du Sud. C'est différent du Soudan. Ils ont obtenu leur indépendance en 2011.

— Je sais, répliqua sèchement Bo.

Wren se dépêcha de poursuivre, un peu sur la défensive

— Je sais que le pays a connu quelques problèmes ces derniers temps, mais les gens avec qui j'ai échangé pour planifier ce voyage ont été adorables.

— Attendez, *quoi* ? Quel voyage ? demanda Bo.

— Un déplacement médiatique éclair, pendant lequel nous allons annoncer le gazoduc et parler de la logistique autour de son installation, lui répondit-elle prudemment.

Elle n'était pas sûre d'apprécier ce côté du militaire. Ce sentiment lui rappela qu'elle ne le connaissait pas vraiment. Ce n'était pas parce qu'il l'avait aidée… deux fois… que ça signifiait qu'il ne dissimulait pas un mauvais caractère et qu'il ne lui ferait pas de mal si elle disait ou faisait quelque chose qui ne lui plaisait pas.

— Vous vous foutez de moi ?

La question était d'autant plus effrayante à cause de la façon grave et contrôlée dont il l'avait posée.

— Euh… non ?

— Vous ne pouvez pas aller au Soudan du Sud ! s'exclamat-il d'une voix désormais plus forte.

Puis il se leva d'un mouvement brusque qui fit tressaillir Wren. Mais il ne s'approcha pas d'elle et se mit tout simplement à arpenter la petite pièce.

— Il y a une alerte de niveau quatre sur ce pays ! Il est formellement déconseillé de s'y rendre ! Ça signifie que l'ambassade américaine a suspendu ses opérations ! Le département d'État a ordonné à ses employés ainsi qu'aux membres de leurs familles de se tirer de là. Notre gouvernement ne peut fournir des services consulaires de routine ou d'urgence à aucun ressortissant américain dans le pays à cause de ce qui s'y passe. Et vous y allez ? Volontairement ? Pour un *boulot* ?

Wren s'assit et passa ses bras autour de ses genoux dans une attitude protectrice. Bo ne lui racontait rien qu'elle ne sache déjà. Elle s'était inquiétée lorsqu'elle avait appris qu'elle serait du voyage avec son nouveau patron et quelques-uns de ses cadres supérieurs. Elle avait fait des recherches sur leur destination sur Internet et n'avait pas apprécié ce qu'elle en avait lu. Mais quand elle avait évoqué ses craintes concernant la sécurité à son employeur, celui-ci les avait écartées en disant que la situation n'était pas aussi terrible que les médias le rapportaient.

— Nous serons dans la partie sud, à Djouba, la capitale. C'est là que le gazoduc va démarrer. Dans les montagnes au sud de la ville. Il finira par traverser le pays, puis le Soudan et ira jusqu'à la côte, mais nous commençons par une conférence de presse à Djouba pour présenter ce qui va se passer. Ils ont besoin de l'argent, il y a un tas de problèmes liés à la famine, la nourriture et l'eau là-bas. Ça va *aider*.

Mais Bo secouait la tête.

— Je n'arrive pas à y croire.

Wren déglutit avec difficulté.

— Le Soudan. Putain ! s'exclama-t-il avant de se tourner vers elle. On vient juste de terminer une mission au Tchad. C'est à l'ouest du Soudan et du Soudan du Sud. C'était horrible. Les gens là-bas... ils souffrent. Ils sont désespérés. Et les gens désespérés font des choses qu'ils ne feraient pas en temps normal. Merde, je ne suis pas censé vous raconter quoi que ce soit là-dessus... mais, Wren, faites-moi confiance quand je vous dis que vous ne *pouvez pas* aller au Soudan.

— Au Soudan du Sud, le corrigea Wren sans réfléchir.

— Vous ne m'écoutez pas ! cria-t-il.

Ce fut ainsi qu'en un instant la peur et le malaise que Wren avait ressenti s'évanouirent. La colère monta en elle. Bo la traitait comme si elle était idiote. Comme si elle ne connaissait pas les dangers qu'il y avait à voyager dans un pays que le département d'État déconseillait formellement. Mais elle était au courant. Elle était déjà effrayée et elle n'avait pas besoin de son jugement en plus de tout le stress qu'elle subissait ces temps-ci.

Elle se leva et s'avança d'un pas décidé vers Bo, qui la fusillait du regard. Puis elle lui enfonça un doigt dans la poitrine.

— Je suis au courant, déclara-t-elle, les mâchoires serrées.

Puis elle répéta son geste et ses paroles.

— Je suis *au courant* que ça se passe mal là-bas. Mais c'est ce pour quoi j'ai été spécifiquement embauchée, pour voyager avec l'équipe quand elle se rend dans différents pays afin de faire la liaison entre les cadres et les médias. Je ne savais pas qu'un déplacement au Soudan du Sud était prévu lorsque j'ai eu le poste, mais, en toute franchise, ça n'a en réalité pas d'importance. Je n'ai pas vraiment le choix, Bo. Est-ce que vous pouvez aller voir votre patron, votre commandant, peu importe, et lui dire que vous ne voulez pas aller au Tchad ? Non. Ce n'est pas possible. Donc vous faites ce qu'on vous ordonne parce que c'est votre *travail* !

— Le mien n'a rien à voir avec le vôtre ! protesta le militaire.

Il leva la main et saisit son doigt pour qu'elle ne puisse plus lui donner un coup avec. Mais il ne le serra pas. Ne la repoussa pas. Il se contenta de s'y agripper délicatement.

— Non, c'est vrai. Mais je viens juste d'avoir ce poste et je l'apprécie en fait. J'aime parler aux gens sur place, les encourager à voir le bon côté de ce que fait mon entreprise. Je me rends bien compte que certains vont penser qu'on exploite des ressources naturelles, mais je crois réellement que les emplois que ça va créer et que la fortune apportée dans la région vont être d'une grande aide. Je n'ai littéralement pas d'autre choix que d'y aller, Bo. Les loyers ne sont pas donnés et maintenant je dois remplacer toutes mes possessions, ce que vous savez bien ! L'argent ne va pas tomber du ciel pour remplir mes poches. Il faut que je travaille. J'ai plus que jamais besoin de ce job. Et là, maintenant, tout de suite, j'aurais besoin de votre soutien. Même de votre expertise, pour me dire ce que je devrais faire et ne pas faire si quelque chose tourne mal. Mais pas de vos sermons, de votre jugement et de votre colère.

La jeune femme haletait en achevant de parler. Elle tremblait également. De frustration, de peur et d'inquiétude.

Bo lâcha son doigt puis passa un bras autour de sa taille et l'attira contre lui.

Elle commençait à s'habituer à ce qu'il l'entoure ainsi. À être collée contre lui, le nez enfoui contre son torse.

— Je suis désolé, s'excusa-t-il à voix basse. C'est juste que... *merde*, Wren. J'y suis allé. Le Soudan du Sud. Ce n'est pas... un endroit pour quelqu'un comme vous.

— Quelqu'un comme moi ? marmonna-t-elle contre sa poitrine.

— Oui.

Il n'entra pas dans les détails. Wren n'était pas sûre d'avoir envie qu'il le fasse.

— Est-ce qu'il y a des chances que ce voyage ne se fasse pas comme prévu ?

Elle haussa les épaules contre lui.

— Quand êtes-vous censée partir ?

— Dans un peu plus de deux semaines.

— *Merde*. Regardez-moi, lui intima-t-il.

Wren ne voulait pas. Elle avait envie de fermer les yeux et d'éviter la réalité encore un moment. Mais la vie semblait avoir le tour pour lui botter les fesses. Elle leva la tête.

— Parlez à votre patron. Je sais que vous êtes nouvelle, mais dites-lui que vous connaissez des gens, une équipe de SEAL, qui sont prêts à se déplacer et à discuter avec ceux qui voyageront au Soudan du Sud. On peut vous apprendre plein d'astuces sur la façon de réagir si ça tourne au vinaigre. Violence, menaces, enlèvement.

Wren se figea.

— Quoi ?

— On peut venir dans vos bureaux. Rencontrer le groupe. Répondre à des questions. Donner des conseils.

— Vous feriez ça ? Alors que vous pensez que c'est une très mauvaise idée d'y aller ?

— C'en est assurément une, affirma-t-il. Mais je comprends que vous n'ayez pas le choix. Je veux que vous soyez en sécurité. Autant que vous pouvez l'être dans ces circonstances. Si vous devez partir, je veux que vous disposiez d'autant d'informations que possible concernant ce que vous pouvez faire si les choses tournent mal. L'information, c'est le pouvoir et je suis dans une position unique où j'en détiens au sujet de la région où vous allez vous rendre.

Les yeux de la jeune femme se remplirent de larmes.

— Ne pleurez pas. S'il vous plaît, la supplia Bo.

— Je ne peux pas m'en empêcher, répondit-elle en appuyant son front contre son torse.

Elle sentit les doigts du militaire se glisser dans ses cheveux et se poser à l'arrière de son crâne. Ainsi que la pression de son autre main dans le bas de son dos, la serrant contre lui.

— Ce n'est pas de cette façon que je pensais que ça se passerait, maugréa-t-il au-dessus de sa tête.

— Quoi, donc ? demanda-t-elle d'une petite voix.

— Vous faire la cour.

Wren releva le menton, mais il n'enleva pas sa main de ses cheveux.

— Me faire la cour ? répéta-t-elle en fronçant légèrement les sourcils.

— Oui. En général, quand on rencontre une personne qui nous intéresse, on l'emmène boire un café. Puis peut-être dîner une fois ou deux. On s'embrasse à la porte pour se dire au revoir. On se donne peut-être rendez-vous pour regarder un film et on se fait des câlins sur le canapé. Puis un autre dîner, plus romantique celui-là, un restaurant chic avec des fleurs et des bougies. Et si le garçon a de la chance, il ramène la fille chez lui et elle lui permet de lui faire l'amour toute la nuit. Puis d'autres rendez-vous, toujours plus d'amour... ils finissent par emménager ensemble, il lui demande de l'épouser et ils se marient. Ont peut-être un ou deux enfants et vivent heureux pour toujours.

Le cœur de Wren se serra en entendant ces mots. Elle n'avait jamais *rien* envisagé de tout cela pour elle. Elle s'était sans cesse sentie trop... brisée. Vivre heureuse pour toujours ne faisait pas partie des visions qu'elle avait de son avenir. Peut-être, prendre du bon temps ici et là, mais elle ne pensait pas que quiconque soit capable de supporter ses excentricités sur le long terme.

La jeune femme ne savait pas trop quoi dire, mais Bo ne semblait pas attendre de réponse.

— Au lieu de ça, poursuivit-il, je vous ai emmenée chez moi alors que vous étiez inconsciente et vous vous êtes réveillée dans un lieu inconnu avec un homme que vous n'aviez jamais rencontré. Je vous ai hissé sur votre balcon à l'aide d'une corde, suis entrée par effraction dans votre appartement, ai découvert qu'il avait été saccagé par un psychopathe, vous ai ramené dans ma maison plutôt qu'à un hôtel. Vous avez dormi sur le canapé plutôt que dans un lit et, le matin suivant, je me suis mis à vous gueuler dessus à propos d'une chose sur laquelle vous n'avez aucun contrôle.

— Honnêtement, ça colle bien à ma vie, lui répondit-elle.

Au lieu de sourire de sa blague, le militaire fronça les sourcils.

— Je ne sais pas grand-chose de vous, Wren Defranco, mais je *sais* que vous êtes sacrément forte. Ça me paraît clair comme de l'eau de roche après ces deux derniers jours. Et si vous me pardonnez et me laissez repartir à zéro, je voudrais vous courtiser correctement. Autant que possible, vu qu'on a déjà sauté quelques étapes et qu'on vit déjà ensemble.

La jeune femme ne put s'empêcher d'en rire bêtement.

— Seulement jusqu'à ce que ce Matt soit arrêté.

— Oui.

Étant donné l'ironie dans sa voix, elle ne sut s'il était d'accord avec elle ou la contredisait. Mais elle imagina que ça n'avait pas d'importance.

— Il va bien falloir que je commence à me préparer pour aller au boulot maintenant. Même si ça ne me prend pas toute la journée de me doucher et m'habiller, je pense que je vais arriver juste.

— J'ai lavé vos vêtements d'hier, ils sont déjà dans la salle de bain. Je vais vous préparer un bol de céréales pour quand vous en sortirez. Je vous emmènerai au travail et je viendrai vous chercher à la débauche. Si vous me donnez votre taille et votre pointure, je peux m'arrêter à *La Penderie de ma Sœur* et voir si Julie peut m'aider à sélectionner quelques affaires pour vous en attendant que vous ayez le temps de faire du shopping.

Wren en fut stupéfaite.

— Vous voulez aller m'acheter des vêtements ?

— Eh bien, oui. On peut continuer à laver ce que vous avez tous les soirs, mais je suppose que vous n'avez pas envie de porter la même chose pendant un certain nombre de jours.

Ce n'était pas tout à fait ce que la jeune femme avait sous-entendu, mais il n'avait pas tort.

— Je peux m'arrêter dans un grand magasin et me prendre deux-trois trucs, lui dit-elle.

— Ou je peux passer à la boutique de mon amie et vous trouvez des affaires de bonne qualité. Ce ne sera pas du neuf, mais ce sera quand même sympa.

— D'accord, accepta-t-elle d'une petite voix.

L'émotion la gagnait. Ce n'était pas tant le fait qu'il allait lui acheter des vêtements, mais plutôt sa manière de présenter les choses, comme s'il n'y avait pas de quoi faire toute une histoire de ce qu'il faisait pour elle. Pour Wren, c'était *considérable*. Sa propre mère ne s'était pas pliée en quatre pour faire quoi que ce soit pour sa fille. Elle ne s'était pas souciée de ce qu'elle portait.

— Parlez à votre patron, lui rappela Bo, lui faisant ainsi comprendre qu'il avait toujours bien en tête ce voyage imminent au Soudan du Sud.

— Oui.

Il s'écarta un peu et sa main glissa des cheveux de la jeune femme à sa nuque, puis baissa les yeux vers elle un long moment.

— Quoi ? lui demanda-t-elle.

— J'ai envie de t'embrasser.

Son cœur s'emballa et elle se passa la langue sur les lèvres. Il suivit ce mouvement du regard avant de croiser encore une fois le sien.

— D'accord, répondit-elle en hochant légèrement la tête.

Bo lui décocha un petit sourire avant de se pencher sur elle. Ses lèvres effleurèrent celles de la jeune femme dans un baiser chaste et tendre. Puis il planta ses yeux dans les siens avant d'incliner de nouveau la tête. Cette fois, le baiser n'eut *rien* de doux. Il était électrisant.

Il lui lécha les lèvres pour demander la permission d'entrer, que Wren lui accorda tout de suite en les entrouvrant pour lui.

Il dominait le baiser, mais pas d'une façon oppressante ou macho. Un gémissement grave monta de sa gorge, informant Wren qu'il était aussi submergé qu'elle par leur alchimie instantanée. Elle empoigna sa chemise, froissant le tissu, car elle éprouvait le besoin de se raccrocher à quelque chose tandis qu'il prenait possession de sa bouche.

Les doigts de Bo se resserrèrent autour de sa nuque tandis qu'il la maintenait et ils s'embrassèrent pendant ce qui leur sembla une éternité. Elle se sentait entourée par lui. En sécurité.

C'était ce qu'elle ressentait avec Safe. Il n'y avait nulle part où elle souhaitait être autre que là. Dans ses bras. La langue du militaire tourbillonnant avec la sienne. Son goût sur ses lèvres.

Lorsqu'il s'écarta cette fois-là, ils avaient tous les deux le souffle court.

Il s'humecta les lèvres et lui sourit doucement. Puis il laissa courir son pouce sur la lèvre inférieure de Wren.

— On n'est peut-être pas conventionnels, mais je te fais bien toujours la cour. Au cas où tu ne le saurais pas.

— Ça me va.

— Parfait.

Il laissa retomber ses mains et fit un pas en arrière.

— Va te doucher, Wren. Je te prépare le petit-déjeuner et le café en attendant.

La jeune femme déglutit difficilement et hocha la tête. Puis elle recula, ne souhaitant pas rompre le contact visuel. Elle se retourna au dernier moment et s'avança dans le couloir en direction de la salle de bain.

C'était fou de voir à quel point sa vie avait changé ces deux derniers jours. Elle était allée à un premier rendez-vous et s'était retrouvée à emménager avec un autre homme la même nuit. Mais elle ne pouvait s'empêcher de penser qu'elle avait touché le gros lot.

Bo Cyders était un homme bon. Les choses ne fonctionneraient peut-être pas entre eux sur le long terme, mais elle allait profiter de l'aventure tant qu'elle durerait.

7

Wren avait l'impression d'avoir de nouveau huit ans et d'être appelée dans le bureau du directeur. Bien entendu, à l'époque personne ne l'avait crue lorsqu'elle avait parlé de ce qui se passait chez elle, mais elle n'était plus cette enfant terrifiée. Elle était une femme adulte qui était parfaitement capable de se défendre.

Peut-être.

D'accord, sans doute pas.

Colby Johnson l'intimidait. Son patron était grand. Large d'épaules. Et musclé. Elle était convaincue qu'il aimait se servir de sa taille pour toiser les autres. Comme si le simple fait d'être un homme de son gabarit le rendait d'une façon ou d'une autre meilleur.

Il avait les cheveux bruns, des yeux marron et affichait en permanence ce qui semblait être un air renfrogné. Elle ne l'avait jamais vu porter autre chose que des costumes et cravates de créateurs. Colby était aussi du genre à parler fort. Presque tout le monde au bureau pouvait l'entendre lorsqu'il oubliait de fermer la porte.

Ce n'était pas comme s'il était un mauvais patron. Pas du

tout. Il avait une façon d'amener ses employés à se dépasser. À faire volontairement des heures supplémentaires lorsqu'il y avait un projet important en cours. Il était audacieux, impétueux et avait démarré tout seul BT Energy.

Colby était également généreux. Ce qui était finalement la raison pour laquelle Wren avait accepté cet emploi. La vie était chère en Californie, mais son salaire était adapté en conséquence. Elle gagnait plus qu'à n'importe quel autre poste qu'elle avait occupé. Bien sûr, l'argent ne faisait pas tout, mais, lors de ses entretiens, Wren avait aussi apprécié ce qu'elle avait vu et entendu. Et ses recherches lui avaient montré que l'entreprise avait beaucoup de succès.

Même si elle était là-bas depuis un mois, c'était toujours intimidant pour elle de rencontrer son patron. En particulier lorsqu'elle avait l'impression de connaître à l'avance le résultat de cette réunion. Mais Bo avait généreusement offert de rencontrer le groupe qui allait partir au Soudan du Sud et, puisque ce voyage ne serait pas annulé, elle s'était dit que peut-être, sait-on jamais, Colby sauterait sur l'occasion d'obtenir des informations de la part de Navy SEALs.

— Bonjour, Wren. Qu'est-ce que je peux faire pour vous ? tonna Colby depuis son fauteuil derrière son bureau.

C'était un meuble imposant, qui prenait presque la moitié de la pièce. Il y avait un ordinateur avec trois écrans d'un côté et des papiers étaient éparpillés sur toute la surface restante. Il n'était que dix heures du matin, mais l'homme avait l'air débordé et stressé, ce qui amena Wren à penser que ce n'était peut-être pas le meilleur moment pour lui parler. Mais puisqu'ils étaient censés partir pour le continent africain un peu plus de deux semaines plus tard, elle n'avait pas d'autre choix que de discuter avec lui au plus tôt.

— Bonjour Colby. Je voulais échanger avec vous au sujet de notre voyage imminent.

— Vous n'allez pas encore essayer de m'en dissuader, pas vrai ? demanda-t-il.

Sa voix était plutôt calme, mais Wren pouvait entendre l'agacement derrière les mots. Il n'avait pas été ravi lorsqu'elle avait précédemment évoqué ses inquiétudes concernant la sûreté.

— Non, monsieur. Je parlais avec un ami, qui est un Navy SEAL, et il a proposé de venir avec son équipe pour discuter de sécurité avec ceux d'entre nous qui partiront au Soudan du Sud. Au sujet de ce que nous devrions et ne devrions pas faire si quelque chose se produisait.

Wren avait prononcé ces paroles rapidement et aussi impassiblement que possible, sachant que l'homme d'affaires en face d'elle apprécierait, puisqu'il était toujours très occupé.

— Ce ne sera pas nécessaire. Mon équipe de sécurité est en train de nous réaliser un flyer et elle sera là au cas où. Autre chose ?

La jeune femme eut envie de protester. Elle voulait lui dire que ce n'était pas avec un bête pamphlet qu'*elle* allait se sentir plus protégée, mais *potentiellement* en discutant avec un groupe de SEALs qui s'était rendu dans d'innombrables pays dangereux. Mais elle savait reconnaître un rejet quand elle en entendait un.

— Non, c'était tout.

— Wren, nous sommes tous ravis que vous soyez ici. Vous êtes douée avec les médias et vous avez un côté plus doux que le reste d'entre nous. Mais vous avez été engagée pour être le visage de BT Energy, pas pour prendre les lourdes décisions qui doivent l'être. Je ne dis pas ça pour jouer au con. Faites-moi confiance, je ne ferai rien pour compromettre cet accord ou faire du mal à mon entreprise. Les choses vont bien se passer. Nous allons aller en Afrique, donner une conférence de presse, rencontrer deux ou trois gros bonnets, participer à quelques shootings photo et nous repartirons plus riches de quelques millions de dollars. Ce gazoduc va nous mettre sur le devant de la scène mondiale. Il faut simplement que vous vous fiiez à moi.

Eh bien, cela ne serait pas le cas. Wren n'accordait pas facilement sa confiance.

Mais elle répondit consciencieusement :

— Oui, monsieur.

— Je vous ai envoyé des notes sur certains des hommes que nous allons rencontrer. Je vous ai aussi fait un e-mail avec quelques statistiques sur le Soudan du Sud et ses mœurs. Assurez-vous de bien tout lire attentivement : la dernière chose dont nous avons besoin, c'est que notre responsable des relations publiques brise un sort de tabou devant les caméras.

Elle acquiesça et se tourna vers la porte. Mais elle se retourna au dernier moment.

— Puis-je demander aux autres s'ils veulent parler avec moi à mon ami et ses équipiers ?

Elle ne savait pas trop où elle avait trouvé le courage de poser la question, mais si *elle* avait découvert après coup qu'une des personnes allant en Afrique avait ce genre de connexion et qu'on ne lui avait pas proposé de participer à une réunion sur la sécurité, elle aurait été fâchée.

— Je ne pense pas que ce soit nécessaire, mais si vous le souhaitez, faites comme bon vous semble. Simplement, pas pendant les heures de travail ni ici au bureau. Je ne veux pas que des rumeurs circulent, comme quoi nous avons engagé la Navy en tant que consultante. Ça donnerait l'impression que nous ne faisons pas confiance à nos hôtes sud-soudanais.

Wren hocha la tête et sortit du bureau de Colby. Elle soupira de soulagement, mais aussi de frustration. Être sensible aux questions de sûreté n'avait aucun rapport avec de la méfiance envers les gens qu'ils allaient rencontrer en Afrique. C'était simplement la chose la plus intelligente à faire lors d'un déplacement dans un pays qui n'était pas exactement stable.

La jeune femme revint à son box et afficha les informations

que son chef lui avait envoyées. Il lui fallut un moment pour tout lire. Les habitants du Soudan du Sud étaient en règle générale stoïques et gardaient leurs émotions pour eux. La norme culturelle était de dissimuler la douleur et les difficultés. La ténacité, la retenue et le courage physique étaient admirés.

Rien de tout cela ne surprit Wren. Après des années de violence dans le pays, c'était une seconde nature pour les familles qui souhaitaient tenter de passer sous les radars de ceux qui pourraient vouloir leur faire du mal.

Les données que lui avait fournies son patron étaient intéressantes, mais cela n'allait pas vraiment l'aider dans son travail sur place. Une chose dont on l'avait déjà avertie, c'était que le pays manquait de liberté d'information. Elle allait donc devoir être très prudente à propos de ce qu'elle dirait à la conférence de presse. Il ne fallait pas énoncer quoi que ce soit de négatif. Tout devait être présenté sous un angle positif.

En soupirant, la jeune femme se rassit et se cambra légèrement pour tenter de défaire les nœuds qui s'étaient formés après avoir été si longtemps penchée devant son ordinateur. Elle sursauta lorsque son téléphone vibra sur le bureau, à côté de son bloc-notes, puis rit d'elle-même. Elle ne recevait pas beaucoup d'appels, car elle ne connaissait tout simplement pas beaucoup de monde, en particulier ici en Californie, où elle vivait depuis à peine plus d'un mois.

Elle pensa qu'il devait s'agir de Bo, ce dernier ayant insisté pour avoir son numéro lorsqu'il l'avait déposée le matin, et jeta un coup d'œil à l'écran. À sa grande déception, celui-ci affichait « inconnu » au lieu du nom du militaire. Comme elle n'était pas d'humeur à parler avec un escroc ou un démarcheur téléphonique, elle ne répondit pas. Elle se dit qu'il ou elle laisserait un message si c'était important.

— Salut, Wren.

Elle bondit de ce qui lui parut soixante centimètres et se retourna vivement pour découvrir Luke qui se tenait derrière son box. Il arborait un sourire narquois, comme si cela l'amusait de l'avoir autant fait sursauter. C'était le plus jeune de ceux avec qui elle allait voyager au Soudan du Sud. À vingt-cinq ans, il semblait se croire encore à l'université : il sortait régulièrement et se soulait pendant la semaine et Wren l'avait entendu se vanter plus d'une fois des nombreuses femmes qu'il draguait dans les bars.

Mais il était également drôle. Et joli garçon. Et avait été sincère en l'accueillant dans l'entreprise.

— Combien de fois faudra-t-il que je te dise de ne pas faire ça ? le réprimanda-t-elle. Je vais vraiment t'acheter une cloche à mettre autour de ton cou comme ainsi je saurais que tu arrives dans mon dos.

— Meuuuuh, répondit-il après un éclat de rire.

Wren ne put s'empêcher de s'esclaffer.

— Tu as reçu toi aussi le document de quarante pages sur la culture qu'on est censé mémoriser ? l'interrogea-t-il.

Elle grimaça.

— Oui. Ça fait beaucoup.

— Je suis sûr que ce sera cool. Il faut juste qu'on soit polis, qu'on ne maintienne pas trop longtemps un contact visuel et je dois m'assurer de ne pas toucher les épaules d'une femme, sans quoi je vais me retrouver poussé dans une hutte pour y être marié.

Sa collègue leva les yeux au ciel.

— Ce n'est pas vrai.

— D'accord, tu as raison, mais toutes ces règles me rendent quand même un peu nerveux.

Wren songea que c'était le moment parfait pour évoquer l'offre de Bo.

— Hé, je connais un gars, c'est un Navy SEAL. Et lorsque je lui ai parlé du voyage, il s'est inquiété, puisqu'il y a beaucoup de choses qui se passent là-bas. Il a proposé qu'on se retrouve pour discuter de protocoles de sécurité, moi et n'importe quelle personne qui le souhaiterait. Tu sais, savoir quoi faire si quelque chose se produisait et comment rester hors de danger. Tu veux rencontrer son équipe avec moi ?

L'espace d'un instant, elle crut que Luke allait accepter. Puis il se raidit juste avant que quelqu'un d'autre s'arrête à côté de lui.

— Tu as la trouille, Wren ?

Il s'agissait d'Archie. C'était le plus vieux du groupe de voyageurs. À cinquante-deux ans, il pensait tout savoir sur tout. Et, pour une raison qui lui échappait, Luke l'admirait.

Archie gratifia le jeune homme d'une claque sur l'épaule et s'esclaffa.

— La faible femme a peur du croque-mitaine.

Wren fronça les sourcils.

— Je n'ai pas...

Mais elle n'eut pas l'occasion de terminer sa phrase, car Archie déclara :

— Luke, j'aurais besoin d'une deuxième paire d'yeux pour regarder les caractéristiques du gazoduc au sud de Djouba. Je pense qu'on va devoir le déplacer d'environ un kilomètre et demi à l'ouest à cause des inondations dans le secteur et de la manière dont le sol peut devenir marécageux.

— Bien sûr. Pas de problème, Archie.

Tous firent mine de partir, mais le plus jeune se retourna.

— Ça va aller, Wren. Il ne va rien se passer. Colby emmène une équipe de sécurité. En plus, nous, les hommes, on va t'entourer en permanence. Tout ira bien. Mais un jour, je veux bien que tu me racontes comment tu as commencé à sortir avec un Navy SEAL, l'informa-t-il en agitant les sourcils de façon suggestive.

La jeune femme ne put s'empêcher de lever une nouvelle fois les yeux au ciel face au ridicule de son collègue. Il était constamment en chasse.

Une fois seule de nouveau dans son box, elle soupira. Si

Archie parlait avant elle aux autres personnes qui participaient à ce déplacement, ils allaient sans doute refuser son offre eux aussi.

Peut-être était-elle paranoïaque, mais elle ne le pensait pas. En particulier lorsqu'elle se rappelait la réaction de Bo en entendant la destination vers laquelle son entreprise l'envoyait. Si un SEAL était mal à l'aise et paniqué à l'idée qu'elle voyage vers un certain pays, qui était-elle pour ignorer ses inquiétudes ?

Wren se retourna vers son ordinateur et décida d'écrire un e-mail à Aaron, Dallas et Oliver. Elle leur relaya l'invitation à rencontrer Bo et son équipe. Ce ne serait pas grave s'ils déclinaient. Dans tous les cas, elle était impatiente d'entendre ce que les SEALs avaient à dire.

Elle avait à moitié rédigé l'e-mail lorsque son portable se remit à vibrer. En baissant les yeux, elle vit qu'une fois de plus que l'appelant était inconnu. Pour la première fois, elle ressentit une petite pointe d'inquiétude.

Matt ne lui téléphonerait certainement pas… pas vrai ?

Elle ne lui avait pas donné son numéro. Mais cela ne signifiait pas qu'il ne pouvait pas l'avoir déniché. Il avait pénétré dans son appartement et il n'aurait sans doute pas été difficile pour lui de trouver quelque chose où il était inscrit.

Tout en se mordant la langue, Wren regarda fixement son téléphone. Celui-ci avait cessé de sonner, mais la personne au bout du fil, quelle qu'elle soit, n'avait pas laissé de message.

C'était très certainement un démarcheur. Ce n'était pas Matt. Pourquoi l'aurait-il appelée ?

Après avoir pris la décision de répondre la prochaine fois qu'elle recevrait un appel inconnu, Wren revint à son ordinateur et à l'e-mail qu'elle était en train d'écrire à ses collègues.

***

— Yo !

— Eh bah, il était temps que tu arrives.

— Quoi de neuf ?

Safe sourit en s'avançant vers ses amis et équipiers. Même s'ils avaient quelques jours de repos, ils avaient prévu de se retrouver à la plage pour faire de l'exercice. Il était un peu en retard, puisqu'il avait déposé Wren à son travail.

— Salut, dit-il en se rapprochant.

Blink faisait des abdominaux sur le sable avec Flash. Smiley et MacGyver effectuaient des burpees. Kevlar se tenait près de Preacher et observait son approche.

— Comment te sens-tu ? demanda Safe à Kevlar.

— J'ai les yeux toujours injectés de sang, mais ça va.

Tout le monde cessa ses activités et se leva tout en époussetant le sable.

— Alors ? Qu'est-ce qui se passe ? l'interrogea Flash. J'ai reçu un appel de Smiley ce matin qui m'a raconté que Kevlar s'était fait attaquer à la lacrymo pendant qu'il était chez une fille avec toi ?

Il désigna leur chef d'équipe avant d'ajouter :

— Mais il n'a rien voulu nous dire avant que tu arrives.

— Oui. Il s'en est passé des choses depuis que je vous ai vu au *Aces* la dernière fois, dit Safe.

— Sans déconner, Sherlock, ironisa MacGyver. Allez, accouche.

— On peut parler et courir en même temps, les informa Kevlar, en faisant un geste vers la plage.

Safe hocha la tête et les sept hommes se dirigèrent vers le bord de mer à un bon rythme.

— Bon, donc, Wren, la femme qui a été droguée au *Aces*, a passé la nuit chez moi. On a découvert que l'enflure avec laquelle elle était lui a volé ses papiers et ses clés dans son sac à main.

— Merde. Alors, maintenant il sait où elle habite, constata Smiley.

— Exactement. Je lui ai proposé de rester chez moi quelques nuits le temps qu'on change ses serrures, mais elle avait besoin de vêtements et d'autres affaires. Je ne pensais pas que c'était une bonne idée d'aller simplement à son appart, donc on est passés par la porte de derrière, expliqua Safe.

— La porte du balcon au premier étage, précisa Kevlar.

— Ooooh, mec, et tu ne nous as même pas appelé pour qu'on s'amuse un peu ? railla Smiley.

— Je me suis dit que sept hommes rôdant dans les buissons attireraient légèrement trop l'attention, répondit son équipier en s'esclaffant.

— Tu as sans doute raison. D'accord, continue, l'enjoignit MacGyver.

— Donc, on est entrés, mais l'appart avait déjà été saccagé. Ce connard n'a pas perdu de temps. Il est de toute évidence passé après avoir quitté le bar. Et quand je dis saccagé, c'est vraiment *saccagé*. Tous ses vêtements ont été lacérés, la vaisselle entièrement brisée, il a donné des coups de couteau dans ses meubles. Un vrai bordel.

— Raconte-leur le coup des culottes et de l'après-shampoing, lui dit Kevlar.

— J'y viens. Punaise, se plaignit son subordonné. Cet enfoiré a également sorti tous ses sous-vêtements de son tiroir, les a empilés sur le lit et a fait gicler un peu d'après-shampoing dessus. *Blanc*, l'après-shampoing.

— Dégueu.

— Beuuurk.

— Faut vraiment être malade.

Safe fut d'accord avec ses amis.

— Oui. Visiblement, il est assez malin pour ne pas s'être masturbé dessus, à cause de l'ADN, mais quand même. Le fait qu'il voulait que *Wren* pense que c'en était ça montre que ce n'est pas un tordu classique.

— Je t'en prie, dis-moi que Tex est sur le coup, demanda Flash.

Ce fut Kevlar qui répondit.

— C'est le cas. Mais il n'a pas grand-chose pour l'aider. Ce type est malin. Il ne s'est pas garé sur le parking du *Aces*. Il est venu à pied jusqu'au bar. Et Tex a tenté de suivre sa destination avec les caméras de circulation, mais l'a perdu à quelques pâtés de maisons du *Aces* lorsqu'il s'est avancé dans un autre quartier. Et il est aussi arrivé à pied à l'appartement de Wren. Il n'y avait pas de voiture sur toutes les caméras où il est apparu, de ce que Tex a pu constater. Donc c'est raté.

— Il a déjà fait ses trucs de pistage d'après ce qui s'est passé hier soir ? l'interrogea Safe.

— Ouais. Quand il a appris ce qui s'était passé chez Wren, il était furax. Il a dit qu'il en faisait une priorité.

— Est-ce qu'elle va bien ? demanda Blink.

Safe jeta un coup d'œil au plus récent membre de leur équipe. Cet homme avait vécu l'enfer au cours d'une mission où l'un de ses anciens équipiers avait été tué et le reste d'entre eux si gravement blessés qu'ils avaient été mis à la retraite de la Navy pour raisons médicales. Blink était en convalescence lorsque Remi, la petite-amie de Kevlar, avait été enlevée. S'il ne s'était pas trouvé au bon endroit au bon moment, et n'avait pas agi de façon si convaincante, elle n'aurait plus été parmi eux.

Kevlar avait demandé à être affecté à leur équipe et il avait accepté. Ils lui étaient tous reconnaissants et avaient envers lui une énorme dette. Si Remi avait été blessée ou tuée, Kevlar n'aurait plus été le même. Ils l'auraient sans doute perdu en tant qu'équipier.

Blink ne serait jamais le plus bavard, mais lorsqu'il prenait la parole, c'était en général pour une bonne raison.

Safe le rassura, ainsi que les autres.

— Oui. Elle tient bon. J'étais en retard parce que je l'ai déposée au travail.

— Bon sang, c'est une dure à cuire si elle a insisté pour y aller après tout ce qui s'est passé, affirma Smiley.

— Oh, ça oui, approuva Safe.

— Et alors, comment Kevlar s'est pris de la lacrymo ? voulut savoir Flash.

— Pendant qu'on était à son appart en train de se demander comment on allait pouvoir sauver quoi que ce soit, le mec est revenu. Sans doute pour se cacher chez elle en l'attendant. Ou pour voir ce qu'il pouvait faire d'autre comme conneries pour la terroriser. J'ai essayé de la faire se cacher sous le lit le temps que j'aille filer un coup de main à Kevlar pour le maîtriser, mais elle s'est figée. Et par figée, je veux dire, *littéralement*. Elle s'est tout de suite mise à paniquer.

Safe n'hésita pas à raconter ce qui s'était passé. Il leur confierait sa vie. Ce qui signifiait qu'il leur confierait celle de *Wren*, ce qui n'était pas rien.

— Pourquoi ? demanda Blink.

— Je ne sais pas trop. C'est trop tôt pour qu'elle se fie à moi, mais… elle a laissé échapper deux-trois trucs. À propos de son enfance. Ce n'était pas reluisant. Je pense qu'elle avait une mère maltraitante et qu'elle a été déçue par un certain nombre de figures d'autorité dans sa vie. L'idée de se cacher sous le lit a fait remonter des souvenirs de l'avoir fait enfant… pour échapper aux petits amis de sa mère.

— *Putain.*

Cette véhémence de la part de MacGyver résumait assez bien la situation.

— Clairement. Quoi qu'il en soit, je me suis glissé derrière la porte de sa chambre et je n'ai pas pu la laisser étant donné comment elle était en panique. Kevlar a fait face au type. Cet enfoiré avait préparé sa bombe lacrymo et l'a surpris. Au lieu de le pourchasser quand il s'est enfui, Kevlar est resté pour surveiller la porte.

— Tu vois ? Tu aurais dû nous appeler aussi, remarqua Smiley.

Son équipier acquiesça.

— Rétrospectivement, j'aurais dû.

— Alors, qu'est-ce qu'on fait maintenant ? le questionna Flash.

— Une voisine un peu trop curieuse a entendu le raffut et a téléphoné aux flics. Ils sont venus, ont fait un rapport, suggéré à Wren de ne pas rentrer chez elle pendant un temps, jusqu'à ce qu'ils puissent enquêter et découvrir qui a vandalisé son appartement.

— Si Tex n'arrive pas à le retrouver, ils n'y arriveront pas non plus, déclara Blink d'un ton ferme.

Safe approuva.

— Donc elle reste chez moi pour le moment. J'ai appelé Julie avant de venir ici et elle est d'accord pour préparer quelques affaires pour Wren pour la dépanner.

— Remi adorerait la rencontrer. L'aider à se procurer ce dont elle a besoin, proposa Kevlar.

— J'apprécie. Enfin, on peut peut-être prendre un tas de trucs sur Internet, mais, pour finir, elle va devoir remplacer quasiment tout. Vaisselle, coussin, literie, tous les meubles, soupira Safe. Quel putain d'enfoiré !

— Et alors quoi ? Elle emménage et vous jouez au couple heureux quelque temps. Et après ? demanda Smiley.

Safe se tourna vers son ami. Ce dernier avait des cheveux noirs et des vêtements de la même couleur... ainsi qu'une aura sombre pour aller avec. Ce n'était donc pas surprenant qu'il ait l'air cynique.

— Je ne sais pas. On prend les choses comme elles viennent. Mais je dois vous dire que... elle me plaît. Beaucoup.

— Oh merde ! s'exclama Flash avec un sourire. D'abord, Kevlar, maintenant toi.

Au lieu de s'offusquer, son équipier se contenta de hausser les épaules.

— Si tu crois que je vais me mettre sur la défensive et te dire que tout ça ne débouchera pas sur quelque chose de sérieux, tu te trompes. Wren est... elle est différente. Vulnérable, oui, mais coriace. Je pense que quoi qu'elle ait vécu dans le passé, elle a appris qu'elle n'avait pas d'autre choix que de ne compter que sur elle-même. Elle n'a aucune idée de ce que c'est que d'avoir du soutien.

— Et tu veux lui montrer, ajouta Smiley.

— Ouais. Je veux lui montrer, approuva Safe.

— Elle est clairement différente, raconta Kevlar au groupe. Je ne sais pas exactement ce qu'il y a chez elle. Mais comme l'a dit Safe, j'ai ressenti le besoin de la protéger et en même temps, de me tenir à l'écart et de la regarder assurer toute seule. C'est une dichotomie assez intéressante.

— Fait chier. Maintenant, j'ai envie de la rencontrer, déclara MacGyver.

— Moi aussi, renchérit Flash.

— Je pense à un truc, intervint Kevlar.

Safe se raidit, sans savoir ce que son ami allait suggérer. C'était un grand chef d'équipe, mais il avait parfois des idées assez dingues.

— Nous y voilà, marmonna Preacher dans sa barbe.

Ce qui fit rire Safe.

— Je crois qu'on devrait montrer à Wren ce que ça fait d'avoir des gens qui sont là pour elle, sans condition. Je sais que Remi ne verra aucun problème à l'aider, mais si on impliquait aussi Caroline et les autres ? Tu as déjà parlé avec Julie, alors si on faisait aussi appel à Alabama, Fiona et Summer ? Et on sait que Jessyka sera de la partie. Elle est tellement furax que Wren se soit fait droguer dans son bar qu'elle a déjà sorti les fourches.

— Et Tex contribue déjà, ajouta MacGyver en hochant la tête. J'aime bien. On peut aussi discuter avec Wolf et les autres. Ils pourront jouer les escortes quand on n'est pas là.

Safe, soudain submergé par l'émotion, eut la gorge nouée. Ces hommes ne connaissaient pas Wren. Mis à part le fait qu'il l'aimait bien et qu'elle l'impressionnait, elle leur était totalement inconnue. Et pourtant, ils étaient tout de même prêts à soulever des montagnes pour lui montrer qu'elle n'était pas seule.

Il se souvint d'une autre chose dont il voulait parler à ses amis.

— Merci. Je pense que c'est une idée géniale. Il y a un autre sujet sur lequel vous pouvez m'aider.

— On ferait n'importe quoi, tu le sais, lui dit Kevlar.

— Elle vient juste d'emménager ici en Californie et de commencer un nouveau travail. C'est la responsable des relations publiques de BT Energy.

Preacher émit un long sifflement.

— Impressionnant, remarqua-t-il.

— Pas vrai ? Bon, ils ont un gros déplacement imminent auquel elle va participer. Je crois qu'un nouveau gazoduc va être installé... au Soudan du Sud.

— Tu te fous de moi ?

— C'est quoi ce délire ?

— T'es pas sérieux.

— Attends une petite minute... s'écria Kevlar en s'interrompant en pleine course.

Tous les autres cessèrent leur jogging et se figèrent debout sur le sable en dévisageant Safe.

Ce dernier hocha la tête, la bouche crispée en une mince ligne.

— Croyez-moi, elle sait exactement ce que je pense de son séjour là-bas. Je me suis un peu comporté comme un abruti à ce sujet, mais elle n'a pas le choix. Elle vient juste d'emménager et d'obtenir ce poste. Sans doute en partie *à cause* de ce voyage. Elle ne peut pas dire non.

— C'est dingue qu'il y ait des gens qui imaginent que c'est une bonne idée d'y aller, soutint Flash. Et d'envoyer des ouvriers poser un gazoduc ? C'est un désastre assuré vu la façon dont ça se passe ces temps-ci. Je ne dis pas que ça ne s'améliorera pas à l'avenir, mais le pays est extrêmement explosif en ce moment.

— Je sais. Et elle aussi. Je pense qu'elle est terrifiée, mais qu'elle essaie de faire bonne figure à ce sujet. Je lui ai dit que je serais ravi d'aller discuter de sécurité avec son patron et ceux qui vont y aller. Leur expliquer ce à quoi il faut faire attention, quoi faire si le pire se produisait.

— Son patron est au courant que les étrangers sont plus susceptibles d'être enlevés et retenus en otage contre rançon que les locaux, non ? demanda Smiley.

Safe haussa les épaules.

— Je suppose que oui.

— Et que les violences envers les femmes sont courantes ? ajouta Flash.

Safe hocha la tête d'un air grave.

— Putain. Ça sent la catastrophe à plein nez, maugréa Kevlar.

Ce que Safe ne pouvait réfuter.

— Je ne peux qu'espérer qu'il se passe quelque chose dans les deux prochaines semaines qui rendraient ce déplacement impossible. J'ai l'impression d'être un connard de dire ça, mais c'est vrai.

Tous ses amis acquiescèrent.

— Qu'est-ce que tu attends de nous ? l'interrogea Blink.

— Est-ce que vous viendriez avec moi, si son patron accepte ?

— Bien sûr.

— Tu n'as même pas besoin de demander.

Voilà pourquoi il aimait et respectait tellement ces hommes.

— En parlant d'Afrique… commença Kevlar.

Tout le monde se mit à gémir.

— On avait déjà le pressentiment que ça allait arriver et j'ai eu une information officielle ce matin… même si on a rempli nos objectifs au Tchad, les choses ne se sont pas apaisées. Elles ont en réalité empiré quand le nouveau gars a repris les rênes. Ou… le gars *pas* si nouveau. Peu importe. On est redéployés là-bas.

— Fait chier, soupira MacGyver. Quand ?

— La plupart des recherches qu'on a faites pour le dernier déploiement sont les mêmes. Je n'ai pas encore les détails, mais on devrait décoller dans dix à douze jours.

Safe en eut le ventre noué par l'inquiétude. Il semblait qu'il allait partir lorsque Wren serait en voyage. C'était un peu ironique qu'ils aillent sur le même continent et dans des pays pile l'un à côté de l'autre. Mais ce n'était pas comme s'il allait pouvoir rester en contact avec elle.

— On va aller lui parler, lui expliquer tout ce qu'elle doit savoir pour se protéger, lui dit Kevlar, comme s'il pouvait percevoir les émotions tumultueuses qui se bousculaient dans son cerveau.

— Ouais, répondit-il.

Mais, au fond de lui, il avait un mauvais pressentiment. Et aucun SEAL digne de son insigne n'ignorait son instinct.

— Non seulement ça, mais je parie qu'une partie de l'équipe de Wolf serait ravie de venir aussi, poursuivit Preacher.

Son équipier hocha la tête. Il ressentait de la gratitude envers ses amis et les autres SEALs, mais rien ne pouvait calmer le malaise qui lui tordait le ventre.

— Safe, dit Kevlar en s'approchant pour lui poser une main sur l'épaule. Parle-nous.

— C'est juste que… je pense à tellement de choses. Je viens

seulement de rencontrer cette femme. Je ne suis pas certain de savoir pourquoi je suis si... impliqué.

— Je comprends ce que tu vis. J'ai ressenti la même chose à propos de Remi. Il y avait simplement quelque chose chez elle qui m'a fait *savoir* qu'elle était différente. Spéciale. Et j'avais raison. Ne rabaisse pas tes sentiments. Est-ce que tu as un moyen de la dissuader de partir ?

Safe pinça les lèvres et secoua la tête alors qu'il se remémorait la conversation du matin.

— Dans ce cas, on va s'assurer qu'elle a tous les outils, au sens propre comme au sens figuré, dont elle a besoin pour se sortir de n'importe quelle situation. Des dispositifs qui peuvent échapper à la surveillance de la plupart des gens.

— Oh, on va bien s'amuser, s'enthousiasma Smiley avant de reprendre son sérieux. Enfin, ça craint que Wren se retrouve potentiellement dans une situation dangereuse, mais trouver des moyens de cacher sur elles des outils de survie, ça va être un défi intéressant.

Pour la première fois, Safe commença à se sentir un peu mieux à propos du déplacement qu'allait entreprendre Wren. Il ne voulait toujours pas qu'elle parte, mais il comprenait mieux que la plupart des gens qu'elle n'avait pas réellement le choix. Et si elle devait y aller, ses amis et lui pouvaient au moins s'assurer qu'elle et les collègues avec lesquels elle voyageait disposaient des ressources nécessaires pour se sortir de n'importe quelle situation explosive. Parce qu'en vérité, il y avait de fortes chances que les choses tournent au vinaigre.

Le Soudan du Sud. *Putain.* Son patron devait être fou.

— OK, et si on réfléchissait aux façons d'équiper la femme de Safe pendant qu'on fait des exercices ? déclara Kevlar de sa voix de chef.

Tout le monde se mit à rire et reprit immédiatement le jogging.

L'esprit de Safe fonctionnait à plein régime tandis que ses

amis se chambraient en courant. S'il partait dans moins de deux semaines, il avait beaucoup de travail à faire. Aider à découvrir qui était ce Matt et rendre sûr l'appartement de Wren, l'aider à remplacer ses possessions, apprendre à mieux la connaître, lui montrer qu'elle n'était plus seule, que ses amis et lui la soutenaient, lui enseigner comment rester hors de danger dans un pays explosif et assister Kevlar et les autres dans la planification de leur propre mission vers le Tchad.

Il n'y avait clairement pas assez de temps pour réaliser tout ce qui devait l'être. En particulier alors que Wren et lui travaillaient à plein temps.

Mais il le ferait. Il le devait. Il avait le sentiment que s'il ne trouvait pas comment tout caser, cela le hanterait pour le reste de sa vie.

8

Wren attendait Bo à l'intérieur du bâtiment où elle travaillait. Il lui avait envoyé un message lui demandant de ne pas patienter dehors, de rester dans l'entrée jusqu'à ce qu'il se gare. Bien entendu, cela avait de nouveau inquiété la jeune femme. Son téléphone avait une fois de plus sonné dans l'après-midi avec un numéro inconnu, mais elle n'avait pas eu le courage de répondre. Elle ne voulait affronter ni un démarcheur ni Matt. Il lui fallait espérer que celui-ci, si c'était lui qui appelait, finirait par se lasser de la chercher et disparaîtrait.

Mais puisque l'homme avait pénétré dans son appartement et avait cassé en deux son badge professionnel avant de briser tout le reste, il savait de toute évidence où était situé son bureau. Et elle ne voulait pas avoir à se confronter à lui sur le trottoir. Elle n'eut donc aucun mal à attendre à l'intérieur jusqu'à l'arrivée de Bo.

Un jour, après avoir remplacé ses clés de voiture, elle devrait recommencer à faire toute seule les trajets jusqu'au travail, mais, pour le moment, cela lui allait parfaitement que le SEAL lui serve de chauffeur.

Ils avaient prévu pour la fin de journée de se rendre dans

cette boutique dont son ami et lui avaient parlé, *La Penderie de ma Sœur*, pour voir si elle pourrait trouver des tenues appropriées pour le travail. Elle devait avoir l'air élégante et professionnelle et elle avait le cœur serré en pensant aux affaires qu'elle avait méticuleusement sélectionnées, lacérées sur le sol de sa chambre.

Non seulement ça, mais elle avait également besoin de vêtements de tous les jours. De jean. De tee-shirts. De pantalons confortables. De sous-vêtements. L'idée de choisir des culottes et des soutiens-gorge avec Bo la fit presque rougir. Elle n'était pas très plantureuse et cela avait toujours été délicat pour elle de garder du poids. La plupart des femmes adoreraient être à sa place, mais après avoir entendu toute son existence des commentaires jugeant qu'elle était plate comme une planche à repasser, trop maigre, pas assez ronde comme une vraie femme, il lui était difficile d'imaginer qu'elle était sexy.

Attendez... mais pourquoi pensait-elle à *ça* ? Son attention aurait dû se focaliser uniquement sur l'immense bazar qu'était actuellement sa vie. Elle avait un harceleur potentiel qui voulait lui faire, Dieu savait quoi, qui était entré par effraction dans son appartement et avait détruit toutes ses possessions ; elle était toujours en train d'apprendre les ficelles d'un nouveau travail ; et elle allait voyager dans un pays que le département d'État avait déclaré trop dangereux pour ses ressortissants. Elle n'aurait pas dû laisser son esprit dériver vers l'homme qui l'avait prise sous son aile, de façon désintéressée, et lui avait offert un sanctuaire alors que sa vie partait en vrille.

Mais elle ne pouvait pas s'en empêcher. Bo était... différent. Il n'avait rien à voir avec ceux qu'elle avait connus par le passé. Il avait de l'honneur. C'était un peu vieux jeu, mais c'était vrai. Wren n'était pas habituée à se sentir en sécurité dans l'entourage d'hommes. Mais avec lui ? C'était exactement ce qu'elle avait ressenti, presque dès qu'ils s'étaient rencontrés.

La sonnerie annonçant un message retentit sur son téléphone au moment même où elle aperçut la Jeep Wrangler de Bo se garer le long du trottoir. Elle fit un signe de main au vigile avant de se diriger vers les portes. Bo bondit hors de sa voiture et la contourna pour ouvrir la portière passager.

Wren lui sourit et monta. Il lui tendit la ceinture de sécurité avant de refermer la portière et de refaire le tour jusqu'au côté conducteur.

— Comment s'est passée ta journée ? demanda-t-il.

Elle haussa les épaules.

— Bien.

Bo lui toucha brièvement le bras, ce qui la fit tourner la tête vers lui.

— Je ne posais pas la question histoire d'être poli, lui dit-il. J'ai vraiment envie de savoir. Ça devait être éprouvant. De revenir, juste après nos conversations et ce qui est arrivé au *Aces* et chez toi. Je n'avais pas l'intention de t'accabler encore plus d'inquiétudes que tu n'en as déjà à propos de ton voyage. Alors... comment s'est passée ta journée ?

Quel homme !

Wren avala sa salive avec difficulté en tentant de se calmer. Par le passé, elle était toujours partie du principe que les gens n'avaient pas vraiment envie d'entendre la vérité lorsqu'ils posaient ce genre de questions. S'ils voulaient savoir comment elle allait, elle se contentait toujours de répondre « bien ». Mais il semblait que Bo désirait réellement savoir comment s'était déroulée sa journée.

— C'était... un peu dur. Je n'arrivais pas à arrêter de penser à toutes les choses que je devais faire. Tout ce que je dois remplacer. J'ai aussi parlé à Colby, mon patron. Ça ne l'intéressait pas que tes amis et toi veniez échanger avec nous du voyage. Désolée.

Bo se pinça les lèvres avant de s'écarter du trottoir.

— Quoi d'autre ?

— Eh bien, je lui ai demandé s'il était d'accord pour que

moi et ceux qui feront le déplacement vous rencontrions et discutions sécurité, et il a accepté, tant qu'on ne le fait pas pendant les heures de travail.

— C'est magnanime de sa part, marmonna Bo.

— Je sais qu'il peut donner l'impression d'être un abruti, mais c'est en réalité un chouette patron, répliqua Wren, prête à défendre Colby. Ce contrat va permettre à BT Energy d'entrer dans la cour des grands et c'est vraiment important.

— Assez pour potentiellement lui coûter la vie ainsi qu'à ses employés ? rétorqua le militaire.

Wren regarda ses genoux. Il avait raison. Même si c'était un accord essentiel, il ne valait pas la peine que des gens soient blessés.

— Pardon. Je suis désolé, enchaîna Bo en secouant la tête. Je suis toujours en train de me faire à l'idée que tu ailles au Soudan du Sud. Alors, quand est-ce qu'on vous rencontre, toi et les autres ?

— Euh... ça ne va pas se faire.

— Quoi ? Pourquoi ?

— Ça ne les intéresse pas. Je pense que j'aurais pu en persuader quelques-uns, mais Archie l'a fait avant moi. Il a donné l'impression que je jouais les vierges effarouchées en ayant peur de voyager dans un pays étranger.

— Quels idiots !

La jeune femme haussa les épaules. Elle appréciait en réalité ses collègues, mais elle ne pouvait pas nier que foncer dans une situation sans avoir toutes les informations possibles n'était pas franchement malin.

— Très bien. On va t'expliquer tout ce que tu as besoin de savoir et si ça vire mal, tu pourras leur dire quoi faire.

— Sérieusement ? demanda-t-elle.

— Bien sûr. Ils vont s'en remettre à toi parce que tu auras les outils et les connaissances pour les sortir du pétrin dans lequel vous vous trouverez.

— Euh... non, ça ne se passera pas comme ça. Ils ignorent déjà beaucoup ce que je dis et si quelque chose se produit, ils ne vont *certainement* pas se reposer sur moi pour avoir des réponses ou de l'aide.

Bo soupira.

— D'accord. Alors mon équipe et moi on va se concentrer sur ta sécurité. Si tu peux aider les autres, s'ils te *laissent* le faire, super. Dans le cas contraire, tu sauras au moins comment te débrouiller seule.

— Merci.

Bo se tourna vers elle.

— Ne me remercie pas. Je suis égoïste. Je veux que tu rentres à la maison saine et sauve. En plus, si tu penses pouvoir mettre un pied hors de ce pays *sans* que je te fasse passer un interrogatoire sur ce qu'il faut faire et ne pas faire, tu es aussi dingue que ton patron.

Curieusement, cela fit rire la jeune femme.

— Je suis sérieux, l'avertit-il.

— Je sais. Et j'apprécie. Plus que tu l'imagines. Je te promets d'écouter tout ce que tu as à dire.

— Pas que moi. L'équipe tout entière.

— Quoi ?

— On va tous avoir une discussion sérieuse. Te raconter ce qu'on sait. Te parler des différents scénarios. C'est comme ça qu'on planifie nos missions. On débat des bons points, des ratés, des galères, et des diverses façons dont on pourrait réagir à une situation donnée. On va faire la même chose avec toi.

— Je ne veux pas déranger, dit Wren à voix basse.

— Mais tu ne dérangeras jamais. Oh, et je devrais sans doute te dire qu'il pourrait aussi y avoir un ou deux de nos amis qui sont d'anciens SEALs. Je ne sais pas trop qui pourra venir. Ça dépendra du moment où on organisera ça. Et Tex voudra sans aucun doute lui aussi se greffer en visio ou par téléphone.

— Je... Bo, je ne pense pas que tout ça soit nécessaire, juste pour moi.

— Tu te trompes. Je ferais appel à toutes les personnes nécessaires pour m'assurer que tu possèdes bien toutes les informations et les outils dont tu as besoin pour te débrouiller seule. Je t'ai déjà dit que je t'appréciai beaucoup et mes sentiments n'ont pas soudain changé après avoir été séparé de toi les huit dernières heures. J'ai envie de voir jusqu'où ça peut aller entre nous et ça ne pourra pas arriver si tu disparais dans la nature africaine.

— Si je disparais ? répéta-t-elle d'une voix étranglée.

— Oui.

Wren en eut la gorge nouée. Elle savait ce qu'il avait voulu dire. Les enlèvements d'étrangers augmentaient au Soudan du Sud. Elle ne souhaitait pas faire partie des malchanceux sur cette liste.

— D'accord. Puisque tu as été assez courageux pour le dire, je peux admettre que je ressens la même chose. Je t'apprécie aussi, Bo.

— Bien. Je vais organiser la rencontre avec les gars. Tu as faim ?

La jeune femme avait l'esprit en effervescence. Comment étaient-ils passés de la possibilité qu'elle soit enlevée à leurs sentiments l'un pour l'autre, puis au dîner ?

— Oui.

— Est-ce que tu aimes la cuisine mexicaine ?

— Euh... qui *n'aime pas* ça ? répliqua-t-elle.

Les lèvres du SEAL tressaillirent.

— D'accord. On va faire un tour à *La Penderie de ma Sœur* et prendre les affaires que Julie a mises de côté pour que tu les essaies, et ensuite on ira manger. Ça te va ?

— Quelles affaires ?

— Aucune idée. Je l'ai appelée ce matin et lui ai un peu parlé de ta situation, puis je lui ai transmis tes tailles et pointures. Elle a dit qu'elle verrait ce qu'elle pourra rassembler. J'ai reçu un SMS de sa part avant de venir te chercher en m'informant qu'elle était prête pour qu'on passe.

— Qui est Julie déjà ?

— C'est la femme de notre ancien commandant. Je l'aurais bien invitée à venir à notre réunion à propos de ton voyage, mais elle ne s'en est pas bien sortie quand elle s'est fait enlever à Mexico. Donc ce n'est sans doute pas la meilleure interlocutrice. Mais, avant que tu ne t'inquiètes, elle va bien maintenant.

— Attends une minute ! Elle a été enlevée ?

— C'est une longue histoire, pour une autre fois. Mais je lui ai promis de te raconter son expérience ainsi que celle de Fiona aux mains de trafiquants sexuels et comment elles ont été sauvées par Cookie et son équipe. De même que les histoires de Caroline, Summer, Cheyenne et Jessyka. En y réfléchissant, écouter celle de la femme de Tex avec un harceleur pourrait aussi être bénéfique.

— Tu plaisantes, pas vrai ?

— Malheureusement, non. Mais elles vont toutes bien, maintenant. Heureuses. Mariées. Et elles ont des familles.

— Putain de merde.

Bo se contenta de sourire en conduisant.

La Penderie de ma Sœur s'avéra être une petite boutique nichée au cœur du vieux centre-ville de Riverton. Bo trouva une place de parking un peu plus haut dans la rue et prit la main de Wren tandis qu'ils marchaient vers la porte d'entrée du magasin.

Ce qui parut à la jeune femme naturel et normal. Elle s'était baladée main dans la main avec d'autres hommes, mais, avec Bo, elle avait l'impression de l'avoir fait tous les jours de ces dix dernières années. Elle venait juste de le rencontrer. Comment pouvait-elle se sentir si à l'aise avec lui après tout ce qui s'était passé ? C'était un mystère. Mais, pour une fois, elle refusait de remettre ce fait en question. Sa vie semblait un peu hors de contrôle pour le moment, et elle avait appris des années auparavant quand il fallait se contenter de se laisser porter par le courant et de faire ce qu'elle pouvait afin de garder la tête hors de l'eau.

Une clochette retentit lorsque Bo poussa la porte et que Wren pénétra dans l'adorable petite boutique. Il y avait des portants à vêtements partout ; l'ensemble était lumineux et gai, ne ressemblant à aucun magasin d'occasion où elle était entrée. Elle s'était attendue à une odeur de renfermé et à des objets entassés de façon désordonnée sur des étagères ou en vrac sur des portants. Mais *La Penderie de ma Sœur* évoquait à n'importe quel magasin de vêtements pour femme haut de gamme. Non pas qu'elle en ait vu beaucoup de ses yeux, mais tout de même.

— Safe ! s'exclama une femme en sortant de l'arrière-boutique.

— C'est bon de te voir, Julie, répondit ce dernier.

Il s'écarta de Wren et salua la femme d'un baiser sur la joue avant de revenir à côté de sa protégée et de prendre une nouvelle fois sa main.

Julie était mince et plus petite que Wren. Elle était en réalité minuscule, mais semblait avoir une grande personnalité.

— Et tu dois être Wren ! s'écria-t-elle.

— Oui, acquiesça celle-ci.

— Tu es aussi jolie que me l'a dit Safe. Il m'a également signalé que toi et moi avions la même silhouette, sauf que tu es plus grande, ce qui n'est pas étonnant puisque *presque* tout le monde me dépasse. J'espère que ça ne te dérange pas, mais il m'a aussi dit que tu étais responsable des relations publiques, donc que tu avais besoin de vêtements chics qui non seulement t'iraient bien, mais rendraient bien à la télé et en photo. Donc j'ai fouillé dans ce qu'on avait et je pense que j'ai trouvé de bonnes choses. C'est dans l'arrière-boutique. Safe va aller te les chercher. Emporte-les, vois ce qui fonctionne ou pas. Tu pourras ramener tout ce dont tu ne veux pas ou qui ne te va pas.

— Oh, merci, répondit Wren, surprise. Je peux simplement regarder ici...

— Non, non, non. Emporte tout avec toi. Prends ton temps. Parfois, les choses ont l'air différentes et ne donnent pas la même sensation dans un magasin et chez soi. Ce n'est rien, vraiment.

Sauf que ce n'était *pas* rien et Wren ne savait pas quoi dire. Elle était choquée de la gentillesse de l'autre femme.

— Est-ce que tu as aussi mis de côté des vêtements décontractés en plus de ceux pour le travail ? demanda Bo, évitant ainsi à Wren d'avoir à dire quoi que ce soit.

Elle ne le pouvait pas, soudain submergée par l'émotion.

— T'inquiète. C'est plus difficile d'estimer la taille des jeans sans les essayer, mais j'en ai sélectionné quelques-uns. Avec des tee-shirts, quelques pantalons et des shorts pour traîner. Oh ! Et j'ai sans doute un peu abusé, mais après que Safe m'a raconté ce qui est arrivé à ton appartement, je me suis dit que tu avais certainement besoin de sous-vêtements, non ? Donc sur ma pause déjeuner je suis allée dans la boutique de lingerie en bas de la rue et je t'ai acheté des culottes et quelques soutiens-gorge. J'en ai pris deux de sport parce que c'est plus simple de les mettre à la bonne taille, mais je t'ai quand même pris un invisible... je crois que c'est comme ça qu'on les appelle ? J'en ai quelques-uns et ils sont *super* confortables.

— Merci, Julie, dit Bo.

— De rien ! Si tu veux commencer à récupérer les sacs dans l'arrière-boutique, je vais attendre ici avec Wren. Ce sont ceux à droite en entrant.

— Ça marche, répondit son ami.

Il serra la main de Wren, puis s'avança à grands pas vers la porte d'où était sortie Julie.

La jeune femme ne savait pas trop quoi dire. Cette femme

avait remué ciel et terre pour une inconnue. Elle n'avait pas souvent bénéficié d'une telle générosité dans sa vie.

— Merci beaucoup pour tout, réussit-elle à dire.

— De rien, répéta Julie. Je ferais tout pour une amie de Safe. Il est incroyable. Tout comme ses amis. Patrick, mon mari, parle tout le temps de lui. Il est à la retraite maintenant, mais je sais que parfois ça lui manque. La camaraderie. SEAL un jour, SEAL toujours. Et Wolf et son équipe m'ont sauvé la vie, même si je les ai très mal traités. Je suis contente qu'ils m'aient donné une chance de m'excuser pour mon comportement. J'ai juré depuis de payer ma dette. Non seulement auprès d'eux, mais aussi de chaque personne malchanceuse. Je veux dire par là que je t'aurais aidée même si ton appartement n'avait pas été visité, mais... flûte. Ça ne sort pas correctement.

Julie sembla tout d'un coup très triste.

— Non, pas du tout, intervint rapidement Wren. Je comprends.

Tout en regardant autour d'elle, elle se dépêcha de trouver autre chose à dire pour apaiser l'autre femme et avisa un poster sur le mur.

— Oh, tu donnes des robes aux lycéennes qui n'ont rien à se mettre pour leurs bals ?

— Oui ! C'est génial. Tu n'imagines pas combien les filles s'illuminent lorsqu'elles se voient dans une tenue qu'elles ne pourraient pas s'offrir autrement.

— Oh, je vois très bien en fait. J'aurais pu bénéficier d'un tel programme quand j'étais au lycée, admit Wren.

— Ah bon ?

— J'étais une enfant placée et la famille dans laquelle je vivais pendant cette période n'avait pas les moyens d'acheter des tenues aux jeunes dont ils avaient la garde pour participer à de grands évènements comme celui-ci.

— Est-ce que tu as pu aller à un bal ? l'interrogea Julie.

Wren haussa les épaules. Elle n'avait pas bien réfléchi à la fin de son anecdote lorsqu'elle avait abordé le sujet.

— À un. Dans la vieille robe qui ne m'allait pas d'une des filles de la famille qui avait fini le lycée cinq ans plus tôt.

Julie fit la moue.

— Aïe.

— Oui. Ce n'était pas super.

C'était un euphémisme, mais l'amie de Bo n'avait pas besoin d'entendre l'histoire de son cavalier qui l'avait laissée tomber au bal pour aller boire avec ses potes parce qu'il était gêné d'être vu avec elle.

— Eh bien, c'est une des raisons de base pour lesquelles j'ai créé ma boutique. Pour aider les enfants. Mais c'est devenu bien plus que ça. Je n'accepte que des vêtements de créateurs peu utilisés ainsi que des articles de maison utiles. Pas les cochonneries dont les gens veulent se débarrasser lorsqu'ils déménagent en se demandant même pourquoi ils les ont achetées.

Les deux femmes se mirent à rire alors même que Bo réapparaissait dans le magasin. Il avait les bras chargés d'au moins une demi-douzaine de sacs.

— Oh mince, s'exclama Wren dans un souffle en voyant les habits qui en débordaient.

— Je sais que ça ne représente pas autant que ce dont tu as besoin, mais quand je récupérerais de nouveaux dons dans ta taille, je pourrais t'en laisser la primeur, lui expliqua Julie, se méprenant sur le commentaire de Wren.

— Je vais revenir prendre les autres quand j'aurai mis ceux-là dans la Jeep, l'informa Bo.

— Il y en a d'autres ? dit-elle, pantelante.

— Juste quelques sacs, lui répondit Julie. Je voulais m'assurer que tu avais beaucoup de choix et que tu n'aurais pas à te contenter de vêtements que tu n'aimerais pas.

La jeune femme en resta littéralement sans voix. Elle s'était dit que Julie avait peut-être déniché quelques tenues, mais, à en juger par les sacs pleins à craquer, elle en avait trouvé suffisamment pour remplacer toute sa garde-robe, et même plus.

— Je reviens tout de suite, leur dit Bo en sortant à reculons par la porte de l'entrée.

— Est-ce que tu veux un en-cas ? demanda Julie. J'ai quelques trucs à l'arrière que je peux apporter. J'en garde sous la main pour les gens qui pourraient avoir un petit creux en faisant leur shopping.

— Bo et moi allons dîner en partant d'ici, lui annonça Wren.

— Oh, super.

Wren ne savait pas trop quoi dire d'autre. Elle n'était pas douée pour les bavardages. Mais, heureusement, elle n'eut pas beaucoup de temps pour s'en inquiéter, car Bo revint aussitôt. Il lui sourit, puis se dirigea vers l'arrière-boutique. Il en ressortit plus rapidement cette fois et ne portait que d'un bras une poignée de sacs. Il s'avança vers Wren et, de sa main libre, prit celle de la jeune femme.

— Encore merci, Julie. Tu nous sauves la vie.

— Si tu as besoin d'autres choses, dis-le-moi. Je verrais ce que je peux faire.

— J'apprécie, lui dit Wren avant que Bo ne puisse le faire.

Julie se fendit d'un sourire.

— J'espère te revoir. Peut-être à l'un de ces barbecues de SEALs sur la plage. Ils sont incroyables.

— Peut-être, répondit-elle de façon évasive.

— Je vais m'assurer de l'emmener au prochain, lui dit Bo.

Puis il tira Wren vers la porte.

— Il faut qu'on y aille, lança-t-il à Julie. Je meurs de faim.

L'autre femme se mit à rire. La dernière chose que Wren vit lorsqu'elle se retourna juste avant que la porte ne se ferme, ce fut la vendeuse qui souriait tout en tapant quelque chose sur son téléphone.

— Elle est en train d'envoyer un message à Caroline et aux autres, l'informa Bo.

— Pourquoi ?

— Pour se vanter de t'avoir rencontrée en premier.

— Euh… je ne suis pas sûre qu'il y a de quoi.

— Bien sûr que si, répliqua-t-il avec un sourire. Elle sait que tu es spéciale à mes yeux. Et elle veut répandre la rumeur comme quoi j'ai une petite-amie.

— Tu as une petite amie ? répéta Wren avec l'impression d'être dans une dimension parallèle.

— Oui. Tu penses que je me balade main dans la main avec *chaque* femme que je rencontre dans un bar, que je ramène chez moi, dont j'infiltre l'appartement en me servant de moyens secrets et que j'invite à vivre avec moi pour un temps indéfini ?

Wren ne peut s'empêcher de sourire en entendant ça.

— Euh, j'espère bien ?

Le militaire s'esclaffa.

— Oui, d'accord, en le disant à voix haute, j'espérais aussi. Mais fais-moi confiance quand je te dis que je ne fais pas ce genre de choses d'ordinaire. Tu es spéciale et Julie le sait. Et, bientôt, tous les autres le sauront également. Allez, j'ai vraiment faim. Kevlar nous a botté les fesses aujourd'hui sur la plage et puis j'ai fait quelques recherches sur les trucs que tu pourrais emporter avec toi lors de ton déplacement.

Wren ne put s'arrêter de sourire tandis que Bo la traînait vers sa Jeep. Sa vie avait pris un tour des plus étranges, mais cela n'avait absolument rien de nul.

— Je vais exploser, se plaignit Wren en prenant place sur le canapé de Safe.

Ce dernier se fendit d'un grand sourire. Il était tout aussi repu qu'elle, mais cela avait valu le coup. Ils avaient parlé pendant des heures tout en mangeant des chips et de la sauce salsa et en dévorant des tacos. Il en avait appris un peu plus sur la femme assise à côté de lui, mais il en voulait toujours plus. Elle avait principalement évoqué ses anciens postes ainsi que ce qui l'avait menée à prendre celui-là en Californie.

Il n'y avait eu qu'un seul mauvais moment dans la soirée, quand son téléphone avait sonné. Safe s'était attendu à ce qu'elle réponde, mais, lorsqu'elle avait regardé l'écran, elle s'était légèrement raidie... et avait plissé le front. Elle avait ignoré tout cela en disant qu'il s'agissait juste d'un autre numéro inconnu, certainement un démarcheur ; mais, pour une raison qui lui échappait, la réaction de la jeune femme lui paraissait trop soucieuse pour un simple démarchage. Mais elle lui avait ensuite demandé comment il s'était intéressé à la Navy et au métier de SEAL et il avait repoussé l'appel dans un coin de sa tête.

Ils étaient désormais chez lui et se prélassaient dans son canapé en tentant de se remettre du fait d'avoir trop mangé.

— J'adore la cuisine mexicaine, mais je n'en mange pas souvent, tout simplement parce que je ne peux pas me contrôler, déclara-t-il.

Wren gloussa.

— N'est-ce pas ? Seul un barbare laisserait des chips dans le bol et ne mangerait pas toute la sauce salsa.

Le silence s'installa entre eux, mais il était agréable. Safe ne s'était pas senti aussi à l'aise avec une autre personne, en dehors de son équipe de SEALs, depuis longtemps.

— Bo ?

— Oui ?

— Merci.

— Pour ?

— Tout. Pour m'avoir aidé au *Aces*. Pour m'avoir donné autant que possible un sentiment de sécurité quand je me suis réveillée dans un lieu inconnu. Pour m'avoir emmenée à mon appartement pour récupérer mes affaires. Pour ne pas avoir rendu ça gênant lorsque j'ai paniqué à l'idée d'aller sous le lit. Pour avoir parlé à la police avec moi. Pour m'avoir accompagnée au travail et être venu me chercher. M'avoir fourni des vêtements. Proposé de m'enseigner des astuces pour rester hors de danger. *Pour tout.*

Safe avait envie de lui dire que tout ce qu'elle avait listé était des choses que n'importe quelle personne décente et normale ferait, mais lui-même savait que ce n'était pas vrai. Alors il se contenta de répondre :

— Pas de quoi.

— Est-ce que tu pourrais me parler un peu plus de ta sœur ?

— De Susie ? demanda-t-il, surpris.

— À moins que tu en aies une autre ?

Il s'esclaffa et s'installa plus profondément dans le canapé, la tête posée sur le coussin derrière lui, les jambes étendues, les mains appuyées sur son ventre.

— Non, Suz est la seule que j'aie. Heureusement. C'est une casse-pieds.

— Vraiment ? répondit-elle, l'air étonné.

— Non, pas réellement. Mais je crois que tous les frères et sœurs sont censés le penser. C'est un genre de règles.

— J'ai toujours voulu avoir un frère ou une sœur, dit-elle avec mélancolie.

Le militaire eut envie d'en savoir plus. Mais il n'insista pas.

— Elle a quatre ans de moins que moi. Vingt-huit ans.

— Et elle a deux enfants ?

— Oui. Elle a été violée pendant sa première année de fac. Elle est allée à une fête et c'est là qu'on a drogué son verre. Le gars qui a fait ça l'a emmenée à l'étage dans sa chambre et deux de ses amis ont suivi. Comme je te l'ai déjà dit, ils ont été pris parce que l'un d'eux a tout filmé.

Safe inspira à fond. Le simple fait de repenser à ce que sa sœur avait subi le rendait de nouveau fou de rage.

— Elle était déterminée à porter plainte. Ça a été extrêmement difficile pour elle. Elle a quitté la fac et a trouvé un boulot pas loin de la maison. Pendant un moment, on ne savait pas si elle pourrait s'en remettre. Mais on l'a sous-estimée. Alors oui, elle a encore quelques problèmes aujourd'hui. Je t'ai parlé du fait d'avoir peur du noir et de ne pas aimer rencontrer de nouvelles personnes. Mais elle est drôle, c'est la meilleure maman du monde et, curieusement, elle a encore cette personnalité douce et innocente qu'elle a toujours eue.

— Je voudrais te poser une question, mais je ne veux pas paraître offensante, dit Wren à voix basse.

— Demande toujours, l'encouragea le militaire.

Elle acquiesça, mais ne dit rien pendant un très long moment. Safe saisit cette occasion pour l'examiner. Elle était roulée en boule à l'autre bout du canapé, appuyée contre l'accoudoir. Elle serrait un coussin sur ses genoux et regardait dans le vide. Ses courts cheveux noirs étaient un peu ébouriffés et ses yeux marron retenaient une foule d'émotions qu'il n'arrivait pas à interpréter.

— Le plus âgé a cinq ans, c'est ça ? finit par le questionner Wren.

— Oui. Anders. Inez, sa fille, a trois ans.

— Donc ça veut dire qu'elle l'a eu quand elle avait vingt-trois ans. Qu'il a été conçu lorsqu'elle en avait vingt-deux. Tu as dit qu'elle a été violée en première année de fac. Donc elle avait sans doute quoi ? Dix-huit, dix-neuf ans ?

— Oui.

Wren leva la tête vers lui.

— Donc... elle s'est remise de ce qu'il lui est arrivé en genre, trois ans ?

Safe ne s'offusqua pas de sa question. S'il ne connaissait pas sa sœur et Tomas, son beau-frère, il aurait lui aussi été curieux.

— Elle ne s'en est pas remise. Pas comme tu pourrais le penser. Ce qui s'est passé fera toujours partie d'elle. Ça l'a changée d'une manière qui me rend incroyablement triste. Mais elle était déterminée à ne pas laisser ces hommes lui voler sa joie de vivre.

« Elle a rencontré Tomas alors qu'elle travaillait à l'épicerie de notre ville. Elle réapprovisionnait les étagères et Tomas était l'un des managers. Ça a tout de suite collé entre eux. Quasi immédiatement. Il a été patient avec elle. Ne l'a pas poussée à quoi que ce soit qu'elle n'était pas prête à lui donner. Susie a mis du temps à accepter de le fréquenter et il faut reconnaître à Tomas qu'il n'a pas cillé quand leur premier rendez-vous s'est déroulé chez mes parents, non seulement avec mon père et ma mère, mais aussi avec moi.

— Sérieux ?

— Oui. J'étais posté en Virginie, mais il n'était pas question que je ne sois pas là pour Susie. Elle m'a demandé s'il y avait moyen que j'aie une permission pour venir rencontrer l'homme avec lequel elle pensait peut-être vouloir sortir. Bien sûr que j'étais présent.

Wren le dévisageait d'une façon qui le laissait perplexe.

— À quoi penses-tu ? l'interrogea-t-il.

— C'est juste que... honnêtement ? Je ne comprends pas. Du tout. Je veux dire, tes parents étaient là. Pourquoi dépenser cet argent et prendre des congés pour rentrer chez toi pour un simple dîner ?

— Parce que Susie me l'a demandé, répondit Safe. Et parce que je savais quel grand pas en avant ça représentait pour elle et qu'elle était terrifiée. D'abord, il fallait que la rencontre ait lieu dans un endroit sûr pour elle et ça, c'était la maison de son enfance. Tomas ne pouvait rien faire, comme trafiquer son verre, alors que sa famille était là. Et je pense qu'elle voulait qu'on la rassure sur le fait que c'était un gars bien, comme elle l'espérait.

— Hmm.

Safe ne savait pas ce que ce son signifiait, mais il poursuivit :

— Béni soit Tomas, il n'a pas sourcillé face à cet étrange arrangement. Il s'est comporté en parfait gentleman et les quatre rendez-vous suivants se sont aussi déroulés en présence de mes parents. Mon beau-frère est parfait pour Susie. Ils se complémentent l'un l'autre. C'est une cuisinière atroce et lui adore passer des heures à perfectionner un plat. Il n'aime pas conduire et elle chérit la liberté que ça lui procure. Ils sont tous les deux réservés et peu exigeants. Quand elle a de mauvais jours, et oui, bien sûr qu'elle en a, il fait ce qu'il doit faire pour l'aider à les traverser. Anders a été pour eux deux une surprise, mais qu'ils ont accueillie avec joie. Ils ne se sont mariés qu'après sa naissance.

— Je suis contente qu'elle l'ait trouvé.

— Moi aussi, acquiesça Safe.

Il sentait que Wren pensait à autre chose. Mais il n'insista pas. La femme à côté de lui affichait une façade forte et stoïque, mais il avait le sentiment que, juste sous la surface, elle avait énormément d'émotions qui se télescopaient.

Avec ce qu'elle dit ensuite, Safe se rendit compte qu'il avait raison. Le genre de colère profonde qu'il avait éprouvé au procès de sa sœur lui revint de nouveau.

— Que sa maison, *la tienne*, soit un endroit sûr n'est pas quelque chose que je comprends non plus. La mienne était une maison des horreurs et je ne peux qu'espérer qu'elle ait été détruite depuis longtemps. Incendiée, rasée. Peu importe.

Safe se redressa. Il s'agissait là d'une conversation difficile pour deux personnes qui venaient de se rencontrer, mais plus il en apprenait sur Wren et moins leur lien lui paraissait étrange.

— Si tu veux en parler, je suis prêt à écouter, lui dit-il.

— Ce n'est pas une jolie histoire, l'avertit-elle. Enfin, ce n'est sans doute pas quelque chose dont deux personnes qui s'apprécient et viennent tout juste de se rencontrer devraient parler aussi vite.

— On s'en fiche, rétorqua-t-il avec urgence. Je crois que notre rencontre a été tout sauf normale de toute façon.

— C'est vrai.

Lorsque Wren garda le silence un moment, Safe se leva, alla dans la cuisine et mit une tasse d'eau dans le micro-ondes. Alors qu'elle chauffait, il prit un mug dans le placard et le remplit de chocolat en poudre. Il retira la tasse du micro-ondes une fois que l'eau se mit à bouillir et la versa sur le chocolat. Puis il remua la boisson, éteignit la lampe et revint vers le canapé. La pièce semblait plus douillette sans la lumière. Moins intimidante, peut-être ? Tout ce que Safe savait, c'est qu'il voulait faire en sorte que Wren se sente à l'aise.

— En quel honneur ? demanda-t-elle d'une petite voix après avoir pris une petite gorgée de la boisson qu'il lui avait préparée.

— Une chose que j'ai apprise de ma sœur et de ma mère,

c'est que le chocolat aide dans presque n'importe quelle situation.

Les lèvres de Wren se recourbèrent en un léger sourire.

— Je pense qu'elles n'ont pas tort, lui dit-elle.

— Je ne vais pas te juger, Wren. J'ai peut-être eu une super enfance, des parents géniaux, mais ça ne veut pas dire que je n'ai pas conscience des saloperies qui peuvent arriver aux gens. J'ai vu mon lot de situations horribles lorsque j'étais en mission. Des enfants mendiant dans les rues. Des femmes agressées. La souffrance. La famine. J'aide quand je peux, mais chaque fois que je vois de telles choses, cela me fait mal au cœur.

Au bout d'un moment, Wren reprit la parole. Elle regarda dans le fond de sa tasse de chocolat au lieu de se tourner vers lui et il n'y avait rien que Safe désirait plus que de la serrer dans ses bras. Mais il allait lui donner tout l'espace dont elle avait besoin pour raconter son histoire.

— Je ne sais pas qui était mon père. Je pense que je devais avoir quatre ou cinq ans quand ma mère m'a dit que c'était un inconnu qu'elle avait rencontré dans un bar. Elle a baisé avec lui, puis lui a volé son portefeuille alors qu'elle le laissait dormir dans le motel où ils étaient allés. Elle m'a expliqué que ce n'était pas un homme bon, qu'il avait passé du temps en prison pour meurtre et que j'avais de la chance qu'elle se soit rendue compte trop tard qu'elle était enceinte pour avorter.

— Putain, Wren.

— À certains moments, j'aurais aimé qu'elle l'ait fait. Qu'elle se soit débarrassée de moi, j'entends. Elle ne m'aimait pas. Même pas un tout petit peu. J'ai toujours été un fardeau. Elle me le répétait sans cesse. Elle me disait que j'étais stupide quand je ne comprenais pas mes devoirs, ça l'agaçait de devoir dépenser de l'argent pour me nourrir. Et elle détestait *particulièrement* le fait qu'être dans les parages l'empêchait parfois de tirer son coup. Elle sortait, se trouvait un mec quelconque, le ramenait à la maison et le baisait toute la nuit. Si c'était un bon coup, elle le gardait aussi longtemps que possible. Elle jouait le rôle de la pauvre mère célibataire. Elle m'exhibait quand ça l'arrangeait, mais la plupart du temps elle me faisait rester dans ma chambre.

Et puis zut. Safe se rapprocha et tendit la main vers l'une des siennes. Heureux qu'elle ne se recule pas, il la lui serra fermement tandis qu'elle continuait :

— J'ai reconnu la sensation d'être droguée quand j'étais au *Aces* parce que ma mère avait l'habitude de me le faire tout le temps. Elle mettait des trucs dans mon verre ou ma nourriture. Elle voulait que je ne la dérange pas, que je sois silencieuse et dans l'incapacité de raconter à qui que ce soit ce qu'elle faisait. J'allais dans ma chambre et me couchais sur le lit et sentais la pièce tourbillonner. Pendant un très long moment, je n'ai pas compris d'où venait cette sensation. Mais dès que j'ai enfin pris conscience que je me sentais ainsi que lorsque ma mère cuisinait, j'ai arrêté de manger ce qu'elle me préparait. Je me faisais mon propre dîner, en m'assurant de ne me servir que d'aliments qui étaient scellés.

Safe en éprouva de la nausée. Ainsi que de l'indignation, au nom de Wren.

— Quel âge avais-tu ?

Elle haussa les épaules.

— Six ans ? Peut-être sept ?

Les plats mexicains qu'il avait avalés plus tôt menaçaient de remonter.

— Et le truc de se cacher sous le lit ?

— Aux alentours de huit ans, certains des hommes qu'elle ramenait à la maison ont commencé à manifester de... l'intérêt pour moi. Ils s'asseyaient à mon côté sur le canapé et posaient leur main sur ma cuisse ou jouaient avec mes cheveux. Ma mère pensait que c'était *amusant*. Elle m'a prise à part un soir et m'a dit que les hommes ne s'intéressaient qu'à une chose et qu'ils paieraient une belle somme pour l'obtenir. Elle m'a expliqué ce qu'était le sexe et m'a informé qu'elle attendait à présent de moi que je contribue au foyer. Elle a dit que je pouvais commencer par des pipes. Elle semblait presque excitée à l'idée de l'argent qu'elle allait pouvoir se faire en prostituant sa propre fille.

— Ce n'est pas possible, tu plaisantes ? demanda Safe.

La question était dure, mais il réussit à garder sa voix globalement égale et maîtrisée.

— Non. Elle voulait que sa fille de huit ans ait des relations sexuelles avec les hommes qu'elle ramenait à la maison parce qu'elle savait que ces pervers paieraient. Et moi, bien sûr, je n'avais pas envie de faire ça. Les types qui traînaient chez nous étaient dégoûtants. Ils étaient en surpoids, il leur manquait des dents ou ils sentaient mauvais. J'ai commencé à passer autant de temps que possible à l'école. Je me suis inscrite à des activités extrascolaires, j'ai imité la signature de ma mère. J'ai fait tout ce que je pouvais... mais il fallait quand même pour finir que je rentre à la maison. C'est à ce moment-là que j'ai commencé à me cacher sous mon lit. Pour essayer de rester loin des hommes avec lesquels ma mère couchait chaque nuit.

Safe se rapprocha de la jeune femme.

— Est-ce qu'ils ont...

Il laissa sa phrase en suspens. Il ne pouvait même pas penser à ce qu'elle avait pu subir.

— Non. Je suis allée voir mon enseignante en premier, je lui ai raconté ce qui se passait, mais je crois qu'elle a cru que j'inventais tout. Enfin, qui aurait pu imaginer qu'une mère fasse ça à sa fille ? Puis j'ai appelé le numéro de l'enfance maltraitée un jour. La police est venue parler avec maman. Elle leur a fait du charme et ils l'ont crue. Elle leur a servi une histoire comme quoi je mentais tout le temps pour attirer l'attention et leur a fait faire le tour de la maison. Elle était assez propre et ma chambre ressemblait pour eux à celle d'une fille normale, j'imagine.

« Les policiers m'ont prise à part et m'ont avertie que ce n'était pas bien de mentir, que je pouvais aller en prison pour avoir raconté des bobards. Puis ils sont partis. Cette nuit-là... maman était super énervée. Elle a mis quelque chose dans un verre d'eau et m'a forcée à le boire. Elle s'est littéralement assise sur moi et l'a versé dans ma gorge. J'ai su que c'en était fini pour moi. Que si je restais là, elle laisserait un homme me faire ce qu'il voulait. Alors je me suis enfuie.

— Quel âge avais-tu ?

— Dix ans. Et je ne suis pas allée loin au départ. Je me suis évanouie sous un buisson dans un parc, à environ un kilomètre et demi de la maison. Je me suis réveillée le lendemain, désorientée et prise de vertige. J'étais toujours sous le buisson. Un oiseau m'a regardée droit dans les yeux quand j'ai levé la tête vers les branches. J'ai décidé à cet instant que j'en avais assez. Je n'allais jamais revenir dans cette maison. Je savais ce qui allait arriver dans le cas contraire. Donc j'ai marché sur des kilomètres. Je ne savais pas où j'allais ou ce que j'allais faire, je voulais juste m'enfuir. C'était terrifiant, mais j'avais plus peur de ma mère et qu'elle me retrouve que des gens dans la rue.

« J'ai passé quelques nuits avec une femme souffrant de maladie mentale, mais qui était en réalité vraiment gentille. Elle a partagé le peu de vivres qu'elle avait et je suis restée dans sa tente. Mais, ensuite, elle a disparu et j'ai de nouveau été toute seule. Finalement, quelques SDF parmi ceux avec qui je traînais ont décidé que j'étais juste trop jeune pour vivre dans la rue et ils m'ont emmené dans un poste de police.

« Je leur ai dit que je m'appelais Wren Defranco. C'était le nom de famille de la femme avec qui je suis restée les premières nuits. Et je ne sais pas du tout si l'oiseau dans le buisson sous lequel je me suis réveillée était un troglodyte, un wren en anglais, mais je ne pouvais pas leur donner mon vrai nom, parce que sinon ils allaient téléphoner à ma mère pour venir me chercher. Quand ils n'ont trouvé aucune trace de moi et aucun rapport d'enfant disparu correspondant, j'ai été placée en famille d'accueil... et ça s'est arrêté là.

Safe était franchement stupéfait. Cette femme, elle... *merde*, il n'arrivait même pas à réfléchir.

— Honnêtement ? Ma vie d'enfant placée a été bien meilleure qu'elle ne l'avait été jusque-là. J'ai toujours eu un toit au-dessus de la tête. Je n'avais pas à m'inquiéter d'être droguée. Et la plupart des maisons étaient correctes. La raison pour laquelle j'ai posé cette question à propos de ta sœur tout à l'heure, c'est parce qu'il m'a fallu un long moment avant d'éprouver le moindre désir d'être avec un garçon. Des années et des années, bien après que la plupart des ados ont commencé à y penser. Les choses que ma mère m'a racontées sur le sexe étaient terrifiantes et elles me sont restées en tête. J'étais une adolescente bizarre et je restais dans mon coin. Je ne sortais assurément pas. Je n'arrive pas à imaginer Susie traverser ce qu'elle a subi puis démarrer une relation si rapidement après... tu sais bien.

Safe n'était pas certain de savoir quoi dire. Il luttait en cet instant contre des émotions extrêmes. Il y avait la fureur envers la mère de la jeune femme. L'incrédulité face à une fillette de dix ans vivant dans la rue. L'admiration pour la force et la résilience incroyables de Wren.

— Je ne t'ai pas raconté tout ça pour que tu me prennes en pitié. Je vais bien. J'ai surmonté ça. Je ne ressemble *en rien* à ma mère. J'ai travaillé pour subvenir à mes besoins, j'ai suivi des cours en IUT et je me suis démenée pour en arriver où j'en suis aujourd'hui.

Le SEAL lui serra la main.

— Je suis en pleine admiration. Tu es incroyable.

Mais Wren secoua la tête.

— Non. J'ai très longtemps été en mode survie, je faisais ce que je devais pour continuer à mettre un pied devant l'autre.

— Oui... ce qui te rend incroyable. Tu n'as jamais eu de ses nouvelles ?

Wren comprit de qui il parlait.

— Non. Et je n'en ai pas envie. Je me fiche de savoir où elle est et ce qu'elle fait.

Des pensées s'entrechoquaient dans la tête de Safe. Obtenir le nom de la mère de Wren. Demander à Tex de la retrouver. Se rendre là où se trouvait à présent cette garce et s'assurer qu'elle sache qu'elle n'était qu'une sale conne et que sa fille était géniale, malgré son enfance.

Mais il écarta rapidement ces réflexions. Si Wren ne voulait plus rien avoir à faire avec sa mère, il respecterait son choix.

— Wren ?

— Oui ?

— J'aimerais te serrer contre moi. Si tu es d'accord.

Elle le regarda à travers ses cils puis se tourna et posa le mug désormais vide sur la table à côté de là où elle était assise. Elle se pencha ensuite vers lui.

Safe ferma les yeux tandis qu'elle passait ses bras autour de lui. Il la serra contre lui en retour, baissant la tête pour l'enfouir dans le creux de son épaule. Il prit une grande inspiration. Puis une autre.

Sa vie s'était transformée dès l'instant où cette femme lui était tombée dans les bras dans ce couloir du *Aces Bar et Grill*. Et ce soir, elle avait encore changé. Il y avait tellement de petits détails qu'elle avait laissés échapper qui prenaient désormais tout leur sens. Wren avait vécu l'enfer, y avait survécu et, chose étonnante, elle en était ressortie cabossée et abîmée, mais entière. Il jura mentalement d'être le genre d'homme, d'ami, sur lequel elle pouvait compter.

La jeune femme s'écarta légèrement et Safe desserra immédiatement son étreinte.

— Merci d'avoir écouté. De ne pas m'avoir jugée.

— Nos expériences font de nous ce que nous sommes, répondit-il. Regarde Blink, par exemple. Il ne parle pas beaucoup, mais, quand il le fait, ses mots ont un but. Et Susie. Elle garde des cicatrices de ce qui lui est arrivé, mais elle n'a pas laissé ça l'empêcher d'ouvrir son cœur. Mes parents sont maintenant surprotecteurs, même si elle était adulte au moment où elle a été agressée. Et toi, Wren Defranco, tu es un magnifique exemple de résilience. Je te respecte énormément.

Cette dernière se mit à rougir et baissa la tête.

— Regarde-moi. S'il te plaît.

Elle leva les yeux vers lui.

— Je suis désolé d'avoir été autoritaire ce matin. À propos de ton travail et de ton futur déplacement.

Mais Wren secoua la tête.

— Ne le sois pas. Ce que tu as dit a confirmé les inquiétudes que j'avais. Je veux dire par là que les gens au travail se comportent comme si ça n'était rien, et je commençais à douter de mes propres angoisses à propos du voyage. Que tu te la joues macho protecteur envers moi m'a fait comprendre que je n'étais pas folle.

— Tu ne l'es pas. Mais ce n'était pas mon rôle d'insister pour que tu n'y ailles pas. Comme tu l'as dit, c'est ton boulot. Et il y a plein d'endroits où je vais alors que je n'en ai pas envie, mais je dois m'y rendre parce que c'est ce qu'on m'ordonne de faire. Mon équipe et moi allons faire tout ce qui est en notre pouvoir pour nous assurer que tu as toutes les connaissances nécessaires pour t'en sortir. D'accord ?

Elle hocha rapidement la tête.

— J'apprécie. Même si mes collègues pensent que c'est idiot et exagéré, je veux apprendre tout ce que vous avez à m'enseigner.

— Ça pourrait signifier de longues soirées, pour tous les deux, entre ton travail et le mien. On se prépare à repartir, comme je te l'ai expliqué pendant le dîner. Donc je ne suis pas sûr de savoir comment va être notre planning. Et je ne vais pas non plus oublier ce psychopathe de Matt. Je te donnerai demain une clé de ma maison et on s'arrangerait pour un moyen de transport pour toi. On peut se procurer une nouvelle clé pour ta voiture, mais est-ce que tu me laisserais m'organiser avec mes amis pour qu'ils passent te chercher au travail ? Je pourrais t'amener la plupart du temps, mais ça va être risqué de prévoir jusqu'à quelle heure je vais travailler tant qu'on prépare la mission.

— Tu n'as pas à...

— Je sais. Mais j'en ai envie. S'il te plaît, laisse-moi m'assurer que tu rentres à la maison en sécurité. Tu n'auras plus jamais à être la seule responsable de ta sûreté, pas si j'ai mon mot à dire.

Les yeux de Wren se remplirent de larmes.

— Non ! Ne pleure pas ! Je ne supporte pas quand une femme pleure. Ça me fend le cœur.

Wren laissa échapper un petit rire.

— Pardon.

Safe lui essuya délicatement la joue avec le pouce lorsqu'une larme glissa. Puis il se pencha lentement vers l'avant, lui donnant le temps de protester, et l'embrassa sur le front.

— Ta vie a changé quand tu m'as demandé de l'aide, Wren. Pour le meilleur. Je sais que ça sonne orgueilleux comme pas possible, mais je vais faire tout ce qui est en mon pouvoir pour rattraper les premières années de ta vie, en t'offrant tout ce dont tu as besoin.

— Je n'ai pas besoin que tu me donnes quoi que ce soit, lui rétorqua-t-elle. J'ai simplement besoin de quelqu'un à qui je peux me fier. Qui ne me laissera pas tomber.

— J'aimerais pouvoir te jurer d'être toujours cette personne, mais je ne suis pas parfait. Je vais forcément faire quelque chose de débile qui va te décevoir. Mais je *peux* te promettre que tu peux me faire confiance. Si je merde, tu dois me le dire, même si je le saurais sans doute déjà. Donne-moi une chance de te prouver que tout le monde n'est pas comme ces connards que tu as connus dans ton enfance.

Wren sourit à ce mot.

— C'étaient *vraiment* des connards.

— Et je n'en suis pas un. Bon... il se fait tard. Tu es fatiguée. J'ai posé les sacs que Julie a préparés pour toi dans la chambre d'amis. Tu pourras fouiller dedans demain matin pour trouver quoi te mettre. Si ça te va.

— Complètement. Pas question que j'essaie quoi que ce soit ce soir avec toutes les chips et la sauce salsa que j'ai ingurgitées.

Safe se fendit d'un sourire, heureux que la conversation ait diminué d'intensité. Mais il ne peut résister à l'envie d'ajouter une dernière chose.

— Mes parents et ma sœur vont t'adorer. Et Anders et Inez vont te mener par le bout du nez en un rien de temps.

— Tu veux que je rencontre ta famille ? s'étonna Wren d'un air choqué.

— Bien sûr que oui. Tu vas bientôt rencontrer mon autre famille, mon équipe de SEALs. Ainsi que les anciens et leurs femmes. Avec moi, c'est une formule tout compris, chérie. Si tu m'as, tu les as également. Et crois-moi, ça a peut-être l'air d'être avantageux, mais tu constateras assez vite qu'ils peuvent aussi être casse-pieds.

En réponse, Wren se pencha de nouveau en avant et le serra fort.

Safe lui rendit son étreinte. Il avait la sensation que c'était une promesse. Un nouveau départ. C'était bon que Wren se soit ouverte à lui. Elle l'impressionnait déjà avant, mais sachant ce qu'il avait appris de son enfance, il l'était à présent encore plus.

— Je n'ai pas vraiment eu de la chance question famille, mais je veux que les tiennes m'apprécient.

— Ça sera le cas, la rassura-t-il.

Il désirait cette femme. Il avait envie d'elle dans son lit, dans sa vie. Mais les choses avaient été très intenses pour eux deux durant ces quelques jours depuis leur rencontre. Il fallait qu'il y aille doucement. Qu'il lui prouve qu'il était une personne de confiance. La soirée avait représenté un bon début. Elle s'était ouverte à lui, lui avait parlé de son enfance. Il ne lui manquerait pas de respect en tentant sa chance avec elle. Peu importe combien il le voulait.

— Allez, dit-il en se dégageant avant de se lever et de lui tendre une main. Je pourrais rester assis ici et discuter avec toi toute la nuit, mais Kevlar me bottera les fesses si je suis en retard demain matin, et ton patron ne sera sans doute pas ravi.

Elle glissa sa main dans la sienne et se releva. Safe ne put s'obliger à la lâcher et s'avança donc dans le couloir en direction de la chambre de son invitée tout en la tenant toujours.

— Je devrais mettre mon mug dans l'évier, protesta-t-elle.

— Je m'en occuperai plus tard.

Lorsqu'il atteignit la porte de la chambre d'amis, il prit le visage de la jeune femme entre ses mains.

— Tu es en sécurité ici, lui dit-il avec l'envie de s'assurer qu'elle le comprenait réellement. Ma porte sera ouverte si tu as besoin de quoi que ce soit. Si tu veux te lever et manger un morceau, n'hésite pas. Fais comme chez toi. Je comprends que tu as toujours besoin d'un tas de choses pour remplacer tout ce que cet enfoiré a détruit, et on s'occupera de ça. En attendant, fais ce que tu veux, quand tu veux. Je ne suis pas ton chef, Wren. C'est toi qui diriges ta vie.

Elle lui sourit.

— Merci.

— Va dormir un peu. On se voit demain matin. Encore des céréales ?

— Évidemment.

Un grand sourire illumina le visage de Safe, puis il ne put

s'empêcher de se pencher afin de l'embrasser une nouvelle fois sur le front.

— Bonne nuit.

— À toi aussi.

Il laissa retomber ses mains et fit de son mieux pour avoir l'air décontracté tandis qu'il s'éloignait d'elle. Il avait envie de se retourner, voir si elle l'observait. L'apercevoir encore une fois, mais il résista à cette envie.

Étape par étape. Il désirait ce que sa sœur avait. Ce que ses parents avaient. Et Kevlar. Et il voulait que ce soit avec cette femme.

10

Les quelques jours suivants semblèrent à Wren à la fois ordinaires et irréels. Le temps passé au travail était normal. Les plans continuaient à avancer concernant leur déplacement en Afrique. Beaucoup de réunions, des tas de papier à relire, pas mal de noms à mémoriser, car elle allait devoir être en mesure de reconnaître les représentants des médias importants ainsi que les fonctionnaires et discuter avec eux.

Le côté irréel venait des moments passés en dehors du travail. On n'avait toujours pas retrouvé Matt. Les appels du numéro inconnu continuaient et, à chacun d'eux, l'inquiétude de Wren augmentait. Elle était consciente qu'elle devrait sans doute en parler à la police ou à Bo, mais celui-ci était plongé jusqu'au cou dans les préparatifs de sa mission et n'avait pas besoin qu'on lui ajoute davantage de stress. Il avait déjà tant fait pour elle, plus que quiconque dans sa vie, et elle n'avait pas envie qu'il ait à s'occuper d'appels agaçants en plus de tout le reste.

En plus, il s'était déjà arrangé pour que quelqu'un la récupère au travail chaque jour ; elle pouvait donc repousser ses inquiétudes au sujet de Matt dans un coin de son esprit. Une fois, ce fut une femme prénommée Alabama. Elle parlait d'une voix douce, mais était drôle. La suivante, ce fut Jessyka, la propriétaire du *Aces Bar et Grill*. Elle se confondit en excuses à propos de ce qui était arrivé à Wren et lui assura qu'elle faisait tout ce qui était en son pouvoir pour empêcher que quelqu'un d'autre ne subisse la même chose.

Ce jour-là, ce fut une femme du nom de Caroline ainsi qu'un homme imposant et intimidant qu'elle présenta comme son mari, Wolf. Ils l'emmenèrent dîner tôt à la base de la Navy.

Wren avait été impressionnée au départ, à la fois par les mesures de sécurité pour accéder et par Wolf. Mais le temps qu'ils finissent de manger, elle s'était détendue. Caroline était terre à terre et si ouverte. Elle parlait beaucoup des SEALs en général et lui avait expliqué que son mari avait pris sa retraite, mais que ses anciens équipiers et lui conféraient avec les équipes plus récentes de SEALs qui se relayaient dans le secteur et les aidaient.

Wolf se joignait de temps à autre à la conversation, mais semblait dans l'ensemble se contenter de laisser sa femme mener la discussion.

Alors qu'ils attendaient l'addition, Wolf s'accouda à la table et déclara :

—Tu ne pourras pas trouver mieux que Safe.

Pour une raison qui lui échappait, Wren se mit à rougir.

— J'essaie de ne pas me mêler de ce qui ne me regarde pas, mais, quand il a téléphoné pour me demander si je serais d'accord pour passer te chercher aujourd'hui, j'ai été surpris. Pas à cause de sa requête, mais parce qu'il ne s'est jamais plié en quatre pour aider une femme comme il le fait avec toi.

— Oh, ce n'est pas une bonne chose ? laissa échapper Wren.

— Si. C'est bien. C'est très bien. Mais je voulais m'assurer que tu savais que les hommes comme Safe... on attend beaucoup d'eux. On leur demande d'intervenir dans des situations dangereuses que la plupart des gens *fuient*. Ils sont témoins d'un tas de choses graves, ils suivent des ordres et n'ont pas le droit de parler de ce qu'ils font et de ce qu'ils voient. Les relations avec des membres des forces spéciales sont difficiles. Très souvent, les hommes à ces postes ont du mal à maintenir du lien avec les gens, en dehors de leurs équipiers.

— D'accoooooord, répondit la jeune femme qui n'aimait pas la tournure que prenait la conversation.

— Tu lui fais peur, le réprimanda Caroline. Ce que mon mari essaie très maladroitement de dire, c'est que Safe ne nous a jamais paru intéressé par *qui que ce soit* comme il s'intéresse à toi. Et ça veut dire que tu es différente. Importante. On sait qu'entre vous c'est tout neuf et que tu as de sérieux problèmes avec cet enfoiré qui a tenté de te faire du mal, mais ne pense pas un seul instant que Safe ne t'est pas totalement dévoué.

— Il aiderait sans doute n'importe quelle personne dans ma situation, répondit Wren.

— Oui et non, intervint Wolf. Il voudrait porter assistance à n'importe qui lui demandant son aide, mais il ne l'inviterait pas à vivre dans sa maison et n'impliquerait pas ses amis comme il le fait avec toi.

— Oh.

— Oui, *oh*, acquiesça Caroline avec un sourire. C'est un homme bon. Un des meilleurs. Tu ne pourrais honnêtement pas trouver mieux.

— Vraiment ? l'interrogea Wolf en haussant un sourcil.

Sa femme éclata de rire.

— Mis à part monsieur ici présent, bien sûr, répliqua-t-elle en lui faisant un clin d'œil.

— Tu es prête à y aller ? demanda l'ancien militaire.

— Dès que la serveuse aura apporté le repas que j'ai commandé pour Bo, l'informa-t-elle.

— Il a besoin de quelqu'un comme toi, lui répondit-il. Il est si habitué à prendre soin des autres, il a besoin d'une personne telle que toi pour lui rendre la pareille. J'ai entendu que son équipe va bientôt te rencontrer au sujet de ton prochain voyage.

— Oui. Bo s'inquiète à ce sujet. Je pense que c'est parce qu'il a peur de devoir partir en mission avant qu'on ait eu le temps de discuter.

— Si c'est le cas, mon équipe et moi prendrons le relais.

Wren commençait à comprendre comment les choses fonctionnaient entre Bo et ses amis. C'était un concept tellement inconnu pour elle, mais elle découvrit qu'elle l'appréciait. Beaucoup. Qu'elle aimait savoir que Bo avait dans sa vie le genre de personnes qui seraient là pour lui, peu importe les circonstances. Et puisqu'elle recevait cette considération du simple fait d'être avec lui, elle en éprouvait d'autant plus de gratitude.

— Merci, dit-elle à Wolf.

Ce dernier fit peu de cas de ses remerciements, ce qui n'était plus une surprise étant donné que tous ceux qui l'avaient récemment aidée avaient fait pareil.

Après que la serveuse eut posé sur la table le sac de plats à emporter, Caroline se leva.

— Il faut qu'on y aille.

— On est pressé ? demanda Wren.

— Un peu. On est censé retrouver quelqu'un chez Safe.

Wren fronça les sourcils.

— Ah bon ?

— Enfin, *tu* es censée, oui.

— Qui ?

— Remi.

Le pli sur le front de Wren se creusa davantage.

— Pourquoi ?

— De ce qu'elle m'a dit, elle est impatiente de te rencontrer. Elle a entendu beaucoup de choses sur toi de la part de Kevlar et elle a décrété qu'elle en avait assez d'attendre son tour pour aller te chercher au travail. Donc elle a dit à Safe qu'elle allait venir et te tenir compagnie pendant que les gars sont en réunion. Elle a également parlé de t'aider avec tous les vêtements que Julie t'a donnés.

— Oh.

— J'ai entendu dire qu'elle en avait fait trop et que tu n'as pas encore eu le temps de tout regarder.

Wren aurait dû se sentir gênée que tant de monde soit au courant de sa vie. Mais c'était au contraire une sensation étonnamment agréable.

— Non, admit-elle. Je suis en général fatiguée lorsque je rentre à la maison et quand Bo revient, je veux passer mon temps à discuter avec lui.

Caroline adressa un sourire éclatant à Wren tandis qu'ils se dirigeaient vers le grand SUV noir de Wolf. Elle vit même ce dernier sourire jusqu'aux oreilles.

Même si elle avait hâte de rencontrer Remi, elle était également un peu stressée à cette idée. Bo avait souvent parlé de l'autre femme et le fait qu'elle soit une dessinatrice célèbre la rendait encore plus fébrile. Elle n'était pas à l'aise en société et elle voulait vraiment faire une bonne impression auprès de l'une des meilleures amies de Bo.

— Ne t'inquiète pas. Tu vas adorer Remi et ce sera réciproque, la rassura Caroline, comme si elle pouvait lire dans son esprit.

Le trajet jusqu'à la maison de Bo passa rapidement et, lorsqu'ils se garèrent dans l'allée et qu'une Honda Civic bleu clair s'arrêta immédiatement à côté d'eux, la nervosité de Wren s'intensifia.

— Vous voulez entrer ? demanda-t-elle aux deux époux.

— Non, il faut qu'on rentre chez nous. Jessyka amène ses enfants pour que Benny et elle puissent sortir dîner. Tout va bien se passer, Wren, c'est promis.

Celle-ci hocha la tête.

— Merci de m'avoir raccompagnée à la maison.

— De rien. Et ne t'inquiète pas : ce merdier avec cet enfoiré sera bientôt terminé. Je le sens, lui dit Caroline d'un ton ferme.

— J'espère. À plus tard.

— Au revoir ! répondit Caroline en agitant la main avant que Wren ne ferme la portière.

Tout en inspirant à fond, elle se tourna vers la femme sortant de la Civic. Cette dernière était plus grande qu'elle de quelques centimètres et avait relevé ses cheveux auburn en un chignon vite fait à l'arrière de sa tête. Des mèches voletaient autour de son visage, comme si elles refusaient tout simplement d'être contenues par le chouchou.

— Salut ! Je suis Remi, déclara la femme sans s'écarter de sa voiture. Est-ce que c'est bizarre que je sois là ? Si c'est le cas, je peux partir. C'est juste que je voulais vraiment te rencontrer parce que j'ai entendu tant de choses géniales à propos de toi de la part de Vincent. C'est le vrai nom de Kevlar. Je sais que ça peut prêter à confusion, ce truc d'avoir deux noms. Je viens juste de terminer quelques dessins pour lesquels j'avais une date butoir et, avant de me mettre à un autre projet, j'ai pensé que je pourrais venir et passer du temps avec toi. Mais si tu n'en as pas envie ou que tu es trop fatiguée, je comprendrais.

Elle avait débité tout cela très rapidement et sa nervosité apaisa curieusement celle de Wren.

— Ça va. J'ai entendu beaucoup de choses sur toi également et je suis ravie de te rencontrer. Et je dois dire que j'adore tes dessins. Pecky le Taco Voyageur est super.

— Merci.

— Je veux dire, qui n'aime pas un taco qui parle ? ajouta Wren avec un petit sourire.

— On est d'accord. C'est ce que j'ai pensé quand j'ai commencé à le dessiner, lui expliqua Remi.

— Je devrais sûrement aller mettre ça au frais pour Bo, dit

Wren en indiquant le sac de plats à emporter qu'elle avait en main.

— Bo ? Oh, pardon. Safe. Oui, d'accord. Je me suis dit que je pourrais peut-être t'aider à faire le tri des choses que tu as récupérées à la *Penderie de ma Sœur*. Julie m'a expliqué qu'elle en avait sans doute fait un peu trop en te trouvant des tenues à essayer.

Wren sourit en s'avançant sur le chemin menant à la porte.

— C'est le cas. Mais j'apprécie tellement.

— Eh bien, je ne suis pas une fashionista. Enfin, je reste en général à la maison à dessiner en jogging et tee-shirt, mais je peux peut-être te donner un coup de main pour trier les vêtements pendant que tu les passes en revue.

— Toute aide sera la bienvenue. Et rester chez soi en jogging, ça semble paradisiaque, répondit Wren tout en ouvrant la porte avant d'entrer.

— Oui et non. Je veux dire, il y a eu la fois où j'ai ouvert au postier pour signer un colis et je ne m'étais pas douchée depuis trois jours à cause de, tu sais... des dates butoirs... et mes cheveux me faisait sûrement ressembler à Méduse, ils frisotent beaucoup, en particulier quand le temps est humide. J'avais une tache de café du matin sur mon haut et je n'avais pas pris la peine de me changer parce que j'étais dans ma bulle avec mes dessins et j'avais deux chaussettes de couleurs différentes. J'avais sans doute l'air d'un truc que le chat aurait ramené à la maison.

— Mais je parie que tu étais à l'aise. Essaie de porter des talons inconfortables pour te faire paraître plus grande que tu ne l'es en réalité parce que, curieusement, être grand équivaut à avoir de l'autorité, un tailleur tout aussi inconfortable et...

Wren marqua une pause et frissonna de façon exagérée.

— ... des collants.

— Oh, mais quelle horreur ! s'écria Remi en posant le dos de sa main sur son front en feignant de s'évanouir.

Elles se mirent toutes les deux à glousser. Wren sut à cet instant que tout allait bien se passer entre Remi et elle. Elle se dépêcha d'aller dans la cuisine ranger les plats dans le réfrigérateur et s'arrêta pour envoyer rapidement un SMS à Bo, lui faisant savoir que son dîner l'attendait, que Remi était passée et qu'elles allaient trier les vêtements que Julie avait sélectionnés.

Elle reçut tout de suite une réponse, lui disant qu'il devrait rentrer dans l'heure et la remerciant pour le repas.

Tout en souriant, Wren se tourna vers Remi, qui jetait avec curiosité un coup d'œil dans la petite pièce à vivre.

— Je ne suis jamais venue ici, lui expliqua-t-elle lorsqu'elle se rendit compte que son hôte avait fini de taper son message. C'est joli.

Wren trouvait qu'elle était plus que jolie. La pièce n'était pas grande, mais elle était accueillante. Douillette. Deux choses dont elle avait rarement fait l'expérience.

— Oui, approuva-t-elle. Tu veux que j'aille chercher les sacs et les apporte ici ? Ou bien va-t-on dans ma chambre ?

— Oh, ne te prends pas la tête à tout ramener. Allons dans ta chambre. On pourrait peut-être tout poser sur le lit et tu pourras décider de ce dont tu ne veux absolument pas d'emblée. Puis tu pourras essayer ce qui doit l'être et je te donnerai mon avis... même si, je te préviens, il ne vaut pas grand-chose.

Wren éclata de rire.

— Oh, j'en doute. Si je pouvais vivre en pantalons décontractés, je le ferais, mais, malheureusement, j'ai besoin de vêtements professionnels pour mon travail. Et je pense que l'opinion d'une autre femme me serait très précieuse. La plupart du temps, je le fais au feeling quand je vais dans des boutiques d'occasion pour trouver des tenues.

— Tu fais les magasins d'occasion ? Je les adore moi aussi ! On pourrait peut-être y aller ensemble un de ces jours ?

Wren avait l'impression de vivre une expérience extra-corporelle. Elle ne s'était jamais attendue à ce que quelqu'un veuille réellement faire du shopping dans les magasins de seconde main. En particulier ici, en Californie. D'accord, c'était terriblement critique de sa part de penser cela avant même d'avoir rencontré quelqu'un de cet état, mais elle s'accorda un peu d'indulgence.

— Oui, ça me plairait, répondit-elle.

Avant même de s'en rendre compte, elles furent plongées jusqu'au cou dans les vêtements tandis qu'elles tentaient de trier tout ce que Julie avait sélectionné. Wren n'avait jamais vu autant d'habits de créateurs en un seul endroit. Elle n'avait aucune idée de leur prix normal, mais savait que cela devait être dans les milliers de dollars.

— Je peux sans doute me débrouiller avec juste quelques-uns des tailleurs, réfléchit-elle alors qu'elle se sentait submergée. Je peux les mélanger et les associer à différentes chemises sous les vestes.

— Je ne sais pas. Si ton travail c'est de parler aux médias, tu ne veux pas qu'on te voie porter la même chose trop souvent, répliqua Remi.

Elle avait raison. Wren en avait conscience, mais elle n'arrivait pas à saisir combien coûteraient tous les vêtements étalés sur son lit et son sol.

L'heure suivante passa rapidement et la jeune femme se rendit compte qu'elle s'amusait, en réalité. Remi était allée s'asseoir dans le salon et Wren essayait chaque tenue puis déambulait vers l'autre pièce comme si elle se pavanait sur un podium à un défilé de mode. Remi poussait des oh et des ah, puis elles décidaient ensemble si elles aimaient ou non.

Certains habits ne lui allaient pas. D'autres étaient inconfortables. Mais Wren apprécia en réalité bien plus d'articles qu'elle n'aurait pensé. Julie avait fait un boulot incroyable en trouvant ce qui pourrait aller... avec seulement quelques tailles et la description faite par Bo. Et les sous-vêtements qu'elle s'était démenée à lui prendre étaient parmi les plus confortables que la jeune femme ait jamais portés.

Elle venait juste d'enfiler l'ultime tenue du dernier sac : une petite robe noire. Elle ne serait pas appropriée dans un contexte professionnel, car elle était trop courte et un peu trop décolletée.

Et dès l'instant où elle l'avait revêtue, Wren l'avait voulu.

Elle avait passé la majeure partie de sa vie à tenter de garder la tête hors de l'eau, à maintenir les hommes à distance. Mais lorsqu'elle s'était glissée dans la robe et avait remonté la fermeture éclair, elle s'était sentie *sexy*.

Pourtant...

Elle interpela Remi dans le couloir, car elle était réticente à lui montrer.

— Je ne sais pas pour celle-là.

— Viens par là ! insista sa nouvelle amie en riant. Je veux voir !

Wren n'avait pas de chaussures pour aller avec et trottina donc pieds nus jusqu'à elle.

Dès l'instant où elle apparut dans l'encadrement de la porte, Remi écarquilla les yeux.

— Oh la vache, Wren... c'est... tu es *sublime* !

Cette dernière se mordit la lèvre.

— Tu crois ?

— Oh, oui. Absolument. Tourne-toi, lui ordonna Remi.

Wren pivota lentement sur elle-même, puis fit de nouveau face à l'autre femme.

— Je me fiche de ce que tu fais du reste, mais tu *dois* garder celle-ci !

— Elle n'est pas très pratique. Je ne sais même pas quand et où je pourrais la porter. Ce n'est pas comme si j'étais invitée à des occasions particulières. Et c'est un peu trop pour aller dîner.

— Mais non. En plus, la Navy organise des bals de temps à autre. Elle sera parfaite ! s'extasia Remi.

— Je suis d'accord.

Wren se retourna vivement et vit Bo qui se tenait dans l'entrée. Remi et elle avaient été si absorbées par leur petit défilé de mode qu'aucune d'entre elles ne l'avait entendu arriver.

Curieusement, Wren fut gênée.

Le militaire s'avança lentement vers elle et elle eut l'impression qu'à ce moment précis ils étaient seuls dans l'univers. Le regard de Bo glissa du décolleté mis en avant par la robe, le long de son torse puis jusqu'à ses jambes.

Wren essuya ses paumes soudain moites sur les côtés de la robe, se rendant une nouvelle fois compte de combien elle était courte. Le tissu lui descendait à mi-cuisses et de fines bretelles le tenaient sur ses épaules.

— Tu es magnifique, déclara Bo d'une voix douce.

Baissant les yeux, Wren maugréa :

— Ça serait mieux avec les bonnes chaussures.

Elle sentit le doigt de Bo sous son menton et releva la tête pour le regarder, à son insistance.

— Elle est parfaite, lui répondit-il en écho à Remi.

Il fit passer sa main du visage de la jeune femme à son bras, puis sa large paume chaude glissa pour se poser sur sa taille. Le militaire se pencha vers elle jusqu'à ce que ses lèvres effleurent son oreille et Wren frissonna à ce contact.

— Sublime, murmura-t-il.

Ses doigts se resserrèrent sur ses hanches un instant, puis il prit une grande inspiration et recula d'un pas.

Wren se sentit presque démunie lorsque le contact cessa. Quelque chose venait juste de se produire entre eux et elle n'était pas certaine de savoir ce que c'était.

Non, c'était un mensonge. Elle en avait pleinement conscience. Ils partageaient tous les deux une alchimie intense et elle se retenait tout juste de se jeter sur lui, de le supplier de l'emmener dans sa chambre, d'effeuiller la magnifique robe et de la mettre dans son lit.

— Je te l'avais dit, Wren. *Parfaite*.

Les paroles de Remi la ramenèrent brusquement dans le présent. Elle avait complètement oublié la présence de l'autre femme.

Faisant de son mieux pour prétendre qu'elle n'avait pas été sur le point de se liquéfier aux pieds du SEAL, Wren se tourna vers le canapé.

— Je ne sais pas laquelle des autres tenues je devrais mettre dans la pile des retours si je prends celle-là.

— Attends, pourquoi devrais-tu faire ça ? demanda Bo.

— Parce que. Il n'y a pas moyen que je puisse me permettre d'acheter tout ce que Julie m'a sélectionné.

— Non, répondit-il, sans donner plus d'informations.

Wren fronça les sourcils.

— Non... à quoi ?

— Si quelque chose qu'elle t'a passé te va et que tu l'aimes, garde-le.

Elle le dévisagea un moment, puis rétorqua :

— Ce n'est pas si facile, Bo.

— Bien sûr que si.

— Désolée, est-ce que je n'ai pas vu l'arbre à dollars dans ton jardin ? Parce qu'il n'y a que comme ça que je pourrais me payer tout ce qu'elle a choisi. Bo, tout ce que j'ai essayé, ce sont des vêtements de créateurs. On parle de centaines, voire de milliers de dollars par tenue. Même au tarif de l'occasion, il n'y a pas moyen que je puisse m'offrir plus de deux. Les jeans et les vêtements décontractés, sans problèmes. Mais pas les autres.

Pour toute réponse, il tendit la main vers la poche arrière de son pantalon et sortit son téléphone.

— Bo ?

Il ne réagit pas et se contenta d'appuyer sur un bouton de

son portable. Il l'avait de toute évidence mis sur haut-parleur, car elle pouvait l'entendre sonner.

— Bo ! siffla-t-elle.

Mais c'était trop tard.

— *Salut Safe ! Ça va ?*

— Salut Julie. Je t'appelais à propos des vêtements que tu as passés à Wren.

— *Oui ? Est-ce qu'ils lui vont ? Si ce n'est pas le cas, j'ai reçu d'autres choses aujourd'hui, je peux les passer en revue et voir si ça irait mieux.*

— Non, ce que tu as donné allait, je pense. J'ai sous les yeux Wren qui porte une robe noire. Excellent choix, d'ailleurs.

— *Oh ! J'espérais que celle-ci lui irait ! s'exclama Julie.*

— Elle lui va très bien, répondit-il d'une voix bourrue.

Wren sentit le rouge lui monter aux joues à cause de la brûlure de son regard.

— *Du coup, qu'est-ce qu'il y a ?*

— Wren s'inquiète du prix des choses qu'elle a choisies, lui expliqua-t-il de façon directe.

La jeune femme eut envie de s'enfoncer dans le sol et de mourir.

— *Dis-lui qu'elle a la remise des amis et de la famille.*

— Tu es sur haut-parleur, elle peut t'entendre, l'informa Bo.

— *Très bien. Wren ?*

— Je suis là, réussit-elle à répondre d'une voix étranglée.

— *Safe essaie d'être gentil, mais sa façon de faire laisse clairement à désirer. Si on met ça de côté un instant... je ne sais pas ce que tu as choisi qui va ou non, mais est-ce que ça t'irait, quatre cents dollars ?*

Wren eut du mal à déglutir. C'était plus qu'elle ne pouvait se permettre de dépenser pour une tenue. Elle passa mentalement en revue ce qu'elle avait essayé et adoré et écarta environ les trois quarts des vêtements qu'elle avait espéré conserver.

— Ça me paraît correct. Je pourrais sans doute me contenter de deux tailleurs.

— *Non*, répondit Julie avec un petit rire. *Quatre cents pour tout ce que tu veux garder.*

Wren en resta bouche bée.

— Quoi ?

— *Est-ce que c'est trop ? Je peux descendre à trois cents.*

— Julie, euh... *non*. Chacune des tenues dans ces cas doit valoir au moins le double.

— *C'est vrai. Mais ce n'est pas ce que j'ai payé. Je n'ai* rien *dépensé pour ces vêtements. Ce sont des dons.*

Wren avait la tête qui tournait. Elle baissa les yeux sur la robe qu'elle portait et fut frappée d'envie. Elle la voulait. Elle désirait toutes les affaires qu'elle avait essayées. Elle ne souhaitait néanmoins profiter de personne.

— Mais tu as des factures à payer. Tu ne peux pas donner quasi gratuitement les vêtements de ton magasin.

— *Et pourquoi pas ? C'est exactement ce que je fais. Wren, tu ne pouvais pas le savoir, mais je n'ai pas besoin d'argent. Et je n'ai pas monté ma boutique pour en gagner. Je l'ai fait pour rendre à la communauté. Une façon de m'excuser d'avoir été une garce dans ma vie d'avant. Et de ce que j'ai compris, vous avez besoin de ces ensembles. Je te les offrirais si je pensais que tu me laisserais...*

— Non, la coupa fermement Wren.

— *C'est ce qu'il me semblait. Donc, quatre cents pour tout ce que tu veux. Renvoie-moi simplement Safe avec ce qui ne te convient pas. Je t'en prie, laisse-moi t'aider. Il faut qu'on se serre les coudes entre femmes. Ce connard qui s'est introduit dans ton appartement et a détruit tes affaires ne devrait pas gagner.*

La gorge de Wren se noua. Comment se pouvait-il que ce soit sa vie ? Après avoir galéré pendant si longtemps et, sans qu'elle sache comment, elle avait non seulement réussi à trouver un homme aussi généreux et gentil que Bo, mais également des gens comme Remi, Julie et Caroline.

— D'accord, réussit-elle à répondre d'une petite voix aigüe. Merci.

— *De rien. Et prends-toi en photo dans cette robe noire, s'il te plaît. Je veux voir !*

— Ça marche, lui assura Bo. Et si Hurt et toi allez au bal de la Navy, tu la verras en personne... si elle accepte de venir avec moi.

Remi poussa un petit cri depuis le canapé, mais Wren ne put détourner son regard de Bo.

— Oh ! C'est génial !

— Qu'est-ce que c'est, le bal de la Navy ? demanda Wren.

— *C'est un évènement qui n'arrive qu'une fois par an où tout le monde se met sur son trente-et-un et fait la fête,* lui expliqua Julie. *On s'y amuse beaucoup.*

Bo éclata de rire.

— *Super, donc je suis ravie que les vêtements aillent. Si tu as besoin d'autres choses, dis-le-moi,* lui répéta Julie.

— Merci encore.

— *De rien. Safe ?*

— Oui.

— *Donne de tes nouvelles un peu ! Avant Wren, je ne t'avais pas vu depuis trop longtemps.*

— Les risques du métier, lui répondit Bo.

— *Mouais. Eh bien, je vais peut-être demander à Patrick de parler à ton commandant et de lui dire de vous envoyer sur moins de missions, ton équipe et toi.*

— Ça me va ! intervint Remi.

— D'accord. Dis à Hurt que je lui passe le bonjour, dit Bo à Julie. Il faut que j'y aille.

— *Soyez prudents là-bas. À plus tard, Wren et Remi !*

— Au revoir, répondit Wren au même moment que son amie.

Bo éteignit son téléphone et le rangea dans sa poche. Il se rapprocha de Wren, mais se tourna vers Remi.

— Merci d'être venue aider Wren.

— De rien. Et j'ai comme le sentiment qu'il est temps que je m'en aille, dit-elle en se levant avec un grand sourire.

— Oh non ! Ce n'est pas parce que Bo est rentré que tu dois avoir l'impression de devoir partir.

— Ce n'est pas ça.

Mais Wren eut la sensation que c'était *exactement* le cas.

— Si Safe est rentré, poursuivit Remi, ça signifie que Vincent l'est sans doute aussi. Et comme l'équipe va bientôt partir, je veux passer autant de temps que possible avec lui.

La jeune femme acquiesça. Elle n'avait pas envie de penser au départ de Bo.

Elle entendit à point nommé son téléphone vibrer sur le plan de travail de la cuisine, où elle l'avait laissé pendant qu'elle essayait les vêtements. Avant qu'elle puisse contourner le militaire, ce dernier avait déjà fait un pas en avant pour le ramasser. Il regarda l'écran et fronça les sourcils.

— Inconnu, dit-il en le lui tendant.

Wren le prit, déclina l'appel et se tourna vers Remi. Elle la serra dans ses bras, la remercia de l'avoir aidée à choisir quelles tenues garder et l'accompagna jusqu'à la porte. Elle perçut plus qu'elle ne vit Bo dans leurs dos. Ils se tinrent dans l'encadrement jusqu'à ce que Remi monte dans sa voiture et parte de la maison.

Puis Bo referma la porte et se tourna vers Wren.

— Qui était-ce au téléphone ?

— Je ne sais pas, affirma-t-elle aussi nonchalamment que possible. C'était marqué inconnu.

— Pourquoi t'es-tu raidie quand je t'ai annoncé que c'était un numéro inconnu ?

— Est-ce que c'est un interrogatoire ? demanda-t-elle, sur la défensive.

En réponse, Bo fit un pas vers elle et elle recula d'un. Ils continuèrent ce manège jusqu'à ce qu'elle ait le dos collé au mur dans la petite entrée. Le SEAL se pencha en avant et posa les mains contre la cloison, de part et d'autre des épaules de la jeune femme.

— Qu'est-ce qui ne va pas ? demanda-t-il.

— Rien, répondit-elle sans hésiter.

— C'est des conneries. Tu t'es raidie lorsque tu as entendu ton téléphone vibrer et, quand je l'ai pris, tu t'es encore plus tendue. Parle-moi, Wren.

Cette dernière devait à présent faire un choix. Elle pouvait continuer à mentir, à dire que tout allait bien. À nier que les appels du numéro inconnu lui faisaient très peur. Ou elle pouvait avouer. Bo ferait ce qu'il pouvait pour l'aider. Wren en était certaine, aussi certaine que de son propre prénom. Mais il était extrêmement difficile pour elle de demander de l'aide.

Elle n'avait cependant plus huit ans. Et il s'agissait de Bo. Il l'avait plus soutenue durant cette dernière semaine que quiconque pendant sa vie entière.

Ce qui posait un *autre* problème. Il en avait déjà tant fait.

— Je ne sais pas qui c'est, lâcha-t-elle en levant la tête vers lui.

Elle se rendit compte qu'elle était allée à son contact, et qu'elle empoignait à deux mains la chemise camouflage de son uniforme de la Navy.

— Mais je reçois deux à trois appels par jour, parfois plus, depuis mon rendez-vous avec Matt.

À son grand soulagement, Bo ne perdit pas son sang-froid et se contenta d'opiner du chef.

— D'accord.

— D'accord ? Qu'est-ce que ça veut dire ?

— Ça veut dire que je vais parler à Tex. L'informer des appels. Il pourra les tracer. Découvrir qui est derrière.

— Ce n'est sans doute que des démarcheurs. Ils ont eu mon numéro quelque part et s'entêtent à vouloir que quelqu'un réponde.

— C'est possible, concéda-t-il avec pragmatisme. Est-ce que tu as eu des messages ?

La jeune femme secoua la tête.

— Ce qui ne signifie pas grand-chose, poursuivit Bo. Est-ce que tu as répondu à un des appels ?

— Non, admit Wren qui se sentit soudain bête.

— Très bien. Si tu en as un nouveau, est-ce que tu veux bien me laisser décrocher ? Peut-être qu'avant d'en parler à Tex et de l'éloigner d'un autre sujet sur lequel il travaille, je pourrais voir si je peux amener la personne qui t'appelle à te foutre la paix ?

Ce petit éclat de colère aida Wren à se sentir mieux. D'avoir moins l'impression de dramatiser. Et elle ne souhaitait pas que Bo téléphone à ce Tex, dont elle avait entendu dire qu'il était extrêmement occupé et qui était apparemment un génie quand il s'agissait de technologie, s'il n'y avait rien d'anormal avec les appels.

— Est-ce qu'il a réussi à découvrir quoi que ce soit sur Matt ? demanda Wren.

— Rien d'utile. Il a trouvé son profil supprimé sur le site de rencontres, mais, sans surprise, toutes les infos dessus étaient bidons et il s'est servi d'un ordinateur dans une bibliothèque pour le créer, donc Tex n'a pas pu dénicher l'endroit où il habite. Et l'adresse dont il s'est servi pour ouvrir son compte menait à une station-service. Donc il n'y a rien eu de concret jusque-là, mais il n'abandonne pas. Si tu reçois un autre appel, est-ce que tu me laisseras m'en occuper ? lui demanda-t-il, en répétant sa question initiale.

— Oui. Je serais ravie que tu y répondes. Pour voir si c'est Matt ou juste du démarchage.

— Merci. Est-ce qu'on peut changer de sujet maintenant ?

La jeune femme approuva.

Il baissa la tête vers elle en souriant.

— Tu es réellement stupéfiante dans cette robe.

Par réflexe, Wren regarda... et se rendit compte que si *elle* pouvait clairement voir son décolleté, Bo devait avoir une vue encore meilleure, étant donné qu'il était plus grand qu'elle.

Il se pencha et enfouit son nez dans le creux de son cou, près de la bretelle de sa robe.

— Bo ? chuchota-t-elle alors que ses mains agrippaient plus fermement le tissu de sa chemise.

— Hmm ? répondit-il, le son vibrant sous la peau de la jeune femme.

Wren sentit ses mamelons durcir et sa gorge se serrer. Elle oublia ce qu'elle était sur le point de dire. Tout ce qu'elle pouvait faire, c'était de se tenir dos au mur... et de ressentir.

— Je t'ai mis de côté de quoi dîner au frigo.

Ce n'était pas ce qu'elle avait eu en tête, mais, encore une fois, elle n'était pas vraiment en mesure de réfléchir à cet instant précis.

Bo leva la tête et sourit de nouveau.

— Ah bon ?

— Hm-hmm. Caroline et Wolf m'ont emmenée dîner et j'ai pensé que tu pourrais avoir faim en rentrant à la maison. Donc je t'ai commandé un sandwich et une salade à emporter. Mais si tu as mangé...

Sa voix s'éteignit.

— Non et je meurs de faim. Ça me paraît bien. Merci.

— De rien.

Bo n'avait pas reculé et Wren n'avait pas lâché sa chemise. Elle se passa la langue sur les lèvres et vit le regard du SEAL suivre le mouvement. Puis descendre vers sa poitrine.

Wren en eut des picotements dans les seins et l'impression que Bo commençait à avoir une très bonne idée de combien elle appréciait être si près de lui.

Puis les yeux du militaire remontèrent vers les siens et il se pencha. Lentement. Si lentement que Wren pensa qu'elle allait mourir s'il ne se dépêchait pas. Elle leva le menton et attendit.

À sa plus grande frustration, il s'arrêta lorsque sa bouche n'était plus qu'à quelques millimètres de la sienne.

— Wren ? murmura-t-il.

— Oui ? répondit-elle dans un souffle.

Puis il franchit la distance entre eux. Ses lèvres effleurèrent celles de la jeune femme. Une fois. Deux fois.

À la troisième, il se rapprocha et pressa son torse contre le sien. Les bras de Wren s'enroulèrent autour de lui, le tirant plus fermement contre elle.

C'était la deuxième fois qu'il s'embrassait et, curieusement, c'était mieux que la première. Wren se sentait en sécurité dans les bras de Safe. Appréciée. Protégée. Comme s'ils étaient les deux seules personnes au monde, ce qu'ils auraient très bien pu être étant donné le peu d'attention qu'ils prêtaient à ce qui les entourait.

Lorsque Bo releva enfin la tête, ils avaient tous les deux le souffle court.

— Salut, laissa-t-elle échapper.

Il se fendit d'un grand sourire.

— Salut, répéta-t-il. Est-ce que je t'ai déjà dit que j'aimais *vraiment* cette robe ?

Ce fut au tour de Wren de sourire.

— Oui, une fois ou deux.

— Bien. Mais je crois que je devrais dire que, même si je l'adore, parce que je peux voir tes sublimes longues jambes et tes seins...

La jeune femme ne put réprimer le petit rire qui passa ses lèvres.

— Non pas que j'ai grand-chose dans ce domaine, dit-elle en haussant les épaules.

— Ils sont parfaits, répliqua fermement Bo.

Il avait une main posée sur sa taille et la caressait du pouce. Même à travers le tissu de sa robe, la sensation filait tout droit entre les jambes de Wren.

— Mais ce que j'allais dire, c'était que même si j'adore te voir dans cette robe, je t'aime tout autant quand tu portes un jogging et un de mes tee-shirts. J'aime te voir à l'aise, détendue, lovée dans un coin de mon canapé ou sur mon fauteuil inclinable. J'aime savoir que tu dors dans la chambre à côté de la mienne, en sécurité, encore une fois dans mon tee-shirt... et pas grand-chose d'autre.

Contrairement à ses caresses, ses paroles fusèrent droit au cœur de la jeune femme. Qui n'avait pas envie de savoir que l'homme sur lequel on flashait nous aimait tout autant en tenue décontractée que dans une robe chic ?

— Bo, chuchota-t-elle, submergée par l'émotion.

— Je voulais juste m'assurer que tu as conscience que je ne t'embrasse pas en raison de ce que tu portes. C'est parce que tu es toi. À cause de ce que tu as surmonté. Parce que même si la vie t'a distribué un jeu merdique, tu es tout de même une personne chaleureuse, tu travailles si dur, et une partie de moi meurt chaque fois que tu es surprise que les autres fassent quelque chose de gentil pour toi. Je veux te prouver que tout le monde ne cherche pas à te faire du mal et qu'il y a des gens, comme mes amis et moi, qui n'avons pas d'arrière-pensée quand ils traînent avec toi.

Wren ferma les yeux et posa son front contre l'épaule de Bo. Elle sentit sa main lui caresser les cheveux. C'était si bon d'être dans ses bras, mais elle avait eu besoin d'entendre ces mots. Curieusement, il avait franchi ses défenses. Et plus elle passait de temps avec ses amis et lui et plus celles-ci se fissuraient.

— Ne me fais pas de mal, murmura-t-elle contre son torse. Si tu joues avec moi ou que tu veux juste me mettre dans ton lit, ça m'anéantirait.

— Je vais te prouver que tu peux me faire confiance, même si c'est la dernière chose que je ferais, répondit-il.

La jeune femme prit une profonde inspiration. Les choses étaient devenues très intenses et elle avait besoin d'une pause.

— Bon, eh bien… on dirait que j'ai un tas de nouveaux vêtements que je dois pendre et d'autres que je dois remballer pour les ramener au magasin de Julie. Et il faut que tu te changes et que tu manges.

— Tu t'assieds avec moi pendant ce temps ? lui demanda Bo.

— Si tu veux, répondit-elle en haussant les épaules.

— J'en ai envie, la rassura-t-il.

— Très bien. Je me change et je te retrouve dans la cuisine.

— Vendu. Wren ?

— Oui ?

— J'aime que tu sois là quand je rentre à la maison. J'ai pensé que tu devrais le savoir.

Un souvenir traversa l'esprit de la jeune femme. Elle n'était pas certaine de son âge, mais elle était jeune. Elle était rentrée de l'école dans une maison vide, soulagée que sa mère ne soit pas là. Elle s'était rapidement pris quelque chose à manger parce qu'elle n'était pas sûre d'avoir un repas plus tard ; parfois, sa mère préparait le dîner et, parfois, elle disait à Wren d'aller dans sa chambre et de ne pas en sortir.

Ce soir-là en particulier, lorsque sa mère avait passé la porte, elle avait jeté un regard de dégoût à sa fille et lui avait ordonné de dégager hors de sa vue. Qu'elle n'avait pas envie de contempler sa laideur en rentrant.

Les paroles de Bo ne pouvaient éliminer les mauvais souvenirs, mais elles réussissaient à les estomper un peu plus.

Se dressant sur la pointe des pieds, Wren l'embrassa. Un baiser rapide, mais qui venait néanmoins du fond du cœur. Avec l'intention de lui communiquer combien ses mots signifiaient pour elle.

Ils se dirigèrent ensemble vers le couloir menant à leurs chambres, la main chaude de Bo posée dans son dos tandis qu'ils marchaient. Elle s'arrêta devant sa chambre et Bo la dépassa pour aller dans la sienne. Arrivé à sa porte, il se retourna et lui sourit avant de disparaître à l'intérieur.

Wren referma la sienne et s'appuya contre un moment en arborant un petit sourire. Puis elle s'en écarta tandis qu'elle tendait la main vers la fermeture éclair dans son dos. Les magnifiques vêtements qu'elle avait essayés étaient éparpillés sur son lit et elle avait hâte de les prendre dans son armoire. Mais elle était plus excitée à l'idée de passer la soirée avec Bo, à discuter de sa journée, à continuer à apprendre à le connaître, que de ranger les habits les plus incroyables qu'elle ait jamais possédés.

11

Le matin suivant, Safe ne put détourner les yeux de Wren tout en mangeant un bol de céréales. Elle portait l'une de ses nouvelles tenues qui lui allaient comme un gant. Le pantalon noir lui faisait des jambes plus longues d'habitude et la veste assortie, sur une blouse rose pâle, était à la fois féminine et professionnelle.

— J'ai calé la réunion de sécurité ce soir, lui dit-il.

— Ah bon ?

— Oui, est-ce que dix-sept heures trente ça te va ? Je me suis dit qu'à cette heure-là on pourrait faire le trajet de ton bureau à la base sans problèmes. Je peux passer te chercher.

— Oh, d'accord.

— Tu n'as pas l'air très sûre, dit-il en tentant de lire les émotions sur son visage.

— Non, je suis sûre. C'est juste que... je sais que tu ne veux pas que je parte en Afrique et je suis stressée à propos du voyage en lui-même. J'ai peur qu'entendre tout ce qui peut mal tourner me rende encore plus nerveuse.

Safe se sentit mal pour elle. Et elle n'avait pas tort. Discuter du fait qu'elle pourrait être enlevée ou littéralement prise dans

154

les tirs croisés entre deux partis politiques en guerre ne figurait pas très haut sur la liste des sujets agréables de conversation. Mais il fallait en parler.

— Est-ce qu'il y a une chance que certains de tes collègues changent d'avis et viennent aussi ?

Elle haussa les épaules.

— J'en doute. Mais je vais essayer de leur en reparler aujourd'hui. Je pense qu'il y en a deux ou trois, comme peut-être Luke ou Oliver, qui sont intéressés, mais ils ont trop peur de paraître faibles aux yeux des autres s'ils acceptent.

— Quels idiots, ne put s'empêcher de maugréer Safe.

À cet instant précis, le téléphone de Wren se mit à vibrer à côté d'elle.

Ils le fixèrent tous les deux du regard, avant que la jeune femme ne lève la tête vers le militaire.

— Inconnu, murmura-t-elle, comme si la personne au bout du fil pouvait l'entendre

— Je peux ? demanda-t-il, la main au-dessus du portable.

Elle opina du chef.

Le rythme cardiaque de Safe monta en flèche. S'il s'agissait de Matt, il avait des mots clairs et précis à dire à ce connard.

— Allô ? aboya-t-il dans le téléphone. Qui est-ce ?

— *Euh... est-ce que Wren Defranco est là ?* l'interrogea une voix grave et masculine.

— J'ai demandé qui est à l'appareil, répliqua Safe.

— *Je m'appelle Easton Farris. Je cherche Wren Defranco. Est-ce que c'est son numéro ?*

— Pourquoi voulez-vous lui parler ?

— *C'est privé.*

— Et je vous avertis que si vous ne me dites pas ce que vous lui voulez d'ici les deux prochaines secondes, elle va bloquer ce numéro et vous ne pourrez plus jamais lui parler, point barre, gronda le SEAL.

Il sentit la main de la jeune femme sur son bras et il releva la tête vers elle. Elle se mordait la lèvre tout en le dévisageant. Tout en prenant une grande inspiration, Safe tenta de détendre ses muscles.

— *Je suis son demi-frère.*

— Quoi ? demanda Safe, choqué.

Ce n'était pas du tout ce à quoi il s'était attendu.

— Attendez une petite minute, poursuivit-il en mettant le téléphone sur haut-parleur avant d'ordonner à l'homme : répétez ça un peu.

— *Je suis le demi-frère de Wren. Nous avons le même père.*

— Mais... c'est impossible, chuchota cette dernière.

L'homme l'entendit manifestement.

— *Wren ? Oh bon sang, je n'arrive pas à croire que je vous ai trouvée ! Mon père a rencontré votre mère dans un bar quand il avait vingt ans. Il est allé dans un motel avec elle et ils ont couché ensemble. Lorsqu'il s'est réveillé, elle avait disparu. Il ne l'a jamais revue.*

Easton parlait rapidement, comme s'il s'attendait à ce qu'on lui raccroche au nez à tout moment.

— *J'ai entrepris de faire des recherches dans mon arbre généalogique et fait l'un de ces tests ADN. J'ai été choqué d'apprendre que j'étais un parent proche d'une certaine Wren Defranco. Et encore plus surpris quand le résultat a annoncé que nous avions le même père.*

— J'en ai fait un il y a quelques années, pour rire, expliqua Wren.

Ce fut au tour de Safe de poser sa main sur la sienne, pour la soutenir. Elle avait les yeux écarquillés, comme si elle n'était pas sûre de ce qui se passait.

— On m'a dit que mon père était un criminel. Qu'il avait fait de la prison pour meurtre !

L'homme au téléphone hoqueta de surprise.

— *C'est un mensonge. Quand il s'est réveillé dans ce motel, il s'est rendu compte que son portefeuille avait disparu et que la garce avec laquelle il avait couché... oh, euh... pardon. Votre mère l'avait pris. Donc si on doit parler de criminel, ce n'est pas mon père.*

— C'est une garce, confirma Wren.

— *Écoutez, je sais que c'est un grand choc. Mais quand j'ai rapporté les informations que j'ai trouvées à mon... notre... père, il a été très clair sur le fait qu'il souhaitait vous rencontrer.*

— Pourquoi ? demanda Wren.

— *Pourquoi ? Parce que vous êtes sa fille. Il n'était même pas au courant de votre existence avant, mais, maintenant, il veut créer du lien. Écoutez, nous n'attendons rien de vous, mis à part de votre temps. Notre père est un gars génial. Il vit à Mission Viejo, juste au sud de Los Angeles. Je ne sais pas où vous habitez précisément, mais il est prêt à se déplacer, peu importe l'endroit où vous aimeriez le rencontrer. Ou à vous faire venir ici. Sans condition.*

— Mission Viejo ? demanda Wren, hébétée.

— *Oui.*

— Elle va devoir y réfléchir, répondit fermement Safe à Easton. Vous ne pouvez pas attendre qu'elle s'envole pour L.A. pour rencontrer quelqu'un sans preuve de parenté.

— *Bien sûr. Vous avez raison. Je peux vous envoyer toutes les informations que j'ai du site web où je l'ai trouvée. Et puis, mon père n'est pas un type lambda. C'est Tyler Harris. L'un des fondateurs de Farris Morgan, la société de transport d'énergie.*

— La vache, vraiment ?

— *Oui.*

— J'ai postulé là-bas, s'exclama Wren.

— *Sans rire ? Waouh ! Eh bah. Le monde est petit. Bon, mon père est marié depuis vingt-six ans et ma mère est aussi excitée et nerveuse à l'idée de vous rencontrer. Vous avez deux autres demi-frères en plus de moi, ainsi que deux nièces et un neveu. Sans parler des oncles, tantes et cousins. On est un grand groupe et on adorerait au moins vous présenter à votre famille.*

Famille, articula Wren silencieusement en regardant Safe, des larmes plein les yeux.

— Envoyez-moi toutes les informations que vous avez. Je vous envoie par SMS mon adresse mail, intervint Safe. Une fois que j'aurais demandé à des connaissances de faire des recherches sur Tyler et vous, histoire de s'assurer que ce que vous dites est réglo, on vous recontactera.

— *Je ne mens pas et vous pouvez effectuer toutes les recherches que vous voulez. Tout ce que l'on souhaite, tout ce que mon père désire, c'est rencontrer la fille qu'il ignorait avoir. Il a eu trois fils et je pense qu'il a toujours désiré une fille. Wren ?*

— Oui ?

— *Ce que vous avez dit à propos de votre mère... avez-vous... est-ce que votre enfance s'est... bien passée ?*

Les narines de Safe se dilatèrent sous l'effet de l'agitation tandis qu'il regardait la jeune femme.

— Non, répondit-elle tout simplement.

— *Merde. D'accord, eh bien... je suis désolé. Mon père n'était pas au courant pour vous. Si ça avait été le cas, il aurait fait tout son possible pour prendre soin de vous.*

Wren hocha la tête, mais, bien entendu, Easton ne pouvait la voir. Il ne pouvait pas savoir combien ses paroles la rendaient émotive.

— Envoyez-moi les informations, répéta Safe. On vous recontactera.

— *Très bien. Merci. Au nom de mon père et du reste de notre famille, on espère vraiment que vous envisagerez au moins de nous parler.*

— À plus tard, répondit Safe avant de couper la communication.

Il reposa le téléphone puis se leva immédiatement pour mettre Wren debout. Il la serra fort, sachant qu'elle était stressée rien qu'à sa manière de s'accrocher à lui en retour.

Une minute ou deux s'écoulèrent avant que Safe ne s'écarte d'elle pour voir ses yeux.

— C'était intense. Est-ce que tu vas bien ?

Elle releva la tête vers lui, le regard embué de larmes.

— J'ai une famille, murmura-t-elle.

— On dirait bien. Mais avant que tu ne t'emballes trop, tu dois me laisser vérifier certaines choses. Qu'on s'assure qu'il est honnête.

— Il était au courant du portefeuille que ma mère a volé. Comment aurait-il pu si son père n'était pas là ?

Elle marquait un point.

— J'ai postulé chez Farris Morgan.

— C'est ce que tu as dit.

— C'était mon premier choix en termes de travail, mais j'ai accepté le poste ici, à BT Energy, avant même que Farris Morgan lance le processus d'entretiens d'embauche. Alors j'ai retiré ma candidature. Est-ce que ça n'aurait pas été une drôle de coïncidence si j'avais rencontré mon père sans qu'aucun de nous ne le sache ?

— En ce qui me concerne, je suis content que tu sois ici et pas à L.A., déclara Safe.

Elle lui adressa un sourire larmoyant.

— Et il n'est même pas loin. C'est tellement fou !

— Au moins, ça t'a changé les idées par rapport à la réunion de cet après-midi.

Wren s'esclaffa.

— C'est bien vrai.

— Comment te sens-tu par rapport à ça ? lui demanda-t-il d'un ton sérieux.

— Je ne sais pas. Une partie de moi est surexcitée. L'autre part est prudente. Je veux dire par là que j'ai découvert que si quelque chose semblait trop beau pour être vrai, c'est que c'est généralement le cas. Mais, encore une fois, qu'est-ce que ces gens auraient à gagner à mentir à propos de leur identité ? Ce n'est pas comme si je valais quelque chose, d'un point de vue financier. Ils ont plus à perdre que moi.

— Ils pourraient se servir de toi pour obtenir des informations sur BT Energy qu'ils pourraient voler, suggéra Safe.

— C'est vrai. Tu vas réellement enquêter sur eux pour moi ?

— Bien sûr.

— Et si je décide de les rencontrer, est-ce que tu viendras avec moi ?

— Essaie un peu de m'en empêcher, gronda-t-il presque.

Wren releva la tête vers lui en arborant une expression qu'il ne sut déchiffrer.

— Quoi ? lança-t-il d'une voix bourrue ?

Il se sentait lui-même légèrement déphasé après ce qu'ils venaient d'apprendre.

— C'est juste... *toi*. J'ai l'impression d'être dans un rêve. Un beau rêve, se dépêcha-t-elle d'ajouter avec un petit sourire.

— Ça a été assez dingue, entre ce Matt, ton appartement, nous, ton futur déplacement, ma mission imminente et maintenant ça... Mais je vais te dire une chose : je ne changerais absolument rien. On va faire face à tout ça. Et peut-être que, dans quelques années, on en rira. Peut-être même qu'on écrira un livre racontant ce qui s'est passé.

Safe prenait un risque en disant cela. Mais il se rendit compte que c'était ce qu'il désirait vraiment. Avoir cette femme à ses côtés. Pendant des années et des années. Qu'ils puissent revenir sur leur rencontre et tout ce qui s'était produit. Avec un peu de chance, ce serait exactement ce qu'ils auraient : des décennies à passer ensemble.

— Oui, répondit la jeune femme avec mélancolie.

— Ce qui est bien, c'est qu'on peut espérer que le mystère du numéro inconnu est maintenant résolu, déclara-t-il. Et on a changé les serrures de ton appartement. Alabama et Fiona ont presque fini d'y faire le ménage et...

— Attends, elles ont fait *quoi* ? Pourquoi ?

— Parce que j'ai discuté avec leurs maris, qu'ils ont parlé à leurs épouses et qu'elles voulaient aider. Donc, tous les quatre puisqu'il n'était pas question de Abe et Cookie laissent leurs femmes seules vu qu'on n'a pas retrouvé cet enfoiré de Matt, ils ont passé les deux derniers jours à réparer ce qui pouvait l'être et à jeter à la poubelle ce qui ne l'était pas. Je devrais aussi te prévenir que Summer et Cheyenne ont fait les magasins et qu'elles ont remplacé toutes tes assiettes, tes tasses et tes verres, ainsi que les couverts qui étaient trop tordus pour être remis en état. On m'a dit que tout était dépareillé, mais que c'est « éclectique, stylé et ultracool ». Leurs mots, pas les miens.

— Bo...

— Je sais. Ça fait beaucoup. Et je sais que tu viens juste de dire que tu as maintenant une famille. Mais, ma chérie... tu en avais déjà une. *Ici*. Avec mes amis et moi, qui sont à présent *les tiens*. On prend soin des nôtres et, puisque tu es avec moi, tu fais partie du groupe.

— Je n'arrive pas à me faire à cette idée, répondit-elle en secouant légèrement la tête.

— Eh bien, tu n'as pas à le faire tout de suite. On doit tous les deux aller travailler. Je passerai te prendre à dix-sept heures et on achètera un truc rapide à manger avant d'aller à la base. Mon équipe a fait des recherches sur ce qu'ils pensent qui va marcher pour toi et ce qu'ils peuvent t'enseigner pendant le temps limité dont on dispose.

— Oh mince ! Je n'ai même pas encore rencontré le reste de ton équipe !

— Non, ne te stresse pas à propos de ça. Ils t'aiment déjà. Tu n'as pas à t'en inquiéter.

— D'accord, marmonna Wren.

— Non, sérieusement, insista Safe. Ils ont entendu beaucoup de choses sur toi de ma bouche. Wren ceci, Wren cela. Ils m'ont tanné pour pouvoir enfin te rencontrer en personne. Tout ce que tu as à faire, c'est d'être toi-même. Ils vont t'adorer.

— Je ne pense pas pouvoir supporter plus de stress pour la journée, l'avertit-elle.

Le militaire l'embrassa. Il se contenta de se pencher en avant et de couvrir ses lèvres avec les siennes. Ce n'était pas un baiser passionné, mais Safe n'en était pas moins ému. Il adorait pouvoir la toucher et l'embrasser quand il le voulait. Les nouvelles relations étaient toujours excitantes, mais là, ça allait plus loin. C'était encore mieux. Il était aussi à l'aise avec elle que s'ils avaient été ensemble depuis des années au lieu du court laps de temps depuis qu'il la connaissait.

— Tu es l'incarnation même du dicton qui dit qu'on ne sait pas à quel point on est fort tant qu'on n'a pas d'autre choix que de l'être. Tu assures, Wren. Peu importe ce que la vie a mis en travers de ton chemin, tu as persévéré. Et maintenant, tu m'as moi. Tu n'as plus à gérer seule. Tu peux te reposer sur moi. Et sur nos amis. D'accord ?

— Je commence à y croire, répondit-elle.

— Bien. Allez. Kevlar va me botter le train si je suis en retard. Il faut y aller.

— Quel petit chef ! le taquina Wren.

— Tu n'imagines même pas, lui répliqua Safe, l'esprit dérivant vers les choses qu'il voulait faire avec elle dans l'intimité. Il était sans aucun doute trop tôt pour cela, mais il ne serait pas un mec s'il n'y pensait pas, à minima.

— Des promesses, toujours des promesses, répondit-elle avec insolence.

Il sentit son sexe tressauter dans son pantalon. Seigneur, cette femme allait le tuer. Mais il mourrait en homme heureux.

12

La journée de Wren était passée à la vitesse de l'éclair. Beaucoup de choses lui trottaient dans la tête : son père, son demi-frère, rencontrer l'équipe de Bo ainsi que tout ce qu'elle n'était pas sûre d'être prête à entendre à propos de son déplacement au Soudan du Sud.

Elle avait tenté de convaincre ses collègues de venir à la réunion, mais, comme elle s'y était attendue, ils n'avaient pas été réceptifs. Alors Wren avait décidé de prendre autant de notes que possible, puis de les envoyer à tout le monde. S'ils choisissaient de les lire, tant mieux. Sinon, c'était leur problème. La raison pour laquelle ils ne souhaitaient pas s'informer du mieux possible sur les moyens de rester hors de danger la dépassait, mais elle n'eut pas le temps de s'attarder dessus, car Bo était en train de se garer devant l'immeuble.

Elle sortit pour aller à sa rencontre et monta dans sa Jeep. Il se pencha et l'embrassa, comme s'ils l'avaient fait chaque jour depuis des années. Cela lui paraissait à la fois normal, agréable et excitant. Elle aimait la manière dont leur relation progressait. Bo ne lui mettait jamais la pression pour obtenir d'elle plus qu'elle n'était prête à donner, ce qu'elle appréciait. Elle vivait

163

peut-être avec lui et il occupait peut-être chacune de ses pensées, mais elle n'était pas prête à coucher avec lui. C'était une grande étape et elle voulait être sûre qu'il était exactement tel qu'il se présentait lui-même avant de la franchir.

Parce qu'elle était en train de tomber amoureuse de lui. Et si elle couchait avec lui et qu'il s'avérait qu'il se servait d'elle pour le sexe, elle n'était pas certaine de survivre à cette trahison. Ce cheminement de pensées n'était sans doute pas juste envers le SEAL, mais ce dernier ne semblait pas pressé de rendre leur relation bourgeonnante plus physique pour le moment non plus. Peut-être était-il lui aussi peu sûr d'elle.

— Salut, lui dit-il une fois qu'elle fut installée et attachée. Comment s'est passée ta journée ? Tu as réussi à convaincre que les autres de venir ce soir ?

— Bien. Et non.

Bo grimaça, mais haussa les épaules.

— Tant pis pour eux. On va te donner toutes les informations nécessaires comme ça, au besoin, tu pourras leur sauver les miches *à tous*. D'accord ?

Wren éclata de rire.

— Très bien. Est-ce que j'aurais le droit à une cape ?

— Tu peux avoir ce que tu veux, lui assura-t-il avec un clin d'œil. Ça te va des burritos pour le dîner ?

— Est-ce que tu viens sérieusement de me demander si je suis d'accord pour un restaurant mexicain ?

— Eh bien, ce n'est pas un restaurant à proprement parler. C'est juste un de ces fast-foods à emporter.

— Ça reste des burritos. Et la réponse est oui, ça me va carrément.

— Parfait.

Il leur fallut environ quinze minutes pour arriver là-bas, récupérer leurs plats puis atteindre la base. Bo lui prit la main dès qu'ils sortirent de la voiture, puis ils se dirigèrent dans un bâtiment d'aspect quelconque.

— Est-ce que c'est là que tu travailles ?

— Oui et non. On se sert parfois des salles de réunion là, mais on a des salles de conférence partout dans la base qu'on utilise en fonction de la sensibilité des informations dont on parle et qu'on reçoit d'autres sources.

Ce qui était logique.

Il les fit monter au premier étage et traverser un couloir. Toutes les portes se ressemblaient et il en ouvrit une située à peu près au milieu. Wren déglutit avec difficulté lorsqu'elle vit tous les hommes d'ores et déjà rassemblés autour de la grande table ronde à l'intérieur.

Elle connaissait Kevlar, mais pas les autres. Et, alors qu'elle les décomptait mentalement, elle prit conscience qu'il y avait quelques personnes en plus de l'équipe de Bo.

Tout en se tenant d'un air gêné à côté de ce dernier, elle se demanda ce qu'ils pensaient. S'ils étaient déçus que leur ami soit avec elle. Des insécurités profondes liées à son passé remontèrent en elle. Elle désirait désespérément que les équipiers de Bo l'apprécient. Ou, tout du moins, qu'ils ne détestent pas le fait qu'ils soient ensemble.

Le silence se fit un moment, qui lui parut des siècles, mais ne dura très certainement que quelques secondes, puis un homme fit un pas en avant.

— Je suis Preacher. Tu dois être Wren. Je dois dire qu'on est tous un peu contrariés que Safe ne nous ait pas appelés à la rescousse pour vous aider à récupérer tes affaires l'autre soir.

— Et *je* dois dire que ça aurait sans doute été une bonne chose que certains d'entre vous soient là. Peut-être que Matt ne se serait pas enfui, répondit Wren en haussant légèrement les épaules.

— Tu vois ? Même ta petite-amie a conscience que tu t'es comporté comme un crétin ce soir-là, déclara l'un des autres hommes à l'attention de Bo.

Wren ne put réfréner le petit sourire qui se dessinait sur son visage.

— Hum hmm. Je vais faire les présentations, ainsi on pourra manger et commencer cette réunion, dit Bo. Votre attention tout le monde, je vous présente Wren Defranco. Wren, tu connais déjà Kevlar. Voici Blink, MacGyver, Flash et Smiley.

Puis il désigna d'un signe de tête deux hommes se tenant ensemble avant d'ajouter :

— Ces deux-là sont Dude et Mozart. Ils sont de l'équipe de SEALs de Wolf. Ils sont à la retraite maintenant, mais ils continuent de nous coller aux basques.

— Bonjour ! dit Wren en les saluant tous d'un petit signe de la main, ce qui lui parut immédiatement stupide.

Mais, à son grand soulagement, personne ne se moqua d'elle et tout le monde commença à prendre place autour de la table. Bo la guida jusqu'à une chaise ; elle fut surprise de voir Blink taper sur l'épaule de MacGyver pour lui faire signe de la tête de se décaler, ayant manifestement envie de s'asseoir à côté d'elle pour une raison qui lui échappait.

Elle n'eut pas le temps d'y réfléchir, car Mozart se mit à fouiller dans un carton posé sur la table et à appeler des noms tandis qu'il jetait des sandwichs baguettes aux autres hommes. Wren fut contente de ne pas avoir à déguster son burrito en face de tous les militaires sans qu'eux-mêmes aient de repas. Cela aurait été terriblement gênant.

Tout le monde attaqua son dîner et la jeune femme les imita. Elle mourrait de faim. La journée de travail avait été longue et le burrito faisait du bien par là où il passait.

— Ça va ?

Se tournant vers Blink, elle dévisagea le rouquin tandis qu'elle mâchait puis avalait la bouchée qu'elle venait de prendre. Elle se rappela ce que Bo lui avait raconté à son sujet. Comment tous les membres de son équipe avaient été blessés ou abattus pendant une mission. Combien cela avait été éprouvant pour lui d'y faire face. Comment il était intervenu et avait empêché Remi d'être tué par un ancien équipier de Bo.

— Oui. Pourquoi ça n'irait pas ? demanda-t-elle.

— Tu as traversé des choses difficiles ces derniers temps, remarqua-t-il.

Wren souffla.

— J'admets que ça a été terrible d'être droguée. Découvrir que mon appartement a été vandalisé et savoir que cet enfoiré est en liberté, qu'il m'observe sans doute et attend de pouvoir remettre la main sur moi. Mais, honnêtement, ce n'est pas dur de vivre avec Bo. Avoir un chauffeur qui m'emmène au travail et vient me chercher... encore une fois, c'est loin d'être la mer à boire. Dans l'ensemble, ma vie est en fait assez cool en ce moment.

Blink la fixa du regard pendant un instant, impassible.

Alors même que Wren se demandait si elle avait dit quelque chose de mal, les lèvres du SEAL se recourbèrent légèrement.

— Tu me rappelles Remi. Pragmatique, forte, qui ne se laisse pas abattre.

Cela lui fit chaud au cœur. Elle appréciait cette femme, qui l'impressionnait. En particulier après avoir écouté Bo lui raconter tout ce qu'elle avait traversé, après son départ la veille. Le compliment de Blink était incroyable.

— Merci, répondit-elle d'une petite voix.

Il hocha la tête, puis reporta son attention sur son sandwich.

— Wren ?

Celle-ci se tourna vers Bo.

— J'ai besoin que tu te souviennes de respirer ce soir, d'accord ?

— Hein ?

— On va parler d'un tas de trucs qui peuvent te faire peur. Mais c'est ce qu'on fait. On discute des pires scénarios. On les dissèque. On échange sur ce qu'on ferait si le pire se produisait. Si tu sais à l'avance ce qui peut arriver, il est plus facile de gérer ce genre de situations ensuite. Tu as dit que tu avais fait des recherches sur le Soudan du Sud, donc tu es au courant de certains sujets qu'on va aborder, mais on va très certainement évoquer des choses auxquelles tu n'aurais pas pensé. J'ai juste besoin que tu ne paniques pas. Ça marche ?

Elle hocha la tête.

— Je ne suis pas naïve. Enfin, si, sûrement sur certains sujets, mais ma vie n'a pas été rose. Je suis consciente d'un tas de trucs qui peuvent arriver. Et oui, je me suis renseignée, mais honnêtement ? Malgré ma nervosité de ce matin, j'ai quand même eu hâte de vous parler, à tes amis et toi. Vous êtes les experts. Je vais prendre chaque conseil possible. Je n'ai pas d'autre choix que de faire ce déplacement, mais je vais m'assurer de partir en étant totalement prête à tout.

— Tout va bien se passer, déclara Bo avec fermeté. Peu importe ce qui arrivera, tu auras la force intérieure et l'intelligence pour y faire face.

Ce deuxième compliment incroyable en autant de minutes suffit à ce que Wren en ait presque les larmes aux yeux.

— J'espère bien, répondit-elle à voix basse.

— J'en suis certain, répliqua-t-il sans aucune trace de doute dans la voix.

Les discussions autour de la table furent d'ordre général et détendu jusqu'à ce que Kevlar se lève et se racle la gorge. Wren ne put s'empêcher de se raidir. Il ne s'agissait pas simplement de rencontrer les amis de Bo. Ils étaient tous réunis pour une raison importante.

— OK. Je pense qu'il est temps qu'on attaque. Remi m'attend à la maison, tout comme je suis sûr que Cheyenne, Summer et leurs enfants attendent Dude et Mozart. On est ici pour discuter de la sécurité de Wren, puisqu'elle part au Soudan du Sud dans deux semaines. Nous sommes tous allés dans cette région et nous savons dans quel merdier elle va mettre les pieds… pardon, Wren, mais c'est vrai.

— Tout va bien, le rassura-t-elle. Je sais.

— La *meilleure* chose serait que tu ne puisses pas partir. En te cassant une jambe ? En chopant un virus ? En trouvant un autre boulot ? suggéra Preacher en la dévisageant avec espoir.

— Rien de tout ça n'est à l'ordre du jour, lui fit-elle savoir.

— C'est ce que je me disais. Mais il fallait au moins que j'essaie, répondit-il en haussant les épaules.

Wren n'était pas contrariée : elle le respectait pour avoir dit tout haut ce que tout le monde devait penser tout bas.

Elle sursauta quelque peu au moment où Bo lui prit la main sous la table. Il ne la regarda pas, se contentant de poser leurs mains jointes sur la cuisse de la jeune femme. C'était agréable de sentir son soutien, en particulier alors qu'elle savait qu'elle était sur le point d'entendre des choses malaisantes.

— On sait tous que les déplacements au Soudan du Sud sont actuellement formellement déconseillés, poursuivit Kevlar. Il y a un conflit armé entre différents groupes politiques et ethniques. Le crime et la violence sont quotidiens. Les étrangers subissent des vols à main armée, des agressions sexuelles ou autres, des vols de voiture avec violence, des fusillades, des enlèvements et autres crimes brutaux.

Wren avait lu la même chose à propos du pays dans lequel elle s'apprêtait à entrer volontairement, mais entendre le SEAL faire la liste des différentes tragédies qui pouvaient se produire pendant son séjour rendait la situation d'autant plus réelle.

— Tu n'es pas une journaliste au sens strict du terme, mais puisque tu vas travailler en étroite collaboration avec les médias, il faut que l'autorité des médias du Soudan du Sud te délivre les bons documents. Est-ce que tu sais si tu les as eus ? la questionna-t-il.

Wren se redressa.

— Oui. Mon chef, Colby Johnson, a un contact là-bas qui

nous aide avec notre itinéraire et qui s'assure qu'on obtienne tout ce qu'il faut.

— Bien. L'autre chose dont tu dois avoir conscience, c'est de la capacité limitée de notre gouvernement à fournir des services consulaires d'urgence aux ressortissants américains dans le pays. Je suppose que vous aurez un couvre-feu strict, comme les quelques membres du gouvernement américain qui se trouvent là-bas. Ils doivent se servir de véhicules blindés pour se déplacer et ils n'ont pas le droit de voyager en dehors de Djouba. Est-ce que tu sais ce qui est prévu quand vous y serez ?

La jeune femme hocha la tête.

— On ne quittera pas non plus la capitale. Le gazoduc doit parcourir la ville du nord au sud, mais, en réalité, on n'aura pas à visiter les sites proposés. Nous serons là pour expliquer ses retombées positives pour le pays. J'ignore tout des véhicules blindés, mais j'espère que le contact de Colby gère tout ça.

— Très bien. Donc... étant donné le potentiel de violence, ce que je vais te dire est tout vu : ne sors jamais seule. Ne te rends *à pied* nulle part, même en groupe. Si quelqu'un propose de descendre la rue jusqu'à un restaurant qu'il ou elle a vu, n'y va pas. Reste à l'hôtel. Assure-toi si tu peux que les salles dans lesquelles vous avez vos réunions n'ont pas de fenêtres. Tu ne dois en aucun cas participer à une manifestation ou un rassemblement publics. Ne prends pas de photos ni de vidéos, même depuis l'intérieur de ta voiture. La photographie, même dans un espace public, est strictement contrôlée.

Le regard de Wren était fixé à celui de Kevlar. Elle se tendait à chaque mot qui sortait de sa bouche. Bo l'avait avertie et, même si elle était déjà au courant de la plupart des choses que l'autre homme racontait, c'était toujours difficile de croire que BT Energy pensait que ce voyage était une bonne idée.

— Est-ce que tu as établi un testament, une procuration et

qui sont les bénéficiaires de ton assurance-vie ? lui demanda solennellement Smiley.

Elle hocha la tête.

— Oui.

— Très bien. Est-ce que tu peux nous parler de votre programme ? l'interrogea Kevlar.

— C'est un déplacement de quatre jours. Le premier ne sert pratiquement à rien, puisqu'on va voyager presque toute la journée. Le deuxième, nous avons un rendez-vous avec les fonctionnaires qui ont entériné notre venue. Il y a aussi une session de questions-réponses avec certains des gros bonnets dont le rôle a été essentiel dans l'approbation du gazoduc. Et après, je vais accorder une courte interview à leur agence gouvernementale des médias à propos du projet.

« Le troisième jour, certains des différents groupes ethniques vont venir poser des questions et nous pourrons expliquer en détail où le gazoduc va aller et quels sont les bénéfices pour les habitants du Soudan du Sud. Je vais mener cette session et agir en tant que modératrice pour Colby et les autres, qui vont faire une présentation façon panel. On aura un peu de temps libre cet après-midi-là, avant d'aller dîner chez le président. Je ne sais pas s'il sera là ou non, mais apparemment, c'est très important.

« Le dernier jour sera de nouveau consacré au voyage. On ira à l'aéroport dans la matinée avant de rentrer à la maison.

Le silence se fit un moment dans la pièce avant que Dude ne marmonne un « putain » dans sa barbe.

Wren n'était pas certaine de savoir quelle partie du programme le préoccupait le plus. Mais elle n'eut pas longtemps à attendre pour le découvrir.

— La vache, ce programme est merdique, déclara-t-il en se passant une main dans les cheveux. Mais comment quelqu'un a-t-il pu penser que c'était une bonne idée de rassembler différents groupes ethniques dans la même salle ? Ça ne va pas bien se terminer. Et aller chez le président va faire de vous des cibles.

— Bien, donc… c'est sans doute le bon moment de parler des détails, intervint Kevlar. D'abord, si des violences éclatent pendant l'une des interviews, la première chose que tu dois faire c'est de te mettre au sol. À ras de terre.

— Et de ramper vers la sortie, continua Flash.

— Si tu ne peux pas atteindre une porte, mets-toi derrière un meuble. Un fauteuil retourné, une table, n'importe quoi. Garde-la tête baissée et couvre-la avec tes bras, ajouta Mozart.

— N'attire pas l'attention sur toi, poursuivit Bo. Et ça vaut pour tout ce que tu fais, où que tu ailles. Depuis le moment où tu poses le pied dans le pays jusqu'à celui où tu repars. Pas de cris ni de rires sonores. Ne t'habille pas de façon voyante. Laisse tes bijoux à la maison, même si j'ai vu que tu en portais peu. Tu dois même laisser ta montre dans ton sac. Ne *sors pas* ton téléphone en public. Garde la tête baissée, reste silencieuse.

Wren n'arrivait pas à détacher son regard de celui de Bo. Elle se passa nerveusement la langue sur les lèvres et acquiesça.

— C'est sûrement le bon moment pour parler des vêtements, déclara Smiley.

— Oui, approuva Kevlar. Je ne sais pas ce que tu portes en général pour ce genre de choses.

Sa voix se perdit en attendant qu'elle réponde à sa question non formulée.

— Des tenues professionnelles. Des jupes qui arrivent en dessous du genou, des vestes, des blouses.

Le SEAL secouait déjà la tête.

— Non. Pas de jupes. N'en emporte même pas une. Si ton patron n'apprécie pas, tant pis pour lui. Ça sera trop tard pour qu'il s'en plaigne une fois là-bas. Mets des pantalons, tout le temps. De préférence des treillis. Pas les tailleurs glissants et inutiles qui vont te tenir trop chaud en Afrique de toute façon.

— Et de bonnes chaussures, ajouta Dude. De randonnée, pas des talons aiguilles de créateurs.

— Il va faire chaud, donc même si je te suggère des chemises absorbantes à manches longues pour te protéger, tu pourras sans doute mettre des manches courtes, lui dit Preacher.

Wren dut faire la grimace, parce que Dude se leva et posa ses mains sur la table avant de se pencher vers elle.

— Tes collègues et toi allez déjà vous démarquer comme des singes en Antarctique. Vous allez avoir des cibles sur le front à la seconde où vous arriverez dans ce pays. La probabilité que l'un d'entre vous, ou tous, devienne la victime de violences simplement pour prouver quelque chose ou pour tenter d'extorquer de l'argent à de riches Américains est grosso modo de cent pour cent. Est-ce que tu préfères te mettre hors de danger en jupe et talons hauts ou en portant un pantalon et des chaussures dans lesquels tu peux courir ?

— La deuxième option, répondit Wren d'une petite voix. C'est juste que… on attend de moi une certaine image en permanence. Pensez à une présentatrice météo ou du journal du soir.

— Sauf qu'elles ne font pas leur boulot au beau milieu d'un pays en proie à la guerre civile, rétorqua Preacher.

— Écoute, si ton patron était là, on lui dirait la même chose. Pas de costumes ni de cravates. Pas de chaussures en cuir inutiles. Tu dois imaginer le pire et éprouver du soulagement si c'est le meilleur scénario qui se produit. Si on te traîne dans la jungle au sud de la ville, tu dois y être préparée. Les vêtements en coton ne sont pas agréables dans un climat chaud comme en Afrique, lui expliqua Flash.

Wren commençait enfin à réaliser que les quatre jours qu'elle allait passer au Soudan du Sud seraient les plus stressants de sa vie.

— À l'hôtel, tu ne devrais pas être seule dans une

chambre, poursuivit MacGyver. Est-ce que tu fais suffisamment confiance à un de tes collègues pour en partager une avec lui ?

Elle y réfléchit un moment, puis déclara :

— Sans doute Luke. On a presque le même âge et je pense qu'il serait venu ce soir si les autres ne s'étaient pas moqués de lui.

Tous les hommes ou presque levèrent les yeux au ciel. Il était manifeste qu'ils n'avaient pas beaucoup d'estime pour quelqu'un qui ne pouvait pas faire ce qu'il fallait, même si ce n'était pas ce que ses pairs pensaient qu'il devait faire.

— Fais ce que tu as à faire, mais ne reste *pas* seule le soir. C'est bien trop facile pour une personne qui travaille à l'hôtel de faire passer cette information, avec la chambre dans laquelle tu es et même de donner la clé à quelqu'un, continua MacGyver.

— Et emporte une de ces alarmes. Celles qui ressemblent à un cale-porte. Tu la glisses sous ta porte et elle émet un bruit horrible si quelqu'un essaie de l'ouvrir. Au moins, ça anéantira leur capacité à te prendre par surprise.

— Il faut qu'on parle de la possibilité d'un enlèvement, annonça doucement Blink.

— Tu as raison, soupira Kevlar. Voir sept Américains d'une entreprise d'énergie à succès, ce sera comme agiter une carotte devant le nez d'un âne affamé.

L'analogie était drôle, mais Wren n'était pas d'humeur à rire. Absolument pas.

— Ils pourront frapper à n'importe quel moment. Quand vous quittez l'aéroport, quand vous allez à l'hôtel, pendant les réunions, sur la route de l'enceinte présidentielle... littéralement n'importe quand, donc tu devras te tenir prête, lui expliqua Dude.

— Sois en alerte. Si quelque chose commence à mal tourner, rappelle-toi ce qu'on a dit avant. N'attire pas l'attention sur toi. Sois docile. Fais ce qu'ils t'ordonnent de faire, ajouta Smiley.

— Je ne dois pas tenter de m'enfuir ?

— Non ! s'écrièrent en même temps au moins trois des militaires.

— Si tu fais ça, ils vont sûrement te tirer dessus, lui expliqua Kevlar.

— Ta meilleure chance, c'est d'obtempérer calmement, intervint Mozart. Je sais que ça à l'air effrayant et contre-intuitif. Mais on établira un plan où tu nous transmettras des preuves de vie. Puisque Safe et son équipe seront déployés, tu pourras envoyer un e-mail à l'un de nous toutes les deux heures, pour nous faire savoir que tu vas bien. Si tu rates une de ces vérifications, on pourra se servir de nos contacts pour découvrir immédiatement ce qui se passe.

Wren se tourna vers Bo, lequel dévisageait ses amis en grimaçant légèrement.

— Si tu te fais enlever, on pourra mettre des gens sur le coup, approuva Dude.

— Est-ce que je peux dire quelque chose ? les interrompit Wren.

— Bien sûr, l'enjoignit Kevlar.

— Qu'est-ce que vous serez en mesure de faire ? Vous ne saurez même pas où je suis. Et ce n'est pas comme si vous étiez encore des SEALs. Enfin, si, c'était grossier... Mais vous n'êtes plus en service. Vous ne pouvez pas juste sauter dans un avion pour venir me chercher.

— D'abord, tu as raison. On ne peut pas. Mais ça ne veut pas dire qu'on ne connaît pas d'autres personnes qui le peuvent, répliqua Dude. Et on *saura* où tu es.

Wren afficha une expression perplexe.

— Je crois qu'il est temps qu'on aborde l'autre partie de la réunion de ce soir, déclara Kevlar.

MacGyver se leva et s'avança vers une table étroite collée

contre l'un des murs. Il y prit une petite boîte en carton que Wren n'avait pas remarquée avant et la posa sur la table de conférence.

— Wren ? Est-ce que tu peux venir ici s'il te plaît ?

Celle-ci regarda Bo, mais l'attention de ce dernier se portait sur son équipier et ce qu'il y avait dans la boîte. Elle se mit debout et se sentit légèrement déboussolée lorsqu'elle dut lâcher sa main, puis rejoignit MacGyver.

— On a rassemblé quelques trucs pour toi. Rappelle-toi, ce sont des articles de survie au cas où le pire se produit, pas des outils dont on veut que tu te serves, d'accord ?

Curieusement, Wren était un petit peu excitée de voir ce que ces hommes entendaient par « articles de survie ». Elle acquiesça.

La première chose que MacGyver sortit de la boîte, ce fut une petite enveloppe en plastique avec quelque chose de blanc à dedans.

— C'est juste un peu de ouate couverte de vaseline. On pensait que ça pourrait aller dans ta botte ou à l'intérieur d'une poche cachée de ça, lui expliqua-t-il en retirant une ceinture du carton.

Wren la lui prit et remarqua la fermeture éclair dissimulée sur l'intérieur. Tout en ayant l'impression d'être l'inspecteur Gadget ou quelqu'un du même genre, elle l'ouvrit. Puis elle s'empara du sachet plastique dans les mains du SEAL et le glissa dans la petite poche de la ceinture.

— Est-ce que ce ne serait pas plus pratique d'avoir un peu d'argent ou des papiers d'identité là-dedans plutôt que ça ? demanda-t-elle.

— Si tu te retrouves au milieu de la jungle, tu préfères avoir ça ou un moyen de démarrer un feu ? l'interrogea Kevlar.

— Oh, c'est à ça que sert la ouate ? répondit-elle en ayant l'impression d'être idiote.

— Oui. Le combo vaseline-coton est un excellent allume-feu.

Wren fronça les sourcils, perplexe.

— Mais comment je m'en sers ? Est-ce que vous allez m'apprendre à frotter deux bâtons l'un contre l'autre pour obtenir des étincelles ?

Les hommes s'esclaffèrent légèrement.

— Non. Enfin, on *pourrait*, mais c'est compliqué d'utiliser cette méthode. Et ça prendrait trop de temps. Regarde la boucle de la ceinture, l'enjoignit Preacher.

Wren la rapprocha d'elle pour l'inspecter.

— Je ne comprends pas.

— Je peux ? demanda MacGyver en tendant la main.

La jeune femme y déposa sans hésiter la ceinture. Il retourna la boucle et désigna quelque chose.

— Tu vois cette petite barre, là ?

Elle hocha la tête.

— C'est la tige ferro.

— La quoi ? demanda-t-elle en le dévisageant, déboussolée.

Elle lut sur sa figure un air de surprise, ou peut-être de consternation.

— Je suis désolée. Je ne connais rien au camping ou aux activités de plein air.

— Tout va bien, Wren, lui dit Bo en se levant pour se mettre à ses côtés avant de reprendre la ceinture à son coéquipier. On pourra s'entraîner en rentrant à la maison. Mais, en gros, une tige ferro est couverte d'un matériau qui fait des étincelles quand on le frotte. Celle-ci est petite, ce qui la rend plus dure à utiliser, mais puisqu'on recherche la discrétion, il est impératif que quelqu'un qui te fouille ne la trouve pas ou ne se rende pas compte de ce que c'est.

À ses mots, la jeune femme eut du mal à déglutir. L'idée que quelqu'un la « fouille » n'était pas amusante. Loin de là.

— Cette boucle de ceinture détient la tige allume-feu, ou

tige ferro, et tu te sers de la broche qui va dans les trous de la ceinture pour la frotter et créer les étincelles. Si tu empiles des petites branches et n'importe quelles herbes ainsi que la ouate recouverte de vaseline, puis que tu frottes la tige comme ça...

Bo déclipsa la broche et la fit courir le long de la tige ferro. Des étincelles jaillirent jusqu'au bout de la table.

— ... et tu obtiens du feu, acheva-t-il.

— Oh ! s'exclama Wren. C'est cool.

— Oui, répondit Bo avec un sourire.

— D'accord. Et ensuite, tu peux remonter la ceinture ?

Le militaire acquiesça et lui montra comment l'assembler de nouveau.

— Quoi d'autre ? demanda la jeune femme, excitée à l'idée de voir quels trucs super-secrets de SEALs en plus ils avaient en réserve pour elle.

— Du rouge à lèvres, lui dit MacGyver en tendant un tube.

Wren fronça les sourcils.

— Je n'en porte pas, en général, l'informa-t-elle.

— Tu n'as pas à le faire. Cette marque est à base de vaseline. Encore une fois, si tu en coupes un morceau, ou mieux, que tu le râpes, ça va t'aider à démarrer un feu.

— D'accord. Et des ravisseurs ne feront pas trop attention si j'ai sur moi un tube de rouge à lèvres.

— Exactement, approuva Smiley depuis l'autre extrémité de la table.

Wren lui adressa un petit signe de tête puis se tourna vers Mac Gyver. Bo ne retourna pas à sa place. Il resta près d'elle, ce qu'elle apprécia.

— Safe a dit qu'il t'emmènerait te trouver une paire de rangers. Il faut que tu t'assures de les faire avant de partir, ce qui signifie que tu vas sans doute devoir commencer à les porter au travail. Il en échangera les lacets avec cette... para-corde 550.

— J'ai vu des bracelets réalisés avec ça, déclara Wren en lui prenant la corde pour faire jouer ses mains dessus. À quoi ça me servirait ?

— Tu peux l'utiliser pour te faire un abri, pour attacher ensemble des bâtons, pour improviser une ligne de pêche, un garrot, des pièges, attacher des bouts de tissus pour faire un sac à dos, démarrer un feu (ça brûle très vite) ou trancher des attaches autobloquantes.

— OK, c'est mort pour moi pour la plupart des choses. Je n'ai aucune idée de comment me construire un abri et je suis sûre que je serais nulle à la pêche ou pour fabriquer des pièges. Mais... tu plaisantes pour les attaches autobloquantes ?

— Pas du tout, intervint Flash.

Il ne souriait pas, il était totalement sérieux.

— Si tu te retrouves les mains liées par des attaches auto-bloquantes, tu peux récupérer la paracorde de tes chaussures et t'en servir comme d'une scie pour affaiblir le plastique jusqu'à ce qu'il casse. Tu fais une boucle avec la corde, tu la passes autour des attaches et de tes pieds. Puis tu bouges tes pieds d'avant en arrière, comme si tu pédalais et la friction va finir par échauffer le plastique que tu pourras briser net.

— Waouh, sérieusement ?

— Une autre chose sur laquelle on va s'entraîner, lui promit Bo en posant la main au creux de ses reins.

— OK, d'accord. Quoi d'autre ?

MacGyver sortit un petit objet en métal noir et Wren se pencha pour mieux voir.

— C'est une barrette, lui dit Mozart. On a un ami qui était dans les forces spéciales et sa femme s'est une fois servie d'une pour se tirer d'un mauvais pas en Égypte. Je sais que tu as les cheveux courts, mais tu peux l'utiliser comme accessoire déco-ratif. Du moins, on peut espérer que c'est ce que tout le monde pensera.

Wren la prit dans la paume de MacGyver. Il s'agissait en

effet d'une simple barrette à pince clic-clac. Mais, même avec son œil inexercé, elle comprit que c'était bien plus que ça.

— Elle peut servir de tournevis, de règles, de clé, mais le bord dentelé peut sectionner toutes sortes de choses. De la toile, des attaches autobloquantes... tout, en fait. Elle peut aussi être utilisée avec la tige ferro au besoin.

Bo prit la barrette et l'ouvrit. Puis il la glissa délicatement sur sa tempe, et la referma.

— Elle va bien avec tes cheveux, donc elle ne saute pas trop aux yeux.

Sans trop savoir pourquoi, Wren se mit à rougir. Sentir les mains du SEAL dans sa chevelure était très agréable. Ce n'était ni le lieu ni le moment pour elle d'imaginer la sensation qu'elles lui procureraient à d'autres endroits de son corps, mais elle ne put réprimer ses pensées malencontreuses.

— Et puis il y a ça, reprit MacGyver en attirant de nouveau son attention vers lui.

Il tenait quelque chose qui paraissait minuscule entre ses grands doigts. C'était un couteau. Un canif de poche, très petit. D'un geste du poignet, il fit sortir la pointe, qui semblait affutée et léthale.

— On s'est dit que ça également pourrait aller dans ta botte, enchaîna Dude. Ou peut-être dans la poche cachée de ta ceinture. Mais c'est plus dur à masquer que le reste de ce qu'on t'a déniché. Peut-être que Safe pourra trouver d'autres façons de le dissimuler, à un endroit qui ne sera pas évident pour une personne à la recherche d'armes cachées.

— Il n'est pas assez grand pour vraiment s'en servir comme arme et la dernière chose dont tu as envie, c'est de te retrouver à un contre un avec un ravisseur, la mit en garde Blink.

— Exact. Si le pire se produit et que tu es enlevée, comme on te l'a expliqué, sois docile. Ne parle pas, sauf si tu le dois. Ne leur crie pas dessus, essaie de ne pas pleurer. Sois aussi stoïque que possible. Mange ce qu'ils te donnent parce que tu ne sais jamais quand tu auras de nouveau de quoi manger, lui expliqua sérieusement Flash.

— Et bois de l'eau. C'est risqué, parce que tu ne sais pas si elle est potable, mais sans eau, tu vas t'affaiblir et, si une occasion de t'évader se présente, tu pourrais ne pas être assez forte pour la saisir, ajouta Smiley.

— En parlant d'évasion, il faut que tu sois maligne. Tu seras sans doute amenée dans un lieu sûr en ville où les kidnappeurs se terreront ou alors dans la jungle. Ce sera d'ailleurs très certainement le cas, parce que c'est plus simple à défendre et que moins de gens verront les prisonniers, lui dit Preacher.

— Ce serait mieux en ville, c'est plus facile de s'échapper, mais pas nécessairement plus sûr, renchérit Kevlar. Parce qu'une Américaine déambulant seule n'est pas en sécurité. Du tout. Mais la jungle n'est pas mieux non plus. Tu vas devoir trouver dans quelle direction aller pour te mettre hors de danger, et je dis ça, c'est un grand mot, parce que n'importe quelle personne que tu rencontreras pourrait te faire de mal. Puis trouve de l'eau, de quoi manger et un abri.

— La jungle, c'est très clairement mieux, répondit Bo d'un ton ferme. Elle peut trouver un endroit où se planquer et attendre que les secours arrivent.

Les pensées de Wren s'entrechoquaient. Même si ça avait été amusant de voir tous ces objets que les gars lui avaient apportés, l'idée d'être livrée à elle-même au milieu d'une forêt tropicale en Afrique n'était pas du tout attrayante. Personne n'avait parlé d'animaux ou d'insectes, mais elle supposait que pratiquement tout ce qui peuplait ces arbres pouvait la tuer d'une seule morsure.

Elle repoussa cette pensée dans un coin de son esprit et lança :

— Quels secours ? Enfin, le département d'État a déjà dit que les Américains étaient livrés à eux-mêmes s'ils allaient dans ce pays et vous avez insisté plus d'une fois sur le fait que chaque personne que je rencontrerai ne voudra sans doute pas m'amener chez elle pour prendre le thé et des petits gâteaux.

Elle n'essayait pas d'être drôle, mais elle vit les lèvres de quelques-uns d'entre eux frémir autour de la table.

— Je crois que c'est le signal de faire entrer Tex, annonça Mozart.

Il tendit la main vers un téléphone posé au milieu de la table et appuya sur quelques boutons.

En quelques secondes, Wren put entendre une sonnerie émanant du haut-parleur.

— Il était temps, se plaignit un homme à l'autre bout du fil avec un léger accent du sud.

13

Safe ne s'amusait pas, mais il fallait que cette réunion ait lieu. Il aurait mieux valu que tous les collègues de Wren aient pu être là pour y assister, mais ils se comportaient en abrutis machos et n'admettaient pas qu'ils pourraient apprendre quoi que ce soit de quelques Navy SEALs.

Même s'il appréciait le plaisir évident que la jeune femme éprouvait en voyant certaines choses que ses amis lui avaient apportées, les raisons pour lesquelles elle pourrait en avoir besoin lui pesaient lourdement. L'idée qu'elle se retrouve dans une situation où elle devrait utiliser ces objets de survie avec lesquels ils l'équipaient lui donnait envie de vomir.

Mais il était également très fier de voir comment elle gérait la tonne d'informations qu'on lui fournissait. Il prendrait du temps avec elle dans les prochains jours pour répondre à toutes ses questions et s'assurer qu'elle sache comment se servir de tout l'équipement qu'elle avait reçu. Il allait l'aider à acheter des vêtements et des chaussures appropriées. Safe ferait *n'importe quoi* pour rendre plus sûr ce stupide déplacement qu'elle allait entreprendre. Avec un peu de chance, elle n'aurait pas besoin de ce qu'on lui avait donné ce soir-là et tout cela s'avère-rait exagéré.

La seule raison pour laquelle il ne l'avait pas plus poussée à abandonner ce voyage (il comprenait que si elle insistait pour ne pas partir, elle risquait de perdre son travail) était l'homme en ce moment même au bout du fil.

— Tex ! Merci d'avoir accepté de nous rejoindre ce soir, s'exclama Mozart.

— *Je n'avais rien d'autre à faire à cet instant précis*, répondit-il d'une voix traînante.

Ce qui fit rire tout le monde. Tex avait toujours quelque chose à faire. Ou quelqu'un à pister.

— *Wren ? Tu es là ?*

— Euh... oui, je suis là, réagit-elle en jetant un regard de côté à Safe.

Voulant la rassurer, ce dernier se rapprocha et posa sa main au creux de ses reins.

— *Commençons par le commencement. Tu n'as plus à t'inquiéter de Matt Smith. Je l'ai retrouvé.*

— Quoi ?

— Vraiment ?

— Où est-ce qu'il était ?

Les questions vinrent des équipiers de Safe et il fut ravi de les laisser faire, car il mourait d'envie d'en connaître les réponses. Wren eut un hoquet de surprise et il sentit ses muscles se tendre sous ma main. Il se rapprocha encore, pour la réconforter.

— *Son vrai nom, c'est Barry Simpson et il est recherché dans deux états. Il y a un mandat d'arrêt dans le Wyoming pour menaces terroristes et un autre à Washington pour agression sexuelle et harcè-lement. En suivant une intuition, j'ai regardé tous les Matt Smith sur d'autres applis de rencontres et j'ai croisé toutes les informations. Cet abruti a utilisé les mêmes dans ses profils. Il a fait une bourde et s'est servi du Wi-Fi dans le motel où il logeait, à Chula Vista, pour en créer un. L'équipe d'intervention du bureau du shérif partait l'appréhender avant que votre réunion ne commence.*

— Sérieusement ? murmura Wren.

— *Oui.*

— Waouh.

Safe était tout autant sous le choc, mais également ravi.

— *Passons à autre chose. Tu as reçu tout ce que les gars t'ont apporté ? demanda Tex.*

— Hum hmm.

— *Et la bague d'orteil ?*

— On a gardé ça pour la fin, lui dit Dude. On ne lui en a pas encore parlé.

— *Compris. Alors… si tu te fais enlever, tes ravisseurs, si ce ne sont pas des abrutis finis, vont te prendre tous tes bijoux. Montre, boucles d'oreille, colliers, bracelets. Tout. J'adore mettre des systèmes de repérage dans les boucles d'oreilles. Mais puisque je te conseillerais de ne pas emporter de bijoux avec toi, pas même une foutue montre, et parce que je ne veux pas que mes équipements soient jetés dans une rivière de la jungle africaine, je suis parti sur quelque chose de nouveau. Une bague d'orteil.*

Safe vit sa protégée froncer les sourcils, perplexe.

— Tex est passé maître dans l'art de concevoir des dispositifs de repérage, expliqua-t-il. Quand on part en mission, on en a tous un.

— Il y en avait un dans ma combinaison néoprène quand j'ai été abandonné dans l'océan à Hawaï, renchérit Kevlar. C'est comme ça que Remi et moi avons été secourus si vite. Tex s'est rendu compte que j'étais resté trop longtemps dans l'eau pour une excursion de plongée normale et il a contacté un ancien SEAL qui vit à Hawaï pour qu'il s'assure que j'allais bien. Dieu merci.

— Tu nous as demandé quelle aide tu pourrais avoir si ça tourne mal au Soudan du Sud, poursuivit Preacher. La *nôtre*. Enfin, peut-être pas nous exactement, mais en gros Tex connaît tout le monde. Il trouvera les personnes les plus proches qui pourront entrer et sortir du pays sans rendre complètement fou de rage les gouvernements, le nôtre et le leur, et ils viendront te chercher.

Wren fixa du regard le minuscule anneau à l'air presque délicat que MacGyver lui tendait à présent.

— On s'est dit que des ravisseurs prendraient tous les bijoux évidents... bagues, colliers et trucs du genre. Mais qu'ils devraient non seulement te retirer tes chaussures, mais aussi tes chaussettes pour découvrir cette bague. Et puisqu'elle est quelconque et ne semble pas avoir de valeur monétaire, il y a de fortes chances qu'ils te la laissent, déclara Kevlar.

— *J'ai quelques traceurs qu'on peut avaler, mais la réception n'est pas aussi bonne que pour ceux qu'on porte. Et si tu disparais trop longtemps... eh bien, pas besoin de te faire un dessin, mais ton corps l'expulsera à un moment donné et ça va à l'encontre de son but, qui est de mener une équipe directement à toi,* ajouta Tex.

— Si quelque chose se produit, ne baisse *pas* les bras, intervint Blink. Peu importe ce qui se passe. Tex t'observera. Si tu te retrouves ailleurs qu'à l'hôtel ou que dans l'enceinte présidentielle, il sonnera l'alarme et quelqu'un viendra vous chercher, toi et tes collègues. Compris ?

La jeune femme pinça les lèvres et acquiesça. Safe vit qu'elle avait refermé ses doigts sur la bague et qu'elle la tenait fermement dans son poing.

— Je... je ne sais pas quoi dire, dit-elle à voix basse.

— *Peu importe, il vaut mieux que ce ne soit pas merci,* râla Tex à l'autre bout du fil.

Safe s'esclaffa en même temps que ses amis.

— Il déteste qu'on le remercie, expliqua Dude en voyant la confusion de Wren.

— Oh, ah bien, d'accord. Du coup, si quelque chose arrive et que cette petite bague de pied a un rôle à jouer, je devrais tout simplement donner ton prénom à mon premier enfant, lui répondit la jeune femme.

— *Encore un ?* s'exclama Tex.

Personne ne réprima un rire en entendant cela.

— Fais-moi confiance, personne n'a envie de s'appeler comme ça, railla Mozart.

— *Tu n'as pas besoin de me remercier ni de donner mon nom à l'un de tes enfants,* dit Tex lorsque tout le monde eut fini de rire. *Je ne fais pas ce que je fais parce que je veux que les gens me soient redevables ou parce que je veux leur gratitude. Je fais ça parce que je déteste voir le mal gagner. Et plus je peux contrecarrer ce qu'il y a de pire en ce monde, plus il y a de chances que la gentillesse l'emporte. Et, de mon point de vue, on a assurément besoin d'en avoir plus.*

— Je suis d'accord, approuva Wren d'une petite voix.

— *Hum hmm... alors, tant que tu es tout attendrie, c'est le bon moment pour te dire que j'ai fait des recherches sur ton père. Tyler Farris est authentique. Quarante-neuf ans, trois enfants, mariés une fois. Il habite à Mission Viejo et est co-PDG de Farris Morgan. Son entreprise est irréprochable et n'accepte pas de contrats douteux.*

Safe se raidit. Certes, il avait contacté Tex au sujet du père de Wren et lui avait demandé s'il pouvait enquêter sur cet homme, mais il ne s'était pas attendu à ce qu'il le fasse si rapidement. Il aurait dû savoir.

— Je lui ai demandé de voir ce qu'il pouvait trouver, expliqua-t-il à la jeune femme. Je voulais m'assurer qu'il était réglo. Que tu ne souffrirais pas davantage si tu décidais de lui parler ou de le rencontrer, lui ou tes demi-frères.

Wren le regarda, mais Safe ne put déchiffrer ses pensées. Il était nerveux et s'inquiétait de savoir si elle était furieuse ou ravie.

Puis, alors qu'il l'observait, il vit ses yeux s'embuer de larmes ; puis elle se tourna et s'appuya contre lui, la tête posée contre son épaule tandis qu'elle se tenait, immobile, les bras le long du corps.

Safe l'étreignit immédiatement.

— *Wren ?* l'appela Tex. *Est-ce que tu m'as entendu ?*

Elle hocha la tête.

— Elle t'a entendu, répondit Safe.

— *Bien. Pour autant que je sache, Tyler est un homme bon. Safe m'a expliqué ce que ta mère t'a raconté sur lui et on dirait que c'était un mensonge. Il n'a même pas eu d'amende pour excès de vitesse depuis au moins vingt ans. Et, fais-moi confiance, j'ai essayé de trouver des ragots sur lui. D'un autre côté, ta mère...*

Wren s'anima dans les bras de Safe. Elle se retourna vivement vers la table et interrompit Tex d'un cri.

— Non ! Je ne veux pas savoir. Je ne veux plus jamais entendre son nom. Elle est sortie de ma vie et je veux que ça reste ainsi.

— *D'accord*, répondit Tex d'une voix désormais douce.

La jeune femme inspira profondément puis s'affaissa de nouveau contre Safe. Ce dernier passa un bras autour de sa taille et la tint fermement.

— Bon... est-ce qu'il y a d'autres choses que tu penses que Wren doit savoir avant qu'elle parte en voyage la semaine prochaine ? demanda Kevlar à Tex.

— *Juste d'agir tout le temps intelligemment. De rester en alerte. Et ce n'est pas parce que Safe et les autres te conseillent d'être docile que ça signifie que tu ne devrais pas faire ce que tu peux pour assurer ta sécurité. Et, Wren ? Si l'occasion se présente, éloigne-toi de tes collègues au plus vite. Ne joue pas les martyrs et ne reste pas parce que vous ne pouvez pas tous vous échapper en même temps. Lorsque l'aide arrivera, ce sera pour vous tous, même si vous n'êtes pas ensemble. Compris ?*

Wren renifla une fois, reprit une grande inspiration et répondit :

— Oui.

— *Bien. Je dois y aller. Ma femme vient de me faire savoir que le dîner est prêt et je ne loupe pas une occasion d'être à table avec ma famille le soir si je peux éviter. Fais bon voyage. Je monterai la garde.*

Et, sans plus de cérémonie, Tex coupa la communication.

Dude ricana.

— Fais bon voyage. Ben voyons, marmonna-t-il.

— Wren ? l'interpela Kevlar.

Elle se tourna vers lui.

— Oui ?

— Tu n'as jamais rencontré ton père ?

Safe voulait mettre fin dans l'instant à cette conversation. Il ne voulait pas que Wren aborde un sujet qui était manifestement difficile pour elle, mais cette dernière prit la parole avant qu'il ne puisse couper court à la question de son chef d'équipe.

— Non. Ma mère m'a toujours dit que c'était un sale con. Un criminel. Un assassin. J'ai été conçue lors d'un coup d'un soir. Récemment, mon demi-frère m'a appelée, sans crier gare. Il m'a fait peur, en vérité, parce que je pensais qu'il s'agissait de Matt. Il m'a expliqué qu'ils ne savaient rien de moi et qu'ils aimeraient tous, lui, ses deux frères, mon père et ma... belle-mère, me rencontrer un jour.

— Et ils vivent à Mission Viejo ? l'interrogea Kevlar.

Elle acquiesça.

— Eh bien, un mot de toi et quand tu reviendras de ton déplacement, et nous de notre mission, on pourra aller là-bas avec toi, si tu veux. En soutien.

Wren le dévisagea avec des yeux ronds comme des soucoupes.

— Pourquoi ?

— Pourquoi quoi ? Pourquoi viendrait-on avec toi ? Parce que tu es l'une des nôtres maintenant, répliqua-t-il tout simplement.

— Je... je... ça me perturbe tellement, murmura-t-elle.

— Quoi ? demanda Smiley.

— Tout. Que vous me rencontriez pour discuter de sécurité. Que vous m'apportiez tous ces trucs. Tex et le traceur... dit-elle en ouvrant le poing pour regarder la petite bague dans sa paume. Julie et les vêtements, Remi qui m'aide à choisir ce que je veux garder, Matt qui est retrouvé, Caroline et Wolf qui m'invitent à dîner. Je ne sais pas quoi faire de tout ça.

— Je peux faire une suggestion ? l'interrogea Blink avec un petit sourire timide. Laisse-toi porter.

— D'accord. Se laisser porter, répéta-t-elle.

Puis elle leva la tête vers Safe et déclara :

— C'est terminé.

— Pas tant qu'on n'a pas appris qu'il était vraiment arrêté, la mit en garde Kevlar.

— Tu crois qu'il y a une chance pour qu'il s'échappe ? lui demanda-t-elle, le front barré d'un pli soucieux.

— Honnêtement ? Pas vraiment. Tex n'aurait pas eu l'air si sûr de lui, ne te l'aurait même pas dit s'il ne pensait pas que l'affaire était pliée.

Wren se détendit contre son protecteur.

Celui-ci était soulagé que Simpson ait été retrouvé, bien entendu... mais il fut aussi frappé par un sentiment de déception qu'elle n'ait plus de raison de rester chez lui.

— Bien sûr, je te suggérerais de ne pas retourner immédiatement dans ton appartement vu que tes affaires ont été détruites. Au moins, jusqu'à ce que tu te procures des meubles au moins, dit Kevlar avec un clin d'œil à l'adresse de Safe.

— Oui. Puisqu'on a été occupé par la planification de notre mission et que tu as été tout aussi occupée au travail à te préparer pour ce voyage, ça n'a pas de sens de rentrer chez toi pour l'instant étant donné tout ce que tu dois passer en revue avec Safe, renchérit Preacher.

— Exactement. Comment vas-tu apprendre à te servir de la tige ferro si tu vis de l'autre côté de la ville ? ajouta Flash.

Safe ne put s'empêcher de lever les yeux au ciel en entendant ses amis. Ils n'étaient pas très subtils. Il appréciait qu'ils jouent les soutiens pour lui, mais ils y allaient un peu fort.

— Vous pouvez discuter de ça plus tard. Je veux rentrer à la maison auprès de Remi, déclara Kevlar.

— Et moi j'ai juste envie de rentrer chez moi, ajouta Smiley en bâillant.

— Même heure demain matin ? demanda MacGyver à Kevlar.

Leur chef d'équipe se leva et acquiesça solennellement.

— Il semblerait qu'on parte d'ici quatre jours.

— Merde, je croyais qu'on avait une semaine de plus ? s'étonna Preacher.

— Pareil, répondit Kevlar, en haussant les épaules.

Telle était la vie des Navy SEALs. Ils étaient tous bien conscients qu'ils pouvaient être déployés à n'importe quel moment. Le fait qu'ils aient été prévenus assez longtemps à l'avance pour cette mission était quelque peu inhabituel. Mais puisqu'ils retournaient au Tchad, où ils étaient allés à peine deux semaines plus tôt, ils avaient eu besoin de temps supplémentaires pour s'assurer que leurs plans étaient en béton armé, pour être certains qu'ils n'allaient pas avoir à y revenir pour une troisième mission.

Il n'y aurait pas de détails inattendus à régler cette fois-là.

— Très bien. Faites attention sur la route. On se voit demain matin, annonça Kevlar en les congédiant tous.

Safe s'écarta de Wren alors que chacun de ses amis s'approchait d'elle et l'informait qu'ils étaient là si elle avait besoin de quoi que ce soit, si elle avait des questions ou simplement besoin de parler.

Mozart et Dude furent les derniers à lui souhaiter bonne nuit.

— Je confierais ma vie à Tex. Plus important encore, je lui confierais celle de ma femme, déclara Dude.

— Il a eu un rôle à jouer à un moment ou un autre dans le

sauvetage de toutes nos compagnes, ajouta Mozart. Si le pire se produit, fais-lui confiance pour te soutenir.

— Et s'ils me prennent la bague d'orteil ? les interrogea nerveusement Wren.

— Il nous a rassurés en expliquant qu'il a intégré dedans une sorte de technologie qui peut détecter la température de la personne qui la porte. Si on te l'enlève, ça se verra clairement et il saura que le pire scénario s'est produit. Il enverra de l'aide, répondit succinctement Dude.

Son comparse acquiesça.

Wren inspira un grand coup.

— D'accord.

— Il faut qu'on te présente à nos femmes, lui dit Dude. Elles ont toutes rencontré Remi et l'ont adorée. C'est ton tour.

Il pivota vers Safe.

— Vois si tu peux arranger ça pour son retour. Emmène-la au *Aces*.

— Je ne suis pas sûre que...

— Quand tu tombes de cheval, tu remontes, fit gentiment remarquer Dude en interrompant Wren. Je sais qu'il t'est arrivé quelque chose de moche là-bas, mais Jessyka se sent très mal à propos de ça et a opéré quelques changements. Si tu es d'accord pour lui donner une autre chance, je te promets que ton expérience sera différente.

Elle prit une grande inspiration et hocha la tête.

— OK.

— Bien. Safe va s'occuper de ça. On se tient au courant, dit Dude.

Il lui adressa un signe du menton et se dirigea vers la porte, aux côtés de Mozart.

Puis il ne resta plus que Safe et elle dans la pièce.

— Waouh, s'écria cette dernière. J'ai la tête qui tourne.

— Oui, ça faisait beaucoup. À quoi penses-tu, principalement ? lui demanda Safe en la faisant pivoter vers lui et en passant les bras autour de sa taille, sans serrer.

Il imaginait qu'elle allait mentionner le traceur. Ou l'un des autres gadgets qu'elle avait reçus. Ou peut-être même les informations qu'elle avait apprises sur son père. Mais elle le surprit.

— Je n'ai pas envie de revenir tout de suite dans mon appartement. Je sais que Kevlar a dit que Matt, ou Barry, peu importe son nom, a peut-être été arrêté maintenant, mais... j'aimerai rester. Au moins jusqu'à ce que tu partes.

— Tu peux rester aussi longtemps que tu le veux. Même après mon départ en mission, lui répondit-il sans hésiter.

Par le passé, l'idée que quelqu'un soit dans son espace alors qu'il n'était pas là l'aurait fait grimacer. Mais de savoir que cette femme était là, au milieu de ses possessions, à manger sa nourriture, assise à sa table, dormant sous son toit... il s'en dégageait une sensation de justesse.

— D'accord. Je peux récupérer ton courrier et des trucs comme ça, lui dit-elle.

— Je m'en contrefiche. Je peux le mettre en attente. Je ne reçois rien d'important de toute façon, ce n'est que de la pub. Je *veux* que tu sois là. Que tu sois en sécurité et à ton aise. Tu n'es plus seule, lui rappela-t-il. Tu m'as moi, mon équipe, celle des gars de Wolf ainsi que leurs épouses. Tu as une famille de SEALs, Wren.

— On vient juste de se rencontrer, chuchota-t-elle.

— Quand on sait, on sait, répliqua Safe. Tu penses que j'ai déjà fait ça ? Rencontrer une femme et, en quelques jours, la faire emménager chez moi et la présenter aux gens les plus importants de ma vie ? La réponse est *absolument* pas. Il y a quelque chose chez toi de tellement spécial. Je le sais et je ne suis pas assez bête pour y tourner le dos. Ni pour que *tu* me glisses entre les mains sans combattre. Ça pourrait ne pas marcher entre nous... mais si ça fonctionnait ? Reste chez moi, Wren. S'il te plaît.

— OK.

— OK, répéta-t-il. Tu es prête à rentrer à la maison ?

— Oui.

— Demain, quand je viendrai te chercher, on ira faire les magasins. Voir ce qu'on peut trouver qui aura non seulement l'air professionnel, mais qui sera aussi fonctionnel. On passera de nouveau en revue tous les trucs de survie que les gars t'ont apportés et on s'assurera que tu es capable de t'en servir. D'accord ?

— Ça me va.

— Ce soir, on décompresse. On ne pense à rien. On regarde des conneries à la télé. On se détend.

Elle sourit.

— Ça me paraît *parfait*. Pour être honnête, j'ai un peu mal à la tête. Bo ?

— Oui, chérie ?

— Je m'inquiète à propos de moi et de ce voyage, mais aussi pour toi. Et maintenant pour tous les autres. Vous allez bientôt partir et je sais que tu ne peux rien me dire sur votre mission, mais je me fais quand même du souci.

— J'aimerais pouvoir les chasser, mais, franchement ? C'est agréable d'avoir quelqu'un qui se préoccupe de mon bien-être. C'est une sensation nouvelle pour moi.

Safe aurait adoré pouvoir lui assurer qu'il irait bien. Que leur mission serait un succès et qu'il rentrerait avant même qu'elle ne décolle pour le Soudan du Sud. Mais il ne pouvait pas et ne lui ferait pas cela.

Blink était un bon rappel que toutes les missions se ne passaient pas comme prévu. Il pourrait être blessé, ou pire, tué. Il détestait ce fait, mais c'était lié à sa vie en tant que Navy SEAL. Certes, ses équipiers et lui étaient bien entraînés… mais ça n'avait pas aidé ceux de Blink.

Alors il rassurerait Wren comme il le pourrait et espérerait que tout irait pour le mieux. Il souhaitait avoir une chance d'apprendre à mieux connaître cette femme. Il voulait qu'elle soit sienne, de toutes les manières qui comptaient. Mais d'abord, ils devaient tous les deux survivre à leurs déplacements imminents. Quand ils reviendraient, il travaillerait à approfondir leur relation.

— Eh bien, je m'en soucie. Je m'inquiète. N'oublie pas ça quand tu seras là-bas à sauver le monde des méchants.

Safe se fendit d'un grand sourire.

— Crois-moi, je ne vais pas oublier.

— Bien.

Il se tourna et l'aida à tout remballer dans le carton qu'il souleva avant de prendre de sa main libre celle de la jeune femme et de se diriger vers la porte.

Il ne lui avait pas échappé que si les choses tournaient mal pour Wren et ses collègues, son équipe et lui seraient sur le même continent. Ils représenteraient l'aide disponible la plus proche. Safe le savait. Kevlar le savait. Dude et Mozart également. Tout comme Tex.

Personne n'avait rien dit à voix haute, mais c'était un coin de sa tête. Son chef et les autres réfléchissaient sans doute déjà aux ramifications. À remplir aussi rapidement que possible leur mission pour qu'ils puissent franchir la frontière entre le Tchad et le Soudan du Sud si nécessaire.

Alors que Wren, à ses côtés, lui souriait, Safe pria le ciel pour qu'elle aille bien. Elle allait partir en Afrique, faire son truc et revenir quelques jours plus tard. Et toutes leurs préparations et précautions ne serviront à rien.

Mais si faire partie des SEALs lui avaient appris une chose, c'était que rien ne suivait jamais le plan. Il espérait juste que si quelque chose arrivait à Wren, elle serait en mesure de garder son sang-froid et de se mettre en sécurité jusqu'à ce que les secours la rejoignent.

14

Wren était en train de paniquer. Il était vingt-deux heures et Bo allait se diriger quatre heures plus tard vers la base de la Navy afin de partir en mission. Elle n'était pas prête.

Elle avait vécu dans le déni ces derniers jours. Le déni du départ du SEAL. De son propre départ. Plus on se rapprochait de la date à laquelle elle et les autres de BT Energy allaient décoller pour le Soudan du Sud et plus elle avait peur. Et ce n'était pas peu dire, car la jeune femme n'était pas facilement effrayée.

Elle avait traversé un tas de choses terrifiantes. Mais ça ?

Cela n'avait pas été si terrible lorsque Bo et ses amis SEALs lui avaient donné tous ces objets de survie. Elle avait trouvé cela agréable qu'ils se soucient assez d'elle pour l'aider.

Mais lorsque Bo l'avait fait s'entraîner à l'utilisation de la tige ferro, qu'il avait pris quelques attaches autobloquantes pour voir si elle arrivait à se servir de la paracorde dans ses chaussures pour s'en libérer... elle avait de plus en plus intégré combien cela le préoccupait réellement qu'elle aille au Soudan du Sud.

Et si Bo paniquait, elle savait qu'elle le devrait elle aussi.

Alors l'angoisse montait. Chaque jour qui passait, plus le moment du départ se rapprochait et plus elle souhaitait que son patron annule.

Et il était désormais temps pour Bo de partir sur sa propre mission. Et elle s'inquiétait également pour lui. Elle ne connaissait pas les détails de son voyage, il ne pouvait rien lui dire, mais elle en avait suffisamment compris pour avoir conscience que, quoi que ses équipiers et lui fassent en Afrique, c'était dangereux. Plus que ça. Et l'idée que cet homme puisse ne pas revenir, de ne jamais le revoir, n'était pas quelque chose sur laquelle elle désirait s'attarder.

Ces dernières semaines avaient totalement transformé la vie de la jeune femme. Bo était... eh bien, il était incroyable. Prévenant, enjoué, affectueux, respectueux. Et elle en voulait plus.

Mais alors que leurs vies à tous les deux étaient sur le point de devenir très dangereuses, elle n'était pas sûre d'en avoir l'occasion. Ce qui était très nul.

— À quoi penses-tu si fort ? l'interrogea le SEAL.

Ils étaient assis sur son canapé, éprouvant tous les deux une certaine réticence à aller se coucher, car cela signifiait devoir se dire au revoir. Bo lui avait déjà dit qu'il n'allait pas la réveiller en partant alors, quand ils se souhaiteraient bonne nuit, ce serait la dernière fois qu'ils se verraient jusqu'à ce qu'ils rentrent tous les deux. *S'ils* revenaient.

Wren frissonna.

— Tu as froid ? Tiens, lui dit Bo en prenant une couverture sur le dossier du sofa avant de la lui tendre.

Sur un coup de tête, Wren se redressa puis se rapprocha de là où il était assis. Elle ramena les genoux contre elle et s'appuya contre lui, se blottissant contre son flanc.

— Je peux ? murmura-t-elle.

— Oh, oui.

Son ton fit penser à Wren qu'il en avait peut-être autant besoin qu'elle.

Il passa son bras autour de ses épaules et la tint contre lui tandis qu'il se détendait contre les coussins. Il étendit ses jambes devant lui et soupira pendant qu'ils s'installaient confortablement l'un contre l'autre.

Plusieurs minutes s'écoulèrent avant qu'il ne demande :

— Tu as eu des nouvelles de l'inspecteur aujourd'hui ?

La jeune femme hocha la tête.

— Matt... pardon, *Barry*, a été extradé vers le Wyoming pour les menaces terroristes. Puisque c'est un crime fédéral, c'est plus grave. Puis il devra aller à Washington pour répondre des inculpations là-bas.

— Est-ce qu'ils vont avoir besoin que tu témoignes ?

Elle haussa les épaules.

— Peut-être, s'il passe au tribunal pour les accusations d'agression et de harcèlement.

— J'étais sérieux à propos du fait que tu restes ici pendant la semaine avant ton départ, signala Bo. Tu n'as pas besoin de retourner à ton appartement.

— Je sais. Et j'apprécie. J'aime cet endroit. Il est douillet.

— Petit et un peu délabré, la corrigea-t-il en riant.

Mais Wren ne se joignit pas à lui. Relevant la tête, elle croisa son regard.

— C'est petit, certes, mais c'est propre. Il n'y a pas de mégots de cigarettes qui traînent sur les tables et les sols. Il y a de quoi manger dans le réfrigérateur et le cellier. Ça sent la lessive et le citron avec ce que tu utilises pour laver le sol. Les portes semblent solides et je n'ai pas à m'inquiéter de moisissure dans les murs ou de cafards qui se faufilent dans mes oreilles la nuit.

— Wren, l'appela-t-il d'une voix triste.

Mais elle secoua la tête.

— Non. N'aie pas pitié de moi. Mon enfance m'a permis de mieux apprécier ce que j'ai. Ce que j'ai mérité. Ça craint que Barry ait détruit toutes mes possessions, mais ce n'était que des affaires. Il ne m'a pas fait de mal, grâce à toi et Kevlar. Et tu as fait bien plus que ta part en m'aidant à me remettre sur pieds. Mais être ici, avec toi, m'a fait comprendre quelque chose d'important.

— Ah oui ? lui demanda-t-il en resserrant son étreinte.

Elle reposa sa tête contre son épaule.

— Que je vivais une existence très solitaire. Je me suis fait croire que j'essayais d'être plus sociable, simplement parce que je me suis inscrite sur un site de rencontres. Mais, en réalité, j'ai toujours repoussé les gens, car j'avais peur d'être blessée. D'être dans une relation comme celles que ma mère avait quand j'étais petite. J'étais si soucieuse de me protéger de ça que je me suis isolée à la place. J'ai changé de jobs si souvent parce que c'était plus facile que de m'ouvrir, que de lier de vraies amitiés.

« Et maintenant, j'ai fait tout ce que j'avais toujours refusé de faire par le passé. Je me suis fait des amis. Je ne sais pas comment c'est arrivé, mais j'ai enfin pris conscience de ce que j'avais manqué dans la vie. *Des liens*. J'imagine que je craignais qu'une fois qu'on me connaîtrait, réellement, on me juge et me trouve déficiente. Et que ça me ferait bien plus de mal que de ne pas avoir d'amis.

« Mais toi et les tiens m'avez acceptée. Sans réserve. Tu t'es plié en quatre pour m'aider à préparer mon déplacement, même si tu n'étais pas d'accord avec mon choix de partir au Soudan du Sud. Caroline, Julie, Remi et d'autres femmes que je n'ai même pas encore rencontrées m'ont aidée sans rien exiger en retour. C'est si rare.

Prenant une grande inspiration, elle leva les yeux vers Bo.

— Je vais rester ici jusqu'à mon départ. Pourquoi est-ce que je voudrais revenir chez moi alors que certains des meilleurs souvenirs de ma vie se sont créés ici ? Rire avec toi en regardant la télé, préparer à dîner ensemble, manger des céréales sucrées pour enfants le matin, installés à ta table. Me réveiller au milieu de la nuit pour aller aux toilettes et te voir passer la tête hors de ta chambre parce que tu m'as entendue et pour me demander de ta voix ensommeillée si je vais bien. Tu vas sans doute avoir du mal à me faire partir quand on sera tous les deux revenus.

Elle n'avait pas eu l'intention de laisser échapper cette dernière phrase, mais elle ne le regrettait pas. Elle n'était pas assez courageuse pour déclarer à cet homme combien il commençait à compter pour elle, mais cela ne signifiait pas qu'elle ne pouvait pas lui dire par des moyens détournés.

Il déplaça sa main pour la poser sur sa joue en la fixant passionnément du regard. Il ne dit pas un mot, se contentant de se pencher vers elle. Wren s'empressa de relever le menton afin de recevoir le baiser qu'elle voyait arriver. Lorsque les lèvres de Bo se posèrent sur les siennes, des picotements la parcoururent de la tête aux pieds.

Un petit gémissement s'échappa du fond de sa gorge, ce qui amena Bo à glisser sa main sur sa nuque tandis qu'il intensifiait le baiser. Son pouce caressa la peau sensible de cette zone pendant qu'il dévorait sa bouche.

Le militaire changea de posture sur le canapé jusqu'à ce qu'il soit allongé sur le dos puis l'attira sur lui. Sa main maintenait toujours l'arrière de la tête de la jeune femme et l'autre appuyait au creux de ses reins. Elle sentait son érection contre son ventre, mais il n'ondula pas du bassin ni ne fit quoi que ce soit qui la mettrait mal à l'aise dans ses bras.

Lorsque Wren fit glisser sa main sur son flanc et se décala afin de pouvoir atteindre la boucle de la ceinture de Bo, ce dernier lui attrapa délicatement le poignet et remonta la main de la jeune femme sur son torse.

— Tu n'as pas... enfin... on pourrait...

Elle avait envie de lever les yeux au ciel face à son incapacité à exprimer ses désirs.

— J'ai envie de toi, répondit franchement Bo. Mais lorsque je te ferai l'amour pour la première fois, je ne veux pas me presser. Je veux pouvoir prendre mon temps. Mémoriser les sensations de t'avoir sous moi, sur moi, ce que tu ressens quand je suis profondément en toi.

Les parties féminines de Wren se contractèrent à ces mots.

— Ce dont je ne *veux pas*, c'est de sexe désespéré et hâtif parce que je m'en vais. On va tous les deux revenir, Wren. On pourra explorer toute l'étendue de cette alchimie et de ce lien qu'on partage quand on rentrera à la maison. Je suis content que tu aimes la mienne, parce que si ça ne tenait qu'à moi, tu ne partirais jamais. Je suis sérieux à ton sujet.

La première partie de son commentaire, à propos de sexe désespéré, ne lui plaisait pas, mais... il avait raison. Elle *se sentait* un peu découragée.

— Tu ne sais pas ce qui va se passer. C'est toi qui m'as mise en garde contre toutes les horribles choses qui peuvent m'arriver pendant ce voyage.

— Tu *vas* revenir à la maison, insista Bo avec une telle conviction que Wren n'eut pas d'autre choix que de le croire. Et moi aussi. J'ai participé à des centaines de missions. Ça ne sera *pas* celle qui m'achèvera, surtout quand je peux rentrer auprès de toi.

— Bo, murmura Wren, submergée par l'émotion.

— La vie est dure, poursuivit-il. Quand on est au plus bas, elle a le chic pour nous enfoncer encore plus. Ce sont les gens qui peuvent lever le majeur et dire « pas question que tu prennes le dessus » qui l'emportent. Je compte sur toi pour faire précisément ça. J'espère et je prie pour que ton voyage soit ennuyeux au possible et se passe exactement comme prévu.

Mais si ce n'est pas le cas, souviens-toi de tout ce qu'on t'a dit, reste calme et comprends que tu n'es pas seule. Tu as un groupe de SEALs actifs et retraités qui feront tout ce qu'il faut pour te ramener.

— Je pense que ce n'est pas aussi simple, rétorqua-t-elle. Je veux dire par là que vous devez obtenir la permission d'entrer dans le pays, non ? De la part de notre gouvernement, de vos chefs et de ceux du Soudan du Sud.

— Si tu es en danger, personne ne pourra m'en tenir éloigné.

Les paroles de Bo lui firent monter les larmes aux yeux.

— Ne pleure pas, l'enjoignit-il d'une voix bourrue.

— Je ne peux pas m'en empêcher. Tu es si gentil.

— Tu préfères que je me comporte en connard ? demanda-t-il.

Elle éclata de rire.

— Non.

— C'est mieux, répondit-il doucement en essuyant sa joue avec le pouce.

— Est-ce qu'on peut dormir ici ? lança-t-elle.

Au lieu de lui signaler combien le canapé était inconfortable comparé à un lit ou de soutenir qu'il avait besoin de sommeil avant son départ en mission, Bo se contenta de hocher la tête. Il fit bouger la jeune femme jusqu'à ce qu'elle soit lovée contre son flanc, le dos contre les coussins, une jambe drapée sur ses cuisses et son bras reposant en travers de son torse. Puis il saisit la couverture et la déplia sur eux.

— Tu dormirais certainement mieux dans ton lit, se sentit-elle obligée de marmonner.

— Je n'y arriverais pas, répliqua-t-il. Je penserais à toi.

— Tu vas me manquer, admit-elle.

— Pas autant que toi, riposta-t-il.

Plusieurs minutes s'écoulèrent sans que l'un d'eux prononce un mot, puis Wren déclara d'une petite voix :

— Je croyais qu'être droguée était la pire chose qui pouvait m'arriver. Ça a fait remonter tant de souvenirs de mon enfance, d'avoir été terrifiée par ma mère et ses petits copains. Mais... ça s'est avéré une des meilleures en fait.

— Non, lui répondit sévèrement Bo. Le fait que tu aies été droguée contre ta volonté n'est *pas* l'une des meilleures choses qui te soient arrivées.

— Mais, ça m'a mené à toi, protesta Wren en levant la tête pour mieux le voir.

— Je t'aurais trouvée dans tous les cas, affirma-t-il.

— Comment ?

— Je ne sais pas. Mais il n'y a pas moyen, avec le lien que nous partageons, que nous n'ayons pas fini par nous retrouver.

Oh bon sang, c'était l'une des choses les plus gentilles qu'on lui avait jamais dites.

— Je t'avais déjà remarquée, poursuivit-il. Au *Aces*, ce soir-là. Je t'ai vue avec cet enfoiré et je me suis demandé ce que tu faisais avec lui. J'aurais trouvé une stratégie pour te parler. Je ne sais pas comment, mais je me suis senti attiré par toi avant même qu'on ait échangé un mot. Alors, que tu aies été droguée *n'était pas* une bonne chose. Ce n'était pas le catalyseur de notre rencontre.

Wren appréciait cela. Énormément.

— D'accord, Bo.

— Ferme les yeux, Wren.

Elle n'en avait pas envie. Elle désirait savourer la sensation d'être dans ses bras. Aucun d'entre eux ne savait ce que le futur leur réservait et, en toute franchise, elle voulait le supplier de ne pas partir. De l'aider à trouver un moyen de ne pas aller au Soudan du Sud. Mais elle n'était pas ce genre de femme.

Posant la tête contre son torse, Wren ferma les yeux comme Bo le lui avait demandé. Elle avait eu l'intention de rester éveillée jusqu'à ce qu'il soit temps pour lui de partir, mais avec la chaleur du corps du militaire contre le sien, le son des battements de son cœur sous son oreille, la sensation de sa poitrine qui se soulevait et retombait, tout conspirait à la faire succomber au sommeil en quelques minutes.

* * *

Safe ne dormit pas. Même pas d'un œil. Il pourrait se reposer dans l'avion en route pour le Tchad. Pour le moment, il était trop occupé à mémoriser chaque seconde où il tenait Wren dans ses bras.

L'une des choses les plus difficiles qu'il ait jamais faites avait été d'éloigner sa main de son sexe. Il voulait sentir ses mains sur lui. Sa bouche. Il voulait la déshabiller et se perdre en elle.

Mais il n'avait pas menti ; ils n'avaient pas assez de temps pour faire tout ce qu'il désirait la première fois qu'ils seraient intimes. Il avait besoin d'au moins une nuit entière.

Alors, au lieu de cela, il serra Wren dans ses bras pendant qu'elle dormait. Plus il en apprenait sur son enfance et sa vie, plus il était impressionné par cette femme. Nombre de gens n'auraient pas été capables de survivre à ce qu'elle avait traversé. Ils se seraient tournés vers les drogues ou l'alcool pour faire face. Ils se seraient liés aux mauvaises personnes. Ou autre.

Mais Wren avait un cœur d'acier.

Il ne doutait pas que certaines choses pouvaient réveiller chez elle un traumatisme. Qu'elle devait avoir des moments où elle avait envie d'abandonner. Mais elle ne l'avait pas fait. Elle persistait à mettre un pied devant l'autre et à trouver des moyens de réussir.

Il *haïssait* le fait qu'elle allait se rendre au Soudan du Sud. Il avait un très mauvais pressentiment à propos de ce déplacement, mais il n'avait pas menti. Si quelque chose *se* produisait pendant son séjour, il ne laisserait personne l'empêcher d'aller la chercher. Safe en avait déjà parlé à Kevlar, qui avait discuté de toute cette situation avec leur commandant. Ils allaient être au Tchad, un pays voisin du Soudan du Sud. D'après leurs plans très détaillés, leur propre mission devrait durer maximum une semaine. Ce qui signifiait que lorsque Wren arriverait en Afrique, ils pourraient se rendre au Soudan du Sud en quelques heures, si nécessaire.

Safe priait pour qu'ils n'en aient pas besoin. Mais si quiconque osait blesser la jeune femme, il serait prêt. Et ces gens mourraient. Point barre.

Il n'avait aucun problème à tuer des méchants. Il l'avait fait à de nombreuses reprises, sans remords. Des hommes et des femmes qui avaient choisi de faire du mal à d'autres. Qui avaient prévu d'assassiner des centaines d'innocents. Mais à l'idée qu'une personne en particulier soit touchée, une personne chère à son cœur déchaînait ses émotions en règle générale maîtrisées.

Il tourna la tête et inhala profondément le parfum du shampoing de Wren ainsi que son odeur unique.

Il avait besoin d'elle.

Safe pinça les lèvres ; il était plus déterminé que jamais à survivre à son déploiement et à rentrer à la maison pour approfondir son lien avec la jeune femme. Rien ni personne ne pourrait l'empêcher de s'assurer qu'elle savait ce que cela faisait d'être chérie. De passer en premier dans une relation. D'être aimée.

Et voilà.

Est-ce qu'il l'aimait ?

Sans doute… ?

Il n'avait jamais ressenti cela pour une femme. N'avait jamais eu envie de passer chaque moment de la journée, et de la nuit, avec quelqu'un. N'avait jamais tant eu en commun avec une autre personne qu'avec Wren. Safe avait hâte de voir ce que l'avenir leur réservait. Il savait qu'ils pourraient tout traverser, tant qu'ils travaillaient en tandem.

Trop rapidement, il fut deux heures du matin. Avant même que sa montre ne vibre à son poignet, le SEAL sut qu'il était temps d'y aller. Il s'extirpa de sous Wren, qui bougea à peine. Elle était épuisée, non seulement par les longues heures de travail, mais aussi à cause du stress des dernières semaines. À propos de la situation au travail, de Barry, des décisions à prendre concernant de son père perdu de vue et de son inquiétude vis-à-vis de la mission de Safe.

Le militaire se doucha en vitesse, se brossa les dents et s'habilla. Puis il revint vers le canapé et se pencha au-dessus de Wren qui dormait toujours. Il lui avait dit qu'il la réveillerait en partant, mais il se sentait égoïste. Il avait besoin de lui parler une dernière fois.

Il déposa un baiser sur son front et la secoua doucement.

— Wren ?

— Hmm ?

— Je pars.

Cela la réveilla. Les paupières de la jeune femme s'ouvrirent et elle le dévisagea de ses yeux bruns.

— Sois prudent. Je veillerai à ce que tu tiennes ta promesse à propos de cette nuit tout entière d'ébats quand on rentrera.

Le militaire se fendit d'un grand sourire.

— Vendu. *Toi*, sois prudente, riposta-t-il.

— Ça marche.

Ils se fixèrent du regard un instant avant que Safe ne se penche et embrasse délicatement ses lèvres. Il avait envie de plus, de tellement plus, mais tout ça était déjà en train de le tuer.

Il se redressa, puis se retourna et se dirigea vers la porte sans un regard en arrière. S'il le faisait, il risquait de ne pas partir.

Tout en prenant une grande inspiration, il ouvrit la porte

d'entrée et sortit avant de fermer à clé derrière lui. Il se tint un moment sur le seuil, les yeux fermés, en priant que Wren resterait en sûreté. Que sa mission se déroulerait comme prévu, sans surprise. Puis il s'avança d'un bon pas vers sa Jeep en tentant de passer son esprit en mode SEAL. Il avait un travail à accomplir.

Après ça, il obtiendrait sa récompense. Wren.

15

Wren n'avait jamais été aussi stressée de toute sa vie. Peut-être que si elle avait toujours été dans l'ignorance de la dangerosité réelle de ce voyage, elle en aurait plus profité. Mais tout ce à quoi elle pensait, c'était aux histoires qu'elle avait lues en ligne et qu'elle avait entendues de la bouche de Bo et de ses amis.

La semaine qui avait suivi le départ de ce dernier fut... rude. Même si elle était soulagée que la menace de la part de Matt/Barry ait été éliminée, elle ressentait encore le besoin de jeter tout le temps un œil par-dessus son épaule. Wolf avait été d'une grande aide pour lui procurer une nouvelle clé pour sa voiture et les serrures de son appartement avaient été remplacées depuis longtemps. Remi y était allée avec elle un soir et l'avait aidée à ranger tout ce que ses nouveaux amis avaient acheté pour elle ainsi qu'à commencer à regarder sur Internet les choses les plus imposantes qu'il lui fallait, comme des meubles.

Mais Wren s'était sentie seule dès l'instant où Bo avait passé la porte.

Ce qui était fou. Elle avait été entourée de gens au travail, toute la journée. Elle avait communiqué par SMS avec Remi et

Caroline chaque jour. Elle avait également eu des nouvelles de Mozart, qui avait entrepris de prendre des siennes dès que Bo était parti. Cela faisait partie du plan selon lequel elle devait donner des « preuves de vie » que Dude et lui avaient imaginé. Elle était censée envoyer un message ou un e-mail à l'un d'entre eux au moins deux fois par jour. Wren supposait que certaines femmes n'apprécieraient pas de devoir faire le point si souvent, mais elle n'était pas n'importe laquelle.

Elle avait passé la majeure partie de sa vie seule, alors de savoir que tant de gens se souciaient de ce qui lui arrivait était réconfortant.

Mais même avec tous ces échanges avec les amis de Bo, maintenant *les siens*, Wren ne pouvait s'empêcher de se demander où était le SEAL, ce qu'il faisait, s'il allait bien. Elle imaginait que ce devait être le cas, sinon Wolf ou quelqu'un d'autre lui aurait dit. Mais ça n'apaisait pas pour autant ses inquiétudes.

C'était étrange d'être chez lui, sans lui. Il lui manquait. Énormément. Rentrer dans une maison vide lui paraissait bien plus difficile, maintenant qu'elle avait rencontré Bo. Cela lui manquait de cuisiner le dîner avec lui. De rire ensemble. De lui poser des questions sur sa journée. De regarder la télévision. De discuter.

Le soir avant son départ pour le Soudan du Sud, Wren s'installa pour écrire une lettre à Bo qu'elle laisserait chez lui. Si quelque chose lui arrivait, elle voulait qu'il sache combien il comptait pour elle. Combien il avait changé sa vie. C'était très fleur bleue et elle s'était sans doute trop épanchée, mais elle se consola avec le fait qu'il ne la verrait jamais si son voyage se passait sans encombre.

Et, jusque-là, il n'y en avait pas eu. Les vols avaient été calmes (Wren s'était assurée de ne pas accepter de glace dans ses boissons, après avoir entendu ce qui était arrivé à Caroline, Wolf et ses amis sur un vol longtemps auparavant) et ses collègues et elle étaient maintenant tous à l'hôtel au cœur de Djouba.

Colby se comportait comme s'il était le roi du monde ; il voulait que l'attention se concentre sur lui, ce qui convenait à la jeune femme. Elle se rappela le conseil de Bo à propos de ne pas se faire remarquer. De ne pas être repérable. Les deux hommes que Colby avait emmenés avec lui en tant qu'agents de sécurité, Bob et Tom faisaient tache. Leurs noms la faisaient rire intérieurement, car c'était celui d'une matinale très populaire à la radio qu'elle écoutait de temps en temps. Ils ne portaient que du noir, se parlaient à l'aide de petites radios fixées aux harnais qu'ils avaient autour de leur torse et insistaient pour vérifier chaque pièce avant d'entrer.

De l'avis de Wren, ils agissaient plus comme des gardes du corps de cinéma qu'en tant que vrais professionnels. Non pas qu'elle ait beaucoup d'expérience à ce sujet, mais elle aurait souhaité qu'ils ne se conduisent pas ainsi.

Les cinq autres collègues qui avaient fait le déplacement jusqu'au Soudan du Sud (Aaron, Luke, Dallas, Archie et Oliver) avaient été très silencieux jusqu'à présent. Archie et Dallas traînaient avec Colby, allaient où ce dernier allait, faisaient tout ce qu'il leur disait de faire. Les trois autres avaient posé leurs ordinateurs portables dans la salle que BT Energy avait louée dans l'hôtel pour leurs briefings et leurs réunions, afin de communiquer avec l'équipe restée en Californie et de continuer à effectuer des recherches et du travail administratif pour le gazoduc. L'installation était prévue pour commencer trois mois plus tard, si tout se passait selon le programme.

Mais, bien entendu, ce n'était pas le cas. Le conflit au sud de la capitale redoublait, rendant le recrutement des ouvriers compliqué, et l'emplacement exact du gazoduc était encore l'objet de négociations intenses. Il y avait des désaccords parce que le gouvernement le voulait à un endroit en particulier et que les habitants du coin protestaient, car c'était sur « leur » territoire.

Colby n'avait pas été ravi en voyant Wren arriver à l'aéroport en Californie. Au lieu des jupes et tailleurs féminins dans lesquels il s'était habitué à la voir au bureau, elle avait enfilé un treillis que Bo l'avait aidé à dénicher, une chemise à manches longues faite d'un tissu léger et respirant ainsi que ses nouvelles rangers. Elle les avait portées partout, sauf au travail, pendant la dernière semaine afin de les faire.

Mais cela avait été trop tard pour se changer et, maintenant que la jeune femme était en Afrique, elle éprouvait d'autant plus de gratitude envers l'équipe de Bo pour ses suggestions. Si elle avait été vêtue d'une jupe, elle savait qu'elle aurait attiré beaucoup plus de regards.

— Est-ce que vous êtes prête pour la conférence de presse de cet après-midi ? lui demanda Colby.

Ils étaient assis autour d'une table dans la salle louée et discutaient du programme du reste de la journée.

— Oui, lui répondit-elle.

— Vous ne pouvez pas dévier de l'ordre du jour, l'avertit Colby.

Wren s'efforça de réprimer son agacement.

— Je sais.

— Je suis sérieux. Si vous ne suivez pas à la lettre le script, vous pourrez être arrêtée. Et on ne pourra rien y faire.

— Je *sais*, répéta la jeune femme, avec une impatience manifeste dans la voix.

— Je prends juste les devants, dit-il en se rencognant dans son fauteuil. Et je ne suis pas certain que votre tenue soit appropriée. Nous voulons incarner une présence douce et sûre pour les gens de ce pays. Les convaincre que ce gazoduc est une bonne chose, pas une prise de pouvoir militaire. Et vous voir avec ces bottes et ce pantalon, sans parler de cette chemise masculine et de vos cheveux courts, ne va pas projeter une image chaleureuse. Je vous ai engagée pour amener un visage féminin au sein de BT Energy et je ne crois pas que ce soit ce que vous faites à cet instant précis.

Wren se raidit, mais fit de son mieux pour ne pas montrer son énervement. Elle avait besoin de ce travail. Mais elle devait également rester hors de danger. Si Colby avait laissé Bo parler avec le groupe, il comprendrait pourquoi elle était habillée de cette manière. Et peut-être que lui et les autres ne porteraient pas les costumes et cravates hors de prix qu'ils avaient en ce moment même. Ils sortaient assurément du lot, de façon éblouissante. Même dans cet hôtel de luxe, ils ne se fondaient pas dans la masse.

— Je suis désolée, mais d'après les experts que j'ai consultés, le Soudan du Sud n'est pas un endroit sûr pour un ressortissant étranger, en particulier une femme. Ce que je porte, c'est pour ma sécurité. Et je doute que quiconque pense à mes vêtements lorsque je parlerai. Ils seront bien plus intéressés par ce que je dirais. Par la façon dont BT Energy peut les aider, répliqua-t-elle aussi calmement que possible.

— Vous êtes naïve, lui répondit Colby. Vous avez été engagée *parce que* vous étiez une femme. Parce qu'on veut que les gens se passionnent plus pour ce qu'ils regardent que pour ce qu'ils entendent. Je vais devoir insister et valider votre garde-robe pour les prochains voyages.

Oh que non ! Les mots étaient sur le bout de la langue de Wren, qui garda le silence.

Elle ignorait que son patron était aussi misogyne lorsqu'elle avait accepté le poste. S'il croyait qu'elle allait le laisser fouiller dans ses vêtements, il se trompait lourdement.

Des souvenirs de sa mère, lui répétant sans cesse qu'il fallait qu'elle ait les cheveux longs parce que c'était ainsi que les filles attiraient les garçons, la submergèrent presque. Elle aurait mis des coups de ciseaux dans sa longue chevelure noire d'enfant si elle n'avait pas eu si peur de ce que sa mère aurait pu lui faire.

La première chose qu'elle avait faite en vivant dans la rue avait été de les couper. Et elle ne l'avait jamais regretté. Elle aimait les avoir courts. Ils étaient faciles à entretenir, à coiffer et elle ne sentait pas moins féminine pour autant. En plus, les petites barrettes qu'elle y avait glissées étaient peut-être des outils de survie pratiques, mais, en toute honnêteté, elle se sentait jolie avec.

Et à présent, Colby menaçait de lui ôter ce tout petit sentiment de confiance en son apparence. Quelle tête de con !

Elle eut envie de sourire en pensant à cette injure, mais s'assura de ne montrer aucune émotion sur son visage.

— Je suis assez d'accord avec Wren, intervint Luke. Je ne suis pas sûr que sa manière de s'habiller ait de l'importance. J'aimerais être en treillis et porter une chemise plus confortable, comme la sienne. Ces costumes nous font sortir du lot et ça ne me met pas très à l'aise.

— Je me fous de ce qui met à l'aise ou non, répliqua Colby avec une grimace. Quand on représente BT Energy, on doit toujours avoir l'air professionnel.

— Bien, répondit Luke d'un ton soumis.

Puis leur patron se lança dans un cours magistral sur les détails du gazoduc qu'ils connaissaient déjà, ainsi que sur l'importance de ce voyage et de l'argent qu'ils gagneraient en résultat.

Wren se tourna vers Luke et lui adressa un *merci* silencieux. Il lui fit un signe de tête puis reporta son attention sur leur chef.

Contente de partager une chambre avec le plus jeune membre de leur équipe et non Archie ou Dallas, Wren soupira. Colby lui avait adressé un regard lubrique lorsqu'elle avait exigé cet arrangement, mais, à son grand soulagement, Bob et Tom avaient été tous les deux d'accord pour dire que ce serait plus sûr qu'elle ne soit pas seule à l'hôtel.

Les minutes s'égrenaient tandis que Colby passait en revue chaque aspect du projet. Même s'ils en connaissaient tous très bien les tenants et les aboutissants, il ressentait tout de même le besoin de s'entendre parler.

Wren supposait qu'il était nerveux au sujet de la session de questions-réponses qu'ils organisaient. Certains membres majeurs du gouvernement allaient venir discuter avec eux. Enfin, principalement avec Colby, qui ferait le point sur les coûts ainsi que sur l'état de l'avancement des travaux.

Dallas et Aaron assistaient leur patron pendant cette session et, avant qu'elle ne commence, les autres furent congédiés. Wren fut soulagée d'avoir un peu de temps libre, loin de Colby, qu'elle voyait comme si c'était la première fois. Lorsqu'elle avait été engagée, elle avait été excitée par cette occasion et avait respecté Colby en tant que PDG. Mais à présent ? Elle voulait juste que tout ça se finisse rapidement et rentrer à la maison. Échapper à son attitude dominatrice ainsi qu'à ses regards désobligeants.

Les questions-réponses durèrent environ une heure et demie et Wren retourna dans la salle pour découvrir que les employés de l'hôtel la préparaient pour la conférence de presse qu'elle allait animer.

La grande table avait été dégagée et remplacée par des rangées de chaises. Un podium avait été placé à l'avant de la salle pour Wren et des micros avaient été installés. Elle n'avait aucun problème à prendre la parole en public, mais, pour une raison qui lui échappait, cette conférence lui paraissait différente. Sans doute à cause de tous les avertissements de Bo et de son équipe qui s'entrechoquaient dans sa tête. Ça, et les reproches de Colby à propos de ses vêtements et de son apparence.

Lorsqu'il fut enfin temps pour elle de parler, la jeune femme fut surprise de voir que si peu de gens avaient fait le déplacement. Il y avait cinq personnes réparties sur la trentaine de chaises de la salle. Il ne s'agissait que d'hommes qui semblaient s'ennuyer à mourir.

Wren se racla la gorge et commença sa présentation.

Celle-ci se déroula sans accroc. Elle détailla tous les avantages du gazoduc et ce que cela impliquerait pour le pays. Elle expliqua son fonctionnement ainsi que le point d'origine du gaz et où il s'écoulerait. Elle pensait avoir fait du bon travail, mais, une fois qu'elle eut terminé, les auditeurs arboraient toujours cette même expression de lassitude.

Il lui vint enfin à l'esprit que le gouvernement avait sans doute trié sur le volet ceux qui seraient autorisés à entendre les informations qu'elle partageait. Même s'il y avait une caméra appartenant à l'une des chaînes de télé d'État, Wren se demanda si la vidéo verrait le jour.

Elle s'enquit de questions auprès de l'assistance et ne fut pas surprise que personne n'en ait. Sa première conférence internationale était quelque peu décevante. Les cinq spectateurs se retirèrent et le silence se fit dans la salle.

Colby s'écarta du mur au fond contre lequel il s'était appuyé et sortit sans un mot, Bob et Tom sur les talons. Archie et Dallas les suivirent rapidement.

— C'était bien, Wren, déclara Oliver une fois qu'ils furent partis.

— Merci.

— Quelqu'un d'autre a trouvé que c'était... eh bien... bizarre ? voulut savoir Luke.

— Extrêmement, approuva Aaron.

Wren fut soulagée de constater qu'elle n'était pas la seule à qui la prétendue conférence de presse avait fait une drôle d'impression.

— Comment s'est passée la réunion avec les huiles ? demanda-t-elle à Aaron.

— Bien, j'imagine. Colby a parlé presque tout du long. On s'est contenté de rester assis et de hocher la tête.

— Est-ce que vous avez eu le sentiment qu'ils étaient contents du projet ? les questionna Luke.

— Oui ? Enfin, tout ça m'a semblé très automatique. Comme si ceux présents n'avaient pas leur mot à dire ou quelque chose du genre, expliqua Aaron.

— C'est comme si notre présence n'était qu'une partie d'un grand numéro, renchérit Oliver. Comme si ce qu'on disait et faisait n'avait pas d'importance, que le gouvernement va faire ce qu'il veut de toute façon.

— Espérons seulement que ce qu'ils veulent, c'est que ce gazoduc soit installé, marmonna Aaron. Autrement, on aura bossé comme des dingues pour rien.

— Selon vous, à quoi ça va ressembler demain soir, le dîner dans l'enceinte présidentielle ? les questionna Luke.

— Aucune idée, répondit Oliver. Soit ça va être comme aujourd'hui, avec nous et quelques personnes triées sur le volet qui n'oserons pas dire quoi que ce soit qui pourrait être controversé, ou ça sera une scène d'émeute.

Wren ne pouvait qu'être d'accord avec lui. Elle ignorait à quoi s'attendre, même avec toutes les recherches qu'elle avait faites et ce que Bo lui avait appris à propos de ce pays.

— Il faut qu'on reste vigilants, lança-t-elle.

Les hommes présents avec elle dans la salle n'avaient pas pris la peine de discuter avec les SEALs, mais ça ne signifiait pas qu'elle ne souhaitait pas qu'ils soient en sécurité.

— Quand on sort de l'hôtel, on est vulnérables. Quelques Américains travaillant pour une entreprise énergétique feraient une très jolie cible pour un groupe qui voudrait se faire rapidement de l'argent.

— On ne va pas se faire enlever, répliqua Oliver en levant les yeux au ciel.

— Je ne dis pas qu'on le sera, rétorqua sèchement Wren. Mais on n'est plus non plus à Riverton. Il faut qu'on soit prudents.

— Oui, lui répondit Aaron.

— On va aller boire une bière ce soir, l'informa Oliver. Tu veux te joindre à nous ?

Wren écarquilla les yeux.

— Quoi ? En dehors de l'hôtel ? Non !

Les trois hommes se mirent à rire.

— Tu as l'air si scandalisée, fit remarquer Aaron. Ça va aller. Bob et Tom viennent aussi.

— Ce n'est pas une bonne idée, leur répéta-t-elle. Pourquoi ne pas rester ici et aller au petit bar du rez-de-chaussée ?

— Parce que. On veut expérimenter un peu la culture de ce pays. Est-ce que tu vas jouer les Américaines terrifiées qui se terrent ici ? se moqua Oliver.

La jeune femme refusa de mordre à l'hameçon.

— Oui.

— Tant pis pour toi, répondit-il en haussant les épaules avant de se tourner vers Aaron et Luke. On se retrouve dans le hall dans une heure ?

— Ça me va.

— D'accord.

Wren ne put que secouer la tête devant la stupidité de ses collègues. Ils n'avaient pas entendu tout ce que Bo et son équipe avaient eu à dire, mais tout de même. Ils avaient reçu les mêmes informations qu'elle du département d'État à propos des dangers de ce pays. Elle ne comprenait pas qu'ils aient l'impression d'être dans une sorte de bulle de sûreté.

Elle alla jusqu'à sa chambre avec Luke et, dès l'instant où ils y entrèrent, elle se tourna vers lui.

— Je t'en prie, Luke, ne sors pas. C'est dangereux.

— Ça va aller. C'est Colby qui a fait cette suggestion. Il a dit que c'était une manière de témoigner de la bienveillance envers ceux qui vivent ici. Tu sais, dépenser un peu d'argent, parler avec les habitants du coin. Leur montrer qu'on est plus que des gens d'affaires intouchables. C'est notre seule soirée de libre.

— C'est *stupide*, insista Wren. Tu as lu les mêmes avertissements que moi. À propos de ne pas sortir se balader, en particulier une fois la nuit tombée.

Mais Luke haussa les épaules.

— On sera huit. Personne ne va s'en prendre à huit hommes. C'est sans doute mieux que tu ne viennes pas, cela dit. En tant que femme.

Pour la première fois, Wren n'éprouva pas le besoin de frapper quelqu'un après un commentaire sur la faiblesse du sexe féminin par rapport au sexe masculin.

— Sérieusement, ça va aller pour nous. On a Bob et Tom avec nous. On va prendre une ou deux bières, puis rentrer. Demain, on a cette réunion avec les chefs de divers groupes ethniques puis on ira chez le président pour fraterniser.

L'idée de devoir animer les discussions du lendemain rendait Wren très nerveuse. Un mot de travers et les hommes pouvaient se sauter à la gorge. La tension entre les différents groupes du pays était extrêmement grande. Elle serait en partie responsable de faire régner le calme. Cela mettait beaucoup de pression.

— Je ne pense pas que ce soit une bonne idée, fit-elle savoir à Luke, car elle ne souhaitait pas abandonner le sujet.

— C'est noté. Je retire cette tenue de pingouin et j'enfile un jean. N'hésite pas à regarder, dit-il en haussant un sourcil.

Wren leva les yeux au ciel et se dirigea vers la salle de bain. Elle était consciente que Luke la taquinait, mais elle ne voulait pas lui donner la moindre impression qu'ils pourraient avoir une brève liaison.

Luke l'appela lorsqu'il eut fini de se changer et Wren revint dans la chambre. Ils ne parlèrent pas beaucoup après ça. Il lisait ses mails sur son ordinateur portable tandis que Wren faisait défiler les chaînes sur la télé, à la recherche de quelque chose à regarder.

— Je dois retrouver les gars. Je reviens dans deux heures. Si non, c'est qu'on a été enlevés alors préviens les autorités, lui dit-il avec un grand sourire.

— Ce n'est pas drôle, le réprimanda la jeune femme.

— Allez, ça l'était *un peu*, répliqua-t-il. Détends-toi, Wren. Si tu veux t'intégrer à BT Energy, il faut que tu te relaxes.

Puis il lui adressa un signe de la main et se dirigea vers la porte.

Après qu'elle se fut refermée derrière lui, Wren se leva et ferma le verrou. Elle était nerveuse d'être laissée seule à l'hôtel, mais pas assez pour se risquer à sortir avec le reste du groupe.

Elle s'assit sur le lit, prit son téléphone et afficha ses e-mails. Elle tapa un bref message à l'attention de Mozart, pour faire le point comme il l'avait demandé.

Son portable annonça une réponse cinq minutes plus tard.

Tu as pris la bonne décision en ne sortant pas. Safe et son équipe ne plaisantaient pas à propos des dangers. Encore un jour, et tu seras sur le chemin du retour. J'attends ton e-mail dans la matinée.

La jeune femme était épuisée. Le voyage, plus le stress des réunions la rattrapait. Mais elle savait qu'elle n'arriverait pas à s'endormir tant que Luke et les autres ne seraient pas rentrés sains et saufs. Elle n'appréciait pas énormément ses collègues, mais cela ne signifiait pas qu'elle voulait qu'il leur arrive quoi que ce soit.

Quatre heures plus tard, elle entendit un coup étouffé à la porte. Elle sauta du lit et regarda à travers le judas. Le soulagement lui donna presque le vertige en découvrant Luke. Elle ouvrit le verrou, puis la porte.

— Désolé de te réveiller, s'excusa-t-il un peu penaud en entrant dans la chambre.

Il sentait la bière bon marché et la transpiration. Mais Wren était tout de même ravie de le voir en un seul morceau.

— Comment était-ce ? demanda-t-elle.

— Bien, répondit-il en haussant les épaules. On a dépensé un tas de fric, bu un tas de bières chaudes et dégoûtantes et maintenant, on est rentrés. Tu aurais dû venir. Tout s'est bien passé.

Wren retourna à son lit et se faufila sous les couvertures tandis que Luke allait dans la salle de bain. Il ressortit et ôta sa chemise et son jean, les laissant en vrac sur le sol. Puis il s'allongea sur son propre matelas et la jeune femme aurait pu jurer qu'il s'était mis à ronfler en quelques secondes.

Elle s'imagina qu'il avait sans doute perdu conscience, mais elle était trop soulagée qu'il soit revenu à l'hôtel pour s'en soucier.

* * *

— Elle va bien, dit Preacher à Safe.

Celui-ci inspira profondément et hocha la tête. Ils étaient toujours au Tchad et avaient accompli ce qu'ils étaient venus faire. Ils avaient été envoyés pour éliminer une cible de grande valeur qui avait remplacé son frère. La dernière fois, ils avaient abattu son frère jumeau, dont personne n'avait eu connaissance de l'existence. Le *vrai* terroriste avait chargé son jumeau d'apparaître en public à sa place, pour des raisons de sécurité. L'homme n'était pas un imbécile.

Et lorsque le jumeau avait été descendu par Safe et son équipe, le chef n'avait pas eu d'autre choix que de sortir de sa cachette pour assurer à ses partisans que les États-Unis n'avaient pas réussi à l'assassiner, après tout. Ce qui avait été sa seule et unique erreur.

Les informations étaient rapidement remontées jusqu'en Amérique et l'équipe de SEALs avait été envoyée au Tchad pour terminer la mission originelle. La cible n'était plus.

Ils auraient dû repartir pour la Californie la veille... mais leur commandant avait fait jouer ses relations. Depuis qu'il avait été mis au courant du voyage de BT Energy au Soudan du Sud, il avait été tout aussi soucieux que Safe et le reste de l'équipe. Alors ils allaient se terrer pour quarante-huit heures supplémentaires. Juste au cas où.

C'était ce « juste au cas où » qui faisait que Safe perdait presque la tête d'inquiétude.

— Je sais, répondit-il avec un temps de retard.

— On en aurait eu vent si quelque chose s'était déjà produit, acquiesça Flash.

— Encore un jour, intervint MacGyver.

Safe opina du chef. Il voulait parler à Wren. Entendre par lui-même comment les choses se passaient. S'assurer qu'elle allait bien. Mais il ne le pouvait pas. Il devait faire confiance aux infos qui disaient qu'elle était en sûreté.

— Encore un jour, répéta-t-il dans sa barbe.

Ce serait les vingt-quatre heures les plus longues de sa vie. Tant que son commandant ne lui annoncerait pas que les employés de BT Energy étaient dans un avion en route pour la maison, il ne serait pas capable de se détendre.

16

Wren ne souhaitait rien de plus que de passer le reste de la journée à dormir, mais elle ne pouvait pas. Elle était obligée d'aller à cette petite sauterie présidentielle, ce qui était fâcheux, car, après la session du matin, elle était à bout de nerfs.

La rencontre avec les différents groupes ethniques avait été incroyablement tendue. Il y avait eu beaucoup de discussions et d'accusation lancées. Wren avait fait son possible pour que tout le monde garde suffisamment son calme pour ne pas commencer à se battre dans la salle de conférence. Elle s'était efforcée d'expliquer combien le gazoduc bénéficierait à tous, mais les hommes présents s'intéressaient plus à l'argent que leurs communautés respectives gagneraient.

Cela avait été épuisant et, associé au peu de repos que Wren avait pris la nuit précédente, tout ce qu'elle avait envie de faire, c'était de dormir. Mais Colby les avait avertis, sans mâcher ses mots, qu'ils allaient se rendre dans l'enceinte présidentielle et leur avait ordonné de le retrouver dans le hall à dix-huit heures précises.

L'esprit de Wren était fixé sur une seule chose : tenir jusqu'au lendemain matin, quand ils monteraient dans un avion et s'envoleraient pour la Californie. Elle ignorait si ce voyage avait accompli quoi que ce soit. S'ils avaient réussi à convaincre les habitants du Soudan du Sud et les hommes au pouvoir que ce gazoduc était une bonne idée. Le projet avait déjà été approuvé, mais ce déplacement était censé finaliser les détails et représenter une brillante campagne de relations publiques pour persuader les citoyens que le partenariat avec BT Energy et le gouvernement bénéficierait à tout le monde.

Elle ne savait pas qui serait présent au dîner ce soir ni même à quoi s'attendre. Elle supposait qu'il y aurait de quoi manger. Peut-être des boissons. Ils allaient devoir faire encore plus de relationnel avec des gros bonnets. Afficher davantage un grand sourire pour convaincre les personnes présentes que tout allait bien avec le projet et BT Energy.

Mais les paillettes avaient disparu des yeux de la jeune femme. Elle avait simplement envie de rentrer à la maison.

Elle voulait voir Bo. Plaisanter avec Remi. Organiser une rencontre avec son père.

Elle avait beaucoup pensé à Tyler Farris ces derniers jours. Toute sa vie, elle s'était imaginé qu'il n'était pas un individu honnête. Qu'il avait laissé sa mère en plan ! Qu'il avait même *tué* quelqu'un ! Et d'apprendre que rien de tout cela n'était vrai et qu'il était en fait un éminent homme d'affaires à succès, très apprécié, l'avait bouleversée.

Même si, en y repensant, cela n'aurait pas dû. Sa mère était une personne horrible. Qu'elle ait menti à propos de son père n'aurait pas dû vraiment la surprendre.

Quoi qu'il en soit, à présent que le choc de son existence avait diminué, Wren était curieuse. Lui ressemblait-elle vraiment ? Partageaient-ils certaines caractéristiques ? Et elle avait trois demi-frères. Sans parler de deux nièces et d'un neveu !

Que son père veuille faire sa connaissance était à la fois effrayant et excitant. Elle avait envie de le rencontrer elle aussi. Au moins une fois. Ils ne s'entendraient peut-être pas. Il ne l'aimerait peut-être pas. Mais elle était arrivée à un stade où elle souhaitait au moins le voir face à face. Constater par elle-même quel genre d'homme il était.

Et Wren ne doutait pas que Bo viendrait avec elle. Il resterait à ses côtés, la protègerait de quiconque dirait ou ferait quelque chose de blessant, tandis qu'elle affronterait une partie de son passé dont elle n'aurait jamais pensé faire l'expérience. Dont elle n'avait pas *voulu* faire l'expérience.

Et puis il y avait sa relation avec Bo lui-même. Elle désirait tellement plus avec lui. Dormir ensemble sur le canapé la veille de son départ avait été une chose si nouvelle et inconnue. Elle avait déjà fait l'amour, bien entendu, mais n'avait jamais passé une nuit avec un homme. Elle n'avait jamais suffisamment fait confiance à quelqu'un pour baisser sa garde de cette façon.

Elle avait dormi à poings fermés dans les bras du militaire. Elle voulait recommencer. Elle voulait aussi davantage de ses baisers. De ses caresses. Elle avait envie d'être intime avec lui. De le prendre profondément dans son corps et le regarder se perdre en elle. Tout comme elle avait envie de se perdre en lui.

— Tu vas te préparer ou pas ? demanda Luke en sortant de la salle de bain.

Wren soupira. Elle était en train de s'égarer dans le fantasme de ce que ce serait d'être avec Bo, et il avait fallu que Luke vienne ruiner tout ça.

— Oui, lui répondit-elle.

— On s'en va dans quinze minutes. Tu ferais mieux de t'activer. Je descends prendre une bière avant de partir. J'espère que s'il y en a ce soir, elle sera meilleure que la cochonnerie qu'on a bue hier, commenta-t-il en frissonnant. De la pisse chaude, voilà de quoi ça avait le goût.

— C'en était peut-être, répondit Wren avec un petit sourire.

— C'est méchant, lui signala-t-il en secouant la tête. J'ignorai que tu étais si cruelle quand j'ai accepté de partager une chambre avec toi.

La jeune femme se mit à rire et fut contente de voir le sourire sur le visage de son collègue. C'était bon de se taquiner. Cela libérait un peu de la tension dans ses muscles contractés.

— D'accord, je descends. À tout de suite. Ne sois pas en retard. Tu sais combien Colby était crispé. Et Bob et Tom ne sont pas mieux.

— Je serai là, affirma-t-elle.

Luke quitta la chambre et Wren se dirigea vers la salle de bain. Elle glissa une barrette dans ses cheveux, s'assura que la bague était toujours bien ajustée sur le deuxième orteil de son pied droit. Puis elle revint dans la chambre et enfila un treillis propre, puis la ceinture avec la tige ferro. Elle vérifia que la poche secrète contenait encore la ouate couverte de vaseline. Puis elle se saisit du tube de rouge à lèvres et le rangea dans une des nombreuses poches de son pantalon. La jeune femme s'assit ensuite sur le lit et laça ses rangers. Elle s'assura que le petit couteau était bien dans l'insert sous la voûte plantaire de sa botte gauche. Heureusement, elle ne le sentait pas en marchant.

Enfin, satisfaite d'avoir toutes ces choses secrètes fournies par les SEALs bien en place, Wren inspira profondément et se regarda dans le miroir au-dessus de la commode. Elle se mordit la lèvre ; elle ne ressemblait pas à un commando, mais à une une femme qui avait besoin d'une bonne nuit de sommeil et qui était prête à partir camper ou quelque chose du genre.

Elle supposait que Colby avait un peu raison à propos de ses vêtements. Elle ne ressemblait en rien à la professionnelle qu'elle avait été lors de son entretien avec BT Energy. Mais, encore une fois, il ne s'agissait pas de la Californie ensoleillée et elle avec troqué une belle apparence contre sa sécurité.

Tournant le dos à son reflet, Wren s'empara de son téléphone et écrivit rapidement un e-mail à Mozart, pour lui faire savoir qu'elle était sur le point de partir pour cette sauterie dans l'enceinte présidentielle. Elle lui assura qu'elle lui en enverrait un autre une fois de retour à l'hôtel et le remercia d'être son contact.

Fourrant le portable dans sa poche arrière, la jeune femme quitta la pièce et se dirigea vers le hall. Plus qu'une obligation sociale, puis elle serait libre de rentrer chez elle. Dans douze heures, ils seraient en route pour l'aéroport. Elle avait hâte.

* * *

Tout le monde se tassa dans deux petits minivans. Bob, Tom, Colby, Luke et Aaron montèrent dans le premier puis Wren, Dallas, Archie et Oliver dans le second. Les deux véhicules étaient chacun conduits par un chauffeur local ainsi qu'un autre individu, se présentant tous comme des membres de l'équipe de sécurité du président. Un autre, vêtu de ce qui ressemblait à un uniforme de policier et pilotant une moto avec des gyrophares, guidait leur groupe.

Ils s'éloignèrent de l'hôtel en descendant une artère très animée. Il y avait des gens partout qui vaquaient à leurs occupations, ce qui apaisa en réalité Wren. Des femmes portant des paquets, des hommes discutant aux coins des rues, des marchands vendant leurs articles. Tout paraissait si... normal.

Ils n'étaient partis que depuis dix minutes environ lorsque Wren sentit que quelque chose clochait. Ils n'étaient plus dans la ville en elle-même, mais roulaient à toute vitesse sur ce qui semblait une route très rurale.

— Où est-ce qu'on va ? C'est le chemin de la maison du président ? chuchota-t-elle à Dallas qui était assis à côté d'elle.

— Non, répondit succinctement l'homme plus âgé.

— Restez tranquilles, déclara le prétendu garde présidentiel depuis le siège avant.

Il se retourna et pointa le fusil qu'il tenait (et qui ressemblait à ceux de tous les militaires et officiers de police du pays) sur les occupants du minivan.

— Ne faites rien de stupide, ajouta-t-il.

Wren se figea.

Ce n'était pas en train d'arriver. Bien entendu, Bo et les autres l'avaient avertie de cette possibilité. Mais cela lui paraissait tout de même complètement irréel.

— Où est-ce qu'on va ? Où nous emmenez-vous ? demanda sèchement Archie.

— Pas de questions ! aboya l'homme.

— Allez vous faire foutre ! cria Archie. Vous ne pouvez pas nous conduire loin de notre hôtel sans nous dire où on va !

— Vraiment ? l'interrogea l'homme avec un sourire malfaisant. On dirait qu'on vient juste de le faire. Maintenant, fermez-la. Faites ce qu'on vous dit et tout se passera bien.

— C'est ça, bien sûr, marmonna Oliver.

— Tout ça, c'est des conneries ! s'exclama Dallas. Est-ce que vous savez qui nous sommes ?

— Évidemment. Pourquoi croyez-vous qu'on vous enlève ? Votre entreprise va grassement nous payer pour vous récupérer. Enfin, au moins le responsable. Toi ? Je n'en suis pas si sûr.

L'homme qui les tenait en joue se mit à rire.

— On y est ? demanda Oliver sans s'adresser à quelqu'un en particulier. Est-ce qu'on est sérieusement en train de se faire kidnapper ?

Wren avait envie de le gifler. *Évidemment* que c'était ce qui se passait. Ils avaient été prévenus à de nombreuses reprises et pourtant, personne n'avait pris cette possibilité au sérieux. Excepté Bo et elle.

Elle voulut récupérer son téléphone dans sa poche, mais cela ne servirait à rien de toute façon. Il ne fonctionnait que quand elle avait accès à du Wi-Fi et il n'y en avait certainement pas ici, au milieu de nulle part.

La jeune femme se demanda ce qui se passait dans l'autre van. Colby paniquait-il ? Bob et Tom avaient-ils tenté quelque chose pour empêcher cet enlèvement ? Elle ne savait pas trop ce qu'ils pouvaient faire dans un véhicule avec un fusil pointé sur eux.

Ils roulèrent pendant ce qui lui parut une éternité, mais n'était sans doute que trente minutes. Assez longtemps pour laisser loin derrière eux la ville de Djouba. La route s'était changée en piste de terre tassée et tout le monde rebondissait dans le van comme du popcorn dans un micro-ondes. Le paysage plat et sec avait été remplacé par des arbres, de plus en plus nombreux, jusqu'à ce que la piste sur laquelle ils voyageaient soit complètement engloutie par la jungle luxuriante.

Le van s'arrêta enfin.

— Ne faites rien de stupide, leur rappela leur ravisseur avant de leur ordonner de sortir.

Oliver tendit la main vers la poignée et le véhicule fut soudain encerclé par des hommes armés, qui jaillirent de nulle part. La portière fut brutalement ouverte et Oliver fut sorti par une main saisissant le devant de sa chemise. Il s'étala à quatre pattes sur le sol. Quelqu'un le frappa au ventre et il s'écroula dans la poussière en gémissant.

Wren se prépara tandis que le reste du groupe fut violemment extirpé du van sans tambour ni trompette. Elle réussit à rester debout et fit de son mieux pour ne regarder personne dans les yeux. On les poussa tous en direction du reste de leurs collègues.

— J'exige que vous nous rameniez à l'hôtel ! hurla Colby.

Personne n'écouta. Wren jeta furtivement un coup d'œil autour d'elle ; elle ne put compter tous les miliciens, mais il y en avait plus d'une douzaine, plus qu'assez pour maîtriser leur groupe. Chacun d'entre eux tenait un fusil ou un pistolet. Ils portaient des vêtements en piteux état, déchirés, et avaient la peau sale. On aurait dit qu'ils avaient vécu un bon moment dans la jungle.

— Fouillez-le, ordonna l'homme qui avait guidé à moto leur cortège.

Quelques secondes plus tard, quelqu'un attrapa Wren par-derrière et un autre individu se posta devant elle, tâtant ses jambes. Elle se tint coite, haïssant ce contact tout en sachant que si elle protestait (ou le frappait au visage comme elle en avait envie) les choses s'envenimeraient très vite pour elle.

L'homme glissa la main dans sa poche et en tira son téléphone avec un grand sourire avant de le jeter sur une toile qui avait été étendue au sol à proximité. Puis il fourra la main dans celle le long de sa cuisse et révéla le rouge à lèvres qu'elle y avait rangé un peu plus tôt.

Il lui adressa un sourire suffisant dans une langue qu'elle ne comprit pas. L'homme qui lui maintenait les coudes répondit et, à sa grande surprise, le rouge à lèvres retourna dans sa poche. Le deuxième continua sa fouille, ne remarquant pas la petite barrette dans ses cheveux ou ne s'en souciant pas. Il souleva son tee-shirt et abaissa les bonnets de son soutien-gorge pour vérifier qu'elle n'y avait rien caché. Wren se sentit humiliée, mais ne se débattit tout de même pas. Sous le choc, elle se tint raide et le laissa faire ce qu'on lui avait ordonné.

Il finit par secouer la tête avec un air de dégoût et mit sa main dans son pantalon.

Wren se figea en pensant que c'était le moment. Que c'était là qu'elle allait être violée !

Mais, au lieu de cela, il sortit une paire d'attaches autobloquantes en plastique. L'homme derrière elle lui poussa les bras vers l'avant pour présenter les poignets de la jeune femme à son complice. Les entraves lui furent posées, extrêmement serrées. Grimaçant face à cette sensation inconfortable, elle tint sa langue. Elle ne souhaitait pas énerver ces miliciens. Elle était à leur merci. Ils le savaient, elle le savait. Et, en tant que seule femme dans un groupe d'hommes, elle était dans les ennuis jusqu'au cou.

Gardant en tête tous les conseils que lui avaient prodigués

les SEALs, elle fit de son mieux pour être docile. Pour ne pas attirer l'attention sur elle.

On ne pouvait pas dire la même chose du reste de ses collègues. Colby était en train de tenter de repousser ceux qui le fouillaient. Il jurait et s'indignait qu'ils lui prennent sa montre coûteuse, son téléphone, son bracelet en or et tout ce qu'il avait d'autre sur lui.

Les autres furent également dépouillés de tout ce qui avait de la valeur. La documentation qu'ils avaient reçue avant le voyage les avait avertis de ne rien porter de coûteux ou de tape-à-l'œil, mais la plupart d'entre eux avaient ignoré ce conseil.

La pile de leurs possessions sur la toile avait bien grossi et, quand leurs ravisseurs furent sûrs d'avoir récupéré tout ce qu'ils pouvaient trouver, l'un d'entre eux noua les coins du tissu, faisant ainsi une sorte de baluchon, puis remonta dans l'un des minivans et s'en alla par le chemin par lequel ils étaient arrivés.

— Avancez ! leur ordonna l'homme aux commandes.

Tous les autres avaient aussi les mains liées devant eux. Les collègues de Wren avaient l'air un peu débraillés et très terrifiés. Elle supposait qu'elle arborait la même expression.

À sa grande surprise, Bob se mit soudain à hurler :

— Maintenant !

Tom, Luke, Aaron et lui se dégagèrent du groupe et commencèrent à courir vers la jungle.

Sans hésitation, des coups de feu retentirent tout autour d'eux. Wren s'accroupit pour tenter de se protéger du mieux qu'elle pouvait sans endroit où se cacher et sans pouvoir se servir de ses mains.

Les hommes criaient tout en tirant, le bruit était assourdissant et, quand tout fut à nouveau silencieux, Wren ouvrit les yeux et regarda autour d'elle.

Elle eut le souffle coupé en voyant quatre corps gisants immobiles sur le sol à trois ou quatre mètres dans la jungle.

Luke, Aaron, Bob et Tom étaient tous morts. Quelle que soit la stratégie qu'ils avaient élaborée dans le van en chemin, elle n'avait manifestement pas tourné comme ils l'avaient prévu.

Wren se demanda ce qu'ils avaient espéré accomplir. Où voulaient-ils aller ? Comment avaient-ils imaginé échapper à plus d'une douzaine de ravisseurs armés ? C'était stupide et un tel gâchis.

Penser à Luke, à combien il était jeune, combien il avait été excité à l'idée d'être choisi pour ce voyage, lui donna envie de pleurer. Elle lutta pour retenir ses larmes en sachant que si elle faisait une scène, elle pourrait être la prochaine gisant dans une flaque de sang.

— Quelqu'un d'autre veut tenter de s'enfuir ? demanda le responsable en hurlant.

Personne ne pipa mot.

Le chef s'avança à grands pas vers Colby et lui fourra le canon de son fusil sous le menton. Colby tressaillit et essaya de reculer d'un pas, mais il fut arrêté par un second ravisseur qui se tenait pile derrière lui.

— C'est brûlant ! se plaignit-il en parlant du métal contre sa peau nue.

— Ça, c'est parce que je viens juste d'abattre tes petits copains, ricana le chef. Tais-toi, fais ce qu'on te dit et peut-être qu'on te laissera vivre. Tu ferais mieux d'espérer que les tiens sont prêts à raquer pour te récupérer. Sinon...

Il tira une salve dans la poussière à ses pieds.

Colby, ainsi que tous les autres, tressauta sous l'effet de la surprise et de l'effroi.

— Ils paieront, bafouilla Colby. Je suis le PDG. Ils paieront pour moi.

Wren fronça les sourcils tandis qu'elle intégrait les implications de ses paroles. Était-il en train de dire qu'ils verseraient une rançon pour lui... mais pas pour le reste d'entre eux ?

Elle n'eut pas le temps de s'appesantir là-dessus avant qu'ils ne soient tous poussés vers la jungle.

Tout en tentant de conserver son calme, Wren saisit chaque occasion de regarder furtivement, avec précaution, autour d'elle jusqu'à ce qu'elle ait décompté les hommes qui les prenaient en otage. Vingt. Il y avait quatre ravisseurs pour chacun des cinq membres restants de son groupe. Il n'y avait absolument aucune chance de s'échapper à ce moment précis. Mais, tout comme l'avait prédit Tex, la bague d'orteil n'avait pas été découverte pendant la fouille de son corps. L'homme n'avait même pas pris la peine de lui ôter ses rangers.

Il lui fallait espérer que, où qu'il se trouve, Tex saurait qu'une balade dans la jungle n'était pas exactement sur l'itinéraire officiel. Et qu'il appellerait quelqu'un à l'aide.

Wren détestait le fait que leur enlèvement mettrait en fin de compte d'autres personnes en danger. C'était vraiment nul que Colby n'ait pas écouté tous les avertissements au sujet de leur venue dans ce pays et que maintenant ses gardes du corps, ainsi que Luke et Aaron, soient morts.

— Faites ce qu'on vous dit et il ne vous sera pas fait de mal, déclara l'un de leurs ravisseurs tout en tirant Archie par le bras alors que ce dernier trébuchait.

Voilà la clé. Faire ce qu'il ordonnait. Rester docile. Faire profil bas. Ne pas attirer l'attention sur elle.

Cela allait représenter l'une des choses les plus difficiles qu'elle ait jamais faites, mais Wren n'avait pas survécu à son enfance minable, n'avait pas trouvé un homme avec qui elle sentait qu'elle pouvait enfin être elle-même en toute confiance, n'avait pas découvert que son père n'était pas un connard bon à rien, tout cela pour mourir maintenant. Dans les jungles du Soudan du Sud, en laissant son corps pourrir. Non, elle ferait tout ce qu'il faudrait pour en réchapper.

Tex saurait que quelque chose n'allait pas. Mozart le saurait aussi lorsqu'il ne recevrait pas son e-mail lui prouvant qu'elle était en vie. Ils enverraient de l'aide. Elle devait le croire. Autrement, elle s'effondrerait.

17

— Hum hmm. Compris. Tu as déjà des infos ? D'accord. Envoie-moi les coordonnées et tiens-moi au courant. On part dès maintenant.

Safe fixait Kevlar du regard pendant que ce dernier discutait avec quelqu'un au téléphone. Il savait au plus profond de lui que les nouvelles partagées n'étaient pas bonnes. Et il ne doutait pas non plus de qui il était question.

Il avait attendu ce moment depuis le jour où Wren était arrivée au Soudan du Sud.

— Wren ? demanda-t-il dès que son chef eut raccroché.

Celui-ci hocha une fois la tête.

— Rapport de situation ? l'interrogea Preacher d'un ton pressant.

— Le groupe a été enlevé alors qu'ils étaient en route pour l'enceinte présidentielle, expliqua Kevlar. Ils ont été conduits au sud-est, tout comme on l'avait anticipé : en direction de la jungle, là où il y a plus d'endroits où se cacher.

— Quel est le plan ? demanda Flash.

Safe était content que ses amis posent les questions. Il n'arrivait pas à déloger la boule d'effroi de sa gorge pour pouvoir parler.

— Tex travaille à obtenir des coordonnées. On va prendre un avion jusqu'à Lotuturu en Ouganda, sécuriser un lieu sûr puis aller vers le nord, franchir la frontière la plus au sud du Soudan du Sud, dans les forêts d'altitude d'Afrique orientale, en direction du Kinyeti. Les renseignements disent qu'il y a un camp rebelle dans la jungle, proche du pied de la montagne. Je doute qu'on puisse les intercepter, ce qui serait idéal. On va devoir trouver un moyen de les faire sortir de là une fois qu'on y sera.

— Putain, jura Smiley.

— Des victimes ? demanda Blink.

Safe retint sa respiration en attendant la réponse de Kevlar.

— On ne sait pas.

Ce n'était pas franchement ce qu'il avait envie d'entendre, mais il imaginait que c'était mieux que l'alternative.

Safe se pencha et ramassa son sac. Il était prêt à partir, l'avait été depuis qu'ils avaient achevé leur propre mission. Cela ne plaisait pas du tout au SEAL que leur pire scénario se soit réalisé, mais il avait foi en Wren. Elle était coriace et intelligente. Elle tiendrait jusqu'à ce qu'ils puissent la rejoindre.

Le reste était inconcevable.

★★★

Wren était malheureuse. Elle avait chaud, elle était fatiguée et elle avait eu beau faire ses rangers, elle avait minimum deux ampoules sur chaque pied. C'était une chose de les porter par vingt degrés à Riverton, c'en était une tout autre de patauger dans une jungle, de traverser des ruisseaux par au moins trente-cinq degrés. Sa chemise était trempée de sueur, tout comme son pantalon. Sans parler que ses mains étaient engourdies par les attaches autobloquantes autour de ses poignets.

Dans l'ensemble, être enlevée et devoir parcourir une forêt tropicale n'était pas terrible. Le trajet jusqu'au lieu où on les avait forcés à sortir des vans s'était principalement fait à travers la savane, un territoire plat couvert de grandes herbes balayées par la brise. Mais ils étaient désormais bel et bien dans la jungle. Et même si l'ombre était appréciable, l'air était si humide que Wren avait l'impression d'essayer de respirer sous l'eau.

— Quand est-ce qu'on va s'arrêter ? demanda Dallas pour ce qui semblait être la centième fois.

Tout comme les quatre-vingt-dix-neuf autres où il avait posé cette question, aucun des ravisseurs ne lui répondit.

— Il fait tellement chaud, geignit Archie tandis qu'il s'essuyait le front avec son épaule.

Même si elle éprouvait de la peine pour elle-même, Wren en avait encore plus pour ses collègues. Ils étaient terriblement mal préparés pour cette marche. Elle n'y prenait pas franchement de plaisir, mais, Dieu merci, elle portait des rangers et sa chemise était faite d'un tissu respirant. Elle était tout de même trempée de sueur, mais il était évident que les autres souffraient *beaucoup*.

Leurs chemises à manches longues en coton et leurs vestes de costume devaient être une véritable torture. Ils n'avaient pas pu ôter ces dernières à cause de la manière dont leurs mains étaient liées devant eux, mais ils avaient fait de leur mieux pour dégager leurs épaules. Les mocassins qu'ils avaient aux pieds étaient parfaitement inappropriés dans cet environnement.

Mais encore pire que de se sentir mal et effrayés, s'ils ne la fermaient pas, ils allaient tous être tués avant de pouvoir être secourus.

À cette pensée, Wren remua les orteils de son pied droit et sentit la bague nichée en sécurité dans sa botte. Elle n'eut plus le l'impression d'être si seule et impuissante, sachant que Tex finirait par voir où elle était et par envoyer de l'aide.

— J'ai besoin d'eau, commanda Colby.

Personne ne fit un geste pour lui apporter ce qu'il demandait.

— Vous m'avez entendu ? répéta-t-il au rebelle le plus proche de lui. Si vous ne voulez pas qu'on tombe raide morts sur le sol de la forêt, on a besoin d'eau. Si vous pensez obtenir de l'argent pour un homme mort, vous vous trompez.

À la grande surprise de Wren, celui qui semblait diriger l'opération et qui marchait en tête de leur petite procession s'arrêta. Il se retourna et s'avança d'un pas décidé vers Colby.

La jeune femme se prépara, parce qu'il n'avait pas l'air content.

Sans un mot, il leva son arme et balança un coup au PDG.

La crosse du fusil atteignit celui-ci en pleine figure et il s'écroula comme un sac de patates. En gémissant, il tomba à genoux, mais demeura recroquevillé à terre, tenant à présent entre ses mains son visage ensanglanté.

Le rebelle mit en joue le reste du groupe.

— Quelqu'un d'autre a soif ? demanda-t-il.

Tout le monde secoua rapidement la tête.

— Putain d'Américains, que des faibles, maugréa-t-il avant de se diriger de nouveau vers la tête du groupe et de hurler : Bouge !

Colby se lamentait toujours sur le sol de la jungle.

— Levez-vous, chuchota Wren, plus pour elle-même que pour quelqu'un d'autre.

— Allez, levez-vous, l'exhorta Oliver.

— Je ne peux pas, grogna-t-il.

— Si vous ne le faites pas, ils vont vous faire encore plus de mal, renchérit Archie.

Oliver se pencha et empoigna maladroitement le haut du bras de Colby.

— Je vais vous aidez, allez.

Tant bien que mal, il réussit à le relever. Wren réprima le hoquet de surprise qui menaça de lui échapper lorsqu'elle aperçut le visage de Colby. La crosse lui avait entaillé la joue sur au moins cinq centimètres. Elle n'était pas une experte, mais elle-même savait qu'il faudrait certainement des points. Et une plaie ouverte dans un environnement tel que celui-ci, c'était s'attirer des ennuis.

Le groupe recommença à avancer et Wren fit de son mieux pour déglutir. Elle était tout aussi assoiffée que les autres, mais il était plus qu'évident que les hommes qui les avaient capturés n'avaient pas l'intention de les laisser boire l'eau des bidons qu'ils portaient en travers de leurs torses.

Il s'était écoulé ce qui devait être au moins une heure de plus lorsque le chef s'arrêta enfin près d'un petit ruisseau.

— Cinq minutes ! déclara-t-il. Puis on repart.

— De l'eau ! s'écria Archie qui tomba immédiatement à genoux près du ruisseau.

— Attends ! Elle est sans doute contaminée, l'interpela Oliver.

— Si on chope la diarrhée, on est foutus, ajouta Dallas.

— On l'est déjà, grommela Colby, qui s'agenouilla à côté d'Archie.

Pour une fois, Wren fut d'accord avec son patron. Elle se rappela ce que lui avait dit Smiley...

... sans eau, tu vas t'affaiblir et, si une occasion de t'évader se présente, tu pourrais ne pas être assez forte pour la saisir.

Elle comprenait à présent bien mieux ses paroles. Elle se sentait aussi frêle qu'un chaton. La déshydratation lui faisait presque tourner la tête. Vu combien elle suait, elle avait besoin d'eau.

Archie et Colby tentaient de se faire une coupe avec leurs mains liées pour porter le liquide à leurs lèvres, mais Wren était trop impatiente pour faire ainsi. Elle s'allongea à plat ventre, les bras glissés de façon inconfortable sous son corps, se pencha en avant et but directement dans le ruisseau.

Voyant que sa manière de faire était bien plus efficace, les autres l'imitèrent et, très vite, ils aspirèrent tous les cinq bruyamment et avidement le liquide.

Wren entendit leurs ravisseurs rire tout autour d'eux, mais elle s'en moquait. Elle se concentra sur l'ingestion d'eau (qui avait une saveur incroyable) et non sur les hommes qui se moquaient d'eux pour s'être allongés dans la terre.

Elle pouvait presque sentir ses cellules absorber l'eau dont elles avaient bien besoin. Chaque muscle de son corps était endolori, car elle n'était pas habituée à tant d'activité physique, mais elle refusa de s'appesantir trop longtemps là-dessus. Dans le cas contraire, elle ne pourrait pas se relever et recommencer à marcher.

— Je ne pense pas pouvoir faire un pas de plus, se plaignit Archie.

— Mes pieds me font tellement mal, renchérit Oliver.

— Il fait si chaud, ajouta Dallas.

Wren conserva le silence. Elle était d'accord avec les trois hommes, mais râler au sujet de leurs problèmes n'allait pas les aider. Elle l'avait appris par expérience en grandissant. Et, tout particulièrement dans cette situation, il valait mieux garder la bouche cousue, la tête baissée et survivre de minute en minute. C'était tout ce qu'elle avait à faire. Bo allait venir. Ou l'un de ses amis des forces spéciales. Tex savait où elle était, elle devait juste être patiente.

Elle songea à informer les autres que les secours étaient en route. Qu'elle avait un traceur sur elle, mais ce n'était ni le lieu ni l'endroit. Ils étaient encerclés par des rebelles qui pouvaient les entendre et elle ne souhaitait pas que quelqu'un ouvre sa grande gueule à un moment donné et anéantisse tout avantage donné par la surprise que ceux qui viendraient les chercher pourraient avoir.

Mais Wren était totalement terrifiée. Elle n'aimait pas être la seule femme dans un si grand groupe d'hommes. Si l'un d'entre eux décidait de l'agresser sexuellement, elle avait le sentiment que tout le monde voudrait attendre son tour. Elle avait noté comment certains la dévisageaient déjà et n'avait pas aimé comment celui qui l'avait fouillée avait fixé ses seins nus du regard.

— Je veux passer un appel, déclara Colby à l'un des miliciens qui les surveillaient.

La jeune femme grimaça. Ce n'était de toute évidence pas comme ça qu'on ne se faisait pas remarquer. N'avait-il pas déjà appris sa leçon ?

— Vraiment ? demanda l'homme.

— Oui, répondit Colby qui sembla plus sûr de lui, maintenant qu'un de leurs ravisseurs lui parlait. Si vous nous gardez en otage pour obtenir une rançon, les administrateurs de BT Energy doivent en être notifiés. Je peux le faire.

— Oh, mais ils le seront, répliqua son interlocuteur.

Puis lui et ses copains rebelles éclatèrent de rire.

— Eh merde, souffla Dallas.

Wren approuva ce commentaire de tout son cœur.

— Maintenez-le, ordonna le chef à ses hommes en désignant Oliver d'un signe de tête.

— Quoi ? Non ! Arrêtez ! s'écria Oliver d'une voix perçante lorsque trois rebelles se saisirent de lui et le relevèrent brutalement.

— On va notifier vos membres, expliqua le chef avec un sourire suffisant. Ils sauront qu'on est sérieux à propos de l'argent, sans ambiguïté. Et qu'on le veut très vite.

Puis il opina du chef à l'adresse des hommes qui maintenaient Oliver. Ces derniers le forcèrent à s'agenouiller et lui tirèrent les bras au-dessus de la tête. Puis ils le poussèrent en avant jusqu'à ce qu'il soit face contre terre. L'un d'eux s'assit sur ses épaules pour le plaquer au sol. Un autre lui saisit les poignets et les bloqua à terre en lui mettant une main bien à plat.

Le troisième sortit une immense machette.

— Oh mon Dieu, non ! Ne faites pas ça ! supplia Archie.

Wren n'arrivait pas à bouger. La terreur la figeait sur place tandis que le rebelle portait la lame aux mains d'Oliver... et lui coupait calmement et méthodiquement l'index et le pouce.

Oliver se mit à hurler et Wren sut qu'elle entendrait dans ses cauchemars les sons qui s'échappaient de sa bouche pendant des années.

Du sang jaillit immédiatement de la main de son collègue. L'eau que la jeune femme venait de boire menaça de remonter, mais elle se força à déglutir. Respirant par le nez, elle regarda les rebelles rire et jouer avec les doigts d'Oliver. Se les envoyant comme si c'étaient des balles.

Oliver était toujours plié en deux et Wren l'entendait gémir et avoir des haut-le-cœur contre le sol.

Le chef s'avança vers Colby qui était toujours assis près du ruisseau.

— D'autres exigences ? demanda-t-il avec un sourire méprisant.

Le PDG se contenta de secouer la tête, le regard fixé sur Oliver.

— C'est ce que je pensais. Debout. On a encore un long chemin.

Horrifiée, Wren se leva avec Archie et Dallas. Colby persista à rester assis et à dévisager le pauvre Oliver.

— Debout ! ordonna le chef.

Mais Colby semblait plongé dans une sorte de transe. Le choc, sans doute.

— Debout, murmura Wren.

Mais il demeura assis.

Le chef e rapprocha rapidement. Son pied vola et entra en contact avec l'épaule de Colby, qui tomba à la renverse. Lorsqu'il fut sur le flanc, d'autres rebelles s'avancèrent et commencèrent à le rouer de coups.

Wren voulut leur crier de s'arrêter, mais son instinct de survie lui fit garder le silence. Elle s'écarta tout simplement de la mêlée, ainsi que ses deux autres collègues.

Une minute plus tard, les miliciens se reculèrent avec un petit sourire satisfait aux lèvres en regardant l'homme ensanglanté et couvert de bleus au sol. Son costume chic et repassé était sale et déchiré, taché de sueur et, désormais, de sang. L'entaille sur son visage suintait toujours et il arborait à présent des blessures partout sur le torse, là où les bottes à bouts renforcés de leurs geôliers avaient fendu sa peau. Wren pouvait voir les nouvelles plaies à travers sa chemise blanche et souillée.

— Mettez-le debout, ordonna le chef à Archie et Dallas.

Ces derniers s'avancèrent sans hésiter vers leur patron et l'aidèrent à se relever.

— S'il arrête de marcher, il est mort, dit le chef à ses hommes.

Puis il tourna les talons et s'enfonça dans la jungle.

— Je ne peux pas, grogna Colby.

— Vous devez le faire, lui intima Archie.

Alors que les deux hommes aidaient le PDG, Wren s'avança lentement vers Oliver, que les individus qui l'avaient maintenu au sol relevaient sans ménagement. Il était blanc comme un linge et elle put voir une flaque de bile à l'endroit où il s'était tenu.

— Presse tes mains contre ton ventre et enroule ta chemise autour aussi fort que possible, lui dit-elle à voix basse.

Lorsqu'il se figea en fixant du regard son moignon qui saignait, là où s'étaient trouvés ses doigts, Wren agit rapidement.

Elle lui saisit les mains et les appuya contre son abdomen. Il souffla entre ses dents à cause de la douleur, mais la jeune femme l'ignora. Elle fit de son mieux pour réaliser un bandage avec le bas de sa chemise. Ce n'était pas génial, mais c'était mieux que rien.

— Garde tes mains là pendant qu'on marche, lui dit-elle aussi calmement que possible.

— Ça fait mal, murmura Oliver en haletant.

— Je sais, répondit-elle. Mais tu peux le faire. Tu *dois* le faire. Compris ?

— Ils vont te violer, dit-il d'un ton neutre, comme s'il parlait de la météo.

Wren voulut se déchaîner contre lui. Lui demander pourquoi il disait une chose pareille. Mais elle savait. Il était en état de choc. Ils l'étaient tous.

Au lieu de cela, elle se dépêcha simplement de suivre les rebelles qui s'étaient remis à avancer dans la jungle en file indienne.

En regardant derrière elle pour s'assurer que ses collègues venaient (non pas qu'elle aurait été en mesure de faire quoi que ce soit si ça n'avait pas été le cas), Wren vit les doigts d'Oliver gisant sur le sol. Il s'agissait là d'une indication supplémentaire montrant que leurs ravisseurs n'avaient aucune intention de lever le petit doigt pour les aider à survivre. Ils leur faisaient du mal parce que c'était divertissant. Parce qu'ils avaient grandi dans la violence et ne connaissaient rien d'autre.

Elle était bien consciente que le groupe pouvait se retourner contre elle à tout moment. Qu'ils s'amusaient à torturer Colby et ses autres collègues, mais qu'ils finiraient par ne plus pouvoir résister à leurs désirs primaires. Ils avaient une femme à leur merci. Wren ne doutait pas qu'au moment où leur attention se porterait sur elle, ce ne serait pas pour lui couper un doigt ou deux.

Elle frissonna, même si elle suait abondamment, et regretta de ne pas avoir demandé à Bo et à ses amis combien de temps il faudrait pour que quelqu'un les sauve s'ils étaient enlevés. Parce qu'elle pouvait sentir le tic-tac de l'horloge. Son heure venait ; le moment où elle serait dans le collimateur de leurs geôliers.

Elle prit une grande inspiration et sa détermination se renforça.

Non. Tout simplement *non*. Elle ferait tout ce qu'il faudrait pour empêcher que cela devienne son sort. Elle attendrait son heure. Serait maligne, comme les SEALs le lui avaient dit. Elle avait les outils qu'ils lui avaient donnés. Elle s'en servirait. Elle devait juste attendre le bon moment.

* * *

Lorsqu'ils arrivèrent enfin au camp, Wren parvenait à peine à rester debout. Ses collègues n'allaient pas mieux. En particulier Colby et Oliver. Ils avaient le visage absolument livide et n'avaient pas dit grand-chose durant ces dernières heures.

Ils furent amenés à côté d'un grand arbre et poussés sans ménagement à terre. La jeune femme apprécia le relâchement de pression sur ses pieds. Elle se rapprocha du tronc, loin de leurs ravisseurs et derrière Archie et Colby.

— On peut avoir de l'eau ? demanda Dallas d'une petite voix, avec espoir.

Mais les hommes qui les avaient amenés là n'entendirent pas sa requête ou bien l'ignorèrent. Ils s'avancèrent vers un immense feu, autour duquel les autres se rassemblaient.

En regardant autour d'elle, Wren remarqua qu'il n'y avait pas tant de rebelles supplémentaires que ça à leur arrivée au camp. Il lui semblait que la majorité du groupe les avait escortés à travers la jungle, ses collègues et elle. C'était le premier point positif auquel elle put penser depuis qu'ils avaient été enlevés. Moins il y avait d'hommes et plus ce serait facile de les vaincre lorsque les secours arriveraient.

Ou… peut-être plus simple pour elle de s'échapper sans être remarquée.

Elle ressentit une certaine culpabilité. Si elle s'enfuyait et laissait ses collègues derrière elle, leurs geôliers passeraient sans aucun doute leur colère sur eux. Mais ce n'était pas suffisant pour lui donner envie de rester.

Elle observa les rebelles commencer à boire quelque chose dans des bouteilles. Elle supposa qu'il s'agissait d'une sorte de liqueur. S'ils se soulaient, leurs inhibitions diminueraient et le peu de morale qu'ils pourraient avoir disparaîtrait. Si l'un d'eux se mettait en tête de la violer, ils suivraient tous.

Non, elle devait s'échapper de là. Dès que possible.

L'obscurité était tombée un moment auparavant et, même si certaines personnes pouvaient avoir peur de se retrouver seules dans la jungle africaine au beau milieu de la nuit, Wren n'en faisait pas partie. Elle préférait largement affronter des animaux dans la forêt qu'un groupe d'hommes alcoolisés.

Le chef s'avança à grands pas vers la jeune femme et ses collègues, blottis contre l'arbre.

— On contactera les vôtres demain. On verra quelle valeur ont vos vies à leurs yeux.

Il rit, puis prit une très grande gorgée au goulot de la bouteille qu'il avait à la main.

— En attendant... tenez-vous bien. Vous ne pouvez pas vous échapper. Vous ne savez pas par où aller et les animaux en Afrique sont bien pires que tout ce qui pourrait vous arriver ici. Si vous pensez que quelques doigts perdus et des bleus sont graves... attendez d'être dévorés par un guépard. Vous ne le verrez pas arriver. Il va vous suivre furtivement et vous sauter dessus avant même que vous n'ayez conscience de sa présence. Les lions, les léopards, les rhinocéros... ils peuvent tous vous rattraper. Sans parler des serpents et des insectes venimeux... Dormez bien. À demain matin.

Il rit de nouveau puis leur tourna le dos et retourna auprès des autres agglutinés autour du feu.

— J'ai faim, marmonna Dallas.

— Tais-toi, le réprimanda Archie.

— Ils doivent nous maintenir en vie s'ils veulent une rançon, argumenta faiblement Colby.

Wren n'en était pas si sûre. Certes, les administrateurs de BT Energy devraient être assez intelligents pour ne pas envoyer d'argent sans preuve de vie, mais à la seconde où leurs geôliers recevraient ne serait-ce qu'un centime, ils allaient sans doute les tuer.

— Si vous l'aviez fermée, j'aurais encore mes doigts ! cracha Oliver à l'attention de leur patron.

— Ce n'était pas ma faute ! protesta ce dernier.

— Ben voyons ! hurla pratiquement Oliver.

Wren grimaça lorsque quelques-uns de leurs ravisseurs tournèrent la tête dans leur direction.

— Tout ce que j'ai fait, c'est de leur dire que je pouvais contacter les administrateurs.

— Et ils m'ont coupé les doigts en retour ! cria Oliver.

Les hommes autour du feu se mirent à rire.

— Tais-toi ! lui ordonna Archie.

— Pourquoi ? C'est lui qui a décidé que ce déplacement était une idée géniale. Et regardez ce qui est arrivé ! On n'aurait pas dû venir. Il est trop cupide.

Wren était d'accord avec lui, mais il était trop tard pour avoir des doutes au sujet du voyage désormais.

— Sérieusement, ferme-la ! cracha Dallas. Tu veux qu'ils viennent par là et te coupe autre chose ?

Encore une fois, Wren fut d'accord avec un de ses collègues.

Oliver et Colby se turent. Ils n'eurent pas l'air ravis, mais aucun d'entre eux ne souhaitait attirer davantage l'attention de leurs ravisseurs. Les rebelles finirent par se concentrer de nouveau sur le repas qu'ils mangeaient... et ne partageaient pas avec leurs prisonniers.

— On va mourir, déclara Oliver d'une voix basse et sourde une minute plus tard.

— Mais non, répliqua Colby tout aussi doucement.

— On est au milieu de la jungle africaine. Vous avez été passé à tabac sans raison, mes doigts servent de repas aux saloperies d'animaux qui peuplent ce trou à rats et Wren va être violée en réunion. Je préférerais mourir que de découvrir comment ils comptent encore nous torturer.

La jeune femme aurait vraiment aimé qu'il cesse de parler de ses sévices. Elle arrivait déjà à peine à chasser les images de son esprit.

— Personne ne sait où on est, poursuivit Oliver. Vous avez lu la documentation : le département d'État n'enverra personne pour nous secourir. On avait été *prévenus*. On est foutus. Je préférerais qu'on me tire une balle dans la tête plutôt que de mourir de faim. Je pense que vos gardes du corps et les autres ont eu de la chance d'être abattus. Au moins, ils sont morts rapidement.

Wren tenta d'ignorer sa diarrhée verbale. Le pire qui pourrait leur arriver serait de succomber au désespoir. Elle avait également appris ça de Bo et de son équipe. Rester positifs. S'accrocher, peu importe ce qui se passait. Ne pas abandonner. On aurait dit que c'était exactement ce que venait de faire Oliver.

— J'ai faim, répéta Dallas, comme s'ils ne l'avaient pas entendu la première fois.

— La ferme, le rabroua Archie. On a tous faim.

Les collègues de Wren se turent. Elle saisit l'occasion pour étudier leur environnement. Ils avaient été positionnés contre un immense tronc à l'orée d'un petit campement. Des bâches avaient été tendues au-dessus d'arbres de moindre taille, près du feu, ce qui fournissait aux rebelles un abri en cas de mauvais temps. Là, dans la jungle, sans aucune pollution nocturne et à l'écart des flammes, Wren ne serait pas en mesure de voir à plus de trente centimètres devant elle.

Mais, si *elle* ne pouvait pas voir, personne d'autre n'en était capable non plus. Bien entendu, leurs ravisseurs possédaient des lampes torches, mais l'obscurité devrait l'aider... si elle réussissait à s'échapper.

Ce qu'il y avait de bien, c'était que les rebelles étaient convaincus que leurs otages étaient attachés, terrifiés et hors de leur élément. Et que s'ils les maintenaient assoiffés et affamés, il y avait peu de chances qu'ils tentent de fuir.

Et puis merde. Wren allait se tirer de là. Elle n'avait aucune envie de voir ce que les miliciens leur réservaient pour le lendemain matin.

Au moment où cette pensée lui traversait l'esprit, il se mit à pleuvoir. Et pas un gentil crépitement. Ils allaient bien et, l'instant d'après, ils étaient trempés jusqu'aux os.

Les hommes autour du feu ne se plaignirent pas de la soudaine pluie torrentielle. Ils y étaient sans doute habitués et se contentèrent de se disperser vers leurs appentis respectifs, s'y installant avec leurs bouteilles d'alcool.

— Putain de merde ! s'écria Colby.

— Je vais me taper une mycose, se lamenta Archie.

— Je déteste la pluie, déclara presque tristement Oliver.

— Ça craint, renchérit Dallas.

Mais Wren était ravie. Elle espérait que ce temps continue. Avec un peu de chance, le bruit dissimulerait sa fuite. Il fallait juste qu'elle soit patiente. Les rebelles allaient devoir dormir à un moment ou un autre. Peut-être que l'alcool qu'ils ingurgitaient les ferait tomber dans les pommes.

En attendant, elle était épuisée, mais pas fatiguée. Ce qui n'était pas logique, mais il était hors de question qu'elle baisse sa garde pour s'endormir. Elle resterait éveillée aussi longtemps qu'il le faudrait pour que l'occasion de s'échapper de là se présente.

Les conseils que lui avaient prodigués Bo et son équipe à propos de s'enfuir dans la jungle lui revinrent. Comme si le SEAL était à ses côtés, murmurant à son oreille, elle l'entendit dire, *trouve-toi un endroit où te planquer et attends l'arrivée des secours.*

C'était exactement ce qu'elle avait eu l'intention de faire. Elle allait s'éloigner le plus possible de ce camp dès qu'elle le pourrait, puis attendrait. Elle avait le traceur. Les militaires que Tex enverrait au Soudan du Sud iraient directement la chercher. Il devait savoir où elle était, car il l'avait désormais sans aucun doute pistée. Il devait avoir vu qu'elle ne se déplaçait plus. Et supposerait qu'elle se trouvait dans un camp rebelle.

Elle faisait tout un tas d'hypothèses, mais Tex n'était pas idiot. Elle ne le connaissait pas personnellement, mais il était de toute évidence respecté par Bo et les autres. Il trouverait un moyen de traverser cette tempête. Il le fallait.

Tout comme il fallait qu'elle s'enfuie. La jeune femme savait, sans l'ombre d'un doute, que plus elle restait, plus elle était en danger. Elle disposait de son équipement de survie. Elle se débrouillerait toute seule jusqu'à ce qu'elle soit secourue et ramenée aux États-Unis. Puis elle n'en sortirait plus. Plus jamais.

18

Safe voulait que tout aille plus vite. Kevlar avait reçu un lien de la part de Tex avec les informations du traceur de la bague d'orteil de Wren. Elle se déplaçait au cœur de la jungle. Leur équipe avançait aussi rapidement que possible, mais pas assez.

Il ne pouvait s'arrêter d'imaginer toutes les choses horribles que la jeune femme devait subir. Le SEAL lui avait enseigné tout ce qu'il pouvait dans le temps limité qu'ils avaient eu, mais il n'était pas entré dans les détails concernant ce que les rebelles pourraient faire à un groupe de prisonniers. Il avait vu de lui-même de quelle brutalité ils pouvaient faire preuve. Et il ne supportait pas d'imaginer Wren à leur merci.

Son équipe et lui étaient arrivés en Ouganda sans incident. Ils avaient vite franchi furtivement la frontière avec le Soudan du Sud et Kevlar était désormais en train d'élaborer un plan visant à les faire descendre en rappel depuis un hélicoptère dans la jungle autour du Kinyeti. Mais tout se déroulait trop lentement au goût de Safe.

Il baissa les yeux sur le GPS portatif qui montrait la position de Wren. Le point à l'écran n'avait pas bougé depuis des heures. Ce qui pouvait signifier plusieurs choses : qu'ils avaient atteint le camp rebelle ; qu'elle était morte et que son corps avait été abandonné dans la forêt ; que la bague d'orteil avait mal fonctionné ou avait été découverte.

Aucune de ces possibilités ne lui plaisait, mais, à choisir, le SEAL opterait pour la première.

— Ça va bien se passer pour elle, lui dit doucement Blink, à côté de lui.

Safe se tourna vers le membre le plus récent de son équipe.

— Tu n'en sais rien.

— Oh que si ! C'est une dure à cuire. Plus que ce que les gens pensent.

C'était vrai, mais Safe n'était pas certain d'être d'humeur pour des platitudes.

— La plupart des femmes auraient paniqué quand on a commencé à parler de la possibilité d'enlèvement. Mais Wren a tout écouté avec prudence. Elle a entendu nos conseils. Les a pris à cœur. Elle va s'en sortir.

Safe inspira profondément et ferma les yeux. Les pires scénarios continuaient à défiler dans sa tête, plus terrifiants les uns que les autres. Il se força à faire le vide dans son esprit.

Blink avait raison. Wren *était* une dure à cuire. Elle n'aurait pas survécu à son horrible enfance dans le cas contraire.

— OK, concéda-t-il en expirant.

— OK, répéta son coéquipier.

Ce dernier lui serra l'épaule avant de se diriger vers Smiley et Flash qui passaient en revue leur matériel.

Deux minutes plus tard, Kevlar déclara :

— On s'en va dans cinq minutes. Assurez-vous d'avoir tout l'équipement nécessaire dans votre paquetage. On vise la rapidité et la légèreté, donc ne prenez que l'essentiel. C'est parti.

Safe n'avait pas besoin de vérifier son sac. Il savait en détail ce qu'il y avait dedans. Une trousse de premiers secours, deux rations de combat, des tablettes pour purifier l'eau, du répulsif à insectes, un outil multifonction, un compas, une lampe LED qui s'allume quand on la presse (et s'éteint quand on la lâche), un kit d'allume-feu, une gourde d'eau pliante (pleine à ce moment-là), des tablettes d'électrolytes, un miroir de signalisation, une couverture de survie, de la paracorde, des épingles à nourrice, un ouvre-boîte, du ruban adhésif en toile, une lame de rasoir ainsi que des clés pour menottes. Les objets, compris dans le kit de survie que chaque SEAL portait, avaient été mémorisés dès l'académie militaire. Safe était prêt pour tout et n'importe quoi, et souhaitait simplement avancer.

Dix minutes plus tard, les sept hommes grimpèrent à l'arrière d'un vieux pick-up qui les déposa dans un champ sombre à moins d'un kilomètre et demi de la frontière sud-soudanaise, où un hélicoptère les attendait. Ils montèrent dedans et se mirent aussitôt à enfiler les baudriers qu'ils utiliseraient pour descendre dans la jungle. Il y avait un risque que l'hélico soit entendu par les rebelles, mais c'était bien plus rapide de s'en servir que de contourner la montagne jusqu'au lieu d'où émettait le traceur de Wren. Tel que les choses se présenteraient, ils seraient déposés à quelques kilomètres de là afin d'avoir, avec un peu de chance, l'élément de surprise.

Ils avaient débattu de ce plan et l'avaient approuvé lors du vol vers l'Ouganda. Safe garderait le GPS avec la localisation de Wren et son seul devoir était de l'emmener en sûreté. Ses coéquipiers se chargeraient des huit autres hommes. Bien entendu, personne ne savait qui avait été enlevé, autre que la jeune femme elle-même. Ils devaient partir du principe, en se basant sur des informations limitées, que tout le groupe avait été pris en otage. Il restait à voir comment ils allaient les extraire de cette situation, selon l'état dans lequel tout le monde serait lorsqu'ils les trouveraient.

Quant aux rebelles... en ce qui concernait Safe, ils avaient fait un choix lorsqu'ils avaient kidnappé les Américains. Ils seraient éliminés, sans y réfléchir à deux fois.

Il n'y avait pas eu d'informations concernant une quelconque demande de rançon, mais il était encore tôt. Il ne s'était même pas écoulé un jour depuis que Wren et ses collègues avaient été capturés. Safe et son équipe supposaient que cela arriverait dans la matinée, si les ravisseurs avaient bien l'intention d'en exiger une.

Le SEAL changea de position sur son siège tandis que l'hélicoptère s'élevait au-dessus du sol. Il était calme. Concentré. Il avait fait la promesse à Wren qu'elle serait secourue si quelque chose se produisait. Il n'allait pas revenir dessus à présent. Elle faisait partie de sa famille et personne ne touchait à l'un des leurs.

***

Wren déglutit avec difficulté. Elle était terrifiée, mais l'heure était venue. C'était maintenant ou jamais. Il pleuvait toujours. Elle était trempée jusqu'aux os, mais elle le remarquait à peine. Ses collègues et elle avaient réussi à monter un système de récupération d'eau de pluie avec les plus grandes feuilles trouvées autour d'eux, afin de pouvoir boire un peu. Ce n'était pas assez, loin de là, mais c'était au moins ça. Il allait falloir que cela suffise pour le moment.

Les hommes autour d'elle dormaient tous. Ils étaient allongés, sur le dos ou le flanc. Wren s'était mise en boule sur le côté, contre le pied de l'arbre, en tentant de rester cachée derrière eux.

Que disait le dicton ? Loin des yeux, loin du cœur. Elle avait espéré que ce serait le cas alors que les rebelles avaient continué à boire plusieurs heures après leur arrivée. À son grand soulagement, la plupart s'étaient écroulés ou endormis sous leurs abris. Le feu avait également suffisamment diminué pour qu'il n'éclaire pas leur petit coin dans le camp.

L'heure était venue.

La culpabilité monta de nouveau en elle. Elle se sentit fautive de ne pas avoir dit aux autres ce qu'elle avait l'intention de faire. Honteuse de ce que sa disparition signifierait pour ses collègues et ce que ça impliquerait. Elle n'avait aucun doute quant au fait que ses ravisseurs ne seraient pas enchantés de découvrir qu'elle était partie.

Très lentement, sans faire un bruit, Wren roula sur le dos. Puis elle s'assit et jeta un œil autour d'elle. Personne ne regarda dans sa direction. Tout le monde dormait. Elle se déplaça sur les fesses jusqu'à se dégager du tronc et le contourner.

Elle se mit à genoux puis en équilibre sur ses pieds, tout en restant baissée. En coulant un dernier regard vers ses collègues endormis, elle sursauta en voyant Oliver, les yeux grand ouverts, qui la dévisageait. Il était allongé un peu à l'écart des autres, plus près de l'arbre derrière lequel elle se cachait désormais.

La jeune femme se figea. Elle ignorait ce qu'il ferait s'il pensait qu'elle s'échappait. Il avait été blessé à cause de Colby. Sonnerait-il l'alarme et ruinerait-il sa fuite, simplement pour se protéger ?

Elle fut surprise lorsqu'il murmura :

— File.

— Je suis désolée, chuchota-t-elle.

Mais Oliver secoua la tête.

— Ne le sois pas. On aurait dû t'écouter. On aurait dû aller à cet entraînement... ou, mieux encore, refuser de participer à ce voyage. Va-t'en, Wren.

— Ils vont venir, se surprit-elle à lui révéler. Pour tous nous chercher. J'ai un traceur. Ils vont venir, Oliver. Vous devez juste vous accrocher jusqu'à leur arrivée.

Elle n'expliqua pas à qui « ils » faisaient référence et son collègue ne le lui demanda pas. Elle pouvait à peine le distinguer dans l'obscurité du petit matin, mais elle le vit hocher la tête.

— Je leur dirais que tu es allée faire pipi, que j'ai entendu de la bagarre et que tu n'es jamais revenue.

La gorge nouée, elle se contenta d'acquiescer, tout en souhaitant pouvoir tous les sauver.

— Je vais labourer un peu le sol. Pour donner l'impression que j'ai été attaquée par quelque chose.

— Bonne chance, lui souhaita Oliver.

— À toi aussi.

Puis, avant de changer d'avis, Wren tourna les talons. Elle resta baissée jusqu'à ce qu'elle se soit enfoncée plus profondément dans les arbres, puis s'avança rapidement dans les ténèbres.

Lorsqu'elle pensa être assez loin du camp pour faire un peu de bruit, elle trouva une branche par terre, creusa des trous dans le sol et abîma la végétation autour. Ce n'était certainement pas assez bien réalisé pour tromper longtemps qui que ce soit, en particulier des gens qui vivaient dans la forêt tropicale comme les rebelles. Cependant, avec un peu de chance, ils seraient trop occupés à contacter quelqu'un afin de demander une rançon pour s'inquiéter d'une imbécile d'Américaine qui s'était aventurée dans la forêt la nuit pour se soulager.

Wren avança rapidement, ses mains liées devant elle, et zigzagua à travers la jungle. Elle n'avait aucune idée de la direction dans laquelle elle allait, mis à part qu'elle s'éloignait du camp. Il fallait qu'elle ôte les liens de ses poignets, mais, plus important encore, il fallait qu'elle mette de la distance entre elle et le danger.

Il était bien plus difficile qu'elle ne l'avait imaginé de se frayer un chemin à travers les arbres. D'abord, il faisait nuit noire. Ensuite, celui qu'ils avaient pris pour se rendre au camp avait de toute évidence été souvent utilisé, dans un sens comme dans l'autre. Ce n'était qu'une piste, comme un sentier de chèvre, mais on pouvait l'emprunter.

Ce qu'elle était en train de faire... n'était pas aisé. Pas du tout. Elle n'arrêtait pas de trébucher dans le sous-bois. Elle tombait sans cesse à genoux. Des branches lui giflaient le visage. Et, toutes les minutes, elle aurait pu jurer entendre quelqu'un la poursuivant, ce qui l'obligeait à s'accroupir et à se faire aussi petite que possible pour tenter de se cacher.

Elle ne se déplaçait pas assez vite. La jeune femme en avait conscience, mais elle ne pouvait littéralement pas accélérer.

— Un pied devant l'autre, murmura-t-elle.

Elle espérait qu'entendre sa propre voix lui donnerait l'énergie ainsi que le courage de continuer. Mais ce ne fut que lorsqu'elle remarqua qu'elle était en réalité capable de voir où elle allait que la peur la frappa. Avec force.

Ses ravisseurs devaient désormais savoir qu'elle avait disparu. Ils allaient sans doute la poursuivre. Elle avait très certainement laissé derrière elle une piste facile à suivre pour l'un des rebelles. Ces derniers pouvaient se déplacer bien plus rapidement qu'elle, car ils n'avaient pas de menottes, mais des machettes et étaient habitués à la jungle.

Elle fut soudain prise de vertiges et se rendit compte qu'elle hyperventilait.

Se penchant en avant, les mains liées appuyées contre ses cuisses, elle tenta de ralentir sa respiration.

— Tu peux le faire, s'encouragea-t-elle doucement. Tout va bien.

Wren prit une décision et se laissa tomber sur les fesses. Elle ne se soucia pas de la terre ou du sol mouillé. Elle était déjà trempée.

Elle se débattit avec les lacets de ses chaussures, luttant pour détacher la paracorde. Elle pensa à se servir de la petite lame dans sa chaussure pour tenter de sectionner les attaches autobloquantes, mais rejeta cette idée, car elle ne serait jamais en mesure d'atteindre le plastique sans sérieusement se blesser.

Tout en priant pour que la paracorde mouillée soit tout aussi efficace que celle, sèche, qu'elle avait utilisée en s'entraînant avec Bo, elle réussit à la nouer en faisant une boucle à travers le plastique comme il le lui avait enseigné. Elle passa ses pieds dedans et commença à cisailler d'avant en arrière.

Des larmes envahirent ses yeux lorsque rien ne se produisit.

Courroucée, la jeune femme les chassa en clignant des paupières. Elle ne pouvait pas pleurer. Elle n'avait pas assez de liquide dans son corps pour gâcher le peu qu'elle avait en sanglotant. Et cela devait fonctionner. Il le fallait ! Elle pouvait continuer à avancer avec les mains liées, mais ce serait difficile de se défendre contre quoi que ce soit, homme ou animal.

Obstinément, Wren persista à cisailler le plastique avec la paracorde. Elle s'épuisait plus rapidement que lorsqu'elle avait fait cela en Californie, mais la détermination prit le pas sur le reste et elle refusa d'abandonner.

Au moment même où elle était sur le point de s'avouer vaincue, elle sentit ses poignets bouger. En baissant les yeux, elle vit que le plastique cassait ! Tout comme il était censé le faire.

Wren redoubla d'efforts et se fendit d'un immense sourire lorsque les attaches se brisèrent entièrement. Ses poignets étaient totalement couverts d'ecchymoses, mais elle était libre.

Son euphorie disparut en entendant les cris d'un animal dans son dos. La jeune femme refit rapidement ses lacets et fourra les morceaux de ses liens dans l'une des poches de son pantalon. Elle ne voulait laisser aucun indice derrière elle qui pourrait informer qui que ce soit de sa présence à cet endroit. Puis elle sortit aussi le petit couteau de sa chaussure et le prit dans sa paume. Cela ne la protègerait pas vraiment face à un rebelle armé d'un fusil ou d'une machette, mais c'était mieux que rien.

Elle se sentit mieux à présent qu'elle avait les mains libres et elle recommença à avancer. Elle avait besoin de mettre autant de distance que possible entre les miliciens et elle.

* * *

Wren était en train d'atteindre un point où elle ne pouvait physiquement plus continuer. Elle était épuisée, affamée, assoiffée et avait commencé à trébucher plus qu'elle ne marchait. Il fallait qu'elle se trouve un endroit où se cacher, mais rien n'avait l'air sûr autour d'elle. Il n'y avait pas de grotte, de trou dans un tronc où elle pourrait se glisser. Elle ne pouvait même pas escalader un arbre et s'y cacher, comme l'une des héroïnes d'un livre qu'elle avait lu l'avait fait.

Elle entendit un bruit et se figea immédiatement de terreur. Il lui fallut une minute avant de pouvoir bouger de nouveau. À ce moment-là, elle reconnut le son qu'elle avait perçu.

De l'eau.

Marchant aussi vite que ses pas la portaient, ce qui n'était pas très rapide, Wren s'avança dans cette direction. Elle faillit tomber dans la rivière lorsqu'elle la découvrit enfin et se retint au dernier moment. Elle lui paraissait plus profonde que le ruisseau où s'étaient arrêtés les rebelles et où ils leur avaient permis, à ses collègues et elle, de boire. Il serait plus difficile d'y accéder également, en raison de berges très pentues de chaque côté.

Un bruit à sa gauche attira son attention et, tout en restant abritée par les arbres, elle jeta un coup d'œil alentour. Ce qu'elle vit la laissa bouche bée. Un clan de rhinocéros. Elle savait que c'était comme cela qu'on appelait un troupeau de ces animaux grâce aux informations qui avaient été incluses dans la documentation qu'elle avait reçue de la part de BT Energy avant le voyage.

Il y en avait environ dix qui s'étaient rassemblés dans la

rivière, fort heureusement en aval de sa position. Ils semblaient détendus, mais alertes. Wren savait qu'ils ne disposaient pas d'une bonne vision et s'écarta lentement de sa cachette. Elle se glissa sur la berge jusqu'à l'eau, puis conserva son attention sur eux tandis qu'elle se penchait pour boire. Elle était sûre qu'elle n'était sans doute pas la plus potable qui soit, mais la jeune femme avait besoin de se réhydrater.

Elle s'arrêta bien avant d'avoir assouvi sa soif, car elle ne voulait pas jouer avec le feu et demeura accroupie dans les eaux peu profondes près de la rive, à observer les animaux.

Wren avait déjà vu un rhinocéros auparavant... dans un zoo. Là, c'était très différent. Il s'agissait de bêtes sauvages, profitant de l'eau qu'ils buvaient, se rafraichissant, se relaxant avant de repartir et de vaquer à leurs occupations. Ils étaient majestueux, laids et terrifiants, mais Wren était admirative.

Bientôt, ils s'en allèrent d'un pas tranquille, traversèrent la rivière et se dirigèrent dans la jungle.

Ce fut à les voir disparaître si rapidement que la nervosité de Wren se manifesta de nouveau. Il était tout à fait possible qu'elle puisse aussi se retrouver nez à nez avec un animal sauvage en se déplaçant furtivement. Avec un peu de chance, il l'entendrait avant de la voir et s'enfuirait.

Tout en frissonnant, même s'il ne faisait pas froid, Wren remonta la berge et retourna dans les arbres, sur la rive opposée de la rivière par laquelle les rhinocéros étaient partis.

Elle regarda autour d'elle, sans savoir de quel côté se diriger. Ou ce qu'elle devait faire.

De l'eau, de quoi manger, un abri.

Les mots résonnaient dans son esprit. Elle avait trouvé la première, ignorait quoi faire à propos de la seconde (mais, honnêtement, le sommeil était plus attirant à cet instant précis) et elle avait besoin d'un endroit où se cacher. Gardant cela en tête, elle se remit à marcher.

* * *

Au moment même où elle pensait ne pas pouvoir faire un pas de plus, Wren aperçut quelque chose du coin de l'œil, sur sa droite. Elle avait marché assez longtemps pour que le soleil soit à présent haut dans le ciel. Il brillait intensément à travers les épaisses branches des arbres, pas directement au-dessus de sa tête, mais pas loin.

Tout en clignant des paupières, elle tenta de s'assurer que ce qu'elle voyait n'était pas ce qu'elle imaginait et elle s'avança dans un état second en direction du gros bosquet sur le sol de la forêt. Elle en avait déjà passé, mais, pour une raison qui lui échappait, elle venait de tomber sur un groupe de quinze ou vingt buissons, amassés les uns contre les autres en un immense massif.

Elle ramassa un lourd bâton et le lança sur la végétation avant de se préparer à ce qui pourrait sortir au pas de charge de l'abri que fournissait la broussaille.

Mais rien ne se produisit.

— Je vous en prie, faites que ce soit désert, marmonna-t-elle avant de se mettre à quatre pattes et de s'avancer au travers de l'enchevêtrement de feuilles et de branches. Ce ne fut pas facile, car ces dernières étaient fermement entremêlées, mais Wren persista. Si elle avait du mal à atteindre le centre de ces plantes, il en serait de même pour n'importe qui d'autre. Et elle l'entendrait arriver.

Malheureusement, il n'y avait pas d'espace dégagé et accueillant pour se faire un petit repaire lorsqu'elle s'engagea aussi profondément que possible sans pour autant ressortir de l'autre côté. Mais Wren s'en fichait ; pour la première fois depuis des jours, elle se sentait en sécurité. Ce qui était dingue, étant donné qu'elle était seule au milieu de la jungle africaine, avec sans doute aux trousses un groupe de rebelles énervés qui voulait la violer et la tuer.

Elle se trémoussa et se contorsionna jusqu'à ce qu'il y ait moins de branches à s'enfoncer dans son dos et dans son torse. Il y en avait une qui lui appuyait douloureusement dans le ventre et une autre qui lui raclait la tête, mais elle n'y prêta pas attention.

Tout en ignorant les bestioles qui pouvaient rôder avec elle dans les buissons, elle ferma les yeux. Ses muscles se détendirent et le sommeil la submergea presque sur-le-champ.

19

Safe entendit le camp rebelle avant de le voir.

Les hommes ne semblaient même pas avoir envisagé l'idée de devoir parler moins fort, qu'ils pourraient ne pas être seuls dans la jungle. Mais pourquoi l'auraient-ils fait ? Ils avaient bien choisi leur planque. Elle était située à des kilomètres de toute route et aucune personne tenant à la vie n'oserait s'aventurer dans cette partie de la forêt.

Mais Safe n'avait pas peur des fusils que ces individus portaient. Les rebelles en eux-mêmes ne l'effrayaient pas. Ses équipiers et lui étaient *ceux* qui devaient être craints, pas les connards qui avaient enlevé des hommes et des femmes innocents.

Tout en s'avançant, le SEAL se mit en position. Ses coéquipiers et lui avaient encerclé le camp et évaluaient la situation avant d'agir. À sa demande, Wren lui avait montré des photos des collègues avec lesquels elle allait voyager, sur le site de BT Energy. Il pouvait voir Dallas, Archie, Oliver et Colby... mais c'étaient les seuls.

La jeune femme n'était pas avec eux. Mais, encore une fois, il le savait déjà grâce au traceur GPS. Elle était à environ cinq kilomètres et, encore une demi-heure auparavant, avait avancé à un rythme régulier.

Safe voulait se diriger immédiatement vers elle, mais il devait s'assurer d'abord que ses équipiers avaient la situation sous contrôle.

— Est-ce que quelqu'un voit les autres ? Les gardes du corps et les deux autres hommes ? les interrogea Kevlar dans leurs oreillettes.

— Négatif.

— Non.

— Aucun signe d'eux.

— Merde. Il est possible qu'ils les aient séparés, signala Preacher.

Quelques secondes après la déclaration de son équipier, Safe put entendre celui qui semblait le chef de ce groupe hétéroclite narguer ses prisonniers, comme s'il avait, d'une manière ou d'une autre, entendu bien fort la suggestion de Preacher.

— Vous voulez vous échapper vous aussi ? Allez-y ! Je vous abattrais d'une balle dans le dos comme je l'ai fait avec vos petits copains. Mais je pourrais vous laisser partir un peu. Vous faire penser que vous pourrez vous en sortir, et puis, bam !

— Putain, souffla Kevlar dans la radio. J'imagine qu'on a notre réponse. Safe, tu as notre amie sur le radar ?

— Affirmatif, déclara Safe tandis qu'il reculait lentement et s'écartait de la clairière.

— On te retrouve au point d'extraction à vingt-deux heures. Si vous n'y êtes pas, on vous interceptera où on pourra.

Safe accusa réception des ordres de son chef avant de tourner les talons pour contourner le camp, dans la direction qu'avait prise Wren selon le traceur. Il en portait également un afin que Kevlar sache où il était à tout moment. Si quelque chose les empêchait Wren et lui de rejoindre ses équipiers (ne parlons pas de malheur !), ces derniers viendraient *à lui*. Il n'en doutait absolument pas.

Sa seule mission pour le moment était de retrouver Wren. Il avait espéré qu'elle aurait pu s'échapper discrètement, mais il ne tenait pas à s'attarder pour découvrir ce que les rebelles savaient. Finalement, cela n'avait pas d'importance. Il la retrouverait, d'une façon ou d'une autre. Et si quelqu'un l'avait emmenée hors du camp pour une raison infâme, il allait lui faire regretter.

Totalement concentré, Safe se focalisa sur le chemin qu'il se frayait à travers l'épaisse jungle. Son respect pour Wren augmenta à chaque pas. Il s'y était attendu. S'y était préparé. Il avait une machette pour l'aider à sectionner les branches les plus solides devant lui. Wren n'avait rien eu d'autre que son intelligence et sa détermination.

Il fut de nouveau reconnaissant de toutes les précautions qu'ils avaient prises pour ce voyage : pour le traceur, les rangers, les vêtements de randonnée. Sa concentration se reporta à la fois sur l'endroit où il mettait les pieds et sur l'écran du GPS avec le point clignotant. Il contourna un serpent brindille, heureux de l'avoir vu. Il n'existait pas d'antidote à son venin, qui tuait en empêchant la coagulation et provoquant une hémorragie massive des organes de sa proie.

Safe aperçut également un léopard qui dormait paresseusement dans un arbre et qui ne sembla pas s'intéresser au militaire tandis que ce dernier se glissait dans la jungle.

Lorsqu'il fut à quatre cents mètres de l'endroit où le point représentant Wren clignotait, il se mit à ralentir. Il avança plus prudemment. Silencieusement. S'il y avait quelqu'un avec elle et qui la tenait en otage, lui faisait du mal, il devait s'en approcher avec précaution. Il ne souhaitait pas que Wren soit blessée à cause de ses actions irréfléchies.

Chacune de ses molécules insistait pour qu'il se dépêche. Pour qu'il crie son nom. Mais Safe se déplaça furtivement, comme il avait été entraîné à le faire. Il n'était pas certain de ce qu'il découvrirait lorsqu'il arriverait aux coordonnées cibles, mais il espérait contre toute attention qu'il s'agirait de Wren, vivante. Sans doute effrayée, mais soulagée de le voir.

* * *

Wren ignorait comment bien de temps elle avait dormi, mais cela n'avait pas dû être très long, car il faisait encore jour. Elle ne se sentait pas en forme ; les courtes siestes lui faisaient sans cesse cet effet. Elles lui donnaient toujours l'impression de se sentir plus mal que lorsqu'elle avait fermé les yeux. Tout cela, ainsi que la branche qui essayait de la couper en deux là où elle était maladroitement allongée au cœur du bosquet, rendait le sommeil impossible.

Chacune de ses cellules était gagnée par l'épuisement, mais elle ne pouvait pas se permettre de rester trop longtemps au même endroit. Les conséquences pouvaient s'avérer littéralement mortelles.

Elle commença à remuer pour tenter de sortir de son cocon de végétation lorsqu'elle pensa avoir entendu quelque chose dans les environs.

Tout en se figeant, elle inclina la tête en essayant de comprendre ce qu'elle avait perçu.

Puis la panique monta rapidement.

Il y avait quelqu'un dans le coin. Ou *quelque chose*.

Elle avança lentement et glissa sa main dans sa poche pour prendre le couteau. Il ne servirait pas à grand-chose face aux rebelles, mais elle se sentit mieux du fait d'avoir une sorte d'arme en main. Le seul bon point de cette situation était qu'il serait presque impossible de la traîner hors de l'enchevêtrement de branches qui l'entourait en ce moment même.

—Wren ?

Pendant une seconde, entendre son prénom n'eut pas de sens.

—Wren ? Tu es là ?

Putain de merde ! C'était Bo ! Elle aurait reconnu sa voix entre toutes ! Son corps tout entier se mit à trembler tandis qu'elle tentait de s'extirper du bosquet. Plus elle luttait, plus il lui semblait qu'elle s'y coinçait.

— Wren ? Dis-moi que c'est toi là-dedans et que tu vas bien. Le ton du SEAL était à présent plus ferme. Autoritaire.

— Bo ! l'appela-t-elle d'une voix rauque.

— Doucement, ma chérie. Je suis là.

Même au milieu de l'Afrique, après qu'elle eut été enlevée par des rebelles, Bo paraissait calme.

Wren batailla pour se sortir des buissons et, dès l'instant où elle apparut au grand jour, elle eut envie de pleurer. En relevant la tête, elle découvrit le militaire qui se tenait devant elle, l'air plus grand que nature. Il portait un treillis de camouflage ainsi qu'une chemise, un sac à dos sur les épaules, et sa barbe était plus longue que la dernière fois qu'elle l'avait vu, un peu plus d'une semaine auparavant, et plus fournie.

Il ne souriait *pas*. Pas même un peu.

Mais cela ne perturba pas la jeune femme. Il était là ! Il était venu !

Elle était à quatre pattes et, l'instant d'après, elle se retrouva dans ses bras. Wren fourra son visage dans le creux de son cou et s'accrocha à lui comme si sa vie en dépendait. Ce qui était honnêtement un peu le cas.

— Chut, ne t'inquiète pas, murmura-t-il tandis qu'il la serrait si fort qu'il lui faisait presque mal.

— Bo... chuchota-t-elle contre sa peau couverte de sueur.

— Je suis là, lui dit-il. Je suis là.

Elle ne sut pas combien de temps ils restèrent ainsi, les bras de Bo l'entourant et elle s'agrippant à lui comme un petit singe à sa mère. Elle finit par prendre une grande inspiration et lever la tête, mais ne le lâcha pas.

— Comment ? Je ne pense pas que ça fasse même vingt-quatre heures depuis qu'on a été enlevés, bredouilla-t-elle.

— Dix-huit heures et trente minutes, l'informa-t-il.

— Comment es-tu même arrivé ici ?

— On était dans le coin. On avait terminé notre mission et on n'avait rien d'autre à faire.

Que Wren puisse trouver une raison de rire à cet instant était un sacré miracle. Mais elle gloussa.

— D'accord.

— Sérieusement, on était en train de tuer le temps au Tchad en attendant que ton vol quitte le Soudan du Sud. Une fois parti, on serait également rentrés à la maison.

— Attends une petite minute, lui répondit Wren en fronçant les sourcils. Vous aviez fini, mais vous attendiez que j'en aie terminé avec mon déplacement avant de vous en aller ?

— C'est ce que je viens de dire, je crois. Mais oui.

Ce fut à cet instant que la jeune femme tomba totalement amoureuse de cet homme. Elle avait déjà été en grande partie conquise, mais de savoir qu'il s'était plié en quatre pour s'assurer qu'elle rentrerait en toute sécurité à la maison avant de lui-même monter dans un avion montrait clairement combien il se souciait d'elle, d'une manière dont les mots ne le pourraient jamais. Que ce qu'il se passait entre eux était sérieux !

— Bo, murmura-t-elle, presque sans voix ?

— Respire, Wren. Je sais que... ça fait beaucoup. Mais j'ai besoin que tu restes forte. Il faut qu'on se mette en route. Tu peux marcher ? Est-ce que tu as faim ?

Chassant l'admiration qu'elle vouait à cet homme ainsi qu'à son équipe d'être restée intentionnellement sur le continent parce qu'elle s'y trouvait toujours, Wren prit une grande inspiration et répondit :

— Oui, non, j'ai plus soif qu'autre chose. J'ai trouvé de l'eau tôt ce matin, mais je n'en ai pas bu beaucoup parce que j'avais peur des petites bêtes.

En entendant sa réponse, Bo laissa retomber ses bras qui l'enserraient et ôta son sac à dos. Wren l'observa fouiller dedans un moment avant qu'il n'en sorte une gourde, n'en dévisse le bouchon et la lui tende.

Elle la saisit sans un mot et la porta à ses lèvres. L'eau à l'intérieur était chaude, mais tellement bonne. Elle en descendit rapidement quelques gorgées puis se força à s'arrêter.

— Tu en veux ? lui demanda-t-elle.

Elle ne put déchiffrer son regard tandis qu'il secouait la tête.

— Non, tu en as besoin.

C'était vrai. La jeune femme pouvait sentir son corps absorber le liquide vital aussi vite qu'elle pouvait le boire. Il ne lui fallut pas longtemps pour vider la totalité de la gourde. Son ventre lui fit un peu mal, mais la sensation d'être remplie était incroyablement agréable.

Bo la replia et la rangea dans son sac, puis sortit ce que Wren reconnut comme étant une ration de combat et l'ouvrit. Elle était sur le point de lui dire qu'elle n'avait pas faim quand il prit quelque chose dans un petit contenant en plastique vert puis rangea le reste de la ration dans son sac. Puis il le referma et l'enfila de nouveau sur ses épaules. Il ouvrit ensuite le sachet et le lui tendit.

— Mange ça.

— Je n'ai pas faim, lui répondit-elle.

— Je sais, mais tu as besoin des calories. Tu as marché toute la nuit, tu es stressée, ton corps en a besoin.

Sachant qu'il avait raison, Wren prit le petit carré.

— Qu'est-ce que c'est ? l'interrogea -t-elle.

— Du quatre quarts au citron et aux graines de pavot.

La jeune femme mordit dedans puis releva la tête vers lui, surprise.

— Il est bon.

Les lèvres de Safe frémirent.

— Oui. Certains desserts sont meilleurs que d'autres, mais j'ai toujours eu un faible pour celui-là. Tu auras soif quand tu l'auras terminé et j'ai encore de l'eau pour toi, l'informa-t-il en tâtant l'une des poches de son pantalon.

Chaque muscle du corps de Wren protestait contre le fait qu'elle soit debout et avance. Elle était persuadée d'avoir plus marché dans les dernières vingt-quatre heures que dans sa vie entière. Et, à présent qu'elle avait bu, elle avait aussi commencé à transpirer. Elle était effrayée, épuisée et dans un état pitoyable, mais aucune plainte ne s'échappait de sa bouche, parce que Bo était là.

— Je suppose que la bague d'orteil a fonctionné, déclara-t-elle tandis qu'il les guidait à travers la jungle.

Elle ignorait où ils allaient, mais elle n'eut aucun problème à s'en remettre à Bo concernant leur destination et la suite des évènements.

— Ça a marché, confirma-t-il avant d'hésiter et de marquer une pause. Est-ce que tu peux me raconter ce qui s'est passé ?

Wren soupira.

— On était en route pour la maison du président, mais, au lieu d'être conduits là-bas, on a été emmenés hors de la ville, dans cette jungle.

— Pour une rançon ?

Elle acquiesça.

— Oui.

— Je sais que c'est dur, mais je dois poser la question. Où sont les autres ? Est-ce que vous avez été séparé ?

Wren déglutit avec difficulté et le gâteau aux graines de pavot se mit à peser dans son estomac.

— Non. J'imagine qu'ils ont échafaudé un genre de plan pour s'enfuir au moment où on descendait des vans. Ils sont morts.

Bo s'arrêta si brusquement que la jeune femme faillit lui rentrer dedans. Il se retourna et la serra une fois de plus dans ses bras. Très fort.

— Je suis désolé.

— Moi aussi, bafouilla-t-elle dans son cou.

Puis Bo la prit par les épaules et se baissa pour la regarder droit dans les yeux.

— Je vais te sortir de là.

Elle hocha la tête. Que pouvait-elle faire d'autre ?

— Tu t'es bien débrouillée, ma chérie. Tu as gardé la tête froide, tu as sectionné les liens.

Ses yeux se posèrent sur ses poignets couverts de bleus. La jeune femme avait appuyé ses mains sur son torse et les marques étaient clairement visibles.

— Et tu t'es cachée jusqu'à ce que je puisse te retrouver, poursuivit-il. Je suis tellement fier de toi.

Wren cligna des paupières. Combien de fois avait-elle entendu quelqu'un dire cela d'elle ? Aucune. Elle n'arrivait pas à se souvenir de qui que ce soit le lui disant auparavant. Elle s'imprégna de ses paroles, les savoura. Avant que la réalité ne reprenne le dessus.

— Et les autres ? J'avais peur que nos ravisseurs ne se vengent sur eux de mon évasion.

— Ils vont bien. Le reste de mon équipe est en train de les tirer de là.

Wren avait un tas de questions. Qu'allait-il arriver aux rebelles ? Et de leurs affaires à l'hôtel ? Qu'adviendrait-il des corps des autres ? Comment allaient-ils quitter le pays sans leurs passeports ? Le projet de gazoduc allait-il même continuer à présent ? Ses collègues étaient-ils furieux qu'elle les ait abandonnés dans cette clairière ?

Mais elle les ravala toutes. Ce n'était pas le moment de demander quoi que ce soit.

— D'accord.

Bo la dévisagea. Comme s'il savait qu'elle débordait d'interrogations, il lui expliqua :

— On va maintenant rejoindre l'équipe. On s'envolera d'ici

pour l'Ouganda. Tex s'est déjà arrangé pour que de nouveaux passeports vous soient livrés à tous.

Évidemment que ce mystérieux Tex y avait accès. Cet homme les avait sans doute déjà livrés à l'ambassade américaine de l'Ouganda avant même que ses collègues et elles aient quitté les États-Unis. Mais Wren ne put s'en offusquer. Si seulement Colby avait eu un peu de bon sens et avait annulé ce déplacement.

La jeune femme se rendit compte que Safe l'observait toujours avec attention, comme s'il attendait qu'elle réponde.

— D'accord, répéta-t-elle après un temps d'arrêt.

— Si tu as besoin de t'arrêter et de faire une pause, dis-le-moi. On a le temps avant de devoir retrouver mon équipe.

Wren hocha la tête. En vérité, elle avait envie de s'allonger au cœur de cette fichue jungle et de dormir pendant des jours. Mais puisque ce n'était pas une option possible pour le moment, elle ferait ce que Bo lui dirait de faire, même si elle devait en mourir.

— Tu es coriace, déclara-t-il avant de se pencher légèrement en avant.

Ses lèvres furent les bienvenues sur celles de la jeune femme. Elles l'ancrèrent. Lui fit croire qu'ils pourraient, peut-être, se tirer de là.

Sans un mot de plus, Bo saisit la main qui ne tenait pas le quatre quarts et se remit en marche.

***

Safe n'avait jamais été si soulagé de revoir quelqu'un de toute sa vie. Il n'avait réellement eu aucune idée de l'état dans lequel Wren allait se trouver lorsqu'il la retrouverait. Il s'était imaginé tant de scénarios horribles que même si elle était couverte d'ecchymoses et d'égratignures, qu'elle était sale et avait le regard cerné, la voir vivante et sur pieds l'avait rendu tout chose.

271

Il avait été terrifié à l'idée qu'elle soit blessée... ou violée. Il ne doutait pas que ça avait traversé l'esprit des rebelles, mais, fort heureusement, Wren avait pris son bien-être en main et s'était enfuie du camp avant qu'ils ne puissent faire quoi que ce soit.

Bien sûr, il ne savait pas avec certitude qu'ils n'étaient pas passés à l'acte, mais il avait été témoin des suites de suffisamment d'agressions sexuelles pour en reconnaître les signes. Wren n'avait pas hésité à le laisser la toucher, n'avait pas le regard vide qu'il avait vu chez tant d'autres victimes. Ils allaient devoir avoir une longue conversation profonde au sujet de ce qu'elle avait réellement traversé, de ce à quoi elle avait survécu, mais il devait d'abord les emmener jusqu'au point de rendez-vous. Il n'éprouvait aucun problème à se retrouver seul dans cette forêt tropicale, mais, dans ce cas précis, il se sentirait mieux lorsqu'il aurait ses équipiers pour surveiller ses arrières... et ceux de Wren.

Parce qu'ils n'étaient pas encore hors de danger. Toutes sortes de menaces rôdaient dans ces arbres. Qu'elles aient deux ou quatre pattes. Ils avaient environ trois kilomètres à parcourir jusqu'au point de rendez-vous. Safe ne s'inquiétait pas trop des gros animaux de la jungle, mais plutôt des plus petits, comme les serpents. Mais il ne doutait pas non plus de la présence d'autres groupes de rebelles, établis eux aussi dans le secteur.

Les hommes qui avaient enlevé Wren et ses collègues n'étaient pas les seuls à se servir de cette forêt comme cachette. Si la jeune femme et lui tombaient sur quelqu'un d'autre, les choses pourraient rapidement dégénérer.

Le SEAL n'avait pas envie de la lâcher, mais il fallait qu'il ait les deux mains libres au cas où il aurait besoin de les protéger.

— Accroche-toi à mon sac à dos. Et reste près de moi.

— Si tu penses que je vais m'écarter de plus de cinquante centimètres de toi, tu es fou, répliqua-t-elle.

Les lèvres de Safe tressaillirent, puis il reprit son sérieux.

Traverser la jungle jusqu'au point de rendez-vous n'allait pas être aisé. Il aurait aimé que Wren n'ait pas eu à faire cette longue marche, mais, comme il lui avait dit, elle était coriace. Elle pouvait le faire.

Il avait envie de lui parler, d'entendre sa voix, de s'assurer qu'elle allait vraiment bien, mais il fallait qu'il écoute la nature autour d'eux. Qu'il soit vigilant à tout type de danger. Safe ne fut pas trop surpris qu'elle semble comprendre cela et ne tente pas de bavarder. Mais, encore une fois, il était possible qu'elle soit simplement trop fatiguée pour ça.

Ils marchaient depuis trente minutes et avaient sans doute parcouru environ huit cents mètres d'après ses estimations. Avancer dans la jungle était très différent d'une promenade en ville ou sur un sentier établi. Cela prenait plus de temps de se frayer un chemin et, puisqu'ils ne pouvaient pas progressaient en ligne droite, ils se rajoutaient des pas et du kilométrage au fur et à mesure.

Un son sur leur gauche fit stopper net Safe. Wren le percuta, mais il l'aida à garder son équilibre en tendant une main en arrière.

— Qu'est-ce qu'il y a ? chuchota la jeune femme.

Le SEAL entendit les bruits subtils d'une personne en approche… et sut d'emblée qu'ils n'avaient pas le temps de se cacher avant d'être encerclés par une demi-douzaine d'individus. Qui tenaient tous des fusils.

Merde.

Wren gémit derrière lui.

— Les mains en l'air, ordonna l'un d'eux.

— Bo ? chuchota Wren.

— Obéis, lui répondit-il.

Il était doué. Mais pas assez pour vaincre six hommes armés. Wren et lui seraient abattus avant qu'il ne puisse désamorcer la menace. Leur meilleure option était de faire ce qu'on leur demandait. Wren portait toujours sa bague de pied et il était lui aussi équipé d'un traceur GPS.

La jeune femme poussa un cri lorsqu'elle fut arrachée à lui et il fallut que Safe mobilise toute sa volonté pour ne pas s'en prendre à l'homme qui l'avait agrippée. Ce dernier la maintint immobile pendant qu'on délestait le militaire de son sac à dos, de son fusil ainsi que de son oreillette et qu'on lui vidait les poches.

— Qui êtes-vous ? Que faites-vous dans notre jungle ? les questionna l'homme qui leur avait demandé de lever les mains.

— On était en train d'en sortir, répondit Safe en croisant son regard, tout en ignorant les armes pointées sur Wren et lui.

— Et que faisiez-vous là ? Ce n'est pas vraiment un endroit touristique... et vous ressemblez à tout *sauf* à des touristes.

Safe passa en revue dans sa tête des scénarios envisageables. Il pouvait ordonner à Wren de fuir, mais vu comment un des hommes la tenait, elle n'irait pas loin. Il pouvait mentir et insister sur le fait que c'était bien ce qu'ils étaient, mais celui qui les interrogeait était de toute évidence trop intelligent pour cela.

Le militaire décida alors que la vérité était le meilleur choix dans cette situation.

— Elle était dans votre pays avec ses collègues. Ils travaillaient avec le gouvernement pour construire un gazoduc. Ils ont été enlevés la nuit dernière. Amenés ici. Mon équipe et moi sommes venus leur porter secours.

Le silence se fit à ses mots... et, pendant un instant, Safe eut peur d'avoir pris la mauvaise décision.

Puis l'homme poussa un grognement de dégoût et cracha sur le sol.

— Laissez-moi deviner. Le gouvernement dit que l'argent profitera au Soudan du Sud. À notre économie.

Pour la première fois, Safe détacha les yeux du chef de cette petite bande et coula un regard vers Wren. Le visage de cette dernière était blanc comme un linge et elle frissonnait. Son geôlier était posté derrière elle en lui maintenant les biceps et en forçant ses bras dans son dos. Cela avait l'air de la gêner et elle semblait apeurée, mais indemne. Dieu merci.

— C'est ça, répondit-elle d'une voix qui ne trembla que légèrement.

— Des menteurs ! Ce sont tous des *menteurs* ! Ils confisquent l'argent des citoyens. On meurt de faim, on n'a pas assez d'eau ou de nourriture pour vivre. Tandis qu'eux vivent comme des rois ! Qui les a enlevés ?

— Je ne sais pas, affirma Safe.

— Ils étaient environ vingt, expliqua Wren. On pensait qu'on allait dîner dans l'enceinte présidentielle, mais on a été conduit ici à la place, dans la jungle. Il y avait un homme qui ouvrait la route, sur une moto.

Le chef cracha une nouvelle fois sur le sol.

— Ils sont tout aussi corrompus que le gouvernement, dit-il avec amertume. Ils reçoivent des informations de l'intérieur. Et de l'argent pour acheter des armes à feu.

Safe n'était pas certain de savoir si la haine de ce groupe pour l'autre était une bonne ou une mauvaise chose.

— Elle leur a échappé pendant la nuit. Je l'ai retrouvée et je la ramène là où mon équipe attend de quitter le pays.

Le leader dévisagea Safe pendant un long moment embarrassant. Il jeta un regard à Wren, puis de nouveau au militaire.

— Elle doit avoir de l'importance si les États-Unis ont envoyé quelqu'un la chercher.

— Elle *en a pour moi*, répliqua fermement Safe.

— Elle est à toi ?

— Oui.

Il n'y avait pas de trace d'hésitation dans sa réponse. Parce que Wren *était* sienne. À chérir. À protéger. Pas de la façon dont le chef avait tourné sa question, mais elle était sienne quand même.

— Je dois consulter mes hommes. Vous venez avec nous. On vous tuera si vous tentez quoi que ce soit.

Ce n'était pas ce que Safe avait eu envie d'entendre, mais ce n'était pas aussi grave que l'alternative : être abattus sur place.

L'individu qui maintenait Wren la lâcha en la poussant et elle chancela en avant. Safe l'attrapa avant qu'elle ne tombe et la serra contre son flanc.

Le chef commença à avancer dans la direction opposée à celle dans laquelle Wren et lui devaient aller pour retrouver son équipe.

Soupirant intérieurement, Safe ne laissa rien paraître de son agacement ni de son inquiétude. Les différents groupes ethniques du pays ne s'entendaient pas. Et si ces hommes étaient furieux après l'autre troupe, celle qui avait enlevé Wren et ses collègues, cela pourrait jouer en leur faveur. Il n'allait pas commettre l'erreur de penser que c'étaient les gentils, mais, puisqu'ils ne leur avaient pas tiré dessus à vue, il prenait cela comme une victoire.

Personne ne pipa mot pendant qu'ils progressaient d'un pas lourd dans la jungle, en direction de ce que Safe ne pouvait que supposer être un autre camp rebelle. Lorsque Wren et lui et n'arriveraient pas à l'heure au point de rendez-vous, Kevlar élaborerait un plan B. Il renverrait très certainement les civils avec l'hélicoptère tandis que le reste de l'équipe de SEALs et lui viendraient les chercher.

Ils devaient juste être patients. Calmes. C'était le même conseil qu'il avait donné à Wren au cas où quelque chose se produirait.

Ils marchèrent pendant un bon moment et, à chaque pas, Safe put sentir que Wren s'affaissait un peu plus contre lui. Elle était totalement exténuée et il n'aimait vraiment pas ne rien pouvoir faire pour elle à cet instant précis.

Ils finirent par avancer le long d'un petit ruisseau et par tomber sur ce qui ressemblait à une immense grotte. Elle était presque dissimulée à flanc de coteau et, plus important encore pour les rebelles, était complètement défendable.

Personne ne pouvait se faufiler dans leur dos et ils pouvaient s'abriter des pluies torrentielles, quotidiennes dans cette zone du pays.

Ils rejoignirent environ une douzaine d'autres hommes et, à la surprise de Safe, quelques femmes faisaient même partie du groupe. Wren et lui furent guidés à l'intérieur de la grotte, vers le fond, et le chef désigna un emplacement près d'une paroi.

— Vous restez là. Je vais parler avec les autres.

Safe hocha la tête. Il pourrait plaider leur cas, rappeler à l'homme qu'ils n'étaient pas là pour faire de mal à qui que ce soit, qu'ils voulaient juste partir, mais il devait d'abord prendre soin de Wren.

Il l'aida à s'installer sur le sol et s'accroupit devant elle, sur la plante des pieds.

— Tu tiens le coup ?

Il connaissait la réponse à sa question (pas très bien), mais il la posa tout de même.

— Ça va.

Safe laissa échapper un petit rire. Ça n'allait pas. Loin de là. Mais il n'aurait pas dû être étonné qu'elle minimise ce qu'elle ressentait.

— Je vais te chercher de quoi manger. Et de l'eau, lui dit-il.

— Mais il nous a dit de rester ici, protesta-t-elle.

— Je ne vais pas rester assis ici pendant que tu souffres. Je reviens tout de suite.

Safe se releva ensuite et se tourna vers le grand espace ouvert. Le chef était à l'entrée de la grotte et discutait avec plusieurs personnes. Un homme avait été laissé en arrière pour les surveiller. Il leva le fusil qu'il tenait lorsque le SEAL fit un pas vers lui.

Levant immédiatement les mains de chaque côté de son corps afin de montrer qu'il n'était pas armé, Safe demanda :

— S'il vous plaît. J'ai besoin de mon sac. Ma femme est épuisée. Il lui faut de l'eau et de quoi manger. J'ai les deux dans mes affaires.

— Non, répondit sévèrement le garde.

Safe n'allait pas se laisser décourager par une réponse négative.

— Écoutez, je me fiche que vous me preniez tout ce que je possède. J'ai des choses avec moi qui vous seront utiles à tous. Mais, je vous en prie, elle a été kidnappée, attachée, terrifiée, puis elle s'est échappée et a parcouru la jungle pendant des heures. Maintenant, elle a dû marcher encore plus. Elle n'est pas habituée à cette chaleur et n'a rien mangé depuis je ne sais combien de temps. S'il vous plaît, laissez-moi m'occuper d'elle.

Ce ne fut pas le garde qui répondit à ses suppliques, mais l'une des femmes. Elle s'avança vers lui et lui jeta un regard noir.

— Baisse ton fusil. Laisse-le nourrir sa femme.

— Il a très certainement des armes dans son sac, répliqua l'homme.

Safe ne bougea pas d'un pouce. Le fait était qu'il en avait *bien* dedans. Quelques couteaux. Une arme de poing.

— Très bien, répondit la femme tandis qu'elle se dirigeait vers le sac de Safe qui avait été abandonné au milieu de la grotte.

— Merci, lui dit le militaire. Il y a deux rations de combat, des plats prêts à être consommés, mais on n'en a besoin que d'un. Vous pouvez prendre le deuxième. Il me faut quelques tablettes pour purifier l'eau. Elles sont dans un petit sachet dans la poche extérieure. Oui, celle-là. Et si ce n'est pas trop vous demander, pouvez-vous remplir cette gourde pliante pour nous ? Ça nous aiderait beaucoup.

Il tirait sur la corde, il en avait conscience, mais la femme semblait relativement disposée à les aider et il se dit que ça ne pouvait pas faire de mal de demander. À sa grande surprise et son soulagement, elle s'avança vers lui et lui tendit la ration ainsi que les tablettes. Il hocha la tête en signe de remerciement avant qu'elle ne quitte la grotte, pour avec un peu de chance chercher de l'eau au ruisseau.

Lorsqu'il se retourna vers Wren, la vue qui l'accueillit l'apaisa tout en le frustrant. Elle s'était allongée dans la poussière et s'était endormie. Il était ravi qu'elle puisse enfin prendre un peu de repos, mais contrarié que ce ne soit pas dans un hélicoptère pendant qu'ils quittaient le pays pour se mettre hors de danger.

Cela ne lui plaisait absolument pas de la réveiller, mais il devait lui faire avaler des calories. Et davantage d'eau. Puis il la laisserait dormir de nouveau et monterait la garde pendant ce temps.

Tout en s'asseyant à côté d'elle, Safe posa une main sur son épaule et la secoua doucement.

— Wren. J'ai besoin que tu te réveilles.

— Non, gémit-elle.

— Juste un petit moment. J'ai de quoi manger pour toi.

— Pas faim, grommela-t-elle.

— Je sais, mais, encore une fois, tu dois te nourrir. Allez, assieds-toi. Celui-là n'est pas trop mal. Chili et macaronis. Tu as déjà mangé le meilleur, le quatre quarts aux graines de pavot, mais le fromage au piment étalé sur les crackers n'est pas si mal. Même si je ne t'invite pas à essayer les bâtonnets au bœuf, ils ont un goût d'aliment pour chien.

Cela lui valut un petit sourire. Wren soupira puis se redressa. Safe la déplaça pour qu'elle soit assise devant lui, dos contre son torse, entre ses jambes. Il passa ses bras autour d'elle tandis qu'il ouvrait la ration.

La femme revint avec la gourde qu'il avait demandée. Safe la remercia et Wren fit de même.

Se servant d'un peu d'eau pour activer l'élément chauffant de la ration, Safe glissa ensuite la boisson en poudre orange qui venait avec dans la gourde, en même temps qu'une tablette de purification. Le tout aurait un goût étrange, mais la poudre contenait des glucides ainsi que des électrolytes et le corps de Wren avait besoin de tous les coups de pouce possibles. Leur situation était bien meilleure qu'il n'aurait pu l'espérer après avoir été encerclé par un autre groupe de rebelles dans la jungle, mais ils n'étaient pas encore hors de danger.

Pendant qu'ils attendaient que les pâtes se réchauffent, Safe tartina un peu de fromage sur un cracker et le tendit à Wren. Elle le mangea sans un mot, en bougeant presque comme un robot, comme si elle était dans la lune. Le SEAL supposa qu'elle était toujours à moitié endormie, au bout du rouleau. Mais ce n'était pas grave. Tant qu'il pouvait lui faire ingurgiter un peu de calories et d'eau, il la laisserait dormir aussi long-temps qu'elle pouvait avant les futurs évènements.

Les trois femmes qu'il avait vues à l'extérieur pénétrèrent dans la grotte, s'assirent en face de Wren et lui et les obser-vèrent en silence. Il les ignora. Sa seule préoccupation du moment était la femme qui s'affaiblissait dans ses bras.

Reposant le menton sur son épaule, il prit une cuillerée du plat de macaronis et souffla dessus pour s'assurer que Wren ne se brûlerait pas, puis porta la cuillère à ses lèvres. Elle ouvrit la bouche sans un mot et Safe ne put s'empêcher de ressentir une profonde satisfaction d'être en mesure de subvenir à ses besoins.

Ils partagèrent les pâtes, prenant à tour de rôle de petites bouchées. Il s'assura qu'elle boive beaucoup d'eau saveur orange entre chaque. Lorsqu'ils eurent presque terminé leur sachet de nourriture réhydratée, elle soupira et se tourna sur le côté, toujours dans ses bras. Elle reposa sa tête contre le torse de Safe, pile au-dessus de son cœur.

— Est-ce que je peux me reposer maintenant ? demanda-t-elle d'une voix traînante.

— Dors, Wren. Je te protège, la rassura-t-il.

Il l'embrassa sur le front tandis qu'elle se blottissait contre lui. Elle s'endormit en quelques secondes et il sentit sous ses bras sa poitrine se soulevant en rythme avec sa respiration profonde.

— Elle va bien ? le questionna le chef en s'avançant vers eux.

Safe ne bougea pas. Les restes de leur repas étaient éparpillés autour de lui, mais son attention était fixée sur l'homme qui tenait leur sort entre ses mains.

— Épuisée, lui répondit-il.

Son interlocuteur hocha la tête. Puis il demanda :

— Combien vaut-elle ? Aux yeux de son entreprise. Combien paieraient-ils pour la récupérer ?

Safe se tendit. La conversation ne commençait pas comme il l'avait espéré.

— Combien vaut-elle ? répéta-t-il. Elle est inestimable. Quant à la somme que BT Energy paierait en rançon ? Je n'en sais rien. Elle a été engagée il y a à peine plus d'un mois. Elle ne fait pas partie de leurs cadres.

Il faisait de son mieux pour donner l'impression qu'elle n'était qu'une simple employée. Personne n'important.

— Alors pourquoi était-elle là ?

— C'est leur responsable des relations publiques. Elle parle aux médias. Explique les projets, souligne les bénéfices.

Le chef retroussa les lèvres.

— Donc c'est juste une menteuse, comme toute la presse.

Le SEAL secoua la tête.

— Non. Elle se concentre peut-être plus sur les avantages d'un projet que sur les inconvénients, mais elle ne ment pas.

L'homme le dévisagea un long moment. De la sueur gouttait le long de la nuque de Safe. Il avait l'impression qu'il s'agissait d'un tournant. La situation pouvait basculer de n'importe quel côté désormais.

— Et toi ? Combien paierait le gouvernement américain pour récupérer un de ses soldats ?

C'était une bonne chose qu'il ne sache pas que Safe faisait partie des SEALs. Ce dernier haussa les épaules.

— Vu que mon équipe et moi ne sommes pas du tout censés être ici, je ne suis pas sûr qu'il débourse *quoi que ce soit* pour moi.

Ce n'était pas tout à fait vrai. Le commandant avait fait jouer ses relations pour obtenir la permission de passer la frontière, de sauver leurs compatriotes et de se tirer de là. Mais, en ce qui concernait le président et les autres gros bonnets ? Ils n'étaient pas au courant et n'approuveraient pas cette mission de secours.

— Hmm, grogna le chef d'un air déçu. Et il y en a combien d'autres comme toi ? Est-ce qu'ils vont venir vous chercher ?

— Six. Et oui, ils viendront.

— Ils savent où vous êtes ?

Safe ne prit pas la peine de mentir.

— Oui.

— Comment ?

— J'ai un traceur sur moi. Tout comme elle, ajouta-t-il avec un signe de tête en direction de Wren.

— Donc, même si on vous tuait maintenant, ils nous tomberaient quand même dessus.

Le SEAL acquiesça en retenant son souffle.

On y était. Le moment décisif.

— Quand ?

— Comment ça, quand ? demanda-t-il, confus.

— Quand est-ce qu'ils vont arriver ?

Safe fit quelques rapides calculs mentaux et répondit :

— D'ici trois heures, je dirais.

— Alors vous feriez mieux de vous bouger. Vous pourrez peut-être les retrouver en chemin, déclara le chef en se détournant brusquement.

— Attendez ! lança Safe.

— Quoi ?

Il n'arrivait pas à croire ce qu'il allait demander, mais il pouvait voir et entendre la pluie qui s'abattait dehors.

— Est-ce qu'on peut rester deux heures de plus ? Elle ne peut littéralement plus marcher pour le moment. Elle est trop fatiguée.

— Et ton équipe ? Est-ce qu'elle va tirer d'abord et poser des questions ensuite ?

C'était une interrogation pertinente.

— Non. Ils vont d'abord observer. Prendre contact avec moi avant de faire quoi que ce soit.

Le chef inclina la tête.

— Tu n'es pas un soldat classique, pas vrai ?

— Non.

Ils se jaugèrent du regard un instant avant que le chef ne déclare :

— Ne me le fais pas regretter.

— Au contraire, je vais faire ce que je peux pour que vous ayez une compensation pour votre aide.

Pour être honnête, l'homme ne les avait pas vraiment aidés. Il les avait simplement interceptés. S'ils n'avaient pas été prisonniers, Wren et Safe auraient dû se trouver dans un hélicoptère et hors du Soudan du Sud à cette heure. Mais il ne leur avait pas fait de mal. Ce qui était suffisant aux yeux de Safe.

Le chef hocha la tête et lui tourna le dos. L'homme au fusil qui les avait surveillés le suivit.

Sentant ses muscles se détendre pour la première fois depuis qu'il avait appris que Wren et ses collègues avaient été enlevés, Safe posa la tête contre la paroi derrière lui. La jeune femme était blottie dans ses bras et dormait profondément. Elle était plus vulnérable que jamais, mais le militaire n'allait pas laisser quoi que ce soit lui arriver. Il ne dormirait pas, peu importe sa fatigue. Il n'avait même pas envie de fermer les paupières. Il resterait vigilant et la surveillerait jusqu'à l'arrivée de son équipe.

Et il ne doutait pas qu'elle viendrait. Il priait simplement pour ne pas avoir menti au chef de ce groupe hétéroclite de rebelles.

Si Kevlar et les autres tiraient avant de jauger de la situation, Wren et lui étaient morts. Mais ses équipiers étaient doués pour ce qu'ils faisaient. Très doués. Ils allaient étudier les environs, rassembler toutes les informations possibles avant de faire quoi que ce soit. Safe devait juste attendre leur signal et les prévenir que tout allait bien en retour. Les choses allaient bien se passer. Il n'y avait pas d'autre alternative.

20

Wren se réveilla en sursaut. Elle n'était pas sûre de savoir pourquoi, mais, quand Bo lui murmura à l'oreille « Doucement, ma chérie. Tout va bien, » elle s'apaisa instantanément.

En jetant un œil autour d'eux, elle vit qu'ils se trouvaient dans la grotte dans laquelle elle se souvenait vaguement avoir été menée par le groupe de ravisseurs le plus récent. Elle se rappelait Bo lui donnant à manger, mais les souvenirs étaient troubles. Comme s'il s'agissait de rêves plutôt que de la vraie vie.

Mais, à ce moment précis, il y avait environ une douzaine de rebelles à l'air très tendus, armés de fusils, postés près de l'entrée de la caverne.

— Qu'est-ce qui se passe ? chuchota-t-elle.

— Les gars sont là, répondit calmement Bo.

— Quoi ? Quels gars ? l'interrogea-t-elle en se tournant pour épier l'homme qui la tenait.

Ses muscles étaient raides et se contorsionner était douloureux, mais elle devait se préparer à bouger. À fuir. À faire *quelque chose.*

Bo paraissait cependant détendu. Enfin, aussi décontracté qu'il pouvait l'être, étant donné leur situation actuelle.

— *Nos* gars. Kevlar, Preacher et les autres.

Wren pivota vivement pour regarder l'entrée de la grotte, mais ne vit rien au-delà de la ligne de rebelles.

— Où ça ?

— Ils sont dehors. J'ai entendu l'appeau de Flash. J'y ai répondu. Et maintenant, ils attendent que je fasse le premier pas.

— Alors pourquoi est-on toujours assis là s'il faut que tu fasses quelque chose ?

— Parce que tu dormais.

Wren le dévisagea comme s'il avait deux têtes.

— Attends, ton équipe est là pour nous secourir et tu ne fais rien parce que je *dormais* ?

— C'est ça, répondit-il. Tu étais épuisée. Tu ne pouvais même pas relever la tête. Tu pouvais à peine manger. Tu avais besoin de sommeil.

— Je ne dors pas, là, l'informa-t-elle lentement, comme s'il était étrangement devenu fou pendant sa sieste.

Il lui sourit de toutes ses dents.

— Non.

— Bo ?

— Oui ?

— Je suis perdue.

— Oui, pardon. J'ai discuté avec leur chef pendant que tu prenais un repos plus que nécessaire. Il a accepté de nous laisser rester ici le temps que tu récupères. Je lui ai dit que mon équipe les dédommagerait, lui et ses amis. Les gars sont là, maintenant, on va retourner dans la jungle et avec un peu de chance à bord d'un hélico avant que quelqu'un d'autre décide de nous divertir.

Au même moment, tous les rebelles dans la grotte levèrent leurs fusils et les braquèrent sur la végétation.

— Est-ce que tu peux te relever, ma chérie ? demanda Bo d'une voix toujours décontractée.

Wren se dépêcha de s'écarter de lui afin qu'il puisse se mettre debout. Puis elle l'imita en remarquant que le militaire s'était assuré de rester entre elle et les autres.

— Il s'agit de mes hommes ! déclara Bo d'un ton ferme et sonore. Ils ne vont pas vous faire de mal. On va bien, Kevlar !

— Vous avez dix secondes pour baisser vos armes avant qu'on commence à vous descendre, cria une voix grave et menaçante depuis les arbres.

Personne ne prononça un mot, mais l'un des rebelles se retourna et pointa son fusil sur Bo.

Peut-être était-ce parce qu'elle était toujours à moitié endormie ou peut-être était-ce de la folie à l'état pure, mais Wren se retrouva la main dans la poche de son treillis et en tira le minuscule couteau qu'elle y avait glissé plus tôt... hier ? Ce matin ? Elle ignorait l'heure qu'il était ; tout ce qu'elle savait, c'était qu'elle n'allait pas laisser quoi que ce soit arriver à Bo. Pas à cause d'elle.

Elle bondit devant lui et pointa le canif vers l'homme.

— Reculez ! hurla-t-elle de manière presque hystérique.

C'était ridicule. Elle tenait une lame pas plus longue que la moitié de son petit doigt, la braquait sur un homme armé d'un fusil, tandis qu'une douzaine de ses amis, tous détenant leurs propres armes, étaient postés derrière lui. Qu'allait-elle faire avec ce tout petit couteau, elle n'en savait rien, mais elle en avait assez de se sentir impuissante. De voir des gens pointer des armes sur la tête de ses amis.

— Tout doux, Wren, lui dit Bo dans son dos.

— Non ! s'écria-t-elle sans détacher son regard de l'homme devant elle. Tout ce que je veux, c'est rentrer à la maison ! J'ai rencontré des personnes géniales ici au Soudan du Sud, mais je suis fatiguée, j'ai peur, j'ai faim et j'ai juste envie d'un cheese-burger géant et un matelas qui n'est pas complètement trempé !

— Et tu les auras, la rassura Bo.

Puis elle le sentit se coller contre son dos. Il ne s'empara pas de son petit couteau. Il ne fit rien, mis à part poser ses mains sur ses hanches et s'appuyer contre elle. Son souffle chaud lui chatouilla l'oreille.

— C'est bon, Wren. Tout va bien.

Ça *n'allait pas* bien. Elle avait la main qui tremblait, mais elle ne pouvait pas baisser son arme.

L'homme qui les tenait en joue abaissa la sienne. Ses lèvres frémirent tandis qu'il la regardait.

Ce fut la goutte d'eau pour Wren. Qu'on se *moque* d'elle. Elle tenta de faire un pas en avant, pour montrer à l'homme qui lui souriait qu'elle n'hésiterait pas à le poignarder. D'accord, sa toute petite lame serait sans doute difficilement capable de traverser sa peau, mais elle lui infligerait autant de blessures que possible.

Sauf que Bo resserra son étreinte et passa un bras autour de sa poitrine, la maintenant fermement contre lui.

Elle remua, mais il tint bon.

— C'est fini, Wren.

— Hé !

Surprise par une voix familière, Wren leva les yeux et vit Kevlar qui se tenait à l'entrée de la grotte. Il ne souriait pas vraiment, mais il n'avait pas non plus l'air d'être sur le point de massacrer tous ceux qui se trouvaient dans son champ de vision. Les cinq autres hommes de l'équipe de Bo étaient déployés derrière lui. Ils paraissaient tous prudents et sur leurs gardes, mais personne ne se tirait dessus, ce qu'elle considéra comme une victoire.

— Hé ! répondit Bo.

— Ça va les gars ? demanda Preacher.

— Oui.

— Il est temps que vous partiez, déclara le chef de la dernière bande de preneurs d'otages.

Pour être honnêtes, Bo et Wren n'avaient pas été attachés. On leur avait donné de l'eau et à présent que tout le monde avait baissé son arme, le groupe ne semblait pas prêt à tirer avant un moment.

— Merci pour votre hospitalité, lui répondit Bo.

Wren eut envie de ricaner, mais elle réussit à se contenir.

L'homme dévisagea le SEAL pendant un long moment pétrifiant, puis hocha la tête.

— Est-ce que je peux discuter un instant avec mon ami... seul à seul ? demanda Bo.

Wren fut certaine qu'il était allé trop loin et fut de fait surprise quand le leader acquiesça.

— Elle reste où elle est, ajouta celui-ci

Elle ne souhaitait pas être séparée de Bo, mais elle s'empêcha de flancher lorsque celui-ci opina du chef et que le bras qui l'enserrait retomba.

— Je reviens tout de suite. Tâche de ne planter personne pendant mon absence.

Elle le foudroya du regard.

— Ce n'est pas drôle.

— Non, tu as raison, lui répondit-il d'un air solennel. Mais donne-moi trois minutes, ensuite on s'en ira de là.

— Si toi ou quelqu'un d'autre se fait tirer dessus, je ne te le pardonnerais jamais, l'avertit-elle.

Puis, juste devant son équipe, la douzaine de rebelles et les femmes, Bo l'embrassa. Ce n'était pas un baiser passionné. Il ne dura pas. Mais le militaire n'hésita pas à se pencher sur elle et à couvrir les lèvres de la jeune femme des siennes.

— C'est noté, répondit-il lorsqu'il releva la tête.

Il leva la main et caressa délicatement Went sa joue, puis il pivota et s'avança vers Kevlar.

Wren pouvait toujours sentir ses doigts sur son visage tandis qu'elle l'observait parler à son chef d'équipe. Quelques secondes plus tard, ce dernier se retourna pour dire quelque chose aux autres hommes puis ils ôtèrent tous les six leurs sacs à dos et se mirent à en déballer le contenu.

Rations, pansements, tiges ferro, fil de pêche, paracorde, ruban adhésif en toile et bien d'autres choses encore furent jetés en pile près de l'entrée de la grotte.

Pendant qu'ils le faisaient, Bo revient vers Wren.

— Prête à partir ?

— Pourquoi est-ce qu'ils leur donnent leurs affaires ? l'interrogea-t-elle.

— Parce que je leur ai promis de les dédommager s'ils nous aidaient. Ne t'inquiète pas, on ne va pas avoir besoin des rations ou des autres trucs, parce qu'on sort de cette jungle dans moins d'une heure.

— Vraiment ? Comment le sais-tu ?

— Parce que. Je le sais.

Ce n'était pas une réponse, mais Wren se dit que ce n'était pas le moment d'entrer dans les détails. Elle voulait partir. De cette grotte, de cette jungle, de ce pays.

— OK.

— OK, approuva-t-il avec un signe de tête.

Puis il alla reprendre son sac, là où ils s'étaient assis, et l'enfila sur son dos.

— On vous a suivi ? demanda le chef à Kevlar tandis que Wren et Bo s'avançaient vers l'entrée de la caverne.

Le SEAL ricana en réponse.

— Non. Et je suppose que vous savez où était situé l'autre camp. Si vous vous dépêchez, vous pourrez sans doute y aller et récupérer tout ce que vous jugerez utile à votre propre cause.

Le meneur haussa les sourcils.

— Ah bon ?

— Oui, répliqua Kevlar. Ils ne vont plus avoir besoin de leurs provisions.

Ces mots semblèrent modifier l'attitude du chef envers le militaire et son équipe.

— Il y avait vingt hommes là-bas.

— Oui. Il y avait, confirma Kevlar.

Son homologue hocha la tête sans ajouter un mot.

— Tu es prête ? demanda Bo à Wren.

Elle acquiesça avec impatience.

Il posa une main dans le creux de ses reins et la poussa vers la sortie. La jungle était tout aussi torride et humide que dans son souvenir, mais Wren fut soudain ravie d'être de retour entre les arbres. Bo et elle n'avaient pas été menacés, pas vraiment. Et pourtant, elle avait le sentiment que les hommes qu'ils laissaient derrière eux étaient tous aussi mortels que ceux qui l'avaient enlevée la veille.

— Et les autres ? Colby ? Dallas, Archie et Oliver ?

— En sécurité, lui répondit Flash.

Wren hocha la tête, puis fronça les sourcils.

— Est-ce qu'ils patientent quelque part dans la jungle ?

Elle entendit quelqu'un s'esclaffer, mais la question était sincère.

— Non, Wren. On les a fait partir avec un hélico. Ils sont en Ouganda et nous attendent.

— Attendez, vous n'avez pas décollé avec eux ? Pourquoi ? demanda-t-elle.

— Les SEALs ne laissent pas d'autres SEALs en arrière. Point, lui expliqua Blink.

La jeune femme se tourna vers l'homme qui semblait ne jamais beaucoup parler. Il ne la regardait pas et était concentré sur la traversée de la jungle en direction de leur destination. La gorge nouée, elle fut frappée de plein fouet par ce que ces hommes venaient de faire. Ils s'étaient infiltrés dans un pays où ils n'avaient cessé de lui répéter qu'elle n'était pas en sécurité, qu'elle ne devrait pas y entrer. Ils avaient non seulement sauvé ses collègues, mais étaient venus les chercher, Bo et elle, simplement parce qu'ils ne voulaient pas laisser l'un des leurs en arrière.

Elle pensait comprendre ce qu'était la loyauté. La bravoure. Mais elle n'en avait aucune idée.

— Est-ce que tu allais réellement poignarder ce type avec cette toute petite lame ? lui demanda MacGyver avec un léger sourire.

Wren se sentit rougir. En réfléchissant à ce qu'elle avait fait, elle se rendit compte combien cela avait été idiot. Elle aurait facilement pu envenimer la situation déjà tendue au point que les rebelles et les SEALs auraient eu l'impression de ne pas avoir d'autre choix que de commencer à tirer. Heureusement, personne n'avait pris sa menace au sérieux.

— Il a menacé Bo, grommela-t-elle.

— Elle est faite pour toi, fit remarquer Smiley à son équipier.

— Oh oui, approuva ce dernier. Tu l'as toujours ? Le couteau ?

Wren acquiesça.

— Bien. Garde-le.

— Tu penses que je vais devoir m'en resservir ? demanda-t-elle d'un air inquiet.

— Non. Mais l'idée que tu l'aies et que tu sois prête à en faire usage pour me protéger me fait de l'effet.

Wren n'arrivait pas à croire qu'elle souriait. Elle sentait très mauvais, avait des ampoules aux pieds, marchait dans une jungle en Afrique avec une équipe de Navy SEALs, n'avait pas de passeport, ni de vêtements de rechange et son ventre gargouillait soit de faim, soit de la menace d'une diarrhée explosive, et pourtant, elle se sentait extraordinairement calme.

— Si tu le dis, lui répondit-elle.

Bo lui prit la main et Wren le laissa volontiers faire. Leurs paumes étaient moites et sales, mais rien ne lui avait paru plus rassurant que de se raccrocher à Bo. Il était venu la chercher, comme il avait promis qu'il le ferait. Ils avaient eu des ennuis, certains de ses pauvres collègues avaient été tués. Et pourtant, elle était encore en vie.

Wren s'était toujours efforcée de rester forte, pour continuer à avancer histoire de contrarier les autres, comme sa mère, mais elle commençait à prendre conscience qu'elle était véritablement plus dure à cuire que ce qu'elle avait cru.

Bien entendu, plus ils marchaient, plus il faisait chaud, plus les muscles de Wren lui faisaient mal et moins elle se trouvait coriace. Elle n'avait qu'une seule chose en tête : se glisser dans un bain brûlant puis dormir pendant trois jours d'affilée. Elle décida qu'elle ne quitterait plus jamais Riverton. Elle deviendrait volontiers une femme à chats qui ne sortait pas de sa maison si cela signifiait qu'elle n'aurait plus jamais à traverser quelque chose ressemblant même vaguement à ce qu'elle était en train de faire.

Alors même qu'elle pensait ne plus pouvoir faire un pas de plus, Kevlar s'immobilisa.

— On y est.

Wren regarda autour d'elle, perdue.

— Où ça ?

— Là où on peut prendre notre taxi.

Tout ce que Wren pouvait voir, c'étaient des arbres. Il n'y avait pas de plateforme d'atterrissage ni de route qu'une voiture pouvait emprunter.

Puis elle entendit un son facilement reconnaissable. Celui d'un hélicoptère.

— Est-ce que tu me fais confiance ?

Se tournant vers Bo, elle répondit sans réfléchir.

— Oui.

Smiley s'esclaffa.

— Elle a répondu sans hésiter. Mais on va voir comment elle va se sentir quand elle découvrira comment on va monter *dans* notre carrosse.

La jeune femme dévisagea Bo, mal à l'aise, tandis qu'il

s'avançait dans son espace personnel et posait sa paume sur sa nuque. Elle grimaça intérieurement, car elle était luisante de sueur et Bo ne devait pas avoir envie de toucher son cou sale et moite. Mais il ne sembla même pas le remarquer. Son regard était fixé sur le sien.

— On monte. Les gars dans l'hélico vont lancer une corde et on sera hissé. Cinq minutes et on partira d'ici.

Rien de tout cela ne lui paraissait amusant.

— La dernière fois que j'ai essayé de grimper à une échelle de corde, c'était au collègue, se sentit-elle obligée de signaler. Et crois-moi, ça ne s'est pas bien passé. Vraiment pas.

Elle entendit les rires de plus d'une personne autour d'elle, mais conserva son attention sur Bo.

— J'assure tes arrières.

Elle voulut protester davantage. Mais, la vérité était qu'elle se fiait *réellement* à cet homme. Elle lui confierait sa vie. Comment ne le pouvait-elle pas ? Il était venu jusqu'au Soudan du Sud pour la sauver de ses ravisseurs. S'il lui avait dit qu'ils allaient sauter d'une immense falaise et atterrir sains et saufs en bas, elle l'aurait cru.

— Les Night Stalkers* savent ce qu'ils font.

Détachant son regard de Bo, Wren se tourna vers l'autre homme.

— Les quoi ?

— Les Night Stalkers. Ils font partie de l'armée de terre†, mais ce sont des gars bien.

Les SEALs se mirent tous à rire.

— Mon frère en est un, lui expliqua Blink.

— Un Stalker ?

---

* *Rôdeurs de nuit, rabatteurs de la nuit* en français
† Unité d'hélicoptère de l'armée de terre américaine chargée d'apporter un soutien aérien aux forces spéciales.

— Un Night Stalker, oui. Ils représentent l'élite des pilotes d'hélicoptères.

— Tu as un frère ? demanda MacGyver en arquant un sourcil.

— Oui. Mon jumeau, répondit son équipier.

— Sans déconner ? s'exclama Flash.

— Sans déconner.

— Waouh. J'imagine que le match de football de l'armée de l'air contre la Navy est assez stressant chez toi, le taquina Smiley.

— Nan, on sait tous que la Navy est supérieure, répliqua Blink en haussant les épaules.

— Attends une petite minute ! C'était une blague ? s'étonna Smiley. *Blink* a fait une blague ?

Mais Wren s'inquiétait trop de ce qu'on allait lui demander de faire et de son futur échec pour plaisanter à propos de score au football américain. Elle posa une main sur le bras de Blink.

— Est-ce qu'il est là-haut ?

— Mon frère ? Non. Aux dernières nouvelles, il était sur un bateau au Moyen-Orient et transportait des forces spéciales dans des endroits où ils ne sont pas officiellement censés être. Mais je te garantis que ceux qui sont là savent ce qu'ils font. Ils vont tous nous tirer de là en deux coups de cuillère à pot.

— Putain de merde, maintenant il vient de dire *en deux coups de cuillère à pot*. On est tous morts et c'est un univers alternatif, c'est ça ? plaisanta Smiley.

Kevlar lui administra une claque à l'arrière de la tête.

— La ferme, Smiley. Sérieux.

Mais leurs chamailleries détendirent Wren un peu plus. S'ils avaient vraiment été inquiets de cette extraction, ils ne se chambreraient pas.

— Il a raison, intervint Bo, attirant de nouveau l'attention de la jeune femme sur lui. Ces pilotes sont les meilleurs parmi les meilleurs. Ils vont descendre aussi bas que possible avant de lancer la corde. Dès que tu seras harnachée, ils te hisseront jusque dans la cabine.

Wren hocha la tête. Que pouvait-elle faire d'autre ? Elle n'avait littéralement pas d'autre choix que de se plier à ce plan dément. C'était soit être hissée dans un hélicoptère en vol stationnaire au-dessus de la jungle, soit marcher jusqu'à la ville, ce qui n'était pas quelque chose qu'elle avait envie de faire dans un avenir proche.

On entendit de plus en plus le bruit de l'hélico et, très vite, les arbres au-dessus d'eux commencèrent à être balayés par le courant descendant. La jeune femme plissa les yeux en levant la tête vers le ciel. Elle ne put voir distinctement l'appareil, seulement l'apercevoir à travers les branches agitées.

Saisie d'effroi lorsqu'une longue corde apparut comme par magie, elle heurta Bo.

— Doucement, lui dit-il alors même qu'il la poussa dans cette direction.

Wren ne voulait pas y aller en premier. Elle n'avait pas envie d'être attachée à l'une des extrémités et tirée d'un coup sec dans le vide. Cependant, elle ne souhaitait pas non plus jouer les bébés.

À sa grande surprise, Blink commença à s'encorder. Puis Bo l'imita en laissant un bon mètre entre lui et son équipier. Il se tourna vers la jeune femme et lui tendit la main.

— Viens, Wren.

Elle s'avança, comme dans une transe. Kevlar s'approcha et se mit à enrouler la corde autour de Bo et d'elle. Il fit une boucle et lui demanda de marcher dessus.

— Ça va te permettre de faire levier. C'est une façon de supporter le poids de ton corps pendant qu'on te hisse. Accroche-toi simplement à Safe. Tout ira bien.

Wren ne se sentait pas bien. Certes, ils étaient encordés et Bo la serrait fort contre lui, mais, tout de même, tout ce qui se tenait entre elle et une mort certaine en s'écrasant au sol, c'était une corde dérisoire !

— Regarde-moi, lui ordonna Bo tandis qu'elle sentait la corde bouger.

La gorge nouée, elle fit exactement cela. Ses yeux marron aux reflets dorés étaient braqués sur elle.

— Je suis fier de toi.

Elle eut le souffle coupé lorsque la corde se resserra autour de sa taille. Son genou lâcha avant qu'elle ne puisse le bloquer afin de maintenir son propre poids sur la petite boucle autour de son pied. Ils s'élevèrent au-dessus du sol, lentement dans un premier temps, puis de plus en plus vite. Bo lui avait déjà dit qu'il était fier d'elle, mais c'était de mieux en mieux chaque fois.

— Je suis sérieux, lui glissa-t-il à l'oreille tandis qu'ils étaient hélitreuillés. Tu n'as pas idée du genre de crises de nerfs qu'on a dû gérer avec des otages libérés.

— Tu dis ça pour me faire plaisir, répliqua-t-elle en tentant désespérément de penser à autre chose que ce qui se passait.

— Non, pas du tout, insista-t-il. Une fois, on a dû exfiltrer un haut fonctionnaire du toit d'un immeuble et non seulement il s'est fait dessus (ce dont je ne peux pas lui en vouloir, on évitait des tirs de sniper), mais il m'a saisi au cou et m'a presque étranglé le temps qu'on arrive à l'hélico. Kevlar a dû le frapper et le mettre KO pour le faire lâcher et me permettre de respirer.

— Putain de merde ! hoqueta Wren.

— Oui. Alors, crois-moi quand je te dis que tu te débrouilles bien, ma chérie.

La jeune femme baissa la tête... et se raidit lorsqu'elle se rendit compte qu'elle ne pouvait plus apercevoir le sol. Puis elle leva les yeux, ce qui était presque pire. Tout ce qu'elle pouvait voir, c'était le dessous et les patins de l'appareil. Elle ignorait comment ils allaient bien pouvoir monter dedans, étant donné comment ils pendaient à cette corde.

— Lorsqu'on va rentrer à la maison, je vais nous enfermer dans ma chambre. Fini la chambre d'amis pour toi. Et je vais te faire l'amour pendant des heures. Je pensais ce que j'ai dit à ce rebelle dans la grotte. Tu es mienne... et je vais te le prouver, encore et encore, jusqu'à ce que tu t'écroules de fatigue orgasmique.

Cela attira son attention, comme elle supposait qu'il en avait eu l'intention.

— Ça n'existe pas, protesta-t-elle.

Néanmoins, tout au fond d'elle, elle ne put s'empêcher d'espérer le contraire.

— Bien sûr que si. Et je vais te le prouver aussi. Je t'aime, Wren Defranco. Tu es la femme avec qui je veux passer le reste de ma vie. Tu n'as pas arrêté de démontrer que tu es une dure à cuire. Vivre avec un SEAL n'est pas facile, mais je n'ai aucun doute quant au fait que tu puisses y parvenir.

— Bo, murmura-t-elle.

— Je veux te présenter à ma famille. Susie, son mari, ses enfants. Mes parents. Il faut qu'on organise un rendez-vous avec ton père pour que tu puisses le rencontrer, ainsi que tes frères. On va devoir discuter de ce que tu penses d'avoir des enfants. J'en veux, mais j'ai envie de t'avoir rien qu'à moi avant même d'y penser. Et si tu n'en veux pas, je ferais avec.

Wren avait la tête qui tournait.

— J'en veux, laissa-t-elle échapper.

Il lui sourit.

— Super. Maintenant, accroche-toi et laisse-les faire tout le travail.

La jeune femme fut désorientée un instant. Laisser leurs enfants à naître faire tout le travail ? Mais elle fut ramenée à la réalité lorsqu'elle sentit quelqu'un tirer sur la corde autour de sa taille. Elle paniqua pendant un quart de seconde puis sentit qu'on la maintenait fermement par les bras et qu'on la tirait en arrière. Quelques instants plus tard, Bo fut lui aussi à bord, la serrant contre lui tout en insistant pour qu'elle recule, loin de la porte ouverte de l'hélicoptère.

Blink, accroupi près de la porte, lui adressa un pouce levé. La corde fut de nouveau lancée et Wren sut que ce n'était plus qu'une question de temps avant que le reste de l'équipe de Bo ne soit avec eux dans l'appareil et qu'ils s'en aillent.

Le SEAL avait réussi à la distraire de ce qui se passait... mais elle se mit sur le champ à s'inquiéter que ses paroles n'aient été que cela. Une diversion.

Jusqu'à ce qu'il se penche et pose ses lèvres contre son lobe. Il y avait beaucoup de bruit à l'intérieur de l'hélicoptère et toute véritable conversation était presque impossible. Elle l'entendit cependant lorsqu'il lui parla directement dans l'oreille.

— Fier de toi. Je t'aime.

Wren n'aurait pas pu imaginer entendre une meilleure combinaison de mots de la part de l'homme qu'elle aimait. Et même si elle n'avait pas prononcé les mots à son attention, elle sentait au plus profond de son cœur que cet homme était sien. Comment pourrait-elle *ne pas* l'aimer ?

Le reste de l'équipe de Bo fut rapidement hissée dans l'hélicoptère, puis ils firent demi-tour et s'en allèrent.

En fermant les yeux, la jeune femme se permit de se détendre complètement pour la première fois depuis qu'elle avait atterri dans le pays, sans doute. Elle ignorait ce que l'avenir lui réservait, ce qu'il réservait à BT Energy et au projet de gazoduc sur lequel ils avaient tous travaillé sur dur. Mais, peu importe, elle ne doutait pas qu'elle aurait Bo à ses côtés.

21

Le passage de la frontière se fit sans incident, ce qui soulagea Safe. Toutes les exfiltrations ne se déroulaient pas aussi tranquillement que celle-ci. Il n'avait pas menti lorsqu'il avait raconté à Wren cette histoire à propos d'avoir été pratiquement étranglé par une personne qu'il secourait. Mais ils avaient encore un long chemin à parcourir avant de rentrer en Californie.

Wren chancela de nouveau alors qu'elle marchait avec lui vers le pick-up qui emmènerait l'équipe là où Dallas, Archie, Oliver et Colby se terraient toujours, avec un peu de chance. Kevlar avait été informé par un contact au sol en Ouganda qu'ils étaient arrivés et étaient en sécurité, mais tant que les SEALs ne les auraient pas sous les yeux, personne ne serait en mesure de se détendre. Ils ne pourraient même pas baisser la garde avant d'être dans les airs, en route pour Riverton.

Ils passeraient la nuit en Ouganda avant de se rendre sur la piste d'atterrissage pour prendre un vol à destination de l'Allemagne, où ils passeraient tous une visite médicale dans un hôpital militaire. Puis ils rentreraient enfin aux États-Unis.

Safe pouvait sentir combien Wren était tendue alors qu'ils

marchaient, mais il n'interrompit pas le cours de ses pensées. Il lui avait fait tout un tas de déclarations pendant leur héli-treuillage, mais chacun de ses mots était venu du cœur. Il voulait un avenir avec elle, mais ils devraient affronter beaucoup de choses avant que l'un et l'autre puissent voir si c'était possible.

Kevlar les guida tandis qu'ils grimpaient à l'arrière du pick-up et se dirigeaient vers la ville la plus proche pour retrouver les collègues de la jeune femme. Elle se crispa en s'asseyant au milieu de l'équipe, mais c'était la place la plus sûre pour elle pendant le trajet jusqu'à leur destination. Tout le monde était en alerte. Même s'ils s'étaient échappés du Soudan du Sud, l'Ouganda n'était pas non plus l'endroit le plus sécuritaire pour des civils et des soldats américains.

Ils atteignirent la maison où les collègues de Wren étaient censés être ; Safe soupira de soulagement quand la porte s'ouvrit et qu'Archie et Oliver sortirent. Son équipe et lui sautèrent du plateau du pick-up puis il aida Wren à descendre. Alors que le véhicule partait, la jeune femme remarqua enfin les deux hommes. Elle courut pratiquement vers eux et les serra fort dans ses bras, d'abord Archie, puis Oliver.

— Est-ce que vous allez bien ?

— Oui. Et toi ? demanda Oliver.

— Ça va. Je suis tellement désolée de vous avoir abandonnés. Est-ce qu'ils... étaient en colère ? bafouilla-t-elle.

— Ils étaient furieux, lui répondit Archie. Mais tu as fait ce qu'il fallait. Ils allaient... tu sais... te faire du mal. Alors c'est bien que tu te sois enfuie.

— Merci, Archie. Je sais que je t'agace la plupart du temps et que tu en avais marre de m'entendre radoter sur la sécurité. Je suis simplement contente qu'ils ne se soient pas vengés de mon évasion sur vous.

— Ce n'est que grâce à tes amis, intervint Oliver. Ils avaient l'intention de nous tuer. Ils n'en ont juste pas eu l'occasion.

Quand ils se sont rendu compte que tu avais disparu, ils ont envoyé six hommes dans la jungle pour te retrouver et te ramener. Puis ils ont débattu de ce qu'ils allaient faire de nous. Le chef a sorti une caméra. Une authentique relique des années quatre-vingt, et il a ordonné à Colby de dire des trucs. Il a refusé, donc un groupe de gars a recommencé à le frapper. Ils étaient tellement occupés à le faire qu'ils n'ont même pas vu tes amis se faufiler dans le camp. Avant qu'on ne comprenne ce qui se passait, c'était terminé. Ils étaient tous morts.

Wren écarquilla grand les yeux. Elle coula un regard à Safe avant de se tourner de nouveau vers ses collègues.

— Putain de merde !

— Oui. Et j'imagine que les six qu'ils ont envoyés à ta poursuite ont rencontré le même sort parce qu'ils ne sont pas revenus. Et ils ne t'ont pas trouvée non plus, je suppose.

— Non, confirma la jeune femme.

— On les a interceptés, intervint Smiley d'une voix dénuée d'émotions.

— D'accord, répondit Oliver. Quoiqu'il en soit, les SEALs nous ont donné de l'eau, ont bandé ma main, ont aidé Colby autant qu'ils le pouvaient et ensuite, on a marché dans la jungle jusqu'au point d'extraction.

— Et quand vous n'êtes pas venus, ils nous ont fait continuer tandis qu'ils revenaient en arrière vous chercher... et nous voilà, acheva Archie.

— Où sont Colby et Dallas ? demanda Wren. Est-ce qu'ils vont bien ?

— Colby souffre, ils l'ont vraiment bien passé à tabac, lui raconta Archie. Son visage s'est infecté, là où il avait cette entaille. Il est allongé à l'intérieur. Et Dallas est avec lui. Il le surveille.

— Il lui fait de la lèche, tu veux dire, marmonna Oliver.

— Et ta main ? l'interrogea sa collègue.

— Il me manque toujours deux doigts, ça fait un mal de chien. Mais je suis vivant, répondit-il.

— Eh bien… je suis heureuse que vous alliez bien, leur dit-elle à tous les deux.

— Oui. On aurait dû prendre tes inquiétudes plus au sérieux, lui signala Oliver à voix basse.

Elle se contenta de hausser les épaules.

— Est-ce qu'on peut finir cette conversation à l'intérieur ? demanda Safe.

— On est encore en danger ? l'interrogea Archie.

— Non. Mais je suis sûr que Wren aimerait manger et boire quelque chose. Et se doucher.

— Se doucher ? souffla cette dernière en relevant la tête vers lui.

Il laissa échapper un petit rire.

— Oui, avec de l'eau et tout ce qui va avec.

Archie et Oliver restèrent en arrière tandis que la jeune femme les renversait presque en se dirigeant dans la maison, vraisemblablement jusque dans une salle de bain.

— Ne jamais se mettre entre une fille et sa douche, plaisanta Oliver.

Ce ne fut qu'une fois à l'intérieur que Safe vit Wren hésiter.

— Quoi ? Qu'est-ce qui ne va pas ? la questionna-t-il en la prenant à part.

Le reste de son équipe fouillait déjà les placards et en sortait de quoi préparer un repas pour tout le monde, suppo-sait-il.

— Je n'ai rien de propre à me mettre.

Safe se détendit. Il la prit par la main et la tira vers l'une des quatre petites chambres, où ses collègues avaient entreposé leurs affaires. Lorsqu'ils avaient quitté le Tchad pour l'Ouganda, ils avaient attendu nerveusement dans cette maison qu'un hélicoptère disponible puisse leur faire franchir la frontière avec le Soudan du Sud. Le SEAL s'avança vers son sac posé contre un mur.

Il en ouvrit la fermeture éclair, en sortit un tee-shirt propre, un caleçon et un pantalon de jogging, et les lui tendit.

— Ça va être un peu grand, mais ils sont propres. Il n'y a pas de machine à laver ici, mais il y a une bassine dehors dont les autres se servent pour faire leur lessive. Je vais m'occuper de la tienne pendant que tu es sous la douche.

Elle le dévisagea sans dire un mot et sans prendre les vêtements.

— Wren ?

— Tu vas faire ma lessive ?

— Oui, répondit-il sans comprendre ce qui n'allait pas.

La jeune femme ferma les yeux, le front barré d'un pli soucieux, et chancela légèrement.

Inquiet, Safe jeta les habits sur le matelas le plus proche et l'attira contre lui.

— Quoi ? Parle-moi, Wren.

Ses paupières s'ouvrirent et elle leva la tête vers lui.

— Aussi longtemps que je m'en souvienne, j'ai toujours fait ma propre lessive. Quand j'avais cinq ans, je me rappelle que je devais grimper sur une chaise pour atteindre les boutons de notre antique machine à laver. Même en famille d'accueil, je devais m'occuper de mes propres vêtements. Personne ne m'a jamais proposé avant de les laver. Et tu vas le faire à la main ?

— Je t'aime, lui dit Safe. Peu importe ce dont tu as besoin, je vais m'efforcer de te le fournir. De quoi manger, de l'eau, un abri, des affaires propres... tes désirs sont des ordres.

Elle le fixa du regard un très long moment. Le SEAL put lire une explosion d'émotion qui tourbillonnait dans ses yeux. Puis elle lui brisa le cœur en murmurant :

— C'est cela que ça fait d'être aimée ?

Il passa la main sur sa tête, souriant légèrement lorsqu'il s'accrocha à la barrette dans ses cheveux.

— Oui, j'imagine que c'est ça.

— C'est intense, répondit-elle en fronçant les sourcils.

— Eh bien, il faut que tu t'y habitues, répliqua-t-il en l'attirant plus près de lui pour poser sa joue sur sa tempe.

Elle le serra fort en retour et sembla avoir autant besoin de ce moment que lui. Puis elle marmonna dans son cou :

— Tu sens mauvais.

Safe s'esclaffa.

— Tu ne sens pas exactement la rose toi non plus, ma chérie.

À son grand soulagement, elle s'écarta de lui en arborant un large sourire.

— Tu veux te doucher en premier ?

— Non. Prends ton temps. Il n'y a pas beaucoup d'eau chaude donc j'imagine que tu ne vas pas y rester une éternité, mais tu passeras toujours en premier à partir de maintenant. L'eau chaude, le dernier verre de vin, la meilleure place sur le canapé. C'est pour toi.

— Bo ?

— Oui, ma chérie ?

— Merci de ne pas m'avoir asséné un « je te l'avais dit ».

— Je n'aurais *jamais* dit ça, répliqua-t-il d'un ton ferme. Est-ce que tu aurais dû te rendre au Soudan du Sud ? Non. Avais-tu le choix ? Pas vraiment.

— J'aurais pu dire non, répondit-elle d'un air triste.

— On en a déjà parlé. Et tous tes arguments pour ne pas refuser tiennent toujours.

— Je ne sais pas si je pourrais retourner travailler là-bas, murmura-t-elle, comme si elle avait peur que prononcer ces mots à voix haute diminue son estime pour elle.

— Alors, n'y retourne pas.

— Ce n'est pas si facile, protesta-t-elle.

— Oui et non, rétorqua-t-il en haussant les épaules. Tu as raison, la vie en Californie est chère. Mais je gagne un bon salaire. Et j'ai de bons avantages. Tout ira bien pour nous le temps que tu trouves autre chose. Que tu décroches un autre poste.

Elle s'immobilisa dans ses bras et le dévisagea, bouche bée.

— Quoi ? l'interrogea-t-il.

— Nous ?

Il hocha la tête.

— Est-ce que je n'ai pas été assez clair quand on était pendus à cette corde ? Je te veux chez moi. Dans mon lit. Dans ma vie. Je t'aime. Tu es mienne et je prends soin de ce qui est à moi. Tu as envie de quitter ton boulot, de rester à la maison, de collectionner les glands et d'en faire des œuvres d'art que tu vends sur Internet ? Super. Génial. Je te soutiendrais. Tu veux continuer à travailler pour BT Energy ? C'est très bien aussi. Tu souhaites trouver un autre poste de responsable des relations publiques ? Pas de problème. Je sais que ça va prendre du temps pour que tu l'intègres, mais tu n'es plus seule, Wren. Tu n'es plus cette petite fille qui se cachait sous son lit pour échapper à sa mère malfaisante. Tu m'as moi. Et mon équipe. Remi. Caroline et ses amies. Wolf et son équipe. Les choses ne vont pas toujours aller comme sur des roulettes, parce qu'on a tous les deux vécu seuls un long moment, mais on va trouver comment faire. Ensemble.

— J'ai peur.

— Je sais.

Et c'était vrai. Dans sa vie, elle ne s'était pas souvent, voire jamais, reposée sur quelqu'un d'autre. Mais cela changeait. À partir de cet instant.

— Je ne te mérite pas, lui dit-elle.

— Tu as raison, répondit-il sans hésiter. Tu mérites quelqu'un de mieux que moi. Quelqu'un qui peut t'apporter tout le luxe de la vie. Quelqu'un avec un travail moins dangereux. Quelqu'un qui sera tous les jours à la maison quand tu rentres, sans exception. Je ne suis pas cet homme. Mais je *suis* quelqu'un qui se pliera en quatre pour te rendre heureuse. Et lorsque je ne pourrais pas être là pour toi, je m'arrangerais pour que d'autres te soutiennent jusqu'à ce que je revienne à la maison.

Wren en eut la gorge nouée.

— Je t'aime, chuchota-t-elle.

Safe eut l'impression que son cœur allait exploser.

— Moi aussi. Maintenant... je t'en prie, file sous la douche avant que tu n'aies de la mousse qui te pousse dans les cheveux et que ta mauvaise odeur empeste toute la pièce.

Elle sourit et lui donna une claque sur l'épaule. Puis elle soupira.

— J'ignore comment c'est arrivé.

— C'est parce que je suis irrésistible, plaisanta Safe.

Puis Wren se dressa sur la pointe des pieds et l'embrassa. Il eut envie d'intensifier ce baiser. De la jeter sur le matelas derrière eux, de lui ôter tous ses vêtements et de s'enfouir profondément en elle. Mais ce n'était ni le moment ni le lieu. Il attendrait qu'elle soit dans sa maison, dans son lit, là où ils ne seraient pas interrompus, pour lui montrer avec et sans mots combien il était sérieux au sujet de son amour pour elle.

Il s'écarta d'elle, ramassa les habits qu'il lui avait sortis et le lui tendit de nouveau.

— Mets tes affaires devant la porte et je les laverai pendant que tu te douches.

Wren acquiesça puis accepta les vêtements du SEAL. Ce dernier la guida dans le couloir, jusque dans la salle de bain. Celle-ci comprenait des toilettes, un lavabo ainsi qu'une douche. Il n'y avait pas de cabine, juste un tuyau sortant du mur et une évacuation au milieu du sol carrelé.

Safe posa sa main sur la joue de la jeune femme et elle se laissa aller à son contact.

— Merci d'être intelligente, coriace et d'être restée calme. Je ne sais pas ce que j'aurais fait si tu avais été blessée, lui dit-il d'une petite voix.

Puis il déposa un baiser sur son front et quitta la pièce en fermant bien la porte derrière lui.

Il se rendit dans la pièce principale et annonça :

— Wren est dans la salle de bain. Si quelqu'un la dérange, il aura affaire à moi.

Le militaire se sentait grognon et protecteur. Le simple fait de ne plus l'avoir dans son champ de vision, même s'il savait précisément où elle était, lui donnait l'impression de ne pas être dans son assiette.

— Personne ne va l'embêter, répliqua MacGyver. Viens grignoter quelque chose. Ça te rendra moins ronchon.

Tout le monde se mit à rire, mais Safe n'était pas d'humeur à manger. Il se sentait agité, perturbé. Il entendit la porte de la salle de bain s'ouvrir et se refermer ; en se retournant, il découvrit un tas d'affaires dans le couloir. Il sentit sa peau s'échauffer en sachant que Wren était nue derrière cette même porte. Il avait envie d'elle. Mais il pouvait attendre. Tant qu'il le faudrait.

Il revint sur ses pas et ramassa sa chemise et son pantalon, en remarquant que ses sous-vêtements n'étaient pas avec. Il traversa ensuite la pièce principale pour sortir sans un mot dans le petit patio.

— Hé, tu ne veux pas faire les miens aussi ? l'interpela Flash.

Safe leva la main et fit un doigt à son équipier. Des rires résonnèrent dans le salon derrière lui et, pour la première fois depuis des jours, il se détendit un petit peu. Il était en sécurité ; Wren était à l'abri ; ses amis également. Ce n'était plus qu'une question de temps avant qu'ils ne soient de retour à Riverton. Il avait hâte.

* * *

Quelques heures plus tard, Wren jeta un œil autour d'elle dans la pièce et dut se pincer. Pas si longtemps auparavant, elle était assise sur le sol de la jungle, les mains liées, se demandant si ses collègues et elle verraient de nouveau le jour se lever.

Et pourtant elle était là, le ventre plein, propre (enfin, autant qu'elle pouvait l'être avec la douche qui fonctionnait à peine et l'eau froide), pelotonnée contre Bo tandis que ses collègues et les SEALs s'étaient assis et parlaient de leurs séries télé préférées. Elle avait un peu l'impression de vivre un rêve.

La jeune femme n'avait pas renfilé ses vêtements, puisqu'ils étaient encore humides et séchaient. En toute franchise, elle allait brûler la chemise et le treillis dès qu'elle en aurait l'occasion, une fois à la maison. Elle avait elle-même lavé son soutien-gorge et sa culotte sous la douche, car elle se sentait trop gênée pour que Bo le fasse pour elle. Elle était assise sur ses genoux, se servant de son torse comme dossier, et les bras du militaire la serraient contre lui.

Elle était à l'aise et détendue... et éprouvait un terrible sentiment de culpabilité.

— Comment va Colby ? demanda-t-elle à Dallas, profitant d'un blanc dans la conversation.

— Il souffre, mais ça va, lui répondit-il. Et il se sent super mal. Ce n'était pas son plan que Bob, Tom, Luke et Aaron s'enfuient, mais il ne les a pas non plus découragés. Il pensait honnêtement que tout allait bien se passer pour nous. Que rien ne pourrait nous arriver. Alors qu'ils ont été...

Dallas se racla la gorge avant de continuer.

— ... tués... ça a été un choc.

Wren acquiesça et sentit les bras de Bo se resserrer autour d'elle.

— Je me demande où en est le projet maintenant, s'interrogea Archie.

— On s'en tape, répondit furieusement Oliver. Des gens sont morts. Personne ne peut travailler en sécurité sur n'importe quel type de pipeline tant que les choses ne se décantent pas ici. Si cela arrive un jour.

Ils demeurèrent tous silencieux, perdus dans leurs propres pensées.

Puis Wren prit la parole :

— Pour ce que ça vaut, je crois toujours que le gazoduc peut être bénéfique pour le Soudan du Sud. Mais tant qu'on ne met pas un coup d'arrêt à la corruption dans le gouvernement, tout l'argent gagné ira dans les poches de ceux qui ont le pouvoir et pas dans celles des citoyens qui en ont le plus besoin. Je ne penserais jamais que l'enlèvement et l'extorsion sont la bonne réponse, mais... je peux comprendre pourquoi ils l'ont fait. Le désarroi pousse les gens à des actions désespérées. Aucun de nous ne connaît la faim, pas comme les habitants d'ici. On ne connaît pas la soif.

— Je suis d'accord, approuva Dallas d'une petite voix.

— Pareil, renchérit Oliver en hochant la tête.

— Oui, ajouta Archie quelques instants plus tard.

— Je vais aller jeter un œil sur Colby, déclara Dallas. Quand est-ce qu'on part ?

Kevlar regarda sa montre.

— Dans plus ou moins cinq heures.

Cela sembla indiquer que tout le monde devait se lever et aller dormir un peu. Le voyage allait être long jusqu'en Allemagne, puis jusqu'en Californie.

Wren se retrouva dans la chambre où Bo avait stocké son sac de toile. Il lui fit signe de s'installer sur un matelas une place posé au sol, contre un mur, et la rejoignit sur le champ. La jeune femme se tourna sur le flanc et il se lova contre son dos.

Blink s'étira sur l'autre matelas et Kevlar s'allongea près de la porte. Wren n'eut pas du tout l'impression que c'était bizarre de dormir à côté de Bo alors que ses amis étaient dans la même chambre. En réalité, c'était ce dont elle avait besoin. D'être entourée non seulement par l'homme qu'elle aimait, mais aussi par deux autres qu'il considérait comme ses frères. Personne ne pourrait lui faire du mal ici.

Safe. C'était le nom de celui dont les bras l'enserraient fermement, mais c'était aussi ce qu'elle ressentait quand elle était près de lui. En sûreté. Elle n'avait jamais fait l'expérience de la véritable sécurité dans sa vie, jusqu'à ce qu'elle tombe sur lui dans le couloir du *Aces Bar et Grill*. Étrangement, elle avait su même à ce moment-là, au plus profond d'elle-même, que cet homme la protègerait. Assurerait sa sécurité.

22

Wren en avait assez.

Assez de prendre l'avion. D'être observée sous toutes les coutures par les médecins militaires en Allemagne. De tous ces gens qui lui posaient sans cesse les mêmes questions. Des regards embarrassés de ses collègues. D'être ignorée par son patron. De l'inquiétude et de l'attention de Bo.

Elle en avait assez de tout cela.

Elle voulait rentrer à la maison. Seule. Prendre un bain ou une douche brûlante. Ôter ces fichus vêtements qui semblaient encore humides malgré les heures de voyage.

Elle était énervée, fatiguée, courbaturée et tellement triste à propos de Luke et d'Aaron. De Bob et Tom également, même si elle avait toujours envie de sourire en entendant leurs prénoms accolés, car ils lui rappelaient la matinale du même nom.

Elle était en outre fâchée contre elle du fait d'être irritée. Elle aurait dû éprouver de la gratitude. Être soulagée d'être de retour sur le sol américain. À la place, elle avait envie de hurler. De partir loin, très loin de tous ces... *hommes*.

Et ce n'était pas juste. Ils n'avaient fait qu'être gentils et doux avec elle. Les SEALs lui avaient sauvé la vie. Ses collègues et elle avaient développé un lien profond qui ne pouvait être causé que par un traumatisme partagé.

Et pourtant, elle avait quand même envie de leur crier de la laisser tranquille.

Ils avaient atterri à la base de Riverton après la tombée de la nuit et, heureusement, Colby et les autres étaient aussitôt partis rejoindre leurs foyers respectifs. Les corps d'Aaron, Luke, Tom et Bob n'avaient pas pu être récupérés, mais les familles désireraient certainement honorer leurs proches. Wren supposait que des messes auraient lieu dans les semaines à venir et elle appréhendait cette idée.

Elle se tenait à présent d'un côté du hangar tandis que Bo et son équipe rencontraient leur commandant. Elle comprenait ce qu'ils devaient faire, mais, plus elle attendait là et plus elle voulait fuir.

Une porte s'ouvrit à une extrémité de l'immense espace et, par habitude, Wren se tourna pour voir qui était entré. À sa grande surprise, elle vit s'avancer Caroline avec son mari, Wolf.

Son amie se dirigea droit vers elle tandis que Wolf marchait vers le groupe de SEALs.

— Viens, lui dit l'autre femme en se rapprochant. Je te raccompagne à la maison.

Même si elle avait été agacée quelques secondes plutôt, Wren se rendit compte qu'elle n'était pas sûre de vouloir être séparée de Bo.

— Wolf est train de lui dire qu'on te ramène chez lui. Pour que tu te poses. Crois-moi, j'ai été à ta place. Épuisée, en souffrance, à la fois mentalement et physiquement. Et même si j'aimais Wolf et son équipe, j'avais juste besoin d'un peu de temps pour moi. Pour digérer tout ce qui m'était arrivé.

— Oh.

La jeune femme se souvint de ce qu'avait traversé Caroline et elle éprouva de la pitié envers elle.

— Oui, oh. Allez, viens. Je vais te ramener chez toi, t'installer dans ta baignoire avec un grand verre de vin et tu pourras décompresser. Safe va rester ici un moment, pour débriefer. Wolf et moi te tiendrons compagnie jusqu'à ce qu'il rentre. On ne sera pas dans tes pattes, on te laissera faire tes trucs, mais il y aura une présence. Et même si tu as envie d'air, j'imagine que tu ne souhaites pas non plus être seule. Notamment face à tes démons et tout ça.

En jetant un coup d'œil en arrière à Bo, Wren vit Wolf qui se tenait à côté de lui, la main sur son bras pour le retenir. Son sauveur paraissait inquiet et stressé et la jeune femme se rendit compte pour la toute première fois combien tout cela avait été difficile pour lui aussi. Elle avait tout simplement négligé ce fait parce qu'il était un super SEAL.

— Je vais bien, articula-t-elle silencieusement à son attention.

— Tu es sûr ? demanda-t-il de la même manière.

Elle acquiesça et vit ses épaules se détendre. Il hocha la tête à l'attention Wolf et lui dit quelque chose. L'homme plus âgé lui adressa un signe du menton puis revint vers les deux femmes.

— Tu vois ? Tout va bien. On y va.

Wren ne put s'empêcher de sourire un peu à l'idée d'être enlevée une fois de plus. Mais, cette fois-ci, elle avait envie de suivre ses ravisseurs.

Avant même qu'elle en prenne conscience, Wolf garait son immense SUV devant la maison de Bo.

— Je reviens, dit-il à Caroline en se penchant pour l'embrasser avant qu'elle ne descende.

— Où est-ce qu'il va ? demanda Wren tandis qu'elles le regardaient sortir de l'allée et s'engager dans la rue.

— Chercher des plats mexicains.

La jeune femme fut incapable de réprimer l'excitation dans sa voix.

— Sérieux ?

— Tout à fait. Safe a dit que c'était ta cuisine préférée et puisque tu rentres à la maison, c'est ce que tu vas avoir.

Wren adressa un sourire à son amie.

— Génial.

— Oui. Maintenant, tu as la baignoire qui t'appelle.

Deux heures plus tard, Wren avait les doigts ridés au possible et elle se sentait enfin propre, à présent qu'elle avait pu se frotter le corps, se raser et se brosser cinq fois les dents. Elle avait enfilé un pantalon molletonné confortable, un tee-shirt à manches longues de la Navy bien trop grand qu'elle avait volé dans le tiroir de Bo ainsi qu'une paire de grosses chaussettes. Elle s'était rempli la panse de chips, de sauce salsa et d'un burrito aussi gros que sa tête et avait finalement l'impression d'être elle-même.

La jeune femme était tout aussi fatiguée qu'elle l'avait été dans cette jungle africaine, mais elle savait qu'elle ne serait pas capable de s'endormir. Pas tant que Bo ne serait pas revenu. Caroline et Wolf s'étaient assoupis sur le canapé et ronflaient doucement dans les bras l'un de l'autre. Wren appréciait qu'ils n'insistent pas pour qu'elle parle de son épreuve. Ils avaient bavardé en mangeant, puis avaient allumé la télé et l'avaient laissée respirer.

Même si Wren leur était reconnaissante d'être là et de l'avoir ramenée à la maison, elle était prête à ce que Bo rentre.

À l'instant même où cette pensée traversait son esprit, elle entendit une clé dans la serrure. Wolf l'avait manifestement entendue lui aussi, car il se redressa et poussa avec délicatesse sa femme sur le côté, comme s'il avait su exactement quand Bo allait revenir.

Il se tenait entre la porte et elle, lorsqu'il entra. Les deux hommes s'adressèrent un signe de tête puis, sans dire un mot, Wolf se pencha pour soulever Caroline du canapé.

— Quoi ? Safe est rentré ? demanda-t-elle d'une voix endormie.

— Oui. On s'en va, répondit-il succinctement.

— D'accord. À plus tard, Wren. Ravie que tu sois à la maison et en bonne santé, déclara Caroline avant de reposer sa tempe contre l'épaule de son mari, se fiant à lui pour la ramener jusqu'à la voiture, puis chez eux, en toute sécurité.

Bo ferma la porte à clé derrière eux, puis se tourna vers Wren. Il avait l'air épuisé.

— Tu as faim ? On t'a gardé un peu d'enchiladas, l'informat-elle doucement.

Mais il secoua la tête.

— On a mangé. J'ai besoin d'une douche.

Wren acquiesça ; pour une raison qui lui échappait, elle se sentait gênée.

— Viens, l'enjoignit Bo en tendant les bras.

Wren se précipita vers lui, l'entoura de ses bras et le serra fort avec l'impression que tout allait bien dans son monde maintenant qu'il l'étreignait.

— Je suis désolée de m'être comportée comme une garce ! J'imagine que je ne suis tout simplement pas habituée à tant d'interactions sociales. C'était juste devenu étouffant.

— Chut, tu ne t'es pas du tout comportée comme ça. Ça allait.

Pas vraiment, mais Wren n'en aima que plus Bo de ne pas critiquer son attitude grincheuse.

— Tu sens incroyablement bon.

Elle ne put s'empêcher de rire.

— C'est parce que je ne sens plus *l'eau de jungle*.

— C'est vrai. Mais moi sans doute encore un peu.

— Mais non.

Elle ne mentait qu'un tout petit peu.

Bo laissa échapper un petit rire que Wren ressentit dans chaque terminaison nerveuse de son corps, en particulier parce qu'elle était toujours collée contre lui.

— Je tuerais pour une douche et un peu de sommeil, déclara Bo quelques instants plus tard.

Wren s'écarta de lui à contrecœur.

— Alors, vas-y.

— Tu seras là ? Dans notre lit, à m'attendre ?

Ses mots déclenchèrent des frissons dans la nuque de la jeune femme.

— Oui.

— Bien.

Puis il se retourna, presque comme un zombie, et se dirigea dans le couloir.

Wren s'assura que la porte était bien fermée puis suivit Bo. Il était déjà dans la salle de bain et faisait couler l'eau lorsqu'elle arriva. Elle fit glisser le jogging le long de ses jambes, puis enfila un tee-shirt à manches courtes (lui aussi à Bo) et retira ses chaussettes avant de se faufiler sous les draps.

Cinq minutes plus tard, Bo apparut dans l'encadrement de la porte de la salle de bain. Il portait un caleçon… et rien d'autre.

Son cœur se serra tandis qu'il s'avançait vers elle, faisant un détour par le mur pour éteindre la lumière avant de la rejoindre sous les couvertures. Elle se blottit immédiatement contre lui lorsqu'il s'allongea sur le dos, passant un bras sur son torse et reposant sa tête sur son épaule.

— Voilà, dit-il.

— Voilà quoi ? murmura-t-elle quand il n'entra pas dans les détails.

— Voilà de quoi je rêvais. De toi, dans mes bras, dans mon lit. En sécurité. En bonne santé. En vie.

Wren ferma les yeux. Elle avait fait certains de ces rêves.

— Moi aussi, admit-elle.

Mais Bo dormait déjà.

Elle sourit de la vitesse à laquelle il était capable de s'assoupir, mais redevint aussitôt sérieuse. Il devait être totalement épuisé pour avoir sombré dans le sommeil en aussi peu de temps. Il devait de plus se sentir complètement en sûreté là. Dans le cas contraire, il n'aurait pas baissé si vite sa garde.

Il avait veillé sur elle du moment où il l'avait retrouvée dans la jungle jusqu'à cet instant précis.

Ravalant ses larmes, Wren se blottit contre son flanc. Et sentit en récompense le bras du militaire qui se resserrait autour d'elle ainsi que ses lèvres sur sa tête.

— Je t'aime, murmura-t-il d'une voix ensommeillée.

— Moi aussi, répondit-elle avant de le suivre dans les bras de Morphée.

* * *

Safe ouvrit les yeux et sut immédiatement où il était et avec qui.

Wren.

Elle était réellement là.

Dans son lit.

Il se mit à bouger avant même que son cerveau ne puisse l'avertir que ce qu'il faisait n'était sans doute pas une bonne idée.

Il se glissa le long du corps de la jeune femme et s'installa entre ses jambes. Son tee-shirt (enfin, celui de Bo) était remonté autour de sa taille pendant leur sommeil et tout ce qu'elle portait, c'était une petite culotte en coton.

Il en eut l'eau à la bouche et n'eut rien envie de plus que de repousser le tissu et d'enfouir ses lèvres dans son intimité. Mais il ne le ferait jamais sans son consentement. Et, à cet instant, elle semblait toujours dormir profondément.

Safe se lova contre son bas-ventre et lui écarta délicatement les jambes. Ses pouces caressèrent l'intérieur des cuisses de la jeune femme tandis qu'il attendait qu'elle se réveille. Ce qu'elle fit, petit à petit, s'étirant dans son étreinte et cambrant le dos, poussant dans le même temps son sexe vers lui.

— Bonjour, dit Safe d'une voix douce.

Wren se figea puis baissa la tête vers lui.

— Bo ?

— Oui ?

— Qu'est-ce que tu fais ?

— Rien... pour le moment. Mais il y a plein de choses que j'ai *envie* de faire.

— Oh. Euh... là, maintenant ?

— Tu as des trucs plus importants à faire ?

— Non.

Safe maintint le contact visuel pendant qu'il continuait à caresser la peau sensible de ses cuisses. Lorsqu'elle n'ajouta rien ni ne tenta de s'écarter de lui, il déclara :

— On peut se lever, manger des céréales et vaquer à nos occupations. Ou je peux te montrer combien je t'aime en te léchant jusqu'à l'orgasme puis en te faisant lentement l'amour jusqu'à ce que tu me supplies de te faire jouir.

Un son étranglé s'échappa de la bouche de Wren avant qu'elle ne réponde :

— Option numéro deux. S'il te plaît.

Safe sourit et attrapa tout de suite l'élastique de sa culotte. Il la fit paresseusement descendre le long de ses jambes avant de se réinstaller où il était.

— Ça ne va pas être rapide, la prévint-il. J'ai imaginé bien trop longtemps me trouver ici. Je vais prendre mon temps, découvrir ce que tu aimes, ce qui t'excite le plus. Il va me falloir au moins deux orgasmes avant d'être satisfait.

— Bo, murmura-t-elle.

Mais il en avait assez de parler. Il baissa la tête et darda sa langue entre les lèvres de la jeune femme en remontant pour caresser son clitoris. Puis il recommença. Et encore. En levant les yeux, il vit que Wren s'était de nouveau allongée et fixait le plafond.

— Regarde-moi, lui demanda-t-il.

Elle releva la tête sur le champ et baissa les yeux.

— Regarde-moi t'aimer. Regarde combien on est parfaits ensemble.

Sans rompre le contact visuel, il couvrit son clitoris avec sa bouche tandis qu'il se servait d'une de ses mains pour titiller son intimité bien lubrifiée.

Il vit la poitrine de Wren se soulever et redescendre alors qu'elle tremblait dans ses bras. Elle avait toujours son tee-shirt, mais c'était curieusement plus excitant que si elle avait été nue. Il pouvait discerner ses mamelons à travers le coton. En toute honnêteté, il lui allait mieux qu'à lui.

Il appuya sur sa cuisse, lui écartant encore plus les jambes devant lui pendant qu'il continuait à user de sa langue pour stimuler son clitoris, tout en se servant de la succion de sa bouche pour tourmenter l'amas de nerfs.

Il ne fallut pas beaucoup de temps avant qu'elle ne se trémousse et ondule du bassin. À la voir perdre une partie du contrôle qui pesait sur ses épaules comme un voile, Safe se sentit pousser des ailes. Il recula ses lèvres assez longtemps pour lui dire « C'est ça. Montre-moi ce que tu veux » avant de baisser de nouveau la tête.

Tandis qu'il l'emmenait de plus en plus au bord du précipice, elle commença à soulever ses hanches plus vite et plus fort, comme si elle tentait de lui baiser la bouche. Le sexe de Safe palpitait contre le matelas. Il avait envie de cette femme. Il aimait comme elle était désinhibée. Tout en resserrant son étreinte sur sa cuisse, il plongea profondément son index en elle. Ce qui lui valut un interminable gémissement.

Le son se répercuta droit dans sa verge et Safe sut qu'il ne tiendrait pas beaucoup plus longtemps. Son goût, son odeur, la sentir atteindre l'orgasme presque à sa portée. Il aimait tellement cette femme.

Il avait désespérément envie de la voir jouir et commença à lécher son clitoris comme un possédé. Elle se raidit contre lui et écarta les jambes en se redressant pour tenter de se rapprocher encore plus. Puis elle se mit à trembler de façon incontrôlable et ses muscles internes se contractèrent autour de son doigt. Elle franchit le précipice presque violemment.

Safe dut se maîtriser pour conserver sa bouche sur son sexe. Son visage était recouvert des fluides de la jeune femme, qui coulaient sur son doigt et trempaient les draps dessous... et il en voulait toujours plus.

Tout en levant la tête, Safe inséra un autre doigt en elle. Quand il sentit ses muscles palpiter autour d'eux, il lui fut presque impossible d'attendre de s'y glisser lui-même. Mais il lui avait garanti au moins deux orgasmes avant de lui faire l'amour... et il n'était pas du genre à revenir sur ses promesses.

Cette fois-ci, il eut envie de regarder. Se redressant sur les genoux, il passa les jambes de Wren autour de lui tandis qu'il s'installait entre ses cuisses. Le pelvis de la jeune femme était incliné vers le haut et il avait ainsi une vue plongeante sur son intimité. Elle avait de toute évidence taillé ses poils pubiens et rasé ses grandes lèvres. Il n'avait jamais rien vu de plus sexy que sa moiteur recouvrant ses cuisses et dégoulinant jusqu'à ses fesses.

Incapable de résister, Safe retira ses doigts et les porta à sa bouche afin de les lécher.

— Tellement bon, lui dit-il.

Wren rougit en levant les yeux vers lui. Soudain, il eut besoin de la contempler nue sur ses draps.

— Enlève le tee-shirt, lui ordonna-t-il alors qu'il ramenait sa main entre ses jambes.

Elle eut du mal à s'exécuter, puisqu'elle était allongée sur le dos, mais l'observer remuer et changer de position en tentant de l'ôter était un spectacle érotique en soi. Il pouvait sentir les muscles internes de Wren se contracter autour de ses doigts tandis qu'il faisait paresseusement un mouvement de va-et-vient dans son corps et qu'elle ondulait sous lui.

— Ce n'est pas juste que tu me voies nue alors que tu es toujours en sous-vêtement, remarqua-t-elle en faisant la moue.

En baissant les yeux, Safe put apercevoir son sexe se découper contre son caleçon. Avec un petit sourire, il tendit la main et déplaça le tissu jusqu'à ce que son gland sorte par la fente. Ce dernier était presque violet de désir et brillait de liquide séminal.

— Heureuse ? lui demanda-t-il en souriant de toutes ses dents.

Wren essaya de le toucher, mais ne put l'atteindre étant donné comment il l'avait positionnée sur ses genoux.

— Non, grommela-t-elle.

— Tant mieux. Si tu me caresses tout de suite, je vais décharger prématurément. Maintenant, rallonge-toi et laisse-moi te faire jouir encore une fois, comme je te l'ai promis.

Wren se réinstalla sur le lit, fourrant un autre oreiller sous sa tête afin de pouvoir apercevoir ce qu'il faisait sans tirer sur sa nuque.

— Tu es tellement belle, lui affirma-t-il tandis qu'il regardait entre ses jambes. Si mouillée. Si torride. Si réactive.

— Je suis trop maigre, murmura-t-elle.

— Mais non. Tu es qui tu es, et tu es parfaite.

Il vit ses yeux se fermer à ces mots et Safe jura de lui faire plus souvent des compliments. La société était malveillante. Trop grosse, vous n'étiez pas considérée comme jolie. Pas de maquillage, pareil. Si vous étiez trop mince, trop grande, trop petite, que vous aviez des cheveux trop courts, trop longs ou trop bouclés, ou tout autre écart par rapport à l'image même des mannequins à la télévision et dans les magasins, on ne vous voyait pas comme « une femme idéale ».

C'était des conneries. Les femmes présentaient toutes sortes de formes et de tailles. Même si Safe ne pouvait nier qu'il avait bien fréquenté le sexe opposé et qu'il reconnaissait la beauté unique de chacune, il n'avait jamais couché avec une femme juste à cause de son apparence. Il était attiré parce qu'il y avait entre ses oreilles. Son intelligence et sa personnalité.

Et Wren était tout ce qu'il désirait chez une femme. Il n'avait jamais voulu qu'elle se retrouve dans le genre de situation qu'elle avait rencontré en visitant l'Afrique, mais il ne pouvait pas dénier qu'il était sacrément fier de voir comment elle l'avait gérée.

Safe se pencha, posa un pouce sur son clitoris et inséra deux doigts de son autre main entre ses plis luisants. Puis il se mit à frotter. Vite et fort. Il en avait terminé avec les prélimi- naires. Il avait besoin d'être en elle. Tout de suite.

— Bo ! s'écria-t-elle en tendant les bras pour s'agripper aux siens.

— C'est ça. Accroche-toi à moi pendant que tu atteins l'extase.

Il adorait sentir les ongles de Wren s'enfoncer dans sa peau. Sa manière de se trémousser contre lui. Elle tenta de refermer les jambes, mais ne put le faire, car le corps du militaire l'en empêcha. Elle était à sa merci, et il allait lui donner exactement ce dont elle avait besoin.

Il ne fallut pas longtemps. Il l'avait préparée avec le premier orgasme. Tout en se léchant les lèvres, Safe l'observa avec un désir à peine dissimulé alors que son ventre se contractait et qu'elle se mettait de nouveau à trembler sous lui.

Elle ouvrit la bouche en se cambrant puis explosa. La manière dont son corps serrait les doigts du militaire était érotique à souhait et la seule chose à laquelle il arrivait à penser était de savoir ce que ça ferait d'être en elle lorsqu'elle jouirait la fois suivante.

Safe s'assit et arracha son caleçon. Il avait peut-être l'air hilarant à s'agiter sans grâce sur le matelas pour le retirer avec les pieds, mais il s'en fichait. Se penchant vers la table de nuit à côté de son lit, il en ouvrit d'un coup sec le tiroir et en sortit la boîte de préservatifs qu'il avait achetée avant de partir pour cette mission.

Il eut l'impression que c'était la première fois de sa vie qu'il avait besoin de déchirer un emballage de capote alors qu'il bataillait avec l'aluminium et jurait.

Puis il entendit un gloussement. Il baissa la tête et vit Wren qui arborait un grand sourire, sa poitrine rougie par les orgasmes. Ses mamelons de ses petits seins fermes étaient durs et elle semblait plus que satisfaite.

Il en était responsable. C'était grâce à lui qu'elle avait cette expression. L'apercevoir ainsi apaisa légèrement son désir.

Ils n'avaient pas parlé de contraception, mais il n'allait pas manquer de respect à sa femme en lui demandant de faire sans protection la première fois. Le temps viendrait de jouir en elle ; le présent était dédié au plaisir. Pour tous les deux.

Safe enfila le préservatif sans autres problèmes puis se pencha au-dessus de Wren, la maintenant tandis qu'il l'observait. Son sexe palpitait contre le ventre de la jeune femme, mais il prit son temps avant de se glisser en elle. Il avait besoin qu'elle en ait autant envie que lui.

* * *

Wren ne s'était jamais sentie si… secouée après l'amour comme elle l'était à ce moment précis. Sauf qu'ils ne l'avaient pas encore fait. Bo était assez facile à vivre au quotidien, mais, là, dans son lit ? Il semblait savoir exactement ce qu'il attendait d'elle, comment l'obtenir. Elle n'avait jamais joui aussi fort de toute son existence. Certes, elle s'était abondamment masturbée, mais *rien* ne lui avait fait ressentir la même chose que lorsque le militaire l'avait fait basculer.

Sentir ses doigts en elle tandis qu'elle atteignait l'orgasme avait été incroyable. Mais elle avait envie de plus. Elle n'avait eu qu'un aperçu de son sexe, mais cela avait suffi pour qu'elle se lèche les lèvres d'impatience. Il était long. Pas trop épais, mais cela lui convenait.

Elle attendit qu'il la pénètre, mais, lorsqu'il ne fit que rester au-dessus d'elle en la fixant du regard, la jeune femme fonça les sourcils.

— Qu'est-ce qu'il y a ? l'interrogea-t-elle.

— Je mémorise simplement ce moment. Toi. Dans mon lit… *notre* lit. Les joues rosies par les orgasmes que je t'ai donnés. Le parfum de ton excitation sur les draps, mon visage, mes doigts. C'est un rêve devenu réalité et je n'arrive pas à croire que tu sois là.

— Je ne devrais pas ? ne put-elle s'empêcher de demander.

— Sans doute pas, répondit-il en haussant les épaules.

Wren se tendit. Qu'ignorait-elle à son sujet ? Commettait-elle une erreur ?

— Non, ne panique pas. Je veux juste dire par là que je suis un SEAL. Je suis très souvent absent. Ce n'est pas facile d'être avec un militaire et encore plus avec un SEAL. Ta vie a déjà été dure. Je ne veux pas en rajouter.

La jeune femme se détendit.

— Je peux supporter ton travail, Bo. Et je ne te demanderais jamais d'arrêter de faire ce pour quoi tu es de toute évidence doué. Tu oublies que j'ai fait personnellement l'expérience de ce que tu fais. Je suis fière d'être tienne. D'être là avec toi.

Bo ferma les yeux et prit une profonde inspiration.

Wren en profita pour le dévisager. Il avait les cheveux ébouriffés et qui rebiquaient, sans doute parce qu'il ne les avait pas brossés en sortant de la douche. Lui aussi avait les joues rosies, comme si le fait de l'avoir vue jouir était tout autant excitant que s'il avait lui-même atteint l'extase. Ses biceps saillaient alors qu'il se maintenait au-dessus d'elle. C'était un homme au physique incroyable et il était *à elle*.

Le voir ainsi au bord du gouffre lui donna le courage de tendre le bras entre eux et de caresser sa verge.

Il tressaillit dans sa main et ouvrit brusquement les yeux.

— Ne fais pas ça. Je suis proche de jouir, l'avertit-il.

Mais Wren l'ignora. Elle écarta les jambes et remua un petit peu des fesses pour le positionner là où elle le voulait. Il resta pendant ce temps immobile au-dessus d'elle, la dévisageant avec une intensité qui était un peu effrayante, mais aussi très excitante.

Elle fit glisser l'extrémité du sexe de Bo sur son clitoris et se contracta légèrement. Elle était encore très sensible des suites de ses précédents orgasmes. Puis elle insérer son gland entre ses lèvres très moites, de haut en bas, pour le lubrifier de ses fluides.

— Enfonce-moi en toi, ma chérie. Prends-moi en toi.

Ce qu'elle fit. Soulevant son bassin, Wren accueillit Bo dans son corps. Il s'y plongea tandis qu'elle remontait vers lui et la sensation qu'ils se procuraient l'un l'autre leur soutira un gémissement.

Les bras du SEAL lâchèrent et il enfouit sa tête dans son cou.

— Putain de merde... Donne-moi une seconde, murmura-t-il.

Avec un grand sourire, Wren contracta son périnée, le serrant aussi fort que possible avec son corps.

— Putain ! Encore, lui ordonna-t-il alors qu'il se mettait à trembler contre elle.

Comme elle aimait le contrôle qu'elle exerçait, Wren recommença. Et encore. Elle caressait son sexe de l'intérieur.

Bo se redressa sur les coudes et la contempla.

— Tu n'as pas idée comme c'est incroyable comme sensation.

La jeune femme sourit tout en laissant courir ses mains de haut en bas sur son torse.

— Et tu n'as pas idée comme c'est bon de te sentir en moi.

— Et si on faisait en sorte que chacun se sente encore mieux ? lui demanda-t-il tout en bougeant son bassin.

Le plaisir prit Wren par surprise.

— Plus fort, lui ordonna-t-elle en enfonçant ses ongles dans ses flancs.

Il s'exécuta. Tout en se maintenant au-dessus d'elle, Bo se mit à effectuer des mouvements de va-et-vient avec de puissants coups de reins calculés. C'était bon… mais pas assez pour Wren.

— Bo, *encore*, gémit-elle.

— Je veux que ça dure, lui répondit-il.

— Pourquoi ? Si tu jouis, tu peux recommencer. Et ce n'est pas le but, d'avoir un orgasme ?

Il s'esclaffa et Wren ressentit la vibration, de son intimité à ses orteils.

— Eh bien, si, mais je veux te donner du plaisir en même temps.

— J'en ai, répliqua-t-elle. C'est trèèèèèèèès bon. Ne t'arrête pas. *S'il te plaît.*

Fort heureusement, il commença à bouger plus vite.

— Oh oui, comme ça ! Je te sens tout entier, haleta-t-elle.

— Plus personne ne sera à la hauteur après moi, lui promit-il.

— C'est déjà le cas, chuchota-t-elle.

Le regard sérieux de Bo s'intensifia. Il prit appui sur la pointe de ses pieds, son corps puissant au-dessus de celui de la jeune femme.

— Regarde-moi te prendre pour la première fois, lui ordonna-t-il, les yeux braqués entre eux.

Il avait laissé assez d'espace pour ne quasiment pas la toucher, mis à part là où sa verge faisait des va-et-vient dans son intimité. En baissant la tête, Wren fut surprise de constater combien c'était érotique et terriblement torride de l'admirer lui faire l'amour.

Elle ne put s'empêcher de lever son bassin pour aller à la rencontre de son coup de reins suivant.

— C'est ça. Empare-toi de ton homme comme il s'empare de toi. On se revendique l'un l'autre, Wren. Il n'y a pas de retour en arrière.

— Je n'en ai pas envie, répondit-elle en deux halètements.

Aucune marche arrière n'était possible. C'était comme si, à l'instant où elle avait vu cet homme, cela avait été terminé pour elle. Elle était *sienne*. C'était la vérité. C'était inévitable.

Bo se mit en équilibre sur une main, démontrant ainsi sa force ainsi que son agilité tandis qu'il continuait à la baiser avec vigueur. Il tendit son bras libre entre eux et posa sa paume à plat sur le ventre de Wren. Puis il se servit de son pouce pour frotter son clitoris tout en effectuant des va-et-vient dans son corps.

La jeune femme commença à haleter et à se trémousser. Tant de sensations la bombardaient en même temps. Le sexe de Bo était si long qu'elle avait l'impression qu'il touchait son col chaque fois qu'il plongeait en elle. Le léger pincement, combiné au plaisir de ses coups de reins et de son pouce sur cette petite boule de nerfs toujours si sensible, fut suffisant pour qu'elle ait le sentiment d'être sur le point d'exploser en minuscules morceaux.

Elle ferma les paupières, au bord de l'orgasme.

— Non ! aboya Bo d'une voix rauque. Regarde-nous. Regarde-toi jouir avec mon sexe en toi.

Wren fut incapable de refuser. Elle ouvrit les yeux et baissa la tête à bout de souffle. Le membre de Bo était luisant de son désir ; le militaire se retirait jusqu'au gland chaque fois puis plongeait en elle, sans relâche. Contempler sa longueur, ce qu'elle pouvait prendre de lui en elle, ne fit que l'exciter davantage.

— Je vais jouir, le prévint-elle, pantelante.

— Parfait. Moi aussi. Je veux te sentir presser mon sperme hors de mon sexe. Prends-moi, Wren, prends-moi en entier.

Et ce fut ainsi qu'elle bascula. Son champ de vision se rétrécit, mais elle ne détourna pas les yeux de la vue de Bo lui faisant l'amour.

Ce dernier abattit sa main sur le matelas près de sa tête ; ses genoux lui écartèrent les jambes et il se mit à la baiser plus vite. Le corps tout entier de la jeune femme trembla sous son assaut et elle lui empoigna le postérieur avec plaisir. Elle voulait tout ce qu'il avait à donner. Il poussa un grognement, puis un deuxième, et se plongea si fort en elle qu'elle atteignit de nouveau l'extase.

Bo tressaillit au-dessus d'elle, ses fesses se contractant tandis qu'il jouissait profondément en elle.

— Ton corps, c'est... *putain*, Wren... te sentir autour de mon membre c'est... c'est...

Sa voix s'éteignit et la jeune femme ne put que sourire.

Elle avait l'impression de flotter. Cela avait sérieusement été la meilleure partie de jambes en l'air de sa vie. Elle en voulait plus. Peut-être pas tout de suite, mais elle avait envie de faire l'expérience de tout ce qu'il était possible de tester dans la chambre avec cet homme. Elle voulait être au-dessus, qu'il la prenne parderrière, elle voulait le sucer, le sentir jouir sur ses seins... elle voulait tout. Mais seulement avec lui. Plus qu'avec lui.

— À quoi penses-tu ? murmura-t-il contre son cou.

Il s'était écroulé sur elle, mais, même pris par les volutes de son propre plaisir, il s'était assuré de ne pas l'écraser.

— Juste que je suis heureuse, répondit-elle avec un soupir.

Bo leva la tête à ces mots. Il était toujours plongé profondément en elle et Wren pouvait sentir combien elle était humide entre ses jambes. Ses cuisses étaient recouvertes de ses fluides, mais cela ne la dérangeait pas. Elle n'éprouvait pas la moindre gêne concernant ce que Bo et elle venaient de faire.

— Ah oui ?

Elle hocha la tête.

— Quand j'étais petite, cachée sous mon lit, que j'avais peur des petits amis de ma mère et même de ma mère, je n'ai jamais cru que j'arriverais à un stade où je serais aussi heureuse. J'étais trop terrifiée. Tout le monde m'effrayait. Et pourtant... me voilà.

Bo avait froncé les sourcils en l'écoutant, mais il se détendit et se pencha pour l'embrasser sur le front.

— Et te voilà, confirma-t-il. Je t'aime.

— Moi aussi je t'aime, répondit-elle.

Ces mots n'étaient pas faciles à dire. Ils donnaient du pouvoir l'homme en face. Mais, pour une fois dans sa vie, Wren avait la sensation que celui-ci ne s'en servirait pas contre elle. Elle serait en sécurité avec lui.

— Il faut que je me lève et que je m'occupe du préservatif, lui dit-il au bout d'un moment.

Wren plissa le nez et soupira.

— D'accord. Mais... j'ai un implant. Je m'en suis fait poser un quand j'étais ado, et j'ai continué. Et je n'ai pas été avec quelqu'un depuis des années.

Bo eut l'air surpris.

— Mais tu sortais avec des hommes.

— J'essayais de sortir, le corrigea-t-elle. Matt... ou Barry, c'était ma première tentative depuis un bon moment. Et, comme tu le sais, ça n'a pas si bien fonctionné.

— Est-ce que tu es en train de dire que je peux jouir en toi ? lui demanda-t-il.

Wren se mit à rougir. Elle n'aurait pas dû être gênée. Être adulte et dans une relation impliquait ce genre de conversation.

— Est-ce que tu as été testé ?

Bo ne sembla pas s'offusquer de la question.

— Tous les trois mois, par la Navy. Et je n'ai pas été avec une femme depuis plus d'un an.

Avec une grande inspiration, Wren déclara :

— Alors, oui. Tu peux jouir en moi.

Sans un mot, il se retira d'elle et ils grimacèrent tous les deux. Bo bondit pratiquement hors du lit et courut dans la salle de bain. Wren changea de position sur le lit et fit un peu la moue en découvrant exactement à quel point elle était humide, maintenant que le militaire n'était plus en elle.

Puis elle reporta son attention sur ce dernier, qui traversait la pièce à grands pas pour la rejoindre. Sa verge dodelinait devant lui, aussi dure qu'elle l'avait été lorsque que la jeune femme l'avait prise en main pour la guider en elle.

Bo sauta pratiquement dans le lit et se posta au-dessus d'elle.

— Maintenant ? demanda-t-il.

— Eh bien quoi ? répondit-elle, perplexe.

— Est-ce que je peux jouir en toi maintenant ?

Elle poussa un petit rire.

— Je croyais que les hommes avaient besoin d'un peu de temps pour se remettre.

— La femme que j'aime vient juste de me dire que je peux jouir en elle. Je me suis remis, répondit-il avec un sourire en coin.

Wren le lui rendit et se pressa contre son torse. Elle les fit rouler jusqu'à ce qu'elle soit sur lui... même si, en réalité, c'était Bo qui s'en était chargé.

— Seulement si c'est moi au-dessus.

— Ma chérie, tu peux être dessus, derrière, dessous, en travers, peu importe où tu veux, tant que ma verge peut être dans ton sexe humide et torride.

— Oh, c'est tellement romantique, répondit-elle en riant.

Mais lorsque Bo lui souleva le bassin et la fit redescendre vite et fort sur son membre, son rire se changea en halètement.

— Ça va ? demanda-t-il, l'air inquiet tout en enfonçant ses doigts dans ses hanches.

Il sentait qu'il était aussi profond, voire plus, que quelques minutes plus tôt, mais que cela ne faisait pas mal. En réponse, Wren souleva son bassin... puis redescendit avec autant de vigueur, le prenant tout entier.

— Putain ! s'exclama Bo.

— Ça va plus que bien, lui affirma Wren.

Ils passèrent le reste de la journée dans et hors du lit. À rire, à créer du lien, à manger, à faire l'amour... et Wren ne pouvait se remémorer une époque où elle avait été plus heureuse qu'elle ne l'était à cet instant. Être avec Bo représentait tout ce qu'elle avait toujours voulu dans sa vie et qu'elle n'avait jamais pensé avoir. Il était tout simplement fait pour elle.

La vraie vie s'immiscerait avant qu'ils ne soient l'un ou l'autre prêt, mais, pour le moment, ils savouraient l'amour qu'ils avaient trouvé l'un en l'autre.

23

Wren fronça les sourcils en montant dans la Jeep de Bo deux jours plus tard. Ils s'étaient terrés pendant quarante-huit heures, durant lesquelles ils s'étaient aimés. Et, pendant qu'ils avaient resserré leurs liens, le SEAL lui avait tenu la main alors qu'elle téléphonait à son demi-frère et lui annonçait qu'elle souhaitait non seulement les rencontrer, lui et sa fratrie, mais aussi son père. Eaton en fut fou de joie et lui dit qu'il la recontacterait sous peu pour régler les détails.

Le militaire avait profité de ses jours de congés, mais ils devaient maintenant tous les deux affronter la réalité : Wren en retournant au bureau pour voir comment elle pouvait limiter les dégâts après ce voyage désastreux au Soudan du Sud et Bo devait endosser de nouveau son rôle de Navy SEAL.

Peu importe qu'ils aient envie dans l'immédiat de rester dans sa maison et de s'aimer toute la journée et toute la nuit, ce n'était pas vraiment réalisable.

— Tu peux m'appeler quand tu veux, lui dit Bo tout en lui serrant la main. Le fait de revoir tes collègues va forcément faire remonter de mauvais souvenirs.

— Ça va aller, lui assura Wren.

Mais, au fond d'elle, elle n'en était pas certaine. Elle se sentait nauséeuse, les céréales qu'elle avait prises au petit-déjeuner lui pesaient sur l'estomac et elle avait peur de se mettre à vomir à tout instant.

— Regarde-moi, lui intima Bo.

Wren tourna la tête pour le dévisager.

— Parfois, les trucs durs ne t'atteignent que des jours, des semaines, voire des mois après. Tu peux aller bien à un moment, mais, plus tard, quand tu es en sûreté, ça remonte sournoisement. Ce que tu as traversé. Si ça arrive, tu m'appelles. Je pourrais soit venir te chercher, soit t'aider à faire passer. D'accord ?

— Mais tu as des choses à faire aujourd'hui.

— *Rien* n'est plus important que toi. Kevlar et les autres le comprendront. On a tous vécu ça.

— Ah bon ?

— Oui, Wren. On n'est pas des machines. Ce qu'on voit et ce qu'on fait nous affectent. Parfois tout de suite et parfois des mois plus tard. Les souvenirs sont rudes et les cauchemars vont de soi dans notre métier.

Wren se sentit mal. Elle n'avait même pas réfléchi aux souffrances de Bo suite à certaines choses dont il avait été témoin et qu'il avait faites dans sa carrière. Elle lui serra la main.

— Comme Blink. Comment il a dû travailler sur la perte d'une partie de son équipe.

— C'est ça.

Wren avait tout appris au sujet des autres membres de l'équipe de Bo durant les deux derniers jours. Il lui avait raconté combien ils étaient proches, lui avait révélé des détails de leurs vies et parlé un peu plus de ce qui était arrivé à Blink pendant sa dernière mission avant de rejoindre leur équipe de SEALs... et combien cela avait été dur pour lui ensuite. Le cœur de Wren se serra en pensant à Bo et ses amis.

— Donc passe-moi un appel si tu en as besoin, d'accord ?

La jeune femme hocha la tête.

— Je t'aime. Sois indulgente envers toi-même, Wren. Tu as subi quelque chose de traumatisant. Tu as le droit d'en être bouleversée et de prendre autant de temps que nécessaire pour guérir.

Elle aurait aimé avoir un soutien tel que Bo en grandissant. Il lui aurait été plus facile de faire face aux émotions qu'elle avait endurées.

— Merci.

— Si je n'ai pas de nouvelles de toi, je serais là à l'heure habituelle pour venir te chercher. J'ai pensé qu'on pourrait aller au restaurant mexicain ce soir avant de rentrer à la maison.

— Ça me paraît parfait.

Il se pencha et l'embrassa. Un long baiser passionné et, lorsqu'il se recula, Wren était toute émoustillée. Il sourit comme s'il lisait dans son esprit, puis baissa une main et réajusta son membre dans son pantalon.

Avec un petit sourire narquois, Wren descendit de la voiture et referma la portière. Elle lui fit un petit signe de la main puis se tourna vers l'immeuble de bureaux.

Dès l'instant où elle ouvrit la porte du hall, elle sentit des papillons virevolter dans son ventre. Elle prit l'ascenseur jusqu'à son étage et, à l'instant où elle aperçut Dallas, elle eut la chair de poule et de la bile lui remonta dans la gorge. Elle lui adressa un signe du menton et s'avança jusqu'à son box. En s'asseyant, elle inspira profondément par le nez à plusieurs reprises.

Elle n'eut pas plus de répit avant que l'un des stagiaires ne vienne lui dire que Colby souhaitait la voir en salle de conférence.

L'effroi lui retourna une nouvelle fois le ventre. Elle ne savait pas ce dont il voulait lui parler, mais la simple idée de voir celui qui avait si nonchalamment ignoré toutes ses inquiétudes et tous ses avertissements à propos de ce déplacement lui donnait envie de vomir.

Prenant son courage à deux mains, Wren se saisit d'un bloc-notes ainsi que d'un stylo et s'avança dans le couloir.

Elle se figea en ouvrant la porte.

Il y avait dans la salle Dallas, Archie, Oliver et deux autres hommes qu'elle avait croisés dans les bureaux, mais qu'elle ne connaissait pas. Colby présidait à une extrémité de la table. Les points sur sa joue étaient recouverts d'un pansement, il avait toujours des bleus sur la figure et portait une attelle au poignet, mais, mis à part cela, il avait l'air impeccable dans son costume-cravate.

— Très bien, Wren est là. On peut commencer maintenant, dit-il, avec un soupçon d'impatience.

La jeune femme prit la chaise la plus proche et se percha au bord de l'assise, tendue.

— Les choses ne se sont pas passées comme prévu au Soudan du Sud, mais la bonne nouvelle, c'est que l'accord tient en général. On a eu plutôt bonne presse et les investisseurs sont toujours intéressés pour aller de l'avant. Donc, sur ce, nous...

Wren en avait plus qu'assez. Elle se leva brusquement et sa chaise crissa à en percer les tympans en raclant sur le carrelage.

— Wren ? Où est-ce que vous allez ?

Elle entendit la question de Colby, mais n'y prêta pas attention. Elle sortit de la salle, droit vers son box, emballa les affaires à son bureau (qui n'étaient pas nombreuses) et se dirigea vers l'ascenseur. Elle commençait à hyperventiler légèrement, mais ne put se résoudre à s'arrêter.

Colby n'allait même pas reconnaître ce qui s'était passé. N'allait pas admettre qu'il avait commis une immense erreur. N'allait pas évoquer les *deux foutus doigts* qu'Oliver avait perdus à cause de ce putain de déplacement. Il allait en réalité continuer le projet.

Luke et Aaron étaient morts, et il semblait s'en moquer !

Sans parler que les hommes chargés de le protéger étaient eux aussi décédés. Et tout ce dont Colby se souciait, c'était de ce stupide accord.

Peut-être était-elle injuste. Il y avait beaucoup d'argent lié au projet de gazoduc, mais Wren ne pouvait pas se rendre au travail chaque jour et faire comme si rien ne s'était passé. Qu'ils n'avaient pas été enlevés. Que des gens n'étaient pas décédés. Combien devraient encore mourir avant que Colby ne prenne conscience qu'aucune somme ne valait le coup ?

Elle ne voulait pas y participer. Elle ne le pouvait pas.

Lorsque la jeune femme arriva dans le hall, ses mains tremblaient tellement qu'elle réussit à peine à appuyer sur le bon bouton pour appeler Bo.

Il répondit à la deuxième sonnerie.

— Wren ? Qu'est-ce qui ne va pas ?

Elle n'arrivait pas à parler. Elle n'arrivait pas à inspirer de l'air dans ses poumons.

— Respire, Wren. Inspire par le nez, expire par la bouche. Ralentis. Inspire… expire… inspire… expire… Bien. Comme ça.

Lorsqu'elle sentit qu'elle pouvait de nouveau parler, Wren demanda :

— Est-ce que tu peux venir me chercher ?

— Je suis déjà en route, ma chérie. Accroche-toi encore un tout petit peu. J'arrive.

Il arrivait. Évidemment. Wren ferma les yeux et s'appuya contre l'immeuble. Elle ne se souvenait même plus d'en être sortie, mais elle était là.

Il ne lui fallut pas longtemps avant de voir la Jeep de Bo passer l'angle en dérapant. Il se gara en double file et s'avança vers elle avant même qu'elle n'ait le temps de s'écarter du mur. Il la prit par les épaules et se baissa légèrement pour la regarder droit dans les yeux.

— Est-ce que tu vas bien ?

Wren réussit à hocher faiblement la tête.

— Je ne pouvais pas, murmura-t-elle. Il a tout de suite commencé à parler de continuer le projet, a même ramené deux personnes pour remplacer Luke et Aaron. Je ne pouvais pas rester.

— Tout va bien, lui dit Bo d'un ton apaisant. Allez, je suis là.

Wren se laissa guider vers la Jeep et monta sans ajouter un mot. Un moment plus tard, elle lui demanda :

— Où est-ce qu'on va ?

— À la base.

— Oh, mais tu as du travail. Tu peux me ramener à la maison.

— Pas question. Je ne veux pas te laisser seule. Tu peux venir avec moi et rester avec nous.

Elle ignorait ce qu'il faisait de ses journées, mais elle n'était pas certaine qu'il soit permis à une « civile » de traîner avec un groupe de SEALs rentrant tout juste de mission. Quoi qu'il en soit, elle ne pouvait nier qu'être aux côtés de Bo l'apaisait.

— D'accord.

Bo continua à la regarder, sans doute pour s'assurer qu'elle ne pétait pas un câble, mais, à présent qu'elle avait quitté le bureau et qu'elle était avec lui, elle se sentait même mieux en mieux. Elle avait beaucoup de choses à éclaircir. Elle allait sûrement devoir démissionner officiellement, trouver un nouveau travail ; elle devrait appeler son propriétaire et lui dire qu'elle devrait déménager.

Mais, pour le moment, elle n'avait rien besoin de faire. Bo prendrait soin d'elle.

* * *

Safe s'inquiétait au sujet de Wren. Lorsqu'elle lui avait téléphoné, si peu de temps après qu'il l'avait déposée, il avait immédiatement fait demi-tour pour aller la chercher. Elle semblait bien aller à présent, mais il savait mieux que la plupart des gens comment des évènements traumatiques pouvaient affecter quelqu'un des jours, des semaines voire des années après les faits.

Il l'avait amenée à la base et l'avait installée dans un bureau pendant qu'il participait à des réunions obligatoires avec son commandant et son équipe. Chaque fois qu'il passait la voir, elle avait l'air d'aller bien. Au déjeuner, elle lui avait demandé s'il pouvait l'emmener chez Kevlar afin de pouvoir passer du temps avec Remi. C'était ce qu'il avait fait et, lorsqu'il était venu la chercher le soir, il avait été soulagé de constater qu'elle semblait un peu plus détendue. Comme si avoir quitté son emploi avait été pile ce qu'il lui fallait pour pouvoir tourner la page de ce qui lui était arrivé.

Elle lui raconta qu'elle avait envoyé à Colby sa démission officielle par e-mail et combien cela lui avait fait du bien. Ils étaient sortis dîner, au restaurant mexicain, comme convenu, et ils étaient désormais chez lui, où elle était bien plus silencieuse que d'ordinaire.

Ils étaient assis sur le canapé lorsqu'elle se tourna vers lui en arborant une expression un peu soucieuse.

— Je n'ai plus d'emploi.

— Je sais, ma chérie.

— Je dis juste que je ne vais pas avoir de rentrée d'argent pendant un moment. Je n'ai jamais voulu être cette personne. Le genre de petite amie qui vit aux crochets de son homme. Mais je ne peux pas...

Safe leva une main pour l'interrompre.

— Non, dit-il en secouant la tête.

— Non quoi ? lui demanda-t-elle en fronçant davantage les sourcils.

— Tu n'as pas le droit de te sentir mal d'être ici avec moi. Et tu ne vis pas à mes crochets. Tu peux prendre un peu de temps pour te ressaisir. Pour respirer. Ce qui t'est arrivé était *horrible*. Tu as vu des choses terribles. Et t'avoir ici n'est pas une épreuve. Pas le moins du monde. Prends ton temps. Prends tes repères. Ensuite, tu pourras décider de ce que tu souhaites faire. Ce n'est pas comme si j'allais te demander de payer une partie de mon prêt, ou pour les courses ou quoi que ce soit d'autre.

— Attends... pourquoi pas ? Si je vis ici, je devrais contribuer.

Safe secoua de nouveau la tête.

— Je suis *ce* type, Wren. Celui qui ne veut pas que sa femme paie pour quoi que ce soit. Tu veux acheter des snacks ? De quoi faire des cookies ? Des affiches pour les murs ou des coussins pour le canapé ? Fais-toi plaisir. Mais je m'occupe des charges, du prêt et de tout ce qui touche au fait d'être propriétaire d'une maison.

Elle le fusilla du regard et cela lui donna envie de le jeter sur le sol et de lui faire sauvagement l'amour. Elle était adorable quand elle était en colère, mais il se retint, car il savait que lui dire combien il la trouvait mignonne à cet instant précis ne l'emmènerait pas là où il le souhaitait : sous lui, dans leur lit.

— Je te ferais savoir, Bo Cyders, que je n'ai jamais fait de cookies de toute ma vie et que je ne vais pas commencer maintenant. Pas quand il y a une très bonne boutique en bas de la rue qui en vend des tout prêts.

Safe ne put s'en empêcher : il éclata de rire. Lorsqu'il reprit le contrôle de lui-même, il déclara :

— C'est noté.

— Mais, sérieusement Bo. Je veux contribuer.

— Et tu participeras. En étant exactement qui tu es. En étant là quand je rentre du travail. En parlant avec moi, en me racontant ta journée. En me faisant rire, en me donnant hâte de revenir à la maison chaque fois que je pars à la base navale. Je t'aime, Wren. Il n'y a rien que je ne ferais pas pour toi. Tu n'as qu'à le dire et je le ferais... sauf si tu dis que tu veux payer la moitié du prêt, parce que ça n'arrivera pas.

Il avait ajouté cela en vitesse, parce qu'il avait le sentiment que Wren pourrait exploiter chaque faille possible pour obtenir ce qu'elle désirait.

Elle lui sourit, puis redevint sérieuse.

— Est-ce que tu viendras avec moi quand j'irai à Mission Viejo pour rencontrer mon père ?

Safe la dévisagea, confus.

— Tu croyais vraiment que tu allais t'y rendre seule ?

— Eh bien... peut-être ? Tu as du travail et maintenant que je n'en ai plus, j'ai pensé que je pourrais y aller une journée pour déjeuner ou quelque chose du genre. Si c'est trop gênant, je pourrais arrêter les frais sans que ça me fasse bizarre de rentrer tôt.

— Chérie, non seulement, je vais venir avec toi, mais Remi et Kevlar ont déjà dit qu'ils nous accompagneraient.

Elle plissa le front.

— Vraiment ?

— Bien sûr. Et c'était après que l'équipe eut tiré à la courte paille qui aurait le droit de venir avec nous. Ils voulaient tous et j'ai dit que c'était excessif. Preacher n'était pas content. Il avait *réellement* envie de venir, mais c'est Kevlar qui a gagné et il a déclaré que Remi se joindrait à nous parce que ce serait moins gênant pour toi d'être accompagnée par une femme. Tu sais, si tu as besoin d'aller aux toilettes, vous deux vous pourrez y aller ensemble et décider si vous voulez qu'on vous sorte de là ou pas.

Des larmes montèrent aux yeux de Wren.

— Non ! Ne pleure pas, lui dit Safe.

Il effleura ses joues avec les pouces, effaçant les larmes qui avaient coulé.

— Je ne supporte pas quand tu pleures.

— Ce ne sont pas des larmes de tristesse, lui dit-elle. Ce sont... je ne sais pas ce qu'elles sont.

— Je te l'ai déjà dit et je persiste à te le dire, tu n'es plus seule. Tu as une famille. Et en parlant de ça, je devrais te dire que ma mère et mon père me tannent déjà pour te rencontrer. Et Susie me tombe dessus aussi. Donc on va devoir prévoir une escapade en Ohio pour les voir.

— Je t'aime, déclara Wren en se jetant dans ses bras.

Safe l'attrapa et la serra fort.

— Moi aussi je t'aime.

Puis elle s'écarta de lui.

— Tu as le ventre plein ?

— Sur le point d'exploser, admit-il.

— D'accord, alors tu peux rester allongé là pendant que je fais tout le travail, lui dit-elle avec une lueur espiègle dans les yeux.

Safe se mit en mouvement avant qu'elle n'ait fini de parler. L'idée qu'elle le suce pendant qu'il passait les mains dans ses cheveux soyeux était suffisante pour le rendre raide comme un piquet en quelques secondes.

Elle gloussa pendant qu'il la tirait vers leur chambre. On pouvait dire sans s'avancer qu'il était follement épris de cette femme. Et ce n'était pas en raison du sexe. Il était déjà fichu avant même de penser à partager un lit. Elle lui correspondait en tout point et il ferait tout ce qu'il faudrait pour s'assurer qu'elle sache chaque jour de sa vie combien il l'appréciait et l'aimait.

24

Wren était nerveuse. Le jour était arrivé. Elle allait rencontrer son père biologique. Après tant d'années à penser qu'il n'était qu'un bon à rien et une personne horrible, cela avait été une surprise de découvrir que c'était un membre normal et respecté de sa communauté de Mission Viejo.

La première fois qu'elle lui avait parlé au téléphone, avec Bo à ses côtés qui lui tenait la main même si elle laissait des marques sur sa peau avec ses ongles tant elle le serrait, avait été gênante pendant quelques minutes tendues puis, plus ils avaient discuté et plus elle s'était détendue.

Il semblait... gentil. Et dévasté de ne pas avoir été au courant de son existence et qu'elle ait eu une enfance si horrible.

L'idée était que Bo travaille une demi-journée, puis qu'ils roulent jusqu'au sud de Los Angeles avec Remi et Kevlar afin de partager un déjeuner tardif (ou un dîner de bonne heure) avec son père et son demi-frère. Si cela se déroulait bien, ils envisageraient une autre rencontre avec ses autres frères, ses nièces et ses neveux, ainsi que sa belle-mère.

La tête de Wren lui tournait. C'était si difficile de croire qu'elle était passée de complètement seule au monde à avoir non seulement une grande famille, mais aussi le soutien des proches de Bo et de ses amis. Cela aurait pu être accablant, si ça n'était pas si génial.

Après avoir quitté son emploi chez BT Energy, elle n'avait eu aucune nouvelle de son ex-patron. Ni d'aucun autre des hommes avec qui elle avait traversé l'enfer. Aucun d'eux ne l'avait contactée pour s'assurer qu'elle allait bien. Ils s'étaient vraisemblablement remis au travail comme si rien ne s'était passé au Soudan du Sud.

Elle était allée à la commémoration en l'honneur de Luke et d'Aaron, mais s'était sentie gênée et pas à sa place. Personne n'avait été impoli envers elle, mais elle avait reçu beaucoup de regards en coin de la part de ses anciens collègues.

À présent, elle tentait de tourner la page et, avec l'aide de Bo, elle avait l'impression que les choses s'amélioraient de jour en jour.

Mais Wren éprouvait beaucoup de nervosité à propos de cette journée. Même si les quelques conversations téléphoniques avec son père s'étaient bien passées, elle craignait toujours qu'il la rejette. Que, d'une manière ou d'une autre, il voit ce que sa mère avait vu en elle et parte sans un regard en arrière. Bo n'avait eu de cesse de la rassurer sur le fait que cette dernière était une garce et que tout ce qu'elle avait fait n'avait aucun rapport avec Wren en tant que personne. Mais il était difficile de se débarrasser du sentiment que la façon dont elle avait été traitée avait été sa faute.

Elle était perdue dans ses pensées qui s'entrechoquaient et était en train de paniquer à propos de l'escapade éminente vers le nord du pays. Alors, quand on frappa bruyamment à la porte, elle sursauta.

Puis elle fronça les sourcils. Qui pourrait frapper si fort ? Ce n'était pas comme si Bo avait un tas de visiteurs et il ne recevait certainement pas de démarcheurs.

Wren avait été si surprise par ce son qu'elle n'alla pas immédiatement ouvrir. Elle était en train de réorganiser leur cellier (qui ne le ferait pas en état de stress ?) et se tenait donc dans la cuisine lorsque le second coup résonna.

Sursautant de nouveau, Wren fut perplexe un instant. Puis, quand le bruit se répéta, elle comprit ce qui se passait.

La personne qui était à l'extérieur essayait de défoncer la porte pour entrer.

Wren se rua vers le plan de travail où était posé son téléphone. Sa première pensée fut de demander de l'aide. Elle ne savait pas qui était dehors et tentait désespérément de s'introduire dans la maison, mais il ne pouvait rien arriver de bon lorsque quelqu'un cherchait à entrer de force.

Elle réussit à appuyer sur le bouton qui appellerait les secours au moment même où la porte s'ouvrait avec fracas.

Wren laissa échapper un petit cri d'effroi et recula plus loin dans la cuisine.

La dernière personne qu'elle s'était attendue à voir se tenait dans l'entrée.

Matt.

Non. Il s'appelait Barry. Il portait un jean sale et un tee-shirt à manches longues. Ses cheveux bruns étaient gras et lissés en arrière, et ses yeux se plissèrent lorsqu'il l'aperçut.

— Espèce de *salope* ! s'exclama-t-il en s'avançant à grands pas vers elle.

— À l'aide ! cria Wren dans le téléphone en priant pour qu'il y ait quelqu'un au bout du fil.

Elle savait, pour avoir regardé des séries policières, que l'appel serait enregistré avant même qu'un opérateur ne décroche et espérait donc que quelqu'un entende ce qu'elle disait.

— Barry Simpson s'est introduit par effraction dans ma maison ! J'ai une mesure d'éloignement. Je suis au 432 West Oak...

Avant qu'elle ne puisse terminer, Barry lui fit sauter le téléphone des mains. Celui-ci valsa contre un mur avant de se fracasser au sol. L'écran se fissura et devint noir, visiblement brisé dans la chute.

Barry l'empoigna par les bras et la jeta contre le plan de travail avant qu'elle ne puisse faire quoi que ce soit d'autre. Le granit lui mordit le flanc, mais Wren ne ressentit aucune douleur. L'adrénaline coulait dans ses veines et elle savait que si elle ne s'éloignait pas de cet homme, elle était morte.

Elle tenta de se baisser et de le contourner, pour sortir de la maison par la porte d'entrée qu'il avait bêtement laissée ouverte, mais il l'attrapa avant qu'elle ne puisse faire quelques pas.

Wren se débattit comme une diablesse. Elle le frappa des pieds et des poings partout où elle pouvait l'atteindre, mais il était tellement fort. Il la dépassait de près d'une tête. Et il était grand, musclé. Dans le temps, Wren aurait été impressionnée par son physique. Mais c'était avant qu'il ne la drogue afin de pouvoir la violer et qu'elle n'apprenne son passé violent.

— Tu m'as fait arrêter ! cracha-t-il tandis qu'il lui enserrait le cou et lui pressait le dos contre le plan de travail.

La jeune femme tenta frénétiquement de le repousser, d'écarter ses doigts de sa gorge, mais cela ne servait à rien. Il était trop fort et trop grand pour qu'elle puisse réussir à faire levier. Ses pieds glissaient sur le carrelage tandis qu'elle luttait pour qu'ils continuent de la soutenir, mais il la pencha encore plus en arrière sur le plan de travail.

En regardant dans ses yeux noirs, Wren comprit que c'était fini. Qu'elle n'allait pas pouvoir rencontrer son père et ses demi-frères. Elle n'allait pas apprendre à connaître la famille de Bo. Le voir avec sa mère et sa sœur. Elle allait passer à côté de toute une vie avec lui.

Des visions de leurs enfants à naître traversèrent son cerveau...

Et la colère remplaça la peur au plus profond d'elle-même.

Non. Ce n'était *pas* ainsi que cela se finirait pour elle. Elle avait survécu à trop de choses horribles pour que ce connard la tue de cette façon.

Levant les mains à la recherche de quelque chose, quoi que ce soit, dont elle pourrait se servir pour écarter Barry d'elle, elle fit tomber quelque chose de lourd sur le plan de travail. Tout en empoignant avec désespoir l'un des couteaux dans le bloc qu'elle devinait sous ses doigts, la jeune femme sentit les ténèbres envahir son champ de vision. Elle allait s'évanouir quelques secondes plus tard et, si cela arrivait, cet assassin n'hésiterait pas à continuer jusqu'à ce qu'il l'ait étranglée à mort. Elle le savait, aussi sûr qu'elle connaissait son propre nom.

Au moment même où elle refermait sa main autour du manche de l'un des couteaux luxueux et bien trop chers dont Bo était si fier de se servir lorsqu'il cuisinait, Wren entendit ce qui ressemblait au rugissement d'un lion.

Son esprit ne fonctionnait pas correctement, sans doute à cause du manque d'oxygène. Il n'y avait pas moyen qu'il y ait un tel félin dans sa cuisine. Mais elle eut une brève vision d'un gros chat de la jungle arrachant la tête de Barry, juste avant qu'elle ne plonge la lame qu'elle empoignait comme si sa vie en dépendait (ce qui était le cas) dans le cou sans protection de son agresseur.

Ce dernier lui hurla au visage, lui faisant tinter les oreilles, puis il la lâcha instantanément et porta ses deux mains à sa gorge, choqué.

Wren n'avait pas la force de se tenir debout. Elle s'effondra sur le sol de la cuisine. Sa dernière pensée avant de s'évanouir fut qu'il fallait qu'elle le plante à nouveau. Qu'elle s'assure qu'il ne l'étrangle pas une seconde fois.

* * *

Safe fronça les sourcils alors que Kevlar se garait dans son allée. Il avait proposé de conduire jusqu'à Mission Viejo et Safe avait accepté avec joie, car il voulait pouvoir se consacrer tout entier à Wren. Pour l'aider à garder son calme pendant le trajet et pour discuter en détail de la rencontre sur le chemin du retour.

Mais tout cela lui sortit de la tête en voyant sa porte d'entrée grande ouverte. Il n'était pas sûr de savoir ce qui se passait, mais son instinct l'avertit immédiatement que quelque chose clochait.

Il entendit vaguement son ami intimer à Remi de rester dans la voiture, mais Safe en était déjà sorti et passait à l'action avant même que Kevlar se gare.

Filant droit vers la porte, il perçut des sirènes au loin, mais les ignora. Il ne pensait qu'à une chose : entrer et s'assurer que Wren allait bien.

Le son qui s'échappa de ses lèvres lorsqu'il vit un individu serrant le cou de Wren fut un mélange de rage et de désespoir. Il sentit Kevlar dans son dos tandis qu'il chargeait en direction de la cuisine. Son seul but était de dégager les mains de l'homme de la jeune femme.

À sa grande surprise, et avant qu'il l'atteigne, celui-ci se mit à crier et lâcha sa victime, qui tomba comme une pierre sur le carrelage. Du sang jaillit du cou de l'agresseur, giclant sur le sol et le plan de travail alors que Safe se saisissait de lui et l'envoyait valser loin de sa femme aussi fort que possible.

L'attaquant atterrit violemment par terre. Avant même qu'il ne puisse tenter de bouger, Kevlar le mettait sur le ventre, un genou entre ses omoplates et les mains sécurisées dans le dos.

— Wren ! s'écria Bo, ignorant les éclaboussures de sang sur le carrelage et qui constellaient la femme qu'il aimait.

Sa vie défila devant ses yeux tandis qu'il essayait frénétiquement de trouver un pouls dans son cou. Il ne perçut rien pendant un moment et aurait juré sentir son âme littéralement se recroqueviller et mourir. Puis, après avoir repositionné ses doigts, il le sentit. Un *boum boum boum* faible et fragile.

— C'est ça, respire ma chérie. *Respire*, la supplia Safe tandis qu'il la déplaçait pour qu'elle soit allongée à plat dos sur le sol.

Il se pencha au-dessus d'elle, observant sa poitrine se soulever et redescendre. Des larmes coulèrent de ses yeux sur le tee-shirt de Wren tandis qu'il conservait ses doigts sur sa gorge pour s'assurer que son cœur continuait de battre.

— C'est Simpson, lui annonça Kevlar.

Ce qui attira son attention.

— C'est quoi de *bordel* ? Je croyais qu'il était extradé au Wyoming ?

Son ami secoua la tête et haussa les épaules.

— Oui, nous sommes au 432 West Oak Street. Quelqu'un est entré par effraction dans la maison de mon amie et a tenté de la tuer. On dirait qu'elle a réussi à poignarder son agresseur et son petit ami a réussi à l'écarter d'elle. Oui, mon ami l'a maîtrisé. Mais il y a beaucoup de sang. Je pense qu'elle va bien... inconsciente. Oui, elle respire. Mais le type... il ne va pas si bien.

Safe entendit la voix de Remi comme si elle lui parvenait de l'autre bout d'un long tunnel. Les sirènes se firent plus fortes jusqu'à ce qu'il soit évident que les secours étaient pile devant chez lui.

Remi courut dehors, hurlant ce qui s'était passé et incitant la police à entrer pour les assister.

Les minutes suivantes ne furent que chaos. Les policiers pénétrèrent dans la maison les armes au poing et forcèrent les deux militaires à se lever et à sortir de la cuisine. Barry Simpson gisait, immobile, sur le carrelage, bien trop proche de Wren au goût de Safe. La seule chose qui l'empêcha de parti en vrille, et sans doute d'être arrêté, était qu'il pouvait toujours voir la poitrine de Wren se soulever au rythme de sa respiration depuis là où il se tenait, dans le salon.

Les ambulanciers arrivèrent et, après avoir brièvement examiné Barry, ils sécurisèrent le couteau encore planté dans son cou, le chargèrent sur un brancard et le portèrent hors de la maison, un officier de police sur les talons.

Un ambulancier et des secouristes étaient agenouillés autour de Wren. Cette dernière se mit instantanément à se débattre au sol, donnant des coups de pied et luttant contre les hommes et les femmes qui essayaient de l'aider.

Sans réfléchir, Safe fonça dans la cuisine désormais très bondée.

— Tout va bien, Wren ! C'est moi, Bo. Tu vas bien !

Safe sentit deux flics tenter de le tirer en arrière, mais se débattit ; il avait besoin d'être à ses côtés. De l'apaiser.

— Bo ? l'appela-t-elle en s'immobilisant.

L'ambulancier s'adressa sévèrement aux officiers.

— Laissez-le rester.

Puis, il ordonna à Safe en se tournant vers lui :

— Mettez-vous au niveau de sa tête et restez hors de nos pattes.

Safe n'allait pas protester. Il s'installa là où on lui avait dit et se pencha au-dessus de Wren pour qu'elle le voie. Il posa ses mains sur ses joues dans le même temps.

— C'est moi. Tout va bien, Wren. Compris ?

— C'était Barry ! lui dit-elle d'une voix éraillée.

Le son rauque et la vue de sa peau qui se couvrait déjà d'ecchymoses autour de sa gorge donnèrent envie au SEAL de pourchasser le connard qui l'avait blessée et de tourner la lame qui dépassait de son cou pour s'assurer que l'enfoiré se mette à saigner jusqu'à ce que mort s'ensuive.

— Chut, je sais. Tu as été très maligne d'appeler les secours. Ils sont arrivés presque en même temps que moi.

— Est-ce que je l'ai eu ? l'interrogea-t-elle.

Ses yeux bruns se braquèrent sur les siens.

Safe ne savait pas s'il devait mentir et lui dire qu'elle l'avait manqué ou admettre qu'il était plus que probable qu'elle lui avait porté un coup fatal avec le couteau.

Les mots qu'elle prononça ensuite lui rendirent la décision plus facile.

— Je t'en prie, dis-moi que je l'ai eu !

— Tu l'as eu, lui annonça-t-il. Il est tombé comme une pierre. Tu as bien agi, ma chérie. J'aurais juste aimé arriver une minute plus tôt. Lorsque je suis entré, il t'avait penchée sur le plan de travail et je...

Il ne put continuer. C'était une vision qui allait le hanter pour le restant de ses jours.

— J'ai entendu un lion... c'était toi ? demanda Wren avec un tout petit sourire.

Safe ferma les paupières un moment. Cette femme... elle était si forte que cela le rendait humble. Il ouvrit de nouveau les yeux et baissa la tête vers Wren.

— Oui. J'étais tellement furieux. J'avais envie de lui hurler de te lâcher, d'arrêter, *n'importe quoi*, mais tout ce qui est sorti, c'est cette sorte de cri-hurlement.

— C'était torride, lui dit-elle sans la moindre gêne.

— Monsieur, si vous pouviez vous reculer, on est prêts à partir, l'informa l'un des secouristes.

— Est-ce que je peux venir ?

— Est-ce qu'il peut venir aussi ?

Ils avaient prononcé ces mots en même temps.

— Désolés, mais c'est la politique de l'entreprise que de ne pas permettre aux membres de la famille de monter dans l'ambulance, sauf si la victime à moins de cinq ans, expliqua l'ambulancier tandis qu'ils transféraient Wren sur une civière.

Safe voulut protester, mais Kevlar lui toucha l'épaule.

— On va t'emmener là-bas. On leur collera au train tout du long.

Le SEAL acquiesça, puis baissa la tête vers Wren. Elle était pâle, ses cheveux étaient tout ébouriffés, elle avait du sang sur les mains (heureusement, pas le sien) et, chaque fois qu'elle déglutissait, en grimaçait. Mais elle était vivante. Il en éprouvait tellement de gratitude.

— Je te retrouve à l'hôpital, lui dit-elle.

Elle acquiesça, puis fit de nouveau la moue et chuchota :

— OK.

Incapable de s'en empêcher, Safe se pencha et déposa un baiser sur son front.

— Je t'aime, murmura-t-il.

— Moi aussi je t'aime, répondit-elle.

Alors qu'on l'entraînait vers la porte, le militaire l'entendit dire aux secouristes de s'arrêter. Il se précipita vers elle.

— Quoi ? Qu'est-ce qui ne va pas ? l'interrogea-t-il fébrilement.

— Rien, le rassura-t-elle. Mais mon père va se demander où on est. Et si on lui a posé un lapin.

— Je vais l'appeler. Ne t'inquiète pas. Je vais m'en occuper.

— Merci.

— Pas besoin de me remercier pour ça. Je te préviens, Wren, tu vas *vraiment* te lasser de me voir aux petits soins pour toi et que je ne te quitte pas des yeux dans un avenir proche.

Elle laissa échapper un petit rire.

— Oui, c'est ça. Compte là-dessus.

Safe n'arrivait pas à croire qu'il souriait lorsque le brancard de Wren fut poussé vers la sortie. Il la regarda jusqu'à ce qu'elle soit en sécurité dans l'ambulance. Quelques minutes plus tard, cette dernière s'écarta du trottoir.

— Allez, il faut qu'on y aille si on veut arriver avant eux à l'hôpital, lui dit Kevlar. J'ai appelé Wolf et Dude. Ils vont venir et rester là jusqu'à ce que les flics en aient terminé avec leur enquête. Preacher et le reste de l'équipe, de même que les inspecteurs qui doivent recueillir notre version de l'histoire, vont nous rejoindre là-bas.

Safe hocha la tête. À présent que Wren était en sécurité et

qu'il savait qu'elle irait bien, l'adrénaline qui s'était déversée dans son corps lorsqu'il avait vu les mains de ce connard serrant le cou de la jeune femme s'estompait rapidement. Il fut content que Kevlar lui passe un bras autour des épaules, car il se sentait aussi faible qu'un nouveau-né. Cela avait été le moment le plus terrifiant de sa vie, et de loin.

— Elle va bien, le rassura son ami, comme s'il pouvait lire dans son esprit. Quand j'ai découvert que Remi avait disparu, j'ai ressenti la même chose. Je suis là.

C'était réconfortant de se rendre compte que son équipier savait exactement ce qu'il éprouvait. Il prit une grande inspiration, puis une deuxième et remonta dans la Subaru de Kevlar. Il sortit son téléphone dès qu'il s'assit. Il fallait qu'il appelle Tyler Farris et le mette au courant de ce qui était arrivé à sa fille.

25

L'esprit de Wren fusait à cent à l'heure, mais, curieusement, en dépit de son mal de tête infernal, de sa gorge qui lui donnait l'impression d'avoir été piquée de l'intérieur par un millier d'abeilles et de sa faim dévorante (même si elle ne pouvait imaginer avaler quoi que ce soit), elle était heureuse.

La médecin des urgences lui avait assuré qu'elle irait bien, mais lui recommandait de rester au moins une nuit en observation. Elle avait protesté, mais avait été contrée par Bo.

Ce dernier avait tenu sa promesse et l'attendait déjà quand elle avait été admise à l'hôpital. Elle n'était pas certaine de savoir comment il s'était débrouillé, mais, d'une manière ou d'une autre, on lui avait permis de rester tout le temps à ses côtés. Dieu merci.

Quand elle était revenue à elle sur le sol de la cuisine, elle s'était sentie perdue et désorientée. Mais dès qu'elle avait entendu la voix de Bo, elle s'était souvenue de ce qui était arrivé. Elle avait rencontré un inspecteur et lui avait tout raconté. Elle avait admis avoir donné un coup de couteau à Barry, mais n'en ressentait pas le moindre remords. Le souvenir des ténèbres envahissant progressivement sa vision était aussi vif que lorsque ça s'était produit. Il avait fallu choisir entre le poignarder pour qu'il lui lâche le cou ou mourir. Elle n'avait pas du tout eu envie de ça. Elle avait trop de raisons de vivre.

En jetant un œil autour d'elle dans sa petite chambre d'hôpital, Wren sourit. Tout ça. C'était *pour ça* qu'elle avait lutté si farouchement pour survivre. Les équipiers de Bo se prélassaient et avaient l'air de modèles du magazine *GQ* ; chaque infirmière qui venait s'assurer que la jeune femme allait bien marquait un temps d'arrêt, manifestement surprise de découvrir autant d'hommes séduisants au même endroit.

Et ce n'était pas tout : la rencontre avec son père biologique, qui avait suscité à la fois excitation et crainte, n'avait de plus pas été repoussée. Lorsque Bo avait téléphoné à Tyler pour le mettre au courant de ce qui s'était passé, ce dernier avait fait le trajet jusqu'à Riverton pour voir de ses yeux qu'elle allait bien. Et si elle avait imaginé que l'entrevue serait embarrassante, elle s'était trompée. Sur toute la ligne.

Tyler Farris était entrée dans la chambre et Wren avait su *précisément* qui il était dès l'instant où elle l'avait aperçu. Ils se ressemblaient tellement que c'en était presque effrayant. Il avait les cheveux noirs, comme elle. Bien sûr, les siens étaient parsemés de gris, mais il n'avait pas du tout l'air vieux. Elle se souvenait, d'après leurs conversations, qu'il n'avait pas encore cinquante ans. Il n'était pas non plus très grand, ce qui expliquait qu'elle ne mesurait qu'un mètre soixante-cinq.

Mais davantage que la chevelure et la taille, c'étaient ses traits qui firent instantanément monter les larmes aux yeux de sa fille. Il avait le même nez, les mêmes lèvres, les mêmes yeux que ceux qu'elle voyait dans le miroir chaque matin. On ne pouvait pas nier que cet homme était son père.

Ils avaient pleuré tous les deux. Elle n'avait pas prévu de faire sa connaissance allongée dans un lit d'hôpital, mais, en toute franchise, elle était finalement tout simplement heureuse qu'il ne soit pas le bon à rien que sa mère avait toujours sous-entendu et qu'il semble éprouver sincèrement de la gratitude de l'avoir trouvée.

Son demi-frère Easton avait fait la route avec leur père et le rencontrer lui parut presque normal.

La chambre était bondée de personnes qui étaient toutes là pour s'assurer qu'elle allait bien. Wren n'aurait jamais pu imaginer, ne serait-ce que quelques mois auparavant, d'avoir des amis tels que ceux-là. Il arrivait tout le temps des choses horribles à des gens bien. Pendant des années, Wren s'était efforcée de comprendre pourquoi cela lui arrivait plus qu'à d'autres. Mais elle avait fini par le découvrir. C'était pour qu'elle puisse apprécier comme il se devait ce qu'elle avait désormais dans la vie.

— Allez, tout le monde, Wren a besoin de dormir un peu. Il est temps de partir ! annonça Bo.

Wren sourit en entendant les grommellements qui résonnèrent dans la chambre, mais elle lui était reconnaissante de veiller sur elle. Elle était épuisée et pouvait à peine garder les yeux ouverts. Même si elle aimait que tous ses amis ainsi que ses vrais père et frère soient présents, cela n'allait pas la déranger qu'ils s'en aillent afin qu'elle puisse fermer les paupières sans avoir l'impression d'être grossière.

Il fallut un peu de temps pour que tout le monde sorte de la chambre, car ils allèrent tous la voir et lui dire au revoir un par un.

Son père et son frère furent les deux derniers à partir. Tyler s'approcha du lit et baissa la tête vers elle avec une expression qu'elle s'imaginait être de fierté paternelle.

— Ton ami nous a raconté ce qui s'est passé au Soudan du Sud. Tout ce que tu as traversé. Ce n'est sans doute pas le lieu ni le moment, mais… je voulais que tu saches que j'ai regardé le CV que tu as envoyé à Farris Morgan. J'étais vraiment en colère que nous n'ayons pas pu arriver au stade des entretiens avant

BT Energy, parce que je t'aurais engagée dans l'instant. Et ça n'a *rien* à voir avec le fait que tu sois ma fille.

« Et, pardonne à un vieil homme sa curiosité, mais je suis aussi au courant que tu as posé ta démission chez BT. Si tu veux ou que tu as besoin d'un emploi, tu en auras toujours un chez nous.

Wren cligna des yeux de surprise.

— Oh.

Elle tourna la tête vers Bo, qui se tenait sur le côté afin de lui donner un semblant d'intimité pour dire au revoir à tout le monde tout en n'ayant manifestement pas l'intention de quitter son chevet, ce qu'elle appréciait.

— Je ne sais pas quoi dire, finit-elle par bafouiller.

— Tu n'as pas à dire quoi que ce soit tout de suite. Et on ne s'attend pas à ce que tu déménages de Riverton, bien évidemment, puisque c'est là que Bo est en poste. On s'arrangera si c'est quelque chose qui t'intéresse.

La proposition était extrêmement généreuse et la jeune femme avait conscience qu'elle serait bête de la refuser. Même sans connaître les détails exacts du poste, ou comment cela se passerait d'un point de vue logistique si elle ne vivait pas à Mission Viejo. Farris Morgan avait été en vérité son premier choix. L'entretien avec BT Energy puis l'offre d'emploi étaient simplement arrivés en premier.

— Merci. Sérieusement.

Tyler hocha la tête. Puis il eut l'air indécis un moment avant de lui demander :

— Est-ce que je peux te prendre dans mes bras ?

Wren acquiesça et tendit les siens. Son père se pencha et l'enlaça avec précautions.

— Je ne vais pas me briser, murmura-t-elle.

Il la serra plus fort et la jeune femme ferma les yeux. C'était dur de croire que ce moment arrivait. Qu'elle était là, avec son père, et qu'il n'était pas un connard, ni un tueur, ni rien de ce que sa mère n'avait eu de cesse d'affirmer.

Lorsque Tyler se recula, Easton la prit lui aussi dans ses bras.

— C'était chouette de te rencontrer... frangine. Papa a toujours voulu une fille. Nous, les garçons, on a toujours été une déception.

— Tais-toi, répondit Tyler en lui donnant une tape sur l'épaule.

— Au moins, les fêtes en famille vont être plus jolies avec la présence de Wren, ajouta Easton avec un sourire.

Cette dernière avait la gorge nouée et était sur le point de fondre en larmes. Elle n'avait jamais rêvé d'avoir une famille avec laquelle s'installer à une grande table pour Thanksgiving. Ou avec laquelle rire et fêter Noël. Ou cacher des œufs de Pâques et regarder les plus jeunes partir à la chasse.

Dès qu'ils furent partis, Wren prit une grande inspiration.

— C'était trop ? lui demanda Bo en s'asseyant dans le fauteuil à côté de son lit.

Elle secoua la tête.

— Non. C'est juste... invraisemblable. Tu as vu, Bo ? Combien il me ressemble ?

Il lui sourit tout en faisant courir son pouce sur le dos de la main de la jeune femme.

— Oui, j'ai vu.

— Je sais que ça peut paraître bête, mais j'ai enfin l'impression d'avoir ma place quelque part. Que je ne suis pas seule au monde. Et je me rends compte que je t'ai, toi et tous les autres, désormais, mais c'est juste différent d'avoir un père. Et des frères. Une famille biologique.

— En parlant de ça... mon père et ma mère sont en route. Ils arriveront demain. Je leur ai dit de nous retrouver à la maison, puisque tu vas être autorisée à sortir dans la matinée.

— Quoi ?

— Je les ai appelés et informés de ce qui s'est passé. Ils n'étaient pas contents. En vrai, c'est un mensonge. Ils étaient furax que quelqu'un ose te faire du mal. Ils sont en ce moment même dans l'avion. Ils vont se trouver un hôtel ce soir près de l'aéroport et Flash ira les chercher dans la matinée pour les emmener chez nous.

— Mais ils ne me connaissent même pas, protesta Wren.

Bo laissa échapper un petit rire.

— Chérie, ils te connaissent. Chaque fois que je les ai eus au téléphone depuis qu'on s'est rencontrés, je n'ai fait que leur parler de toi. Combien tu es extraordinaire ! Intelligente. Belle. Ils savent tout de ton travail, de ton séjour en Afrique, bon sang, même combien tu as été incroyable là-bas, comment tu as faussé compagnie à tes ravisseurs. Et maintenant, ils veulent constater par eux-mêmes que tu vas bien. Susie était contrariée de ne pas pouvoir venir elle aussi, mais c'est un peu plus dur pour elle de voyager vu que ses enfants sont petits.

Wren était submergée par l'émotion. Elle avait non seulement gagné un père biologique, une belle-mère, des frères, deux nièces et un neveu, elle avait aussi curieusement aussi gagné deux autres parents. Ainsi qu'une belle-sœur, une nièce et un neveu.

— Je t'aime.

Bo secoua la tête.

— Tu n'as pas idée combien je t'aime *toi*, ma chérie. Te voir ainsi... je n'ai jamais été aussi terrifié de toute ma vie.

— Quand il a... quand j'ai compris que j'étais en train de mourir, j'étais si triste, admit Wren. J'allais manquer une vie avec toi. Puis je me suis énervée. C'est là que j'ai réussi à trouver ce bloc de couteaux.

— Je vais faire enchâsser ce truc dans du bronze, affirma Bo avant de soupirer. Pardon. C'est naze. Ce sont de mauvais souvenirs.

Mais la jeune femme secoua légèrement la tête. Cela lui faisait toujours mal de bouger plus que ça.

— Non. Je n'ai pas de regrets. Je suis *contente* qu'il soit mort. Il a essayé de me tuer. Ils sont sûrs de ça, pas vrai ? ne put-elle s'empêcher de demander.

Elle avait été informée par l'inspecteur que Barry Simpson avait succombé à la blessure qu'il avait reçue pendant leur altercation dans la cuisine. Mais en raison des marques évidentes de strangulation autour du cou de Wren, de l'appel au secours qu'elle avait passé et de ce que Bo avait vu en pénétrant dans la maison, soutenu par Kevlar et Remi, aucune charge n'allait être retenue contre elle.

— Il est mort, répondit fermement le SEAL.

— Comment est-il arrivé ici ? En Californie, je veux dire ?

— Apparemment, il est monté dans un conduit d'aération de la prison du Wyoming pour grimper sur le toit. Il s'est glissé dans un tuyau d'évacuation et a volé un camion. Il s'en est débarrassé une fois en dehors de la ville et a volé une voiture. Il est venu directement à Riverton.

Wren pinça les lèvres et soupira.

— Eh bien… c'est terminé à présent.

— Oui, confirma Bo. Et maintenant, qu'est-ce que je peux faire pour toi ? T'apporter un autre oreiller ? D'autres couvertures ? De l'eau ?

— Je suis si fatiguée, lui répondit-elle. Mais j'ai faim, aussi. Est-ce que tu penses pouvoir me trouver un milkshake ? C'est froid, donc ça devrait m'anesthésier la gorge, mais aussi me remplir le ventre pour que je n'aie pas l'impression qu'il est vide, et après je pourrais peut-être dormir.

— Bien sûr. Vanille ?

— Ça serait parfait.

— Je reviens aussi vite que possible. Dors si tu y arrives.

— Bo ?

— Oui, ma chérie ?

— Est-ce que tu vas rester ? Ce soir, je veux dire.

— Rien ne pourrait m'arracher à toi.

— Je suis sûre que les lits de camp qu'ils ont ici ne sont pas très confortables.

Le militaire se mit à rire.

— Chérie, si tu voyais certains des endroits où j'ai dormi, tu ne t'inquièterais même pas pour ça. Crois-moi, ça ira. De toute façon, je ne fermerai pas beaucoup l'œil cette nuit, voire pas du tout.

— Pourquoi ?

— Parce que je vais rester éveillé à te regarder dormir.

— Bo, chuchota-t-elle d'un ton angoissé.

Il se contenta de secouer la tête.

— Quand je suis arrivé jusqu'à toi... la plus belle vision de toute ma vie ça a été ta poitrine qui se soulevait et s'abaissait. Je ne peux pas te perdre. Pas alors que je viens juste de te trouver.

Wren tendit alors le bras vers lui et tira sur son tee-shirt jusqu'à ce qu'il se penche au-dessus d'elle. Elle se décala et lui fit de la place sur le minuscule matelas.

— Wren, je ne suis pas censé...

— Je m'en fiche, marmonna-t-elle contre son torse.

— Mais ton milkshake...

— Pareil. J'ai juste besoin de toi. De te sentir contre moi. D'entendre ton cœur battre sous ma joue. J'ai failli mourir aujourd'hui, Bo. Je le sais. Tu le sais également. Bon sang, Barry savait ce qu'il faisait. Personne ne va dire quoique ce soit si je me blottis comme ça contre toi.

Elle sentit gronder un petit rire sous sa joue.

— Tu as sans doute raison, lui répondit-il tandis qu'il s'installait aussi confortablement que possible sur le lit d'hôpital avec elle.

— *J'ai* raison, affirma-t-elle avec fermeté.

Elle se cala dans les bras de Bo et eut finalement l'impression d'être protégée. Ses lèvres tressaillirent à cette pensée.

— Je comprends enfin pourquoi on te surnomme Safe.

— Je t'ai déjà raconté pourquoi.

Mais la jeune femme secoua la tête.

— Non. Enfin, si, mais ce n'est pas ça. Ce n'est pas à cause d'une partie de softball, c'est parce que les gens se sentent en sécurité avec toi. Protégés. Tes amis à l'école des SEALs, peu importe comment ça s'appelle. Tes équipiers. Moi.

— Tu *es* en sécurité avec moi, lui jura Bo. Je ferais tout ce qu'il faudra pour m'assurer que tu ressens toujours cela avec moi. Mentalement et physiquement.

— Oui, soupira Wren avant de murmurer d'une voix traînante : Je vais dormir maintenant.

Elle sentit la paume de Bo à l'arrière de sa tête tandis qu'il la maintenait contre son torse.

— Dors, ma chérie. Je vais veiller sur toi et éloigner les méchantes infirmières aussi longtemps que possible.

Wren se mit à glousser.

— Merci, oh mon preux chevalier.

Ce furent les derniers mots dont elle se souvint avant de sombrer dans un profond sommeil réparateur.

* * *

— Tu parles d'un preux chevalier, marmonna Wren dans sa barbe tandis qu'elle faisait les cent pas dans la chambre.

La première chose qu'elle avait faite en revenant de l'hôpital avait été de prendre la lettre qu'elle avait laissée à Bo. Ce n'était pas qu'elle avait honte qu'il la lise, elle pensait simplement à peut-être la mettre de côté et la garder pour le futur. Pour lui montrer combien elle tenait à lui avant ce voyage en Afrique.

Depuis qu'elle était rentrée, elle avait savouré l'attention et l'affection de Bo. Cela avait été très effrayant de rencontrer ses

362

parents, mais par ailleurs incroyable, car ils étaient tout aussi gentils et accueillants qu'il l'avait dit.

La relation avec son père et ses demi-frères progressait également et elle avait accepté le poste chez Farris Morgan.

Wren avait officiellement été innocentée d'une quelconque faute dans la mort de Barry Simpson et l'affaire avait été classée. Sans qu'elle ne sache comment, Bo avait résilié son bail avec son ancien propriétaire ; son équipe et lui avaient réparé tous les trous dans les murs ainsi que les autres dégâts que Barry avait occasionnés quand il était entré et avait saccagé l'appartement. Elle avait donc récupéré sa caution.

Dans l'ensemble, les trois dernières semaines de sa vie avaient été plutôt bonnes... mis à part que Bo était *bien* trop protecteur. Il ne voulait pas qu'elle aille où que ce soit, ne voulait pas qu'elle conduise, ne pensait pas que c'était une bonne idée pour elle de veiller tard.

Et le pire de tout, c'était qu'il refusait de faire quoi que ce soit d'autre que de la prendre dans ses bras le soir.

Elle avait guéri. Les bleus autour de son cou avaient enfin disparus. Elle n'avait plus mal et pouvait manger ce qu'elle souhaitait. Et pourtant, Bo refusait toujours de lui faire l'amour parce qu'il ne voulait pas la blesser.

Ras-le-bol ! Wren allait bien. Et il était temps que son petit ami reçoive le message.

Il était parti à la base ce jour-là après lui avoir fait promettre de ne pas sortir. La jeune femme aimait leur petite maison, mais elle en avait assez d'être coincée entre quatre murs.

La semaine suivante, il était prévu qu'elle aille à Mission Viejo pour son intégration chez Farris Morgan. C'était un trajet d'environ une heure et demie et elle avait hâte de rencontrer de nouvelles personnes et de commencer à travailler pour l'entreprise de son père. Elle œuvrerait toujours dans les relations publiques, mais pas devant les caméras. Elle serait chargée d'écrire les communiqués de presse, d'aider à concevoir et planifier les campagnes de promotions ; elle allait également être la personne de référence pour les interviews par téléphone ainsi qu'en visio et allait aider à développer des approches de gestion de crise.

Wren savait que Bo était nerveux à propos du voyage vers le nord de l'état. Même si Remi et Caroline avaient dit qu'elles iraient avec elle (elles avaient hâte de faire du shopping pendant ses réunions), le militaire n'aimait toujours pas la quitter des yeux.

Non. Elle en avait assez.

Ce soir, avait-elle décidé. Ce soir-là était celui où il allait se remettre de son besoin de la garder dans une bulle de protection… autrement dit, leur maison.

En souriant toute seule, elle se déshabilla en vitesse et s'avança vers le lit, son sang coulant déjà plus rapidement dans ses veines tandis qu'elle ouvrait le tiroir de sa table de nuit. Elle en avait envie. La connexion sexuelle qu'elle partageait avec Bo lui manquait. Il ne pourrait pas lui résister… espérait-elle.

En entendant la Jeep du SEAL se garer pile à l'heure devant la maison, elle se dépêcha de se mettre en position.

La porte d'entrée s'ouvrit et Bo l'appela :

— Wren ? Je suis rentré !

— Je suis dans la chambre ! cria-t-elle en retour.

Elle retint son souffle tandis qu'elle attendait qu'il apparaisse dans l'encadrement de la porte. Sa réaction en le découvrant correspondait à ce qu'elle avait espéré, et même plus.

Elle était totalement nue sur le matelas, le dos appuyé contre la tête de lit, les jambes bien écartées… et le vibromasseur qu'elle avait commandé en ligne enfoncé profondément en elle.

Sans un mot, Bo commença à ôter son uniforme au motif camouflage. Le voir ainsi excitait toujours Wren, mais c'en était encore mieux.

Avant qu'elle ne s'en rende compte, il s'était totalement

déshabillé et montait sur le lit. Son sexe était en érection et elle pouvait apercevoir quelques gouttes s'écouler depuis le lit où elle était assise. Il en avait besoin autant qu'elle, peut-être plus. Elle avait bien conscience qu'il avait traversé sa propre version de l'enfer lorsqu'il l'avait vue se faire étrangler.

Toujours sans dire un mot, il écarta la main de la jeune femme du jouet entre ses cuisses et commença à le manipuler lui-même, tout en se penchant et en posant ses lèvres sur son clitoris. Wren était déjà au bord de l'orgasme avant qu'il ne pénètre dans la chambre et explosa donc à l'instant même où il se mit à sucer l'amas de nerfs dans sa bouche. Des endorphines envahirent son flux sanguin.

— Encore ! le supplia-t-elle tandis qu'elle prenait la tête de son petit ami entre ses mains.

Ce dernier n'hésita pas. Quelques minutes plus tard, elle tremblait une fois de plus sous sa langue et ses doigts magistraux.

Puis il lui ôta le vibromasseur, sans même prendre la peine de l'éteindre et remonta sur le matelas. Il cala son membre entre ses lèvres moites... et marque un temps d'arrêt.

— Tu es sûre ?

— Plus que sûre. Je t'aime, Bo. Je vais *bien*. Je suis guérie. J'ai besoin de toi. Plus que tu l'imagines.

— Oh, je sais, répliqua-t-il.

Puis il plongea tout entier en elle d'un rapide coup de reins.

Ils en eurent tous les deux le souffle coupé... et Wren jouit de nouveau.

Il était apparemment tout aussi à bout qu'elle, car ses traits se déformèrent alors qu'il s'enfonçait en elle deux autres fois, puis ses fesses se contractèrent tandis qu'il se déversait profondément en elle.

La jeune femme ne put s'empêcher de glousser.

— Eh bien... ça a été plus rapide que je ne l'aurais pensé.

— C'était juste un échauffement, la rassura-t-il.

Et, incroyablement, alors qu'il commençait à faire paresseusement des va-et-vient dans son corps bien à présent bien lubrifié, elle prit conscience qu'il était toujours en érection.

Trente minutes plus tard, ils étaient tous les deux en sueur, épuisés et avachis sur le matelas. Wren ignorait combien de fois elle avait atteint l'extase, mais elle avait l'impression d'avoir couru un fichu marathon ou quelque chose du genre. Et Bo semblait tout aussi lessivé.

Il était sur elle, son membre encore enfoncé profondément dans son corps. Flasque, mais en raison de sa taille, il était en mesure de rester enfoui en elle après avoir joui. Il se maintint au-dessus d'elle en prenant appui sur ses coudes et la dévisagea.

Wren aimait ça. Aimait se sentir entourée par son corps. Pressée contre le matelas. L'avoir en elle.

— Je suis allé trop loin, c'est ça ? lui demanda-t-il.

— Un petit peu, répondit-elle avec un petit sourire.

— C'est juste que... tu m'as fait peur, ma chérie. Pendant une fraction de seconde, j'ai vu ce que ma vie serait sans toi... et je n'ai pas aimé ça.

— Je sais. Mais ça va maintenant. Je suis parfaitement guérie, comme je pense que je viens de te le prouver. En plus, tu ne peux pas me garder planquée pour toujours.

Il acquiesça.

— Mais tu es en sécurité ici.

Wren secoua la tête. Ils avaient tous les deux conscience que ce n'était pas vrai. Il n'avait fallu que quelques coups de pied et Barry s'était retrouvé à l'intérieur. Bo avait remplacé sa porte d'entrée par une en acier avec des serrures ainsi que des charnières renforcées. Personne ne pourrait l'enfoncer. Pas à moins d'avoir un bélier.

— Le four qui prend feu, un incendie électrique, je pourrais glisser, tomber et m'ouvrir le crâne. Je pourrais...

Bo posa sa main sur sa bouche.

— D'accord. J'ai compris. J'ai été surprotecteur et fou. Je vais me tempérer.

Wren leva la main et ôta celle du militaire de sa figure.

— Je t'aime. J'aime que tu sois protecteur. Que tu veuilles me garder en sécurité. Mais je dois quand même vivre, Bo. Et... la prochaine fois que tu fais la grève du sexe en pensant que c'est pour mon bien, je ne serai pas aussi gentille.

Il lui sourit.

— D'accord.

— D'accord, répéta-t-elle. Bon, j'ai faim. Je crois qu'on devrait aller au mexicain.

— Ou on pourrait se faire livrer... suggéra-t-il en donnant un léger coup de reins.

Wren pouvait déjà sentir sa verge durcir en elle.

— Encore ? demanda-t-elle, incrédule.

— Hé, ça faisait trois longues semaines, protesta-t-il.

— Et la faute à qui ? soupira-t-elle.

— Je suis seul en tort, répondit-il sans hésiter.

— Tu penses pouvoir commander à dîner et me faire l'amour en même temps ? le taquina-t-elle. Parce que je ne vais pas bouger, mais *j'ai* faim.

— On va voir, répliqua-t-il en riant alors qu'il tendait la main vers le téléphone de sa petite amie posé sur la table de nuit à côté du lit.

Ils finirent par manger une barquette de haricots frits, de la sauce au fromage et huit tacos à la carte pour le repas, car Bo fut totalement distrait en tentant de commander, mais Wren ne s'en plaignit pas. Pas le moins du monde.

ÉPILOGUE

Blink avait le regard dans le vide.

Kevlar et les autres n'allaient pas être ravis. Pas du tout.

Merde, lui non plus n'était pas franchement aux anges. Il ne voulait pas se rendre au Moyen-Orient sans sa nouvelle équipe de SEALs et n'avait aucune envie de revenir là où il avait vu ses anciens équipiers se faire tuer et être blessés.

Mais lorsque son commandant l'avait appelé au milieu de la nuit et lui avait dit de faire ses bagages, il avait obéi.

Puisqu'il était déjà allé où se dirigeait une nouvelle équipe de SEALs, et comme leur mission était à présent celle qui avait été *la sienne* en ce jour fatidique qui semblait appartenir à une autre vie, Blink allait les accompagner.

Les souvenirs de ses amis et équipiers se faisant désintégrer menaçaient de le submerger, mais il se força à se servir des exercices d'apaisement par la respiration que son thérapeute lui avait enseignés. Cette fois-ci, les choses seraient différentes. Ils étaient mieux préparés. Plus intelligents. Moins susceptibles de sous-estimer les gens qu'ils affrontaient.

Mais rien de tout cela n'avait vraiment d'importance. Blink aurait aimé que Kevlar soit là. Qu'ils le soient tous. Safe, Prea-

368

cher, MacGyver, Flash, Smiley. Il s'était déjà lié à eux et leur faisait confiance pour assurer sans réserve ses arrières.

Même si les hommes avec lesquels il voyageait à présent étaient eux aussi des SEALs, ils ne faisaient pas partie de *son* équipe. Mais il accomplirait son devoir, puis rentrerait à la maison où, avec un peu de chance, personne ne serait trop fâché contre lui. Ce n'était cependant pas comme si on lui avait donné le choix.

Les pensées de Blink dérivèrent vers Remi ; il se demanda comment ça se passait pour sa nouvelle série. Il n'avait pas compris l'attrait du taco parlant, mais il avait commencé à lire ses travaux plus anciens et s'était retrouvé à rire à voix haute à plusieurs reprises. Penser à la femme qu'il avait sauvée d'une mort certaine lui faisait intérieurement du bien. Il n'avait pas pu secourir ses anciens équipiers, mais il avait opéré le nécessaire pour venir en aide à Remi.

Et Wren... c'était une dure à cuire. Safe leur avait raconté à tous une partie de ce qu'elle avait vécu lorsqu'elle était enfant, comment elle avait été droguée par sa propre mère pour qu'elle reste silencieuse et qu'elle ne soit pas dans ses pattes pendant qu'elle recevait des hommes chez elle. C'était incroyable et répugnant.

Il était content que ses équipiers aient trouvé des femmes fortes.

C'était ce dont il avait envie. Quelqu'un auprès de qui il pourrait baisser sa garde. Qui serait à l'aise avec ses excentricités... comme le fait qu'il n'aimait pas parler tout le temps. Quelqu'un à qui il pourrait confier ses démons les plus intimes. Mais il n'était pas certain de pouvoir se fier à *quelqu'un* de cette façon. Pas même à ses équipiers. Il donnerait sa vie pour eux, mais discuter avec eux de tout ce qui tourbillonnait dans sa tête ?

Non.

—On atterrit dans trente minutes ! cria l'un des SEALs.

Blink n'était même pas encore certain de connaître tous leurs noms. Il avait été envoyé sur cette mission sans nouvelles informations et les autres militaires avaient passé la majeure partie du vol à lui en communiquer autant que possible. À présent, il retournait au seul endroit qu'il n'était pas sûr d'être prêt à affronter de nouveau.

Mais, encore une fois, en tant qu'employé du gouvernement des États-Unis, il n'avait pas le choix. Il avait été décidé qu'il irait, donc il y allait.

Serrant les dents, Blink fit de son mieux pour repousser toute émotion aussi profondément en lui que possible. Ce serait la seule façon de survivre aux prochains jours.

* * *

Josie England avait repoussé tout sentiment et toute pensée si loin dans son esprit qu'elle se laissait simplement porter par la vie. Mince, ce qu'elle faisait, ce n'était pas vraiment vivre. Elle n'était même pas sûre de savoir pourquoi elle se battait toujours pour rester en vie dans ce trou à rats.

Elle avait essayé de noter combien de temps elle avait passé là, mais c'était devenu presque impossible et elle avait depuis longtemps abandonné.

Lorsque Ayden l'avait suppliée de venir lui rendre visite pendant qu'il était en permission à Koweït, elle avait dit non. Mais il avait insisté, et encore. Il ne s'arrêtait pas.

Leur relation était terminée et pas parce qu'il avait été déployé. Il était plus jeune qu'elle de cinq ans et elle savait avec certitude qu'il couchait avec l'une des femmes de son peloton. La raison pour laquelle il voulait qu'elle survole la moitié du globe pour le voir alors qu'il prenait déjà largement son pied la dépassait.

Mais elle l'avait laissé la convaincre. Elle s'était dit que c'était une aventure. Quand aurait-elle l'occasion de visiter le Koweït sinon ? Jamais.

Elle était donc partie. Avec l'intention d'avoir une franche discussion avec Ayden. Il ne l'aimait pas et c'était réciproque, mais, pour une raison qui leur échappait, ils s'accrochaient tous les deux à cette relation.

Et, à cause de sa faiblesse, elle se retrouvait là. Dans une cellule mal éclairée et décrépite, au cœur de l'Iran. Le temps n'avait aucune signification là. Elle avait été jetée dedans et plus ou moins oubliée. Elle n'était pas capable de se souvenir de la dernière fois que quelqu'un lui avait apporté de quoi boire ou manger. La seule raison pour laquelle elle était toujours en vie, c'était grâce à l'eau qui gouttait le long d'un mur de sa geôle. Il avait fallu trois jours pour remplir la timbale en métal qu'un de ses ravisseurs lui avait jetée à son arrivée. Elle avait rebondi sur sa tête et Josie était sûre d'avoir sans doute besoin de points pour refermer la petite lacération que le bord affûté lui avait causée. Mais, bien évidemment, cela n'arriverait pas ici.

Elle avait donc de l'eau, un trou dans le sol en guise de toilettes, et c'était tout. Elle portait toujours le bikini ainsi que le paréo qu'elle avait lorsqu'Ayden et elle avaient été faits prisonniers.

Baissant les yeux sur son corps, Josie grimaça. Elle n'avait plus que la peau sur les os. C'était tout. Avec son mètre quarante-cinq, elle était déjà petite à la base. Mais à présent ? Elle maigrissait littéralement à vue d'œil.

Sa nouvelle vie était un mélange d'ennui et de doses de terreur extrême. Chaque fois qu'on ouvrait la porte de son trou à rats, elle s'attendait à mourir. La jeune femme avait l'impression d'être plus un animal qu'un être humain désormais. Grondant sur ceux qui osaient se montrer. Faisant de son mieux pour paraître plus dangereuse qu'elle ne l'était réellement.

Car en vérité, elle était sans défense. Elle était totalement à la merci de ses ravisseurs. Personne n'allait venir à son secours. Josie n'était même pas sûre que quelqu'un sache qu'elle était ici... ou en eut quelque chose à faire. Elle n'était pas une soldate, ni une actrice, ni une politicienne. Elle n'était qu'une personne ordinaire qui s'était retrouvée dans la situation la plus pourrie possible.

Tout en se recroquevillant sur elle-même, Josie se pelotonna contre le mur dans son dos. Le *plic ploc* de l'eau dans sa timbale l'avait agacée, mais c'était désormais son seul compagnon. L'unique chose qui lui permettait de garder un semblant de santé mentale.

Tout en fixant du regard ses orteils sales, elle pria pour que quelque chose se passe et mette fin à son tourment. Un tremblement de terre, la troisième guerre mondiale, quelqu'un se rappelant qu'elle était là et qui venait la tuer. Elle s'en fichait à ce stade. Tout ce qu'elle savait, c'était qu'elle ne pouvait pas continuer ainsi. À dépérir dans cette cellule. Oubliée et abandonnée. Elle préférait mourir que de rester une minute, un jour, une seconde de plus.

À peine cette pensée lui avait-elle traversé l'esprit que la porte au bout du couloir s'ouvrit à la volée. Cela la terrifia tellement qu'elle sursauta assez fort pour se cogner la tête contre le béton derrière elle. La lumière qui filtra lui fit mal aux yeux.

Tout en clignant des paupières pour retrouver la vue, Josie se prépara. On y était. Quelqu'un arrivait. Ils allaient soit la tuer, la torturer, lui donner à manger... ou, peut-être, avec un peu de chance, la libérer.

À sa grande surprise, personne ne lui jeta même un regard dans la petite cellule. Elle était toujours recroquevillée en boule dans un coin et ils ne l'avaient peut-être pas aperçue ? Ils se comportaient manifestement comme s'ils ne savaient pas qu'elle était là. Ils discutaient avec animation entre eux en perse tandis qu'ils pénétraient dans la geôle voisine de la sienne, y lâchaient quelqu'un dans un bruit sourd et se mettaient à le ou la tabasser.

Ils ne s'arrêtèrent que parce que quelqu'un à l'extérieur du couloir les interpela. Un homme cracha sur la personne puis ils s'en allèrent aussi vite qu'ils étaient apparus. Abandonnant une fois de plus Josie.

Celle-ci souffla. D'accord, elle était contente qu'ils ne l'aient pas remarquée. Parce qu'elle ne souhaitait pas être traitée comme celui ou celle qu'ils avaient enfermé dans l'autre cellule. Mais... elle aurait fait presque n'importe quoi pour la moindre croûte de pain.

L'obscurité sembla à présent totale. Être replongée dans les ombres après avoir vu la lumière pour la première fois depuis... des jours ? Lui donna envie de pleurer. Elles paraissaient plus oppressantes. Plus dangereuses.

Puis Josie entendit quelque chose en provenance de la geôle d'à côté.

Un faible gémissement.

Se dépêchant de se mettre à genoux en ignorant la douleur que lui causaient les cailloux éparpillés sur le sol en béton, elle força sur ses yeux pour regarder dans la cellule. Elle se demandait si la personne qui avait été amenée là était un homme ou une femme, militaire ou civil, ou un pauvre habitant du coin qui s'était trouvé au mauvais endroit au mauvais moment.

— *Putain.*

Josie se figea. Cela répondait à sa question. Il s'agissait d'un homme. Et, chose étonnante, il s'était exprimé en anglais.

La vie telle qu'elle la connaissait venait soudain d'être chamboulée. Encore une fois. Il y avait enfin quelqu'un d'autre avec elle. Un autre prisonnier. La pensée la terrifiait et, dans le même temps, lui donnait de l'espoir. Mais c'était quelque chose de dangereux pour quelqu'un dans sa situation. Une Américaine oubliée, sans importance.

Seul le temps dirait ce que ce nouvel ajout à son enfer sur terre signifierait.

* * *

Incroyable ! Je ne vais pas vous faire attendre la parution du dernier tome pour avoir l'histoire de Blink. Mais accrochez-vous… ça va être extraordinaire ! Blink va devoir trouver un moyen de les sortir tous les deux de cette prison… ce qui sera plus facile à dire qu'à faire ! Découvrez comment cela va se passer dans le prochain roman de la série, *Un protecteur pour Josie* !

DU MÊME AUTEUR

<u>Autres livres de Susan Stoker</u>

<u>Forces Très Spéciales : Alliance</u>

Un protecteur pour Remi

Un protecteur pour Wren

Un protecteur pour Josie (4 Mar)

Un protecteur pour Maggie (1 Avril)

Un protecteur pour Addison

Un protecteur pour Kelli

Un protecteur pour Bree

<u>*Le Fruit du Hasard*</u>

Le Protecteur

L'Aristocrate

Le Héros

Le Bûcheron (1 Décembre)

<u>Hawaï : Soldats d'élite</u>

Un paradis pour Élodie

Un paradis pour Lexie

Un paradis pour Kenna

Un paradis pour Monica

Un paradis pour Carly

Un paradis pour Ashlyn

Un paradis pour Jodelle

<u>**Sauvetage à Eagle Point**</u>

Un sauveteur pour Lilly

Un sauveteur pour Elsie

Un sauveteur pour Bristol

Un sauveteur pour Caryn

Un sauveteur pour Finley

Un sauveteur pour Heather

Un sauveteur pour Khloe

<u>*Le Refuge*</u>

Un soutien pour Alaska

Un soutien pour Henley

Un soutien pour Reese

Un soutien pour Cora

Un soutien pour Lara

Un soutien pour Maisy

Un soutien pour Ryleigh (7 Jan)

<u>**Silverstone**</u>

Pour la confiance de Skylar

Pour la confiance de Taylor

Pour la confiance de Molly

Pour la confiance de Cassidy

<u>**Delta Force Deux**</u>

Un refuge pour Gillian

Un refuge pour Kinley

Un refuge pour Aspen

Un refuge pour Jayme

Un refuge pour Riley

Un refuge pour Devyn

Un refuge pour Ember

Un refuge pour Sierra

Forces Très Spéciales : L'Héritage

Un Sanctuaire pour Caite

Un Sanctuaire pour Brenae

Un Sanctuaire pour Sidney

Un Sanctuaire pour Piper

Un Sanctuaire pour Zoey

Un Sanctuaire pour Avery

Un Sanctuaire pour Kalee

Un Sanctuaire pour Jane

Mercenaires Rebelles

Un Défenseur pour Allye

Un Défenseur pour Chloé

Un Défenseur pour Morgan

Un Défenseur pour Harlow

Un Défenseur pour Everly

Un Défenseur pour Zara

Un Défenseur pour Raven

Ace Sécurité

Au Secours de Grace

Au Secours d'Alexis

Au Secours de Bailey

Au Secours de Felicity

Au Secours de Sarah

Forces Très Spéciales Series
Un Protecteur Pour Caroline

Un Protecteur Pour Alabama

Un Protecteur Pour Fiona

Un Mari Pour Caroline

Un Protecteur Pour Summer

Un Protecteur Pour Cheyenne

Un Protecteur Pour Jessyka

Un Protecteur Pour Julie

Un Protecteur Pour Melody

Un Protecteur pour l'avenir

Un Protecteur Pour Les Enfants de Alabama

Un Protecteur Pour Kiera

Un Protecteur Pour Dakota

Delta Force Heroes Series
Un héros pour Rayne

Un héros pour Emily

Un héros pour Harley

Un mari pour Emily

Un héros pour Kassie

Un héros pour Bryn

Un héros pour Casey

Un héros pour Wendy

Un héros pour Mary

Un héros pour Macie

Un héros pour Sadie

Un héros pour Annie

Autre

Un moment suspendu : Recueil de nouvelles

AUDIO

Un paradis pour Élodie

À PROPOS DE L'AUTEUR

Susan Stoker est une auteure de best-sellers aux classements du New York Times, de USA Today et du Wall Street Journal. Elle a notamment écrit les séries Badge of Honor: Texas Heroes, SEAL of Protection et Delta Force Heroes. Mariée à un sous-officier de l'armée américaine à la retraite, Susan a vécu dans tous les États-Unis, du Missouri jusqu'en Californie en passant par le Colorado, et elle habite actuellement sous le vaste ciel du Tennessee. Fervente adepte des fins heureuses, Susan aime écrire des romans où les sentiments laissent place au grand amour.

http://www.StokerAces.com

facebook.com/authorsusanstoker

x.com/Susan_Stoker

instagram.com/authorsusanstoker

goodreads.com/SusanStoker